JN248245
ill. 白井鋭利
雑用付与術師が
自分の最強に気付くまで
～迷惑をかけないようにしてきましたが、
追放されたので好きに生きることにしました～

ハイデマリー
ヴィム＝
シュトラウス

「お、起きた。歩けるか」
「しんどいかも」

「ようこそ【夜蜻蛉《ナキリベラ》】へ。
私は団長のカミラだ」

カミラ

詩的な風景だった。
閉鎖された迷宮《ラビリンス》という
状況下であればまさしく、
秘境と言うべき場所だろう。
何より自分たちが最初に
ここに辿り着いたという達成感。
もしかすると征服感。
これこそ冒険心《アーベンティア》が報われる
瞬間だ。

――移行：『傀儡師《ペプンシュピーラー》』

雑用付与術師が自分の最強に気付くまで

～迷惑をかけないようにしてきましたが、追放されたので好きに生きることにしました～

戸倉 儚　ill. 白井鋭利

CONTENTS

デザイン　世古口敦志＋前川絵莉子（coil）
イラスト　白井鋭利

迷宮《ラビリンス》の支配者たる階層主《ボス》との遭遇。伝聞ではなく歴とした現実としてそれが目の前にある。

冒険者ギルドによる呼称は〝大鰐《おおわに》〟。陸棲《りくせい》の巨大な鰐とでも言えば近いだろうか。

しかしその禍々《まがまが》しさは動物と呼ぶには不自然すぎた。

見上げるほどの巨体は頭から尾まで、不揃いな鱗《うろこ》が突き刺さるように覆いつくしている。極太の手足は身体を支えるだけに留まらない。殴打ができる程度には長さがあり、その先の爪で引っ掻かれれば人体など呆気なく裂けるだろう。

挙動の軽さが目に映る重量感と釣り合っていなかった。身を震わせるだけでこちらは吹き飛びそうな質量なのに、飛んだり跳ねたりすることが容易なほどの膂力《りょりょく》の気配がある。遠近感がおかしくなりそうだ。

何もかもが圧倒的。

他のモンスターを含め、今まで相対したすべての敵を上回る異質な風貌《ふうぼう》。階層主《ボス》の脅威はいざ視界に入れるだけでは理解できず、受け止めるまでしばらくかかる。

そしてその「しばらく」の間に撤退を選べなかったら――

もしくは功名心を優先したりすれば――

待っているのは死だ。

だから目の前の光景は必定だった。リーダーで剣士のクロノス、魔術師のメーリス、神官のニクラ。全員が戦闘不能で、下手をすれば後遺症が残る重傷を負っている。あの大きな尾で一薙《な》ぎされただけでこの惨状。最初の一瞬に撤退の判断を下すべきだった。

脚が震える。たまたま後方にいたから避けられた一撃。もしも俺が避けられなかったら今この瞬間、すでに全員が胃袋の中にいただろう。三人が食べられていないのは俺に意識が向いているから。

階層主《ボス》は慎重で、不意打ちの初撃以外は安易に突っ込んでこない。だから今から俺の弱さを確信されるまでのわずか数秒間で、みんなを助け出す方法を考えねばならない。

――抱えて逃げる？

無理だ。一人だけ抱えるならまだしも三人は無理。

――囮《おとり》になって時間を稼ぎ、他のパーティーの救助を待つ？

これも無理。逃げる速さを抑えて引きつける、なんてやっている間に俺が殺されるし、そして囮にかかってくれるかといえば望み薄。なんなら救助に駆けつけてくれたパーティーが壊滅するということまで考えられる。

ああもう、方法は一つしかないんだ。いい加減逃げるな、ヴィム＝シュトラウス。

覚悟を決めると脚の震えは全身にまで伝播《でんぱ》する。息を大きく吸って落ち着ける。なんとか構える。

情報は多少あるが勝ち目がほとんどない。だけど勝つためにはそのわずかな勝ち目を何百回も拾い続けないといけない。悲観するな。今ここで俺という小物に選択肢が与えられた時点で奇跡だ。

「移行：『傀儡師《ペプンシユピーラー》』」

取り返しのつかない象徴詠唱を終えて俺はようやく、自分だけ逃げるという選択肢に気付いた。

我ながら呆れる。お人好しなのかなんなのか。いや、【竜の翼《ドラハンフルーグ》】の一員として当然か。恩もある。過ごした日々の積み重ねもある。

ここが命の使いどき。

そう思えた自分が、なんだか少し誇らしかった。

第一話　最悪の門出

　恥の多い生涯を送らないよう、目立たないよう、人のためになるよう、ひっそりと生きてまいりました。

　昔はそれなりの憧れや志を持っていたりしましたが、身の程を弁《わきま》えてできることを見極めて精一杯やってきました。そのはずでした。

「失せろ、クズが」

　クロノスがいよいよ放った一言に、唾を呑み込んだ。

　ニクラも、メーリスも、得体の知れない化け物を見るかのような目で俺を睨んでいる。

　三人で固まって俺と距離を取り、刺すような敵意を隠すことなくぶつけてきている。

「……ははは、あの、えっと。なんでかな、なんて」

　ようやく絞り出せたのはそんな言葉だった。

「やめて。そこまで来ると白々しい」

　ニクラが言う。

「雑用《サポーター》の癖に、あいつがいるってわかんなかったの？」

メーリスも続く。

いつものパーティーハウスの、テーブル。

ここは食卓で、会議室で、団欒《だんらん》の場所で、みんなが協力しあう、俺たちのパーティーの象徴のような場所なのだ。それなのに俺は責められている。まるで弾劾《だんがい》されているかのように。

反論はいくらでも湧いてきたけど、すでに結末は見えていた。

階層主《ボス》との不意の遭遇は、最前線に挑む以上、誰もが事前に承知している危険《リスク》だ。冒険者ギルド側も散々説明してくれた。加えて言うなら、そもそも今回の迷宮潜《ラビリンス・ダイブ》の目的はあくまで地図《マップ》作成と採取だけだったはずだ。

「それは、あの……悪いけど、仕方がないことかな、なんて。撤退するのが賢明だったし、その、なんというか」

沈黙の中、しどろもどろになりながら無理やり口を回す。

撤退の準備もしていた。みんなに散々頼み込んで、いざというときの訓練もしてもらった。

それなのにリーダーであるクロノスは功名心を優先した。

階層主《ボス》を討伐したとなればこのフィールブロン中に名が知れ渡る。そんな手っ取り早い名声を夢見て無茶な衝動に身を任せたのだ。

「どうにか遭遇を避けられたんじゃないかって思うけど、でも……」

結果、クロノスは初撃で飛ばされて脳震盪《のうしんとう》で気絶、防御が間に合わなかったニクラもメーリスもまとめて重傷を負って戦闘不能。

「言い訳するんじゃねえよ！　お前の責任じゃねえのかよ！」

クロノスは俺を怒鳴りつける。

まだ反論することはできた。違うと叫びたい気持ちもあった。でもみんなの怒りの源がそこじゃないのがわかってしまったから、俺は何も言えなかった。

問題は、俺が奇跡的に階層主《ボス》を単独で撃破したことなのだ。

本当に奇跡だった。みんなを守ろうとして必死だった。あれは長らく一緒に戦ってきた仲間の命が懸かった正真正銘の危機で、俺一人でなんとかできなければ全員が死ぬという状況だった。

そして俺はいくつもの幸運を勝ち取って階層主《ボス》の討伐に成功した。

同じことをもう一度やれと言われても、多分できない。

「で、でも、討伐には成功したから……これで【竜の翼《ドラハンフルーグ》】はAランクに昇格するはずで、そうしたら俺たちは」

階層主《ボス》を討伐したという事実自体は人々が諸手を挙げて賞賛する功績に違いない。

階層主《ボス》が倒されれば迷宮《ラビリンス》は次の階層への転送陣を解放する。迷宮《ラビリンス》の開拓は一気に進み、街に新たな富がもたらされることになる。

この功績がギルドに正式に承認されれば、俺たちはまた一つ上の舞台に行けるのだ。

階層主《ボス》を倒したパーティーのみに与えられる、Aランクの称号。歴史に【竜の翼《ドラハンフルーグ》】の名が刻まれ、俺たちはこの世界で大きな力を手にすることになる。

だからみんな、喜んでくれると。よくやったって言ってくれると思ったのに。

「へえ、まるで、自分の手柄みたいな言い方」

ニクラが言う。静かな声。明確に敵に回った今、それはあまりにも刺々《とげとげ》しい。

「違う！　みんながダメージを与えてくれたからだって！　俺は止めを刺しただけで！　全部偶然で、みんなで勝ち取った勝利で、俺は、俺は」

俺は訳のわからない自己弁護をする。明らかにおかしなことが起こっていた。それでも、何もかもが間違っていると思いながらも口を止めるわけにはいかなかった。

だって俺にはここしかない。この【竜の翼《ドラハンフルーグ》】が俺の居場所で、なんとか迷惑をかけないよう今まで必死でやってきて。

ここを追い出されたら、俺は――

「黙れ」

だけどそんな思いも、クロノスの一言によって遮《さえぎ》られてしまった。

察してしまった。

俺はもうダメなのだ。

俺は俺の分際で目立ってしまった。俺はあくまで雑用《サポーター》だった。みんな口には出さなかったけど、俺はこの【竜の翼《ドラハンフルーグ》】で一番下の存在だった。

そんな人間が偶然とはいえ手柄を立ててしまって、気分を害さないはずがないのだ。

ここにいたければ何一つ失敗を犯しちゃいけなかった。俺の役目は目立たず、迷惑をかけず、みんなの手助けをすることだった。だって俺はここに置いてもらっている身なのだから。

呆然とクロノスを見た。

あぁ、綺麗な顔ってやつなんだろう、これが。男なのに綺麗という言葉が似合ってしまう。風格からして選ばれたやつは違うんだ、って。なあそんな顔で怒らないでくれよ、怖いよ。

助けを求めるように後ろの二人を見る。

ニクラ。神官。いつも冷静で物静かな彼女。クロノスの隣に相応しい。いつも冷たい態度で近寄り難かったけど、案外優しいところもあるみたいだとか、勝手に思っていた。

いや、それは正しかったのだろう。きっと俺だけに冷たかったのだ。敵意を向けられてみればこんなものだ。

メーリス。いつも元気な魔術師。彼女はクロノスのことが好きなんだが、いまいち素直になれない可愛らしいところがあって、ときどき愚痴を聞かされたりもしていた。よく俺を怒っていたけど、実は結構信頼してくれているんじゃないかって、心のどこかで都合良く思っていた。

でも違った。いつからなのか、それとも最初からなのか、彼女は俺のことが本気で嫌いだった。もしかしたらずっと排除してやろうとさえ思っていたのかもわからない。

「……ははは」

緊張が張り詰めすぎて、力ない、笑いにもならない声が漏れた。

「何笑ってんだよ！」

テーブルがバン、と叩かれる。背中がビクッと震えてしまう。

俺のその怯え方が隙に見えたのだろうか。クロノスは身を乗り出して俺の胸倉を掴み、乱暴に引き寄せながら持ち上げた。

「がっ……」

襟が締まって喉から空気が一気に追い出される。苦しい。でも抵抗できない。

歴然とした力の差があった。これは職業の差。俺は味方に強化《バフ》をかけることに特化した付与術師で、クロノスは戦闘に特化した戦士。素の筋力の違いは何倍どころじゃない。敵う余地なんてない。

「……雑魚《ざこ》が」

確かめるように、クロノスは吐き捨てた。

思えばさっきまでのクロノスは俺をかなり警戒していた。曲がりなりにも階層主《ボス》を倒した人間だという恐れがあったのかもしれない。

だけど、いざ掴まれてみればこんなものだ。俺が一番わかっていた。あれは本当に、何億分の一を拾いきった偶然だった。

――俺は、弱い。

ようやく呼吸が許されたときには、クロノスの目にだんだんと確信が戻っていた。

床に手を突きながら息を吸う。関係性のままに、俺はただただ三人に見下ろされていた。

「もういい、お前の代わりはすでに見つけてある。入ってきてくれ」

狭くなっていた俺の視界の外にみんなが目を向けた。首を回して、客室の方だと気付く。そこにはやや長身の美人な女性が立っていた。木々の葉と紛れるような深緑の髪と目。そして何より、尖った耳。

一目でわかる。

長耳族《エルフ》だ。

「ソフィーアだ。お前の抜けた穴を補ってあまりある戦力になってくれる」

紹介されて、ソフィーアと呼ばれた女性はペコリと頭を下げる。

……クロノスのこと好きなんだろうな、なんて考える。モテるもんな、きっとそうに違いない、なんて。

「だからさ、出てけよ、ヴィム。お前はもういらないんだって」

決着はついていた。

震えそうになる声を抑えて、立ち上がる。

「荷物を、まとめさせてください」

「……早くしろ」

みんなを見ないようにしながら、パーティーハウスの階段に足をかける。

「ごめん、みんな。今まで、ずっと」

呟くように、謝った。

何年も暮らしたことも今日でお別れだ。

寝室の扉を開ける。考えてみれば俺みたいなのにも個室をくれたんだな。【竜の翼《ドラハンフルーグ》】は。息苦しいときばかりだったけど、良いパーティーだった気がする。

まあ、もう関係ないんだけどさ。

黙って荷物をまとめる。パーティーの書類とかそういう大事なものは取り置いて、これ以上失態を晒さないように、そそくさと鞄に荷物を放り込んでいく。

これからどうしていいかわからない。積み上げたつもりになっていたものが呆気なく崩れ去って、手元にはもう何も残っていないかのように思われた。お先真っ暗ってやつだ。

「……ふひひ」

力が抜けて、気持ち悪いから直せと言われていた笑い方が漏れた。

第二話　泊まり枝

雨でも降っていたらお誂《あつら》え向きかな、なんて思ったけど、雨なんか降っていなかった。

フィールブロン。冒険心《アーベンティア》に溢れた若者の、夢と希望が詰まった迷宮都市《ラビリンシュタッド》。迷宮《ラビリンス》からの賜物《たまもの》と、それを求めてやってくる人々によって栄えた街。

この国では有名な話だ。迷宮《ラビリンス》にはなんでもある。

金銀財宝はもちろんのこと、地上には存在しない特異なモンスターの素材や空前絶後の絶景、吟遊詩人が詠《うた》いそうなことが全部詰まった危険な未開拓地帯が果てなく続いている。

開拓の成果に比例する地位と名声も青天井。共に死線を潜《くぐ》った仲間と結ぶ絆は、あるいは血よりも強いかもしれない。

ただし大事なことが一つ、いつでもすべてを失ってもいいという覚悟を決めること。それをできると言って憚《はばか》らない馬鹿どもを、人は〝冒険者〟と呼んだ。

まあ、さっきの俺を見ればわかるように、実態はそんなに単純ではない。

「……ひひっ」

なんだか笑えてきた。道行く人は楽しそうで、どん底にいるのは俺だけかのようだった。呆然としながら宿屋に向かった。

一瞬でも寄る辺になる場所が欲しかった。

フィールブロンの象徴《シンボル》である時計台が俺を見下ろしていた。世界一高い建造物とわざわざ対比して、自分の小ささがいっそう惨めになった。

奇《く》しくも足が向いたのは初めてこの街に来た夜に泊まった宿屋だった。荷を解いてベッドの上に寝転がり、ボーッと天井を見る。

どうしよう、これから。

一応、貯金はある。今まで忙しくてあまりお金を使っていなかったし、曲がりなりにもBランクのパーティーで数年間依頼をこなしていたからしばらく食う分には困らない。宿に泊まり続けるのは割高だから、どこか探さないと。ぼんやりと試算してみる。うん、物件を見つけて食費を抑えれば半年は暮らせそうかな。

それまでになんとか安定した収入源が見つかれば生きていけそう。

……見つけられるか？　この俺に。

冒険者ギルドに行けば何かしら求人はあるだろう。だけど付与術師を雇ってくれるパーティーがあるとは思えない。培《つちか》ってきた自分の技術に誇りはあるけど、だからといって世に蔓延《はびこ》る付与術師の印象を拭える自信はない。

個人《ソロ》でいこうか……それこそ付与術師の癖に本末転倒だ。

雑魚《ウィード》狩りはできるとは言えEランクパーティー相当くらい——いや、それでも自己評価が過ぎるかも。俺ならFランク相当くらいが良いところかもしれない。

「あぁ、死にたい」

いつからこれが口癖になっただろうか。人前で出したことはないと思うが、一人のときは一分に一回は言っている気がする。


凹み方がよくわからなくて、とりあえずこういうときどうするのか、どこかで誰かがやっていたようなわかりやすいポーズを取ろうと思った。

要は一人で飲みに来たわけだ。裏通りの隠れ家居酒屋『泊まり枝』。行きつけってほどでもないけど、ときどき来ている店だ。

「いらっしゃ～い、おっ、ヴィムさん！」

看板娘のグレーテさんが迎えてくれた。溌剌《はつらつ》とした立ち振る舞いと接客用のお嬢さん服《ディアンドル》、そして何よりニコニコ笑顔が眩《まぶ》しい。

「聞きましたよ！　【竜の翼《ドラハンフルーグ》】が階層主《ボス》を倒したって！　おめでとうございます！」

ああ、まあ、そうなるよね。もう広まっているのか。

黙ってカウンター席に座る。店内に人はあまりいなかったけど、グレーテさんの声を聞いた人たちの目が一斉に俺に集まる。「おめでとう！」「よっ世界一！」「今日はヴィムの奢《おご》りか⁉」と遠巻きに囃《はや》し立てられる。駆け寄ってこられたりはしないけど。

「これでAランク昇格ですね！　あっ、今日はそのお祝いですか？」

そういえば嬉しいことがあったときにしか来てなかったな、ここ。それこそランク昇格の一人祝いみたいなとき。

「ああ、いや、実は、その、そんなお祝い事とかじゃなくて、へへ」

「そうなんですか？」

「とりあえず、あの、一杯お願いします。あといつもの腸詰め《ソーセージ》で」

「……はいよ！」

『泊まり枝』の名物料理、腕くらいの太さの羊の腸詰め《ソーセージ》と麦酒《ビール》がすぐに運ばれてくる。単品料理だがなかなかのボリュームだ。力仕事をする男性でないと食べきれないだろう。

切り分けることなくフォークでぶっ刺して貪《むさぼ》り、麦酒《ビール》で流し込む。また貪り、飲む。口周りが気持ち悪くなったら冷たい手拭いで口を拭く。そして貪る。

「……へへへ」

あまり味がしない。でも美味しい気がして、いくらでも食べられるように思う。状況が変な調味料になっているのか。

店内全体がお祝いなどという雰囲気ではないことを察したらしく、さっきの盛り上がりは落ち着いて、各々のテーブルの話題に戻っている。グレーテさんも見守ってくれている。

沈黙が優しい。

「……ひひっ」

いけない。笑い出しそうになる。

ときどき、みんなでお祝いしたな。基本は呼ばれなかったから、本当に数回くらいのときどきだったけど。俺は人の輪に入るのが得意じゃないし話すのも下手だから、ははは……としか反応できなかったかな、確か。でも楽しかったなぁ。

楽しかったなぁ。

あ、やべ、目が潤んできた。


カラン、と扉が鳴った。

「ヴィム！」

狭まった視界の外からはっきりと、聞き覚えのある声がした。

見えたのは無遠慮に揺れる二つ結い《ツインテール》。朱の混じった濃い金髪は、この国の人間としては普通の域を出ないはずなのに、やたら際立っている。

きっとそれは存在感ゆえだ。悪目立ちすることを厭《いと》わない傍若無人《ぼうじゃくぶじん》さが、小さな体躯には収まりきらずにかえっていっそう目立っている。

間違いようもなく、同郷の友、ハイデマリーだった。

妙に息が上がっているように見える。

「いらっしゃい！……あら、ストーカーのスーちゃんじゃないですか」

「うるさい牛娘、じゃなくてだね」

ハイデマリーとグレーテさんは顔を合わせるたび、憎まれ口を叩きあっている。まあでも本気で言っているのか言っていないのかって感じだから険悪ではないんだろう、つまり仲が良いってことだ。

小柄なハイデマリーと大人っぽいグレーテさんで凹凸コンビみたいにも見える。

「ヴィム！　えっと、その、なんというか」

この様子だと俺がクビになったことを知っているのかな。

さしもの彼女も、今回ばかりはちょっとまごついたふうだった。

「大丈夫、かい？」

「……もう広まってるの」

「あ、私だけだね。知ってるのは。にしたって信じ難い、あの野郎」

「いや、なぜ知ってる」

「ヴィムのことはなんでも知ってるからね」

真顔で言うな冗談に聞こえない。

……そうか、もう広まってるのかぁ。

「どうしたんです、スーちゃん。ヴィムさんに何か」

グレーテさんの質問にハイデマリーは気まずそうな顔をする。根は優しい彼女だ、俺の失態を口にするのが噂に加担しているようで嫌なのだろう。

まあ、こういうのは本人が言うべきか。

「いやぁ、実は、【竜の翼《ドラハンフルーグ》】、クビになりまして」

「え」

店内が静まり返った。

◆

ヴィムに仕込んでいる発信紋の反応が【竜の翼《ドラハンフルーグ》】のパーティーハウスの外に出て、初心者向けの安宿で止まったものだから、何事かと思った。急いで盗聴石《アプホレン》を起動し、パーティーハウス内の会話を再生することにした。

「失せろ、クズが」

そう聞こえて、私は愕然とした。

あのゴミ《クロノス》ならやりかねないか。ああもう、だから【竜の翼《ドラハンフルーグ》】なんぞに私のヴィムを預けておくのは反対だったんだ。ヴィムがそう望んだとは言え、これじゃあまりに仕打ちが酷すぎる。

ヴィムは泊まり枝に向かっているようだった。ヤケ酒でも始めるつもりなのだろうか。とにかく、私は部屋を出て一直線にヴィムの下へ向かった。

「ヴィム！」

泊まり枝の扉を開けて見えたヴィムは、とても弱っていた。

陰気臭い顔に曲がった背筋……はいつも通りか。いやそれがいっそう酷くなっている。

移民の血筋だとわかる黒髪は、こうなってみれば妙に合ってしまう取り合わせだ。機能性を重

視して短髪にしているのも表情が見えてかえって逆効果。

我ながら酷い表現をするが、小物臭が半端じゃない。

漂う哀愁と自虐《じぎゃく》の空気が禍々しく、何も知らない子供でも一目見て話しかけてはいけないとわかるくらい。

ああ、もう、昔のことを思い出す。あんなヴィムは二度と見たくなかったのに。そうならないよう頑張ろうって誓ったのに。

「いらっしゃい！　……あら、ストーカーのスーちゃんじゃないですか」

「うるさい牛娘、じゃなくてだね」

乳ばかりデカい牛娘が出迎えてきやがったので、一蹴《いっしゅう》してやった。

「ヴィム！　えっと、その、なんというか……大丈夫、かい？」

＊

こういうとき、気心の知れている友人というのは有難かった。ハイデマリーは故郷のリョーリフェルドにいたときからカラッとしている気持ちが良いやつなので、湿っぽくなったり、過度に同情してくれたりはしないので楽に愚痴を零せた。

彼女は黙って、隣でモグモグと蒸した馬鈴薯《ばれいしょ》を頬張りながら聞き手に徹してくれた。

「……引き継ぎの時間もくれなかったからさ。一応、必要書類は置いてきたから大丈夫だとは思うけど、ソフィーアさんが雑用《サポーター》の仕事をやってたかっていうとそうじゃないっぽいし、その、まあ誰にでもできることだから慣れるまでは分担すれば」

「ソフィーア？　ヴィムの代わりに入った子？」

「うん。長耳族《エルフ》の子で、美人さん」

「ああ、クロノスの女か」

「そういうこと言うものじゃないって。まあ多分そうだけど」

麦酒《ビール》を煽る。

そういえば、俺の部屋だけ三人とは引き離されてたんだよな。ときどきあまり健全とは言えない空気を察したものだけど、あれはそういうことだったのだろうか。

俺がいなくなれば、男一女三のパーティーになるわけで、女性陣は気兼ねなくクロノスにアピールできるようになるわけだ。そっちの方がみんな幸せそうだな。

「……ふへへ」

思えば、なんでもかんでも蚊帳《かや》の外だったなぁ。いや、恋愛のゴタゴタに巻き込まれたかったわけじゃないんだけどさ。でももうちょっと信頼関係を築けていれば、こんなことにもならなかったかもしれないって思うとな。

「戻したの、それ」

ふと見ると、ハイデマリーが丸い目をしていた。

ん？

「笑い方」

「あっ、ごめん、気持ち悪かった」

「……いや、私は好きだよ、その笑い方。ヴィムっぽくて。矯正《きょうせい》されたときは寂しかった」

「何それ。淑女があんまり男に好きとか言うものじゃないって。勘違いしたらどうするの」

「してもいいよ」

「よせやい」

ありがたいなぁ。本当に。

酔いが回ってきて、頭がふわふわしてきた。気持ち良くなったとか落ち込んだとかじゃなくて、ボーッとしてきた。そのまま視線も泳ぐ。

壁に掛かっている綴織《タペストリー》が見えた。この国では居酒屋に一枚ある、その店の象徴みたいなもの。フィールブロンの感じじゃないから、違う国、多分北の方の国の絵だと思う。青い糸で綴られた波立つ海から、白いトカゲの頭みたいなものと尻尾が出て、二本の指を突き合わせるように向かい合っている。

何回か来ている店なのに、あんな綴織《タペストリー》があったなんて知らなかったな。

「……で、そろそろ私からも聞いていいかい」

しばらくして、彼女はそう切り返してきた。

「なぜ、階層主《ボス》を倒したヴィムがクビ、なんて話になったのさ」

「ぶほっ」

いきなり核心を突かれて、というか伏せていたことを看破されて咽《むせ》た。

「どうしました？」

グレーテさんが反応する。

「な、なんの話かな」

「何年の付き合いだと思ってるんだい。話が妙に辿々《たどたど》しいし、ときどき詰まってたぜ」

「いやいや、止めを刺したことかな……？　なんて。ほら、俺たち【竜の翼《ドラハンフルーグ》】はクロノスを中心に一致団結して奇跡的に……」

「見苦しいよヴィム。いつもの【竜の翼《ドラハンフルーグ》】の戦力で階層主《ボス》討伐なんかできるわけないだろう。特別な要素があったはずだぜ」

「いやいやほんと何言ってんだよ。階層主《ボス》だよ？　一人で倒すなんてそんな」

「……まあ迷宮《ラビリンス》で秘められたことは神様とそのパーティーしか知らないからね。私がどう言ったところでヴィムがそう言い張る限り証明することは難しいんだけど」

ハイデマリーは遠い目をした。

「でも、推測くらいは効くさ。私はヴィムのことならなんでも知ってるんだ」

まっすぐに瞳を見つめられて、二の句が継げなくなった。

すでに冒険者ギルドに報告書と大鰐の討伐証明部位は提出してある。クロノスたちの手柄もたっぷりと書き添えて、しっかりと【竜の翼《ドラハンフルーグ》】全体の功績になるようにした。

迷宮《ラビリンス》の秘め事、という言葉がある。迷宮潜《ラビリンス・ダイブ》には第三者がいない。物証さえ用意できれば当事者の主張が原則通ってしまう。

　だけどハイデマリーの目を見れば、そんなことで誤魔化せるわけもないとわかった。彼女はときどき、こうして俺を見透かした目をする。

「……火事場の馬鹿力って、やつだと、思う、うん」

　ハイデマリーは得意げな顔をして、グレーテさんはおかしな顔をしていた。

「……自分でも信じられないいんだ。そりゃ、その、うん、功名心が湧き上がらないこともないけど、信じられない、って気持ちの方が。他の誰かがすでに十分なダメージを与えていたと思うし。うん、きっとそうだと思う」

「本気でそう言ってるわけじゃないだろう？」

「……よくこんな話信じられるね、ハイデマリーは」

「そりゃ信じるさ。で、なぜ隠すんだい？」

「その、さすがに倒した本人が【竜の翼《ドラハンフルーグ》】を抜けたっていうと、いろいろおかしなことになるし」

「クロノスを庇《かば》ってるわけか」

「そんな偉そうな感じじゃないって。その、なんというか、俺みたいなのがクロノスの今後を邪魔するのは良くないかなって」

　俺がそう言うと、二人は顔を見合わせてこそこそと話しだした。

「スーちゃん、どういうことですか」

「まあ、とにかく本当だよ。パーティー内の会話っていう状況証拠だけだけどね。あと潜在能力。ヴィムは一人で階層主《ボス》を倒してる」

「比喩ですか？　一人で倒したも同然だ、みたいな」

「いんや、単独撃破。一から十まで」

「本気で言ってます？　信じられないというか、もはやストーカー拗《こじ》らせて変なことを言い出したようにしか見えないんですが……」

「言いたいことはわかるけど、本当にそう見えるかい？」

「……いえ。でも、そんな、階層主《ボス》を一人だなんて」

「じゃあ便宜的にでも信じてくれ。減るもんじゃないだろう。どうせあとでわかることだし、そうなったら店的にも『え、我々は知ってましたけど？』みたいな顔ができる」

「はぁ、口だけでいいなら、別にいいですけど」

何やら合意があったようで、二人は俺に向き直った。

「おい牛娘、言ってやれ。この馬鹿、私が何言ったって聞きやしない」

「……はい」

不本意そうな顔で、グレーテさんが切り出した。

「ヴィムさん、階層主《ボス》は火事場の馬鹿力でどうにかなるようなものではないかと……というか私、生まれてこの方フィールブロンにいますが、一人で階層主《ボス》を倒すだなんて、そんな話聞いたこともありません」

「えっと」

「本当なら、って、疑ってるみたいな言い方で申し訳ないですけど、即褒賞ものですよ。討伐が認められたってことは、証明部位もあるんでしょう?」

「いや、でも、本当に偶然なんですって。あの、奇跡を拾い続けられたって言いますか」

「奇跡、ですか?」

「なんていうか、こう、僕の付与術の特質なんですけど、ほら、たとえばグレーテさんは冒険者じゃないし戦闘の訓練はしてませんけど、一万回くらい組み合ったら、ある程度の強豪相手でも一回くらいは一発入れられそうじゃありませんか」

「そういう偶然とか奇跡で済ませられるようなものじゃないと、というかなぜ出すとこ出さないか不思議なくらいの……」

「あの、グレーテさん、別にそんな無理して信じなくても大丈夫ですよ」

「いえ!　そういうわけでは」

「その、そもそもクビに関して言えばそれだけじゃないんです。その、実はあんまりクロノスとうまくいってなくて……へへ。クロノスだけじゃなくて、他のメンバーのニクラやメーリスとかともなんですけど。だから、こう、積み重ねが今現れた?　みたいな。普通のパーティーだったら褒められることを成し遂げられたと思いますよ、自分でも。でもやっぱりこうなったのは不徳の致すところと言いますか」

クロノスたちの反応はそりゃまあ納得できないけど、俺にもかなり大きな非があるのだ。

俺は積極的にみんなとの距離を縮めようとしなかったし、そういう関係を構築してしまった。それならそれを貫き通すべきだったし、目立ってしまうと不快に思われるのもわかっていた。

「だから、結局のところ、僕は」

「認知が歪んでる！」

俺の言葉を遮って、ハイデマリーがテーブルをバン、と叩いた。

「ええい、牛娘、私も麦酒《ビール》だ！」

「えぇ……大丈夫ですか、スーちゃん強くないでしょう」

「構うものか！　お客様が金を落としてやろうってんだぜ」

「はいはい、一杯入りました～！」

運ばれてきた手樽《ジョッキ》を勢いよくグイッと傾けて、彼女は口を開く。

「いいかいヴィム。解雇された原因、もとい君の歪みを説明してやろう。それは認知的不協和というものだよ」

なんの話だ。心理学の用語とかかな。

いつもの調子が出てきたと言わんばかりに彼女はコホンと咳払いした。

「人は受け入れたくない認知に変な理由付けをするのさ。狐と葡萄の童話であるだろう、ジャンプしても葡萄に届かなかった狐が、どうせあんな葡萄すっぱくて不味いに違いない、って勝手に断定して自分の能力のなさを誤魔化そうとするやつ」

「あったっけ」

「……新手のボケか？　ええい話の腰を折るな！　つまり狐と同じことをクロノスもやってるんだ。見下していたヴィムが、自分を遥かに超える偉業をやってのけたんだ。この矛盾を解消するためにクズだの役立たずだのを勝手に言って、追い出した。そういう心の動きをあの、なんてったかな、ニクとメーメー？　とりあえず、あの売女どもも共有したんだ」

ニクラとメーリスな。売女って。酔うと口が悪くなるんだよなこいつ。すぐ酔うし。いやでも普段からグレーテさんに牛娘とか言っているしこんなものかもしれないけど。

「聞いてるかいヴィム！」

「はい、聞いてます！」

「私が本当に言いたいのは、クロノスたちじゃなくて君の認知的不協和だよ。君もおかしな認知を抱えて訳のわからないことを言っている。むしろそっちの方が問題だ」

……俺の？

「自分は弱い、価値がないっていう評価と階層主《ボス》の単独撃破という功績の釣り合いが取れなくなって、無理に偶然だとか火事場の馬鹿力だとか言い張ってるじゃないか。なおかつクロノスを相対的に高い位置に置こうとするからなおさらタチが悪い」

もう一度手樽《ジョッキ》を傾けて、彼女は一気に残った麦酒《ビール》を煽る。

「私に言わせれば環境がゴミクソ悪いけど、ヴィム、君はもうちょっと自分を見つめ直せ」

……はぁ、そういうものか。

俺が頷くか頷くまいかくらいで俯いていると、彼女は鞄に手を突っ込みおもむろに一枚の四角い紙を取り出した。

そこにはハイデマリーの名前と苗字、【夜蜻蛉《ナキリベラ》】という文字列が書いてあった。

【夜蜻蛉《ナキリベラ》】。フィールブロン最高のAランクパーティー。所属することそのものが高いステータスとなり、当然その分入団に際しては厳しい審査が行われる。

ハイデマリーはそこにスカウトされて入団し、すぐに頭角を現してめきめきと成果をあげた。今や次期幹部候補と言われるほどの活躍を見せているのだ。

「ほら、私の名刺だ。特別なやつ。これで明日、うちのパーティーハウスまで来てくれ」

「え、何かするの」

「しばらくうちで働いてみてくれ。体験だ。口利きってやつ」

「そんなことが、その、できるの？」

「これでも七十四代目の賢者様だぜ。かつ次期幹部候補だ。そのくらい余裕さ」

もう口利きで人をねじ込めるくらいには信頼を置かれているのかと感心する。同時にこの差が嫌になる。

ハイデマリーの職業は〝賢者〟。あらゆる職業魔術が使用可能である最強の職業。選ばれた者にしか得られない希少職。

人間としての性能が違うと、改めて実感してしまった。

彼女を見る。本当は俺なんかが気やすく話しかけられるような人じゃない。同郷の古馴染みであるから気にかけてくれているだけだ。

「何を考えてるかは概ね想像がつくけどさぁ」

俺がじっと名刺を見つめていると、ハイデマリーが呆れたような声を出した。

「所詮口利き、ダメだったらやんわりクビになるだけと思って気楽に受けな」

「……でも」

「いいから来い。君の認知は歪みすぎてる。周りの評価をしっかり聞け。それから自分には無限の選択肢が広がっていることに気付け」

そう言ってもらえているのに、俺はまごついていた。

自信が持てなかった。今さっき否定されたばかりなのにすぐ頭を切り替えられるはずもない。

「いいかい、ヴィム」

ハイデマリーは俺の両肩に手をおいて、視線を逸らさないように、逃げられないように、言った。

「君は、好きに生きなきゃいけないんだ」

◆

大きな背中に負ぶわれて、私はゆらゆらと深夜の街を進んでいるようだった。

「……うー」

「お、起きた。歩けるか」

「しんどいかも」

ヴィムの背中だ。こんなふうに運ばれるのも久しぶり。

彼は歩き続ける。参ったな、元気付けようとしたはずなのに、私の方が世話になってしまっている。

「世話焼きだよな、ほんと」

「そうかい？」

「その、ありがとう。しんどいときに来てくれて。さすが同郷の友。助かった」

彼は遠い目をして――見えないけど、きっと遠い目をしていて、そんなことを言った。とても嬉しい。

「……でも、そんなに気負わなくていいよ。ここまで構ってくれなくたってさ」

「また、その話」

「俺が選んだことだし」

「だから、それはもう関係ないって」

「いや、あるって」

「むしろ気にしてるのはヴィムの方じゃないのかい」

「いいや、ハイデマリーの方だって」

私がずっと指摘することができない、ヴィムのもう一つの認知的不協和。

「だからさ、俺のことなんて気にしないで、ハイデマリーの方こそ自由に生きて、それこそ冒険者人生を全うして、引退したら誰かいい人見つけてさ」

「……もう、まったくわかってない」

私の気も知らずに、彼はそんなことを言う。

「えぇ、わかってるだろ、むしろ」

いいや、わかってないのは彼の方だ。彼はずっと私の厚意は罪悪感の裏返しだと思ってる。彼はそれに罪悪感を覚えてる。その繰り返し。なんて茶番。

「わかってないさ。私の方がずっとわかってる」

「えぇ……なんで」

「そりゃ、だって」

だって私は、ヴィムのことならなんでも知ってるんだから。

第三話　夜蜻蛉

翌日、俺は【夜蜻蛉《ナキリベラ》】のパーティーハウスの前に来ていた。

【夜蜻蛉《ナキリベラ》】は百人以上の団員を有する最大規模のAランクの冒険者パーティーだ。階層主《ボス》の三割はこのパーティーによって撃破されたという実績を持つ。

にしても、デカいな。屋敷じゃないかこんなの。

「何か御用でも？」

なかなか門を叩けずウロウロしていると、守衛さんらしき若いお兄さんに声をかけられた。怪しかったよね、うん。

「あの……そうです、友人から紹介を受けて来まして、えっと、名刺を」

鞄に手を入れると、守衛さんがバッと身構えた。しまった、余計怪しかったか。数歩下がって、無害そうに笑みを浮かべて、

「ふひひ」

あ、やべ、緊張して笑っちゃった。さらに警戒される。

「いや、怪しい者じゃないです。えっと、ほら、その、これ！　お納めください！」

急いでハイデマリーにもらった名刺を渡す。守衛さんは怪訝《けげん》な顔をして受け取った。

「……ハイデマリーさんに友人？」

ハイデマリーさんの友人、ではなく、ハイデマリーさんに友人、だそうである。あいつ、友達いないんだな。

「確かに許可紋が入っていますね」

何やら照らし合わせているようだ。

「体験？　みたいな形で、ハイデマリーに言われまして……その、へへっ、僕もあんまりよくわかってないんですけど」

そう言うと、守衛さんは心当たりを思い出したようだった。

「となると、あなたがあのヴィム＝シュトラウスさんでしょうか」

「ええと？　はい、ヴィム＝シュトラウスです」

そう言うと守衛さんはたいへん恐縮した。

「失礼しました！　お話は伺ってます！　ごめんなさい！　時間まで少し早かったものですから、本っ当に失礼しました！　ハイデマリーさんをお呼びします！」


「ようこそヴィム、【夜蜻蛉《ナキリベラ》】へ」

ハイデマリーに連れられて屋敷の玄関を歩いていく。

まさしく豪華絢爛《ごうかけんらん》。やたら高い天井を見上げればシャンデリアが光り輝いていて、横を見れば室内なのに噴水がある。

「しかしなんだい、アーベル。ヴィムが来ると言っただろう」

「すみません、その、こう言ってはなんですが、〝あの〟ヴィムさんには見えなかったもので、本当に申し訳ない」

「間違えるもんかね」

「いやだって、ハイデマリーさんは凛々しい男性だと」

「言ってない！　言ってないよヴィム！」

先ほどのお兄さんは守衛さんではなく、アーベルさんという方らしい。なんだ、軽口を叩きあえる仲間がいるんじゃないか。良かった良かった。

「ねえ、ハイデマリー」

耳打ちする。

「ひゃ……なんだいヴィム。いきなり。驚くだろう」

「〝あの〟って何」

「ああ、君は有名なんだよ、案外ね」

「え？」

案内されたのは大きな広い部屋だった。

雰囲気としては、【竜の翼《ドラハンフルーグ》】で言う一階のテーブルみたいな感じだ。談話室とか会議室みたいなものだろうか。そこには【夜蜻蛉《ナキリベラ》】の一団が何やら準備をしながら集まっていた。装備を整えているように見える。

まるでこれから迷宮潜《ラビリンス・ダイブ》に向かうみたいだ。

全員が全員、醸《かも》し出す風格があった。剣一つとっても有名な鍛冶師の特注であることがすぐにわかったし、そういうこだわりが積み重なった歴戦の猛者《もさ》特有の形容し難い落ち着きのようなものがある。

ハイデマリーに連れられていなければ気圧されて逃げてしまいそうだった。

中でもひときわ目立つ人がいた。ずいぶん体格が良いが、女性だ。動きやすさを優先した軽い銀の鎧に身を包み、腰には柄《つか》が不自然に長い、奇妙な得物を差している。

何よりも目立つのが美しい銀の長髪。あまりの滑らかさに光が天使の輪のように反射しており、ある種の神々しさすら感じられる。

すぐあの人だとわかった。有名人だから。

「カミラさん、連れて来ました」

「ああ、例の彼だな」

【夜蜻蛉《ナキリベラ》】団長、〝銀髪〟のカミラ。フィールブロン最強の戦士の一人だ。

「おお、君か。思ったより小さいな、いや失礼」

「……ははは」

近くで見るといっそう大きい。それどころか男性含めてもこの団の中で一番身長が高いのではないだろうか。というか迫力が凄い。しかも物凄い美人。まるで古代遺跡から掘り出された彫像なような造形で、性的なものからは程遠い芸術すら感じる。凄い。

「ようこそ【夜蜻蛉《ナキリベラ》】へ。私は団長のカミラだ」

「あ、あの、どうも、【竜の翼《ドラハンフルーグ》】の、あ、元ですけど、はい、クビになりまして……ヴィム＝シュトラウスです。どうも。よろしくお願いします」

握手に応じるとガッと握られた。凄い握力。

「話はハイデマリーから聞いているよ。我々【夜蜻蛉《ナキリベラ》】は有能な者を歓迎する。ぜひともうちの空気を味わい、その価値を吟味していくといい」

「はい？」

「【竜の翼《ドラハンフルーグ》】とは勝手が違うだろうから、今回の迷宮潜《ラビリンス・ダイブ》ではあくまでお客様、後方の支援をしてもらうことになる。まあ、状況によっては戦ってもらうことになるかもしれないが、その程度は大丈夫だと見込んでいるよ」

……？

「ねえ、ハイデマリー」

「なんだい？」

「どういう話をしてた？」

「言っただろう、体験って。これから一緒に迷宮《ラビリンス》へ行くんだよ」

「はい？」

「見せてやれ、君の力を」

なし崩し的に俺は【夜蜻蛉《ナキリベラ》】の迷宮潜《ラビリンス・ダイブ》に同行することになった。しかも向かった先は現在最前線の第九十八階層より一つ前、つい最近【竜の翼《ドラハンフルーグ》】が突破した第九十七階層らしい。

迷宮《ラビリンス》における階層間の移動方法はかなり特殊だ。

各階層の間は地続きになってはおらず、階段があるというわけでもない。各階層に複数存在する転送陣と呼ばれるものを踏むことで、また別の階層の転送陣に瞬間移動のような形で移動する。転送陣は階層ごとに一体だけ存在する階層主《ボス》を倒すことで新たに複数出現する。新たな転送陣の中には必ず次の階層に繋がる転送陣が含まれている。

少し複雑なのが、階層を複数飛び越える転送陣が多々存在するということだ。一つだけ確かなことは最前線にあたる階層を跨ぐことは絶対にないという経験則だけであり、階層主《ボス》が倒されることで、それよりずっと前に見つかった階層同士を繋ぐ転送陣が生まれることもある。

迷宮潜《ラビリンス・ダイブ》を行うにあたっては、この数多《あまた》の転送陣の配置を頭に入れておく必要がある。階層を跨ぐ転送陣を効率よく利用すれば、行きたい階層に向かうまでの時間を大幅に短縮することができるわけだ。

「ヴィム、すまないがどちょっとの間これをつけてもらえるかい？」

まだ誰もが知っている道の半ばで、ハイデマリーが俺に声をかけてきた。

渡されたのは目隠しだった。

【夜蜻蛉《ナキリベラ》】が秘匿《ひとく》している転送陣を使うらしい。君はまだ部外者の扱いだから、本当にごめんね」

「おお、そういうの本当にあるんだ」

素直に従って装着する。大手のパーティーともなれば独自の情報網で転送陣を発見、秘匿し、他パーティーよりも優位に迷宮潜《ラビリンス・ダイブ》を進めるらしい。あくまで噂でしか知らなかったけど、本当だったとは。

視界が真っ暗になり、さすがに足元がおぼつかない。何か掴まるものが欲しい。

「ほれ、掴まれ」

ハイデマリーが言う。選択の余地はない。手を差し出して探っていると、彼女の手に当たった。

「おー、人前で手を繋ぐとは大胆だねぇ」

「……見えなかっただけだって」

「中腰は辛いだろ？　肩にしな」

「了解」

大人しく誘導されるまま、肩に手を置いた。

第九十七階層に到着した。

今の期間は階層主《ボス》がいたせいで調査できなかった未知の箇所を虱潰《しらみつぶ》しに調べる期間になっている。パーティー間での激しい競争が行われるわけだ。

やばい。どう考えてもやばい。俺では確実に足を引っ張る。

「……俺の役目は索敵だから……でも装備も十分じゃないし……最前列のカミラさんと後列のハイデマリーを焦点に楕円索敵を展開して、想定されるべきは崩落トラップと埋没トラップで、いや、この前の傾向とまったく同じと考えるべきか、……いやいや、そもそも五十人以上の迷宮潜《ラビリンス・ダイブ》なんて初めてだし、お任せできることは全部して何も考えず……違う、俺が絶対ノイズになる以上その分の補填《ほてん》は」

「ハイデマリー、彼は何をブツブツ言っている？」

「いろいろ初めてで緊張しているんでしょう。慎重な性格なんです」

「慎重なのは良いことだな、きっと」

カミラさんはまっすぐな目で俺を見下ろしている。見限られたらどうしようと不安になった。

「でも、腰が引けているとかえって安全とは言い難いぞ、少年！」

「ふぁい!?」

背中をバンと叩かれる。

「君はBランクの【竜の翼《ドラハンフルーグ》】でこの階層に潜っていたのだろう？　しかも君たちは我々に先んじて階層主《ボス》を倒したんだ。そんなに恐縮しないでくれたまえ」

「……にい」

「今日は行って戻るだけの地図作成《マップ》が主目的だ。できることをしてくれるだけでいい」

カミラさん優しい。涙が出そう。

「……精一杯、やらせていただきます」

「よしよし。頑張りたまえ！　少年！」

ベテランの余裕が頼もしい。彼女ほどの人に安心しろと言われれば、俺みたいな人間は反射的に元気づけられてしまう。

「少年」扱いなのは気にならないでもないけど……さすがに少年って歳は卒業しているのでは。まあ背は低いし、青年というには凛々しさがまったく足りていない自覚もある。

きっとカミラさんほどの人からすれば誤差の範囲なのだ。そのくらい長く最前線で戦ってきたわけで、俺にはわからないような大きな視点で物事を見ているに違いない。

ふとカミラさんの年齢が気になったけど、置いておこう。大船に乗ったつもりになっていいのは間違いない。

「ふぅ」

息を吐いた。

強引に肩の力を解かれて、視線がちょっと上向いた。視界が広がった気がする。

前に潜ったことのある層だ。構成する物質はいつもの迷宮《ラビリンス》と同じ。生命に満ち満ちた空気に、周囲をうっすらと青く照らす、発光する壁。この壁は一枚の面のように整理されていたり、洞穴の壁みたいにゴツゴツしていたり、あるいは植物だったり動物だったりする。この階は洞窟っぽい系統だ。

『તમે વારંવાર આવો છો』

「……わ⁉」

今、何か聞こえた。耳元で。

「どうしたんだい、ヴィム」

「いや、空耳？」

何かの声か？　いや索敵には何も引っかかってない。周りに何か聞こえた素ぶりのある人もいない。矢がかすめたとかそういうわけでもない。

「何かのトラップの前兆じゃないのかい。報告しといた方が」

「そんな感じでもない。本当に空耳だと。……でも」

迷宮《ラビリンス》では何が起きるかわからない。空耳でも予感みたいなものなら、警戒をするに越したことはないだろう。索敵を拡げることにした。

◇

【夜蜻蛉《ナキリベラ》】の長ともなれば、各パーティーの人員を把握しておくのは業務の一つだ。

いつ何時《なんどき》もパーティー間の諍《いさか》いは絶えず、交渉事も多い。友好関係を結ぶにせよ敵対するにせよ、まず情報を持っていなければ話にならない。

フィールブロンのそんな情勢の中にあって、【竜の翼《ドラハンフルーグ》】の付与術師ヴィム＝シュトラウスと言えば、もともとある程度の知名度はあった。

【竜の翼《ドラハンフルーグ》】自体が数年で、しかもたった四人でBランクに上り詰めた空前絶後のパーティーだ。加えて階層主《ボス》の討伐すら成し遂げたのだから、そのメンバーであるというだけで名が知れ渡る。能力にも興味が湧く。

さらに名誉ある階層主《ボス》撃破直後に内部のいざこざがあってクビになった人間、となれば、噂話《ゴシップ》の意味合いでも様々な注目が集まるだろう。

その当事者が我がパーティーの次期幹部候補、ハイデマリーの友人であったというのは奇妙な巡り合わせだ。

そして驚いた。ハイデマリーから聞いてはいたが、このヴィム＝シュトラウスという少年は、想像以上に使える。

まず索敵の精度。【夜蜻蛉《ナキリベラ》】の索敵担当に距離こそ及ばないが、その分地中や空中に網を拡げて、空いている分の補助に回ってくれている。

『あの……よろしいでしょうか、カミラさん』

伝達魔術で私に個人伝達が来る。

『何かな、ヴィム少年』

『ちょっと先ですけど、左側上方、距離四十五に落石トラップの疑いが。直接の反応はあくまで疑い程度ですが、さっきジーモンさんが探知してくださった亡霊犬の配置からするに、可能性は高いと』

『確かか？』

『十中八九、あります』

特筆すべきはその観察眼と知識量、洞察力だ。おそらくある分野においての迷宮《ラビリンス》研究の先端にいる。トラップの予測など聞いたことがないが、先ほどから現に彼の予測はぴしゃりと的中している。

『いや、でも、万が一外れたら進行に遅れが』

『……そういうときは遠慮なく全体伝達にしてくれて構わないんだぞ。君はすでに五つの落石トラップを回避している。むしろ当たりすぎて怖いくらいだ。外してくれた方がみんな安心する』

『はい、すいません、すいません』

ちょっと遠慮が過ぎるところが玉に瑕《きず》か。

いや、それは彼の真髄《しんずい》にも関係しているのだろう。

彼は異常なほど自己主張をしてこない。慎重すぎるくらいに周りを見て、足りない部分の穴埋め、あるいは足りている部分の底上げ、危険《リスク》の低下に努めている。そしてそれは、多くの場合驚くほど的確だ。

しかも彼は我々【夜蜻蛉《ナキリベラ》】が長年かけて積み重ねた手引書《マニュアル》を、一読しただけで理解し、記憶した。あまつさえ感心しているようですらある。あれは指揮官の目線に立たないと全容は把握できないはずだ。

彼は【竜の翼《ドラハンフルーグ》】でどんな役職を担っていたんだ？

『距離四十三左方に落石トラップの可能性があります。予想される質量は百五十程度。柱の形状です。アーベルさんの盾で問題なく防げると思います』

『こちらアーベル。了解しました。俺が担当します』

結局、落石トラップは存在した。

確実な結果の積み重ねが、評価を裏付けする。

迷宮《ラビリンス》に対する深い理解に、年齢にそぐわぬ実務能力。垣間見える安全に対する意識。伝えてくれる情報は絞られているが、その何十倍もの情報を拾って、吟味し、推測しているに違いない。

やや挙動不審気味なのは周りが見えすぎてしまうゆえかもしれない。

……探《と》ったら、どうなるかな。

多少有名とは言え、それは実力というより好奇の視線によるもの。ハイデマリーの紹介でなかったら本来入団を匂わせるような同行を許しはしなかった。

【夜蜻蛉《ナキリベラ》】への入団というものは本来厳正なものだ。しかし私の中ではすでに、彼をどのように運用するかの算段までが立ち始めていた。

『カミラさん、あの……こちらヴィムです』

『なんだ』

『すみません何度も何度も』

『そういうのはいい。何か見つけたか』

『湿度が上昇しています。そしてしばらく低空域の羽虫の姿が見られなくなっています』

『それは何を表している』

『……はい。大型の縄張りに入ったと思われます。鈍足の爬虫類、おそらく怪獣亀《ザラタン》の丙種、少なくとも二十人級だと推測されます。敵性は高いですがいくつか迂回すれば回避自体は可能……あっ、えっと、結構高い可能性です。九割方います』

『わかった。全体伝達で伝えてくれ。あと、可能性が高いものは私に確認を取らず、その場で全体伝達を使ってくれて構わない』

『承知しました』

『判断は幹部と――』

頭にちょっとした思いつきが浮かんだ。

あくまで噂の範囲、ハイデマリーの喧伝《けんでん》の賜物だが、ヴィム少年は高度な付与術を駆使するという話があった。むしろ本来の役割はそちらだと。

付与術師というのは特筆すべき点だ。

付与術は非常に使い勝手が悪いものであるとされている。身体能力や攻撃魔術、治癒に強化《バフ》をかけられると言えば聞こえは良いし可能性も感じる。しかし実態はそううまくいかないことがほとんど。

大雑把な強化《バフ》は感覚を大きく狂わせるのだ。

たとえば身体能力を強化する場合。全身の筋力が向上すること自体は喜ばしいが、それはただちに戦闘能力の向上を意味するわけではない。大抵の場合は制御が利かずろくに動けなくなる。

感覚と実際の動きの一致までに訓練が必要だし、一致させたとて強化《バフ》なしの状態より機敏に動けるかは別の話。

　魔術に対する強化《バフ》も近いことが起こる。魔力や五大属性を上乗せしたとして、魔術師本人の裁量を超えた余計な力を加えられれば、こちらでもまた制御を失う。多少威力が増したとしても狙いが粗くなれば総じて効果があったとは言い難い。

　つまるところ、付与術はそもそも非常に難易度が高い。

　そしてある程度実用的になったとして、そこまで大きな効果が見込めない。

【夜蜻蛉《ナキリベラ》】にも過去に付与術師が在籍していたことはあるらしいが、相当な練度と他分野の知識を用いてなんとか一人前の仕事をしていたと聞いている。

　わざわざその付与術師を選んだ彼の腕前がどの程度か。確かめたくなった。

『ヴィム少年』

『……はい、なんでしょう』

『あくまでお客様、とは言ったが、ちょっと頼まれてはくれないか。索敵の方はジーモンに任せて構わない。前方に出て欲しい』

『はい、その、ええと』

『戦闘の支援を頼みたい』

＊

初めて別パーティーの迷宮潜《ラビリンス・ダイブ》に同行したが、自分の未熟さを痛感した。

【夜蜻蛉《ナキリベラ》】の連携はそれはもう、組織的で、効率的で、なおかつ能動的。この人数を捌ききる高度な伝達魔術を軸に、あらゆる行動が手引書《マニュアル》に明記され、個人個人がそれを深くまで理解し、応用する。多少の不測はその手引書《マニュアル》の範囲内に収まってしまう。

俺が【竜の翼《ドラハンフルーグ》】でやっていたことはあくまで、調べたり聞きかじったことの模倣を、実戦で繰り返して形にしていただけだ。みんなはあまり戦略には興味がなかったから、そういうことを考えるのは俺の役目だったんだけど。

そして今考える。

「そりゃあ、邪魔だよなぁ、俺」

なんて視野の狭い戦略を仲間に押し付けていたのだろうか、俺は。

滑らかな進行の中に身を置いてみて思う。戦略というのはこうして現場で何年も積み重ねられ、改良された方法を、全員の合意をもってしっかり訓練を行うことで初めて意味を成すのだ。

『戦闘の支援を頼みたい』

なんてことを考えていたら、カミラさんから個人伝達が来た。

……やはり後方では邪魔だったか。乱した分を補填しようと思ったけど、裏目に出てたかなぁ。出てたよなぁ、そりゃ。

淀みない進行の中で前方に出るべく、早歩きで隊を大きく回って、カミラさんと合流した。

「おお、ヴィム少年」

「はい、その、来ました」

カミラさんは足を止めず、ザッザッ、と歩き続ける。両サイドでは盾職の人が死角を埋めながら、前方を照らしている。

「君の言った通り、ジーモンの索敵に丙種の怪獣亀《ザラタン》が引っかかった。回避は不要と判断したので、これから戦闘になる」

「はい」

「といっても後衛部隊が遠巻きに攻撃し続けるだけだ。魔力以外の損耗《そんもう》はほとんどないだろう」

「……えっと、それなら僕の役目は」

「そこでだ、偉そうな提案で申し訳ないが、君の強化《バフ》を見せてはくれないか。慣れた人間の方がやりやすいだろうから、ハイデマリーの補助に回ってもらうのがちょうど良いと考えているのだが」

なるほど、と納得した。得体の知れない付与術師を試すにはもってこいの状況かもしれない。

「承知しました。……その、全力を尽くします」

俺がそう言うと、カミラさんは笑顔で頷いた。

「へへっ！　いやぁ、久しぶりだね！」

ハイデマリーが隣でやけに嬉しそうにしていた。【夜蜻蛉《ナキリベラ》】のみなさんは後ろに下がってまじまじとこちらを見ている。

「団長命令だから仕方ない！　さあさあヴィム、後衛離部隊長かつ賢者様の大魔術を御覧じろ！　私もあれから成長したんだぜ！」

「……期待してる。えっと、何やるの」

「『氷槍《イース・スピア》』でいこう。ぶっつけ本番だし生成は私だけでやるから、射出から合流してくれ。そこからの本詠唱はいじってないし」

「了解」

視界の奥には巨大な怪獣亀《ザラタン》が鎮座していた。背の甲羅にはくすんだ水晶の塊が激しい凹凸を作って貼り付いている。

「二人とも！　ずいぶん遠いが、大丈夫なのか⁉」

カミラさんが後ろから心配そうに言った。

確かにここから怪獣亀《ザラタン》までかなりの距離がある。通常の魔術であれば着弾までに大幅に減衰し、ほとんど攻撃として意味を為さなくなるだろう。

しかしこれ以上近づけばむこうが活性化して防御態勢を取るかもしれない。戦術としてはここから不意打ちするのが理想的だ。

「……大丈夫です。多分、いけます」

ハイデマリーの魔術なら十二分に届く。

「何か言ったか⁉　ヴィム少年！」

……声が小さかったらしい。

「そ、その……」

「大丈夫って言ってます！」

ハイデマリーに補足される。

「そうか！　期待しているぞ！」

情けない気持ちになりながら目で見合ったのち、二人で怪獣亀《ザラタン》に向き直る。

深呼吸。

懐かしい感覚だ。昔二人で潜っていた時期を思い出す。

「よし！」

ハイデマリーは背負っていた折り畳み式の杖を前で構えた。

どういう機構か、自動でがしゃん、がしゃん、と組み上がり、ついには彼女の身長を大きく超える長大な杖が姿を見せる。もう振り回せば戦槌として成立しそうな大きさだ。

久方ぶりに見たけどまた一段と改造されている。柄《え》から先までびっしりと古代文字と詠唱に関係するであろう模様が描かれていて、核となる魔石は光の差し込み具合によって様々な文字の流れを見せる。

「あれ、魔石、ちょっと小さくなってる？」

「御目が高いね。小型化に成功しただけじゃない、詠唱密度も三倍さ。覚悟しとけよ！」

堪えきれず笑顔になっている彼女を見るとこちらまで嬉しくなってくる。

同時に身が引き締まる。俺もしっかりやらないと。

「『生成《ゲイネ・レーレン》』」

ハイデマリーがそう唱えると、ピキッと音を立てて頭上に氷の結晶が出現した。続いてその結晶に向かって水蒸気が集まって結露していく。反対に俺の側が感じるのは乾燥した生暖かい空気。瞬きするごとに氷晶は巨大化していく。ときおり轟音を立てて圧縮を繰り返す。造形がだんだんとはっきりしてきて、撃ち出されるための槍だということが目に見え始める。

何も知らない魔術師がこの光景を見れば驚愕するだろう。

なぜならこの魔術は、現存する魔術から遠くかけ離れた原理を用いて発動しているからだ。

本来、氷の魔術は熱の魔術に分類され、冷気を中心とした攻撃を行うもの。つまり最上位の氷の魔術が目指すところは吹雪のような凍結攻撃であり、このような大質量の物理攻撃ではない。

これこそがハイデマリーの職業〝賢者〟の本懐。

魔術は基本魔術と応用魔術の二種類に分かれる。基本魔術というのは魔力の質を変化させずに行うある種無機質な魔術で、たとえば先ほどから使用している伝達魔術や索敵魔術がそれに当たる。

対して応用魔術とは職業を取得した人間がその職業に応じて行使できるようになる魔術であり、大きく考えれば〝戦士〟〝魔術師〟〝神官〟〝付与術師〟の四つの職業に応じて分類され、その多様性と威力に基本魔術のそれを大きく上回る。俗に職業魔術とも称される。

さて、希少職とされる賢者の恐ろしいところ、そして最強の職業と一般的に言われる理由は、この職業魔術がすべて使用可能であるという点にある。

どう考えても強いに決まっている。この世界においては賢者の適性がある子供というだけであらゆる利権が絡む。ゆえに賢者たちが自衛のために設立した賢者協会なる団体もあるくらいだ。

しかし、これらすべては賢者という職業の本質から外れた副産物に過ぎない。

賢者の本懐、それは魔術の基礎単位を創造すること。魔術開発を行う者が四苦八苦してあれこれ組み合わせて新しいものを捻りだす傍《かたわ》ら、賢者たちは魔術の完成のために足りない部品を一から作り出すことができる。

まさしく万能。知性と武力が最高水準で調和した完全な存在。

「さあヴィム！　承認宣言！　私、ハイデマリーは付与術師ヴィム＝シュトラウスの付与を承認する！」

「わかった！」

ハイデマリーが作り出した氷槍を目視で確認。すでに物はできている。あとは射出するだけだ。

「『固まれ《カルト》』・『震え《タウブ》』――」

ハイデマリーの意識を通じて氷槍と俺の間に命令の通り道《パス》を作る。そして空気との摩擦を極限までに減らし、着弾寸前に大幅に槍の先端が硬化するコードを実行する。

「付与済み《エンチャンテッド》！」

これで、氷槍に強化《バフ》がかかった。

俺は術者の出力自体に関与はしない。強化《バフ》をかけるのはあくまで出力されたあとの物体に、だ。

炎なら撃ち出されたあとに燃え広がりやすくなるように、風なら狙いに到達するまで減衰しない

ように。

物理現象を把握し、付与術を細分化していけば最も効率の高い運用方法はおのずと見えてくる。

「いくよ！」

ハイデマリーが音頭を取る。横に見合って同時に叫ぶ。

「「『氷槍《イース・スピア》』！」」

一瞬だった。射出音など立たない。しかし氷槍が通ったその場所にできた真空が、辺りの空気を一気に吸引して暴風が吹き荒れる。

怪獣亀《ザラタン》は体の中心を甲羅ごと貫かれていた。

存命の余地はない。活動も完全に停止している。

風が落ち着き、迷宮《ラビリンス》の中にしばしの静寂が訪れていた。【夜蜻蛉《ナキリベラ》】のみなさんも、俺も、術者本人であるハイデマリーですらも驚愕していた。

パチ、パチ、と手を打ち鳴らし始めたのはカミラさんだった。

他の拍手も続く。徐々に歓声も混ざり始める。

「素晴らしい！」

カミラさんは声を張り上げて言った。

「ハイデマリーは言わずもがな、ヴィム少年、君の発想とその技術の繊細さに感服した！」

「あ……その」

そんな真正面から褒められると、言葉が出ない。

「なるほど、術者の裁量を徹底的に外れて補助に回ったのか。あくまで強化《バフ》は出力後で、減衰の方にも着目するわけだな。実行可能かは……いや、現に可能だと示された。なら強化《バフ》は有効に働いていたに相違ない。ここまで射程が延びるのなら有用以外の何物でもない」

カミラさんの洞察が俺を射貫く。

俺の手の内を知っているハイデマリーならまだしも、初見でここまでわかるのか。フィールブロン最強の戦士の一人なのだから当然と言えば当然なのか。

だけど、しかし。

嬉しい。

社交辞令が多分に含まれているのはわかっている。でもここまでちゃんと理解してくれて、根拠をもって褒めてもらえて嬉しくないわけがない。

「えっと、あの……」

まとまらない。なんと言えばいいかわからない。

「どうした？」

「いえ、その……お褒めにあずかり、光栄です」

俺がそう言うと、カミラさんはきょとんとした顔をした。

「にっはっは！　ヴィム少年！　もっと胸を張りたまえ！」

背中を軽く叩かれる。

丸まっていた背筋がビクッと震えて、無理やり肩の力が抜けた。

自分が緊張していたことに気付く。自覚したらちょっと視界が広くなって、後ろで俺たちをまじまじと見ているみなさんの顔が目に入る。

みんな、笑顔だった。笑顔で拍手を送ってくれていた。

「魔力は大丈夫か？　できればで構わない、この調子でいけるなら見せられる範囲で他の強化《バフ》も見てみたいのだが……」

むず痒い気持ちがこみ上げる。俺は一も二もなく頷いた。


『こちらジーモン。ワイバーンを直接探知。距離三十、むこうも我々に気付いているようです。敵意を感じます。まだ威嚇《いかく》の段階ですが、距離二十……いや、二十二の段階でこちらに攻撃してくるでしょう』

『こちらカミラ。了解した。予定通りこの先、距離三に陣を張る』

カミラさんの声が全体伝達で響く。

引き続き強化《バフ》を試すべく俺が合流したのは防御担当の盾部隊だった。この部隊は主に戦士の小分類の一つである盾役《タンク》という職業を取得した人によって構成されている。

俺の安全も加味した配置なのだろう。強化《バフ》に失敗したとしてもそもそも体力がある人たちならいざというときにできる対処が多い。素があまりに弱い付与術師、ということを考えれば流れ弾から守るという意味でも合理的だ。

安心していい。あの【夜蜻蛉《ナキリベラ》】の人たちだ。俺は全力を尽くすだけ。

「よ、よろしくお願いします」

「よろしくお願いします！　改めまして、アーベルです！」

アーベルさん、もとい、アーベル君。俺と同じ年頃の精悍な青年である。無頼漢《ぶらいかん》、って感じ。

でも口調は丁寧なので、刺々しかったり冷たかったりという感じはしない。いい人そうだ。

「……えっと」

あー……。

無理だ。初対面の人にこっちから会話を投げるなんて、俺には無理だ。

「ぁっ、……その、ぁっ」

「大丈夫ですか？　過呼吸でも？」

「いえ！　だ、大丈夫です！」

真顔で言われた。辛い。死にたい。

「そんなに緊張しなくても大丈夫です」

アーベル君は頼もしい笑顔で言った。

あ、優しい。嬉しい。

「今回はワイバーンなので、俺たち盾部隊がブレスを防げるかどうかが鍵です。強化《バフ》をかけてもらえますか」

「はい、もちろん」

こうやってむこうから話を投げてくれるとやりやすい。さすが部隊長。

「それで、どういうのをかければいいでしょうか。……あの、その、【竜の翼《ドラハンフルーグ》】は小さいパーティーだったので、盾部隊の人たちにかけるべき強化《バフ》、というのはあまり考えたこともなくて」

「団長からは防御系の強化《バフ》を、と言われてます。ブレスを防ぐのが第一目的なので、耐熱と拡散の方向になると思いますが、すみません、あまり付与術には詳しくないので。お任せする形になります」

まあ、そういうものだろうなぁ。

各々の職業というのは、魔力に目覚めてのちに自分で決定するものだ。そして一度決めた職業は原則変更することができない。この身一つで生きていかなければならないことを考えると、どうしても他者の強化に特化した付与術師になるメリットはない。したがってそもそも付与術師は少ないし、知識を持ってくれているだけでも稀だ。

「えっと、じゃあ」

盾部隊を見回す。五人か。みんな同じくらいの体格だから、計算を合わせるのも簡単だろう。

「防御に振った強化《バフ》をかけさせていただきます。では、承認宣言を」

付与術を行使する際には承認宣言と呼ばれるものが必要になる。

定義とされるものは様々だが、付与術の権能とは主に物体の性質を変化させたり強調させたりするものだ。これだけ言うとあまりに万能。しかし鍵である意識という要素を考えればその全容が見えてくる。

付与術とは意識を介したものを変化させる魔術、という説明の仕方がわかりやすい。つまり人間の身体能力を強化できる一方、基本的に無機物に強化《バフ》はかからない。たとえば道端の大岩を柔らかくして砕こうとするのは非常に難しいわけだ。

ここで一ひねりすると、意識を介したものを変化させればいいので、たとえば使い込まれたもの——剣士が愛用する剣には強化《バフ》がかかる、なんてことがある。靴底の下の地面を感じ取れるように、感覚の延長線上に存在する道具はあるいは人体の一部とみなせるわけだ。

気持ちの問題に見えるかもしれない。魔術なんて案外そんなものである。

これは付与術が被付与者の意識に大きく左右されることの裏返しでもある。基本的に強化《バフ》は受け入れる意志を固めてもらわないとかからない。

そのために行われるのが承認宣言である。文言は実はなんでもいいのだが、術者と被付与者を明確に宣言することで効果が高まるとも言われている。

「ちょっと待ってくれないか、ヴィムさんよ」

一人の中年くらいの男性が俺の言葉を遮った。確か、名前はマルクさん。

「せめてもうちょい説明しちゃくれないかい。俺は昔付与術師と潜ったことがあるが、強化《バフ》はあまり好きじゃあないんだ。あんたの腕を信用しねえわけじゃねえが、感覚は大分変わるんだろう？　何が強化されるのかくらい言ってもらわないと。それに付与術ってのはやたらめったら属性付けたりするもんだから」

「……え？」

マルクさんの言うことはもっともだった。付与術が疎まれる最大の原因は感覚の違和。承認宣言を口にするにあたって最も気になるところだろう。

しかし【竜の翼《ドラハンフルーグ》】での経験からして、俺がまず抱いたのはもっと別の感想だった。

そんなことに、興味を持ってもらえるの？

「……その、僕は初級の付与術しか使えないんです。なので属性とかはなくて、いろいろ、割と複雑に組み合わせて使ってます。感覚の方もかなりこだわって調整できるので、言っていただければ合わせます」

「ヴィムさんよぉ、こっちが素人だと思ってねえか？　多少知識はある。もうちょっと細かく言ってくれ」

「……その、いいんですか？　気にしなくても感覚はそのまま、反応が良くなっていつもよりちょっと踏ん張れる、くらいになると思いますけど」

「は？　いや、感覚はそのままってどういうことだ。そんな強化《バフ》あるのか」

「そこが付与術師の腕の見せどころです。本当に説明していいんですか？」

「お、おう……？」

説明しろ、なんて言われたのは初めてだった。いつもは細かいことをぐちぐち言うなとばかり言われていたから。

嬉しかった。

「まずですね、巷《ちまた》で言われている付与術による違和は、職業魔術で主とされている鋳型《いがた》式に原因があるんです。鋳型《いがた》式というのは詠唱が完全に確立している魔術の方式のことですが、他の職業ならいざ知らず、付与術師がこれを採用するとうまくいくはずがないんです。仕組みから順に考えたら実は当然の話で――」

「……おう。まぁ、人によって体格も筋力も違うからな。十把一絡《じっぱひとから》げにできる類では」

「そうなんです！　下手をすれば骨が折れます！」

　驚いた！　マルクさんはわかってる！　そうか、【夜蜻蛉《ナキリベラ》】の冒険者ともなればこのくらいのことは当然考えてあることか！

「重要なのはその場その場の柔軟性なんです！　えっと、僕が考案したのがですね、およそ六百の筋肉と百三対の骨、あるいは各神経や有名な武器への接続それぞれを組み合わせて弾性、硬度、摩擦等々の増減を用いた動きの最小単位をあらかじめ用意しておくことです！　この一つ一つの最小単位とその連なりをコードと名付けまして、僕の付与術は基本的に最適なコードの組み合わせを最小限かつ最適に付与していくことが目標になったんですね。……ごめんなさいいっぱい喋っちゃって。それで今回かける強化《バフ》なのですが、七種類の防御系強化《バフ》のコード群、二十五種類の感覚系強化《バフ》のコード群を組み合わせたものになります。みなさんの体格は一グループの範囲内に収まるので、原則同じコードの範囲内で応用が利くはずです。防御系強化《バフ》もさらに二種類に分かれまして、靭性《じんせい》の強化、摩擦減、摩擦増は部位ごとに完全独立のコードで制御されるのですが、耐熱、耐震、硬化、分散の四つはそのときその場に応じて割合が変化します。これらは実際に攻撃を受けながら僕と繋がっている通り道《バス》を通じて制御します。すべて重ねがけし続けると僕の魔力が保たないので編み出した苦肉の策ですね。ははは……でも意外と利点もあることが判明しまして、つまるところ不要な強化《バフ》がなくなるだけなので、感覚のズレが感覚系強化《バフ》を用いなくても大分和らぐんですよ。しかし当然それだけでは真に迫れないので、二十五種の感覚系強化《バフ》が重要になってくるんですね。あ、もちろん便宜的《べんぎてき》に強化《バフ》と言っているだけで逆強化《デバフ》も同じ意味なので含みます。まず触覚なんですけど、皮膚触覚と内臓触覚が――」

「わかった！　わかった！」

気付けば、俺はマルクさんに制止を受けていた。

我に返る。

しまった。完全にやらかした。

つい早口になって喋りたい放題喋ってしまった。

「驚いた、つまりヴィムさんはあれかい、そんな何十個も同時に付与できるのかい」

マルクさんは半分呆れた顔をしながらも、ちゃんと話は聞いてくれていたみたいだった。

恐縮する。

「……すみません、その、はい、じゃなくていいえ、あの、その、みなさんが思われるような重付与とはちょっと違いまして」

喋りながら後悔と罪悪感が押し寄せる。思い返してみればカミラさんに褒められて調子に乗っていたかもしれない。

「その、小分けにして小賢しくやっているだけと言いますか。情けない話ですけど、魔力が少ないのでこんな感じで調節してます。すみませんすみません、いっぱい喋っちゃって」

気付けば、盾部隊のみんなは静まり返っていた。

うん、やらかしてる、うん。

「確認だが、感覚は普段と変わらないようになってるわけか？」

努めて平静にふるまってくれているのか、声色を変えずに聞いてくれた。

「……えっと、はい。凄く調子が良い！　みたいに感じるようになってます」

そう言うと、マルクさんは顎髭《あごひげ》に手を当てて、しばらく黙って考えているふうだった。

「わかった。強化《バフ》をかけてくれ。承認宣言、俺、マルクは付与術師ヴィムの付与を承認する」

「……え？」

てっきり、断られると思ったのに。

「ちゃんと俺たちのことを考えてくれてるのは伝わってきたからよ。まずは試すくらいはするぜ？」

マルクさんはそう、快活に言った。

「同じく、アーベル、承認する」

そしてアーベル君も。他の三人も続いてくれた。

心なしか五人とも頬が緩んでいるように見える。諦められたのか呆れられたのかわからないけど、でもそんなに嫌な感じじゃなかった。

「……付与済み《エンチャンテッド》、です」

強化《バフ》がかかった。

マルクさんとアーベル君が見合う。

「よし、アーベル、打ってこい！」

「わかりました！　手加減しませんよ！」

「……こういうときはするんだよ馬鹿」

「ほっ！」

「だから馬鹿！　手加減を――」

すでに踏み込んでいたアーベル君は動作を取り消す間もなく、マルクさんに拳で襲い掛かる。

だけどマルクさんは、その拳をなんなく受け止めていた。

「なんだい、こりゃあ……」

俺に視線が向く。

「……凄いな。俺の動きじゃねえのに自分で動いたようにしか思えん。まるで強化《バフ》がかかっているることを忘れちまいそうだ」

よし。

強化《バフ》がかかっていることを忘れてしまいそう。それは俺にとって最高の誉め言葉だ。

これぞ感覚系強化《バフ》の境地。強化《バフ》でズレた分の感覚を半ば錯覚に近い調整で合わせにかかる。

「よーしアーベル！　今度こそ本気で打ってこい！」

「了解です！」

二人はしばらく打ち合っていたが、どうも問題はなさそうだった。

ときおりこちらに目配せしてくれて、ちょっと頬が吊り上がってしまった。

陣を張ったのは瓶のように狭い口から大きく広がった、広間のような空間だ。自立式の囮を用いてこの瓶の口にワイバーンを誘導できれば、準備の整った状態で初撃を叩き込める。脚がカタカタと震え始めた。大物が近づくといつもこうだ。ビビっているわけじゃなくて、いやビビってるんだけどさ。これは一種の索敵みたいなものにならないこともないから、重宝している。震えが増すほど強い敵が近づいてきてるってことだ。

そして、囮はしっかりと機能したようだった。

『総員、戦闘準備！』

カミラさんから全体伝達。一瞬の静寂。ほどなくして空気を切り裂く翼の音が聞こえ、迷宮《ラビリンス》の闇の奥からワイバーンの姿が見えた。

黒色の化け物然としたグロテスクな見た目。腕はなく、翼と後ろ脚だけの系統。パッと見るだけで数十はある眼球が、なんとか二群に分かれて複眼のようになっている。

素直に言えば気色が悪く、格好付けて言えば迷宮《ラビリンス》の雰囲気全開だ。

左右非対称の翼ではばたき、ときおり壁を蹴り、揺れながら、しかし猛スピードでこちらに向かってくる。

邂逅と同時に、来た。緑色のブレス。五人が俺の前で並び盾を一列に並べる。

『こちら盾部隊！　ブレスを確認、接触します！』

ブレスが盾にぶつかる、五人の足が地面を引きずる。でも問題ない、拡散がうまくいっている。それどころか拡散を利用してブレスを防ぎ、若干の反射まで起きているようにすら見える。狙い以上だ。さすが【夜蜻蛉《ナキリベラ》】の盾役《タンク》といったところか。

遅れてやってきたワイバーンが、自身のブレスの反射に面食らって宙でつまずくようにバランスを崩した。

『後衛離部隊！　撃て！』

カミラさんの指示が飛ぶ。

『了解！　「氷雷槍《ゲビター・スピア》！」』

後方でハイデマリーを中心とした部隊が遠距離魔術を放つ。氷魔術と雷魔術の複合。雷を纏《まと》った巨大な氷槍が、轟音を立てて発射される。一瞬重力に身を任せてしまったワイバーンに避ける術《すべ》はなく、もろに直撃した。

◇

私は信じ難い光景を目にしていた。

盾役《タンク》という職業には奥義がある。敵の遠距離攻撃を拡散し、その拡散の方向を微調整することでその遠距離攻撃自体を盾として利用する——通称、反射《リフレクション》。弛《たゆ》まぬ努力を重ねた熟練の盾役《タンク》が、ごく稀に起こすことができる防御の奇跡。

その奇跡が目の前で、五人ともに起きている。

見惚れそうになったが抑えて、後衛部隊に攻撃を伝達する。狙い通り『氷雷槍《ゲビター・スピア》』がワイバーンに直撃した。

『後衛部隊、二撃目準備！　詠唱開始！』

陣形を変更し、二撃目の準備に入る。土煙が晴れ、落下したワイバーンの全貌が露わになる。

横たわっていて、立ち上がろうとしている。複数の眼球がぎょろぎょろと回っていて混乱しているようではあるが、情報を集めようとしている冷静さも見える。

まずいな、これは。ほとんど無傷だ。体内に衝撃が伝わっている節はあるが、おそらく体表に対魔術系統の何かが備わっている。このまま押し切ることもできようが、無駄な危険《リスク》というものだ。

『後衛部隊、詠唱中止！　このワイバーンは曲者だ！　退却の陣に変更！　私が出る』

剣を抜く。このようなときこそ二つ名なんぞ大層なものを付けられた者の出番だろう。単体の戦力は殿《しんがり》にこそ相応しい。「団長がそんなことをするな」と毎度怒られてしまうが。

皆《みな》が後退しながら陣を張り直しているのとは逆に、ワイバーンの方へ馳《は》せ参《さん》じる。倒せはしまいが、時間稼ぎくらいなら安全に……。

そこまで考えて、先ほどの反射《リフレクション》を思い出した。

【夜蜻蛉《ナキリベラ》】の精鋭とは言え、あの奇跡を五人が同時に起こすなんてありうるか？　そのような度を超えた奇跡が、今日、たまたまここで起きたのか？

否、そんなわけがない。奇跡が重なるのは奇跡ではなく必然。なら、要因があるはずだ。

その要因は何か。

決まっている、ヴィム少年だ。盾部隊とのやり取りを聞いていたが、魔術以外の付与にあたっても、彼の強化《バフ》はあまりに特異だった。

『ヴィム少年！　私に強化《バフ》をかけられるか』

伝達をかける。

『カミラさん⁉　え、これ個人⁉　あ……あ、はい！　えっと、何を⁉』

『攻撃に全振りだ、私の剣は知っているな？』

『はい！　でも』

『多少の感覚はこっちで調整する！』

＊

あのワイバーンの特質が判明し、すぐさま退却の判断がくだされたと思って感心していたら、カミラさん本人が殿を務めると聞いてもう一つ驚いて、そしたら今度は攻撃系強化《バフ》をかけろなんて言われた。

殿だと思ったら、とんだ戦闘狂らしかった。これが【夜蜻蛉《ナキリベラ》】団長、〝銀髪〟のカミラというわけか。

『ヴィム少年、最大の強化《バフ》ならどこまで底上げできる』

『えっと、定義が難しいですが、力積で考えればうまくいろいろ噛《か》み合って三倍、くらいでしょうか』

『そんなにか。……いや、まだいけるだろう』

『はい？』

『君は安全を求めすぎるきらいがある。危険《リスク》を上げればもっと出せるだろう』

『いやいやいやいやいやいやいや』

何を考えてるんだこの人。団長に失敗しかねない強化《バフ》をかけるなんて、そんなことできるわけがない。そんな責任俺には取れない。

『そんなに拒否するな。いや、仕方がない。なら、五％でどうだ』

『五％？』

『危険《リスク》の発生率だ。五％の失敗まで許容したら、何倍まで出せる』

『多分……多分十倍くらいです。いやダメですって』

だって、成功率九十五％は低すぎる。そんな確率、許容していいわけがない。

『ええい、そのくらい背負ってみせろ！　心配するな！　【夜蜻蛉《ナキリベラ》】の連中はその程度で君を責めたりしない！』

「嫌だ！　責任重すぎ！」

伝達を外して叫ぶ。

『何か言ったかね？』

『い、いいえ……』

『はは！　私、カミラは付与術師ヴィムの付与を承認する！』

ああもう、めちゃくちゃだこの人。

『知りませんよ！』

「『解析《エナルーズ》』」

もう知ったことかと俺は象徴詠唱に踏み切った。

象徴詠唱というのは主要な魔術の行使方法たる詠唱の一種だ。

高度な魔術ほど長く複雑な詠唱が必要となるので、詠唱を省略する魔術をもって長い詠唱を短くしている。

その詠唱を省略する魔術自体も多様で、それぞれ仕様は複雑だ。

「象徴詠唱」と呼ばれるものは本来は長い詠唱を節に区切ってまとめてタグをつけ、そのタグに書かれている文字を発音することで長い詠唱を代替させるもの。

この場合はそのタグに書かれている文字を読むことを象徴詠唱と言う。

カミラさんの体を解析にかける。やはりエゲツない体格をしている。もはや男性とか女性とかじゃなくて人間の骨格じゃない。関節の位置を特定、それらの微少変位により重心を特定、各支点、力点、作用点を逆算。

「『構築《バウン》』」

それぞれの筋肉一つ一つにかける強化《バフ》のコードを作成。当然主導で調節し続けなければならないので、俺との通り道《パス》も設定する。

俺の付与術の特殊な点はここだ。

通常、付与術というのは、一定時間で切れる強化《バフ》をかけっぱなしにするだけだ。それでもある程度作用はするが、俺の魔力量ではそのかけっぱなしにする系統では数回が限界になる。属性付与などしようものなら一回ですっからかん。

だから俺は最大効率の強化《バフ》を開発せざるを得なかった。もっと種類を分割して、最低限の箇所に、最低限の時間、最も適切な強化《バフ》を施す。

完了。通り道《パス》も繋がった。

『カミラさん！　付与済み《エンチャンテッド》です！』

『そのようだな！』

カミラさんを淡い光が包む。強化《バフ》がかかった。

おもむろに剣を抜き、右手を前に、その不自然に長い柄《つか》の両端を握りしめる。

あれは魔剣。剣に選ばれた彼女の固有魔術に呼応して巨大化する、銘を〝大首落とし〟。

横たわるワイバーンに狙いを定め、そのまま助走をつけて跳び上がり、掲げるように剣を振りかぶった。

跳び上がったことでカミラさんの体全体が背屈《はいくつ》している。

次の筋肉の動きは主動筋と助動筋が概ね反対。なので、一部コードを反転して残りは微調整。

通り道《パス》を通じて命令を伝達。

コードは確定した。あとは邪魔しないように、最後の一瞬まで気を抜かないでいるだけ。

ここから先はカミラさん次第だ。

「『倍化』」

彼女の詠唱に応えて、大首落としの刃は空中で大きくなった。

目視ではおよそ二倍、そしてそれは剣筋が一番高い場所に到達し、振り下ろす動作が始まるまでに四倍、八倍、十六倍に巨大化する。

まるで遠近感が狂ったような光景。しかし彼女はそれを容易に振るう。

これが剣魔術の深奥《しんおう》、加速度はそのままに、質量のみを増加させるまさしく不条理《バグ》。

「『巨人狩り』」

巨大な剣は皮膚に宿った防御など関係がないかのように、理不尽にワイバーンを叩き斬った。

カミラさんは悠然と着地し、大首落としは消えるように元の大きさへ戻る。

そしてコツ、コツと足音を響かせながら、注意深くワイバーンの死体を確認している。

『ヴィム少年』

『はい。お見事です、カミラさん』

『ありがとう。素晴らしい強化《バフ》だった』

『きょ、恐縮です』

一通り確認し、カミラさんはようやく俺たちの方に向き直った。

『して、ヴィム少年。聞いていなかったが君の強化《バフ》が失敗していた場合、どのような副作用が考えられたのかね』

『ああ、それは、えっと、今回くらいで含有する危険《リスク》でしたら、かける強化《バフ》の種類がズレていた場合、思考と肉体の若干の不一致が起こります。不快感が出ますね。それを超えた場合起きるのは、ええと、考えられるのは筋肉の断裂かな』

『それは痛そうだな。どの程度だ。肉離れか』

『そのくらいは痛いです』

『痛い？　怪我はしないのか』

『え、でも痛いですよ。大きな隙になります』

『ふふっ……ふははっ！』

カミラさんは急に笑い出した。


なんとか全員無事で迷宮潜《ラビリンス・ダイブ》を終え、俺と【夜蜻蛉《ナキリベラ》】のみなさんはパーティーハウスの大広間で宴会をしていた。

不思議なものだった。いつ誰が用意したのか、装備を解いて集められたと思ったらあの軍隊が整列できるような大広間に豪華絢爛な食事が並んでいた。

聞けば【夜蜻蛉《ナキリベラ》】には膨大な下部組織があるらしく、惜しくも入団審査に落ちた者はお鉢が回ってくることに一縷《いちる》の望みを懸けて、そこで屋敷の使用人のようなことをしたりすることも多いらしい。

この膨大な人数でもある程度座席みたいなものは決まっているようだった。俺はそのうちの来客用の席に案内されて、座っていた。

「かんぱーい！」

副団長のハンスさんが何かの拍子に立ち上がり、乾杯の音頭を取る。合わせてみんなも手樽《ジョツキ》を掲げて酒を煽る。

まさしく大成功。何も知らない人がこの宴会を見ただけで大抵のことがわかるだろう。

今回は予定していた一・七倍の広さの地図《マップ》開拓に成功したらしく、なおかつ金鉱石の鉱脈が見つかっていた。

迷宮潜《ラビリンス・ダイブ》の主な目的は二つ。一つは魔石を初めとしたあらゆる場所で使われる資源の採掘。そしてもう一つは金鉱石だ。金の保有量はそのまま財産を表し、採掘し次第その国に通貨が増えるのと同義になる。

この国は世界でも屈指の金の産出量を誇る。国の上層部からすれば迷宮《ラビリンス》の存在意義とは、無限に続く金鉱山に他ならないだろう。

「ヴィムさん、いやぁ、すごかったです！　私、痺れちゃいました！」

隣にはモニカさんという女性が座っていた。ハイデマリーが率いる後衛部隊の魔術師だ。俺たちよりは年上だけど、多分、団全体では若手の方。

「あのやり方で魔術に強化《バフ》をかけるって、相当な知識がないと難しくないですか？」

「えっと、まあ、そうかもしれないです……」

「勉強家なんですね！」

「いえ、その、昔は魔術師志望だったので……知識はむしろそっちが先で、そこから他の職業魔術に幅を広げていったと言いますか」

「お、何か複雑そうな予感が！」

「いや、まあ、ははは……そこは触れないでいただけると」

モニカさんは美人かつとても柔和な雰囲気のある人だ。

形容し難いこの感じはなんと言えばいいだろう。【竜の翼《ドラハンフルーグ》】とはまったく違う感じ。モテそう？　いやそれは確かにそうだけども。

モニカさんだけじゃない。これは【夜蜻蛉《ナキリベラ》】というパーティー全体の感じ。

周りを見渡してみて思う。たとえば、テーブルマナーが非常にしっかりしている。一見酒を飲んでどんちゃん騒ぎしているようでも、口に物を入れて喋る人はいないし、ナイフとフォークの使い方も一定の規則性が見られる。

そうか、気品があるのだ。この【夜蜻蛉《ナキリベラ》】は。

「やあヴィム、楽しそうにしてるじゃあないか」

いつの間にかハイデマリーが隣で立ちながらもぐもぐしていた。

「あ……お疲れ」

「ヴィムもね。お疲れ」

「ハイデマリーはどこに座ってるの」

「どこにも座ってないよ。肉食いに来ただけ」

「えぇ……」

好き勝手にやっているなぁ、と感心する。これで許されるのだから賢者の特権なのかな。まさしく傍《かたわ》らに人無《ひとな》きが若《ごと》し。

「いやぁ、思った以上だったね。ヴィムのことを知らなかった人も、あそこまでの働きを見せられたら眼中に入れざるを得ないぜ」

「よせやい」

「特にカミラさんの熱視線ったら。よっ、色男」

「よせって。あ、そうだ、執務室だよね、カミラさんいるの」

「うん。多分今回の事後処理をやってると――」

「ヴィムさん！」

ハイデマリーの後ろから、手樽《ジョッキ》を持ったマルクさんと盾部隊の人たちがこちらへやってきた。俺も席をちょっと立って、深めに会釈をした。

「いやぁ、いい強化《バフ》だった！　まさか反射《リフレクション》まで起きるとはな。お前さん、あれは狙ってやったんかい？」

「い、いえいえ……あ、あくまでお手伝いですって。マルクさんたちの技量の証拠ですよ。その、あの、うん、五人全員ですから」

「ガハハ！　言うねえ小僧！　出世するよお前！」

背中をバシバシ叩かれる。おお、気持ちの良いおっちゃんって感じかも　。

「それでお前さん、うちに入る気にはなったかい？」

「ああ、いや、お眼鏡にかなったかどうか……へへへ」

そういえばそんな話だっけ。あれ？　なんか変な話になってる？

「あの」

目の前にアーベル君が立った。口をへの字に結んでおり、やや緊張している様子だ。

「素晴らしい技術でした。初見であのヴィムさんだと気付けなかったことが恥ずかしい。お詫びします」

「あ、いやいや、僕、見ての通り挙動不審ですので……仕方ないかな、なんて」

なんだなんだ、凄く褒めてくれる。お世辞だとわかっていても嬉しいな。

宴会の空気に当てられたのか酔いが回ってきたのか、楽しい気がしてきた。

一歩引いてみればまるで人の輪の中心にいるようで、かえって落ち着かない。

いいな、このパーティー。

もしも、【竜の翼《ドラハンフルーグ》】じゃなくてこっちに入っていたら……。

いや、そんなうまくいくはずもないか。今はたまたまハイデマリーの伝手でお客様対応してくれているだけだ。実際に入っていたらそもそも戦力扱いしてもらえなかっただろうし、俺じゃ空気を悪くして、頭を下げ続けて雑用で細々といさせてもらって、挙げ句の果てにクビに……。

「……ひひっ」

気付けば、アーベル君に一歩下がられていた。

あっ。

「……ごめんなさい、死んできます」

「いえいえ！　大丈夫ですよ。よくよくハイデマリーさんから人となりを聞けば、自分の世界をお持ちだと」

「……ありがとう」

◇

団員たちは宴会に興じているが、私には迷宮潜《ラビリンス・ダイブ》の後処理が残っていた。団長たる者の責務なので、仕方がないと言えば仕方がない。執務室の机で静かに一人、黙々と書類作業に徹することにする。

「今日中に終わるのか？　これ……」

今回は大成功も大成功だった。階層の残りを大幅に開拓し、あまつさえ金鉱脈を発見。やたらと報告書と権利関係の届け出書類が嵩張《かさば》っていることに文句は言うまい。しかも犠牲者は一人も出ておらず、怪我人もいないため疲労を回復し物資を整えれば即座に次の迷宮潜《ラビリンス・ダイブ》に向かうことができる。

運が良かったのだろう。皆《みな》の日々の鍛錬の賜物でもある。

しかし、あのヴィム少年がもたらしたものを算盤《そろばん》に入れないのは、あまりに傲慢《ごうまん》というものだ。基礎的な注意力、観察力、細やかな技能、そして何より強力無比の強化《バフ》。要所の防御と攻撃に割り振れば、あらゆる強敵を従来の半分未満の時間と労力で退けることができた。

いけない。つい手を止めて虚空を向き、あの感触に思いを馳せたくなる。

まるで背中に羽が生えたような、肉体の一致。もともとの実力が向上したように錯覚してしまうほどの自然さ。「調子が良い」という感覚の範囲内で、あまりに実力とかけ離れた出力を実現させることができた。

そしてそれ以上に私には予感があった。【夜蜻蛉《ナキリベラ》】の団長としてではなく戦士カミラの本能として、燻《くすぶ》っていた熱を再び感じ始めた。

あの強化《バフ》を、訓練に利用できないか？

ヴィム少年の強化《バフ》の感触を鮮明に記憶すれば、それはより高みを目指す道しるべになるのではないだろうか。あのときの私を再現することに訓練を集中させれば、私がぶつかっている天井を打ち破ることができるかもしれない。

あらゆる汎用性が次々と思い浮かぶ。

間違いない、【竜の翼《ドラハンフルーグ》】の中核はヴィム少年だったのだ。彼がいたからあのパーティーは、新人にもかかわらず階層主《ボス》の突破まで成し遂げられた。

となると疑問が湧いてくる。

ヴィム少年はなぜ【竜の翼《ドラハンフルーグ》】を抜けた？


執務室のドアが、コンコンと鳴らされた。

「あの、カミラさん」

「ヴィム少年か。入ってくれ」

恐縮した様子のヴィム少年が現れた。手には何やら紙の束を持っている。

「あの、これを」

「なんだこれは。落ちていたか」

「はい、……いえ、そうではなくて、その、僕の分の報告書です。ギルドに提出するやつです、はい」

「は？」

「あの、すみません。今回金鉱脈が出たので、パーティー外の参加者がいた場合は参加者側の報告者が必要になると思うのですが……えっと、違いましたか」

「いや、違わないが、ああいや、すまんな。ありがとう」

確かに権利関係が発生する迷宮潜《ラビリンス・ダイブ》にパーティー外の人間が同行した場合、いざこざを避けるために本人署名の提出書類が一つ増える。

パラパラとめくって見る。うん、よく書けている。それどころか書きすぎなくらい、というかこれ、ちょっと分けてしまって、私が書いた分と引っ付けて全体の報告書にしても問題ない。良かった。仕事終わるなこれ。

「いずれ頼むことになっていた書類だな。……しかしこんな細かい規則をよく覚えていたな。君は【竜の翼《ドラハンフルーグ》】で会計でもやっていたのか？」

「えっと、僕は、その、雑用《サポーター》でして。できることが少なかったので、いろいろやっていました、あはは」

「雑用《サポーター》？　どういう役職だ」

「その、戦闘ができないので、雑用と、大型との戦闘以外全部と言いますか」

「全部？　索敵も準備も会計も？」

「はい、この通りあんまり強くないもので。そのくらいは」

なんだかよくわからなくなってきた。話を盛っているのかこれは。いやしかし報告書は問題ないし、実際多様な働きをしてくれたし……とにかく、多数の役職を担っていたということか。

そうか、これは交渉か。自分の価値を知らしめた上で、他でもない団長であるこの私に、自分に付ける値札を尋ねているわけか。

得心がいった。自信のない顔をしている割に食えない少年だ。報告書を軽い手土産に持ってくるあたり、長の気苦労も慮《おもんぱか》った上での巧みな交渉。最初から計算尽くだったわけだ。

「あの……カミラさん？」

「五百でどうだ」

「はい？」

「すまなかったな。あくまで同行とはいえ、ここまでの成果を出したのだ。報酬の話はすぐにするべきだった」

「へ？」

「しかし残念ながら金鉱脈については完全に【夜蜻蛉《ナキリベラ》】の管轄だから、そこの権利関係から金を出すことはできない。しかし君がうちに入団してくれた暁には、特別手当という形で追加で二千払う」

「……あの、いったい何をおっしゃっているのか」

「む、足らんか」

確かに、ヴィム少年を今日の働きだけで評価するのは早計だ。手の内を隠している節もある。特に個人の戦闘能力についてはまだ見せてもらっていない。

試算する。今日だけで一・七倍の地図《マップ》開拓。団員の安全の確保に、疲労の軽減まで考えて、どこまで払えば赤字になる。

いや、彼の強化《バフ》が訓練でも使用できる可能性を考えれば、ここで逃すのは惜しい。

ヴィム少年を見る。交渉などまるで関係がないかのような抜けた顔。

まったくとんでもない男だ。

惑わされるな。考えろ、考えろカミラ。

彼はあえて手の内を隠した上で自分を一番高く売れる好機を見計らって来た。

「今日の報酬が七百、入団に際しての特別手当は三千、そして固定給は幹部と同等、月六百出す。

もちろん迷宮潜《ラビリンス・ダイブ》ごとに別途特別手当を払おう。この最低額は君を抜いた幹部の最低額を絶対に上回る、という規則の下で設定する」

「はい？」

「どうだ」

「え、えっと、そのそういうタイプのご冗談でしょうか？　すみませんよくわからなくて、あはは……」

ヴィム少年はむしろ困惑しているようですらある。参ったな、なかなかの好条件を出したつもりだったが、私の相場のカンが古すぎるのか？

「……【竜の翼《ドラハンフルーグ》】ではどの程度もらっていた？　その倍額出すぞ」

よりいっそうヴィム少年は困惑し始めた。そして一通りくねくね体を動かして、恐る恐る指を二本立てた。

「二百か？　それなら倍額の六百はすでにさっきの条件で満たされてはいないか」

「ち、違います」

「何！　二千、か。さすがにそれは……いや、採算を考えれば。にしても君も大きく出るな。そこまで言うなら次の迷宮潜《ラビリンス・ダイブ》で新たな交渉材料を揃えてもらわないとこちらとしても団員に示しがつかないが」

「二十、です」

「は？」

「二十メルクです。僕の月給……」

は？

いやいやいやいや、何がしたいのだ彼は。

冗談か。冗談なのか。

それはヴィム少年の能力に鑑《かんが》みずとも、命を懸ける冒険者の給金としてあまりに低すぎる。働き始めの雑貨屋の町娘でもそのくらいはもらうだろう。

「あの、すいません、僕、いまいち話のセンスがなくてですね、よくわからないと言いますか、【夜蜻蛉《ナキリベラ》】流かとは思うんですけど、その、へへ」

「いや、冗談ではなく」

「報酬の件については、無理にいただかなくても、その……あっ、自分なりに頑張ったのでいただけたらそりゃ嬉しいんですけども、その、失礼します！」

「あっ！　待て！　待ちたまえ！」

そそくさと、ヴィム少年は扉を開けて出て行ってしまった。

「……いったい何がしたいんだ、彼は」

翼破①

い、い、

あいつがいなくなれば快適な冒険者生活が始まると思った。

俺とニクラとメーリスの怪我はすっかり治り、そこに邪魔者の代わりにソフィーアが加わった。

完璧な布陣だ。

怒れる竜の翼は千の海を越える。ゆえに俺たちは【竜の翼《ドラハンフルーグ》】。怪我さえ治れば迷宮《ラビリンス》の最奥まで ひとっ飛びのはずだ。

なのに、これはなんだ。

「ニクラ！　早く治癒を！」

「りょ、了解！　えっと」

「遅い！」

戦っている真っ最中だというのに、ニクラのやつ、治癒の準備を怠りやがった。

「もういい、メーリス！　障壁《バリア》を張ってくれ！」

態勢を立て直す。メーリスに時間を稼いでもらって、その隙に全員で撤退する。

「了解！　えっと、『定義《デイフイニシヨン》、我が承認せし《デイ・グニーミコン》――』

まだ詠唱が終わらない？　なぜだ、くそ。

ちんたら詠唱なんぞやっている間にゴブリンたちはどんどん詰めてくる。なんとか怪我をしている右手を柄《つか》に添えて、剣を振るって牽制する。両刃を使って、右に薙いだら次に左に薙ぐを繰り返す。

ああもう、なぜこんな無様な真似を。

「まだか！」

「――ごめん！　『炎膜《ラウ・フアン》』！」

炎の障壁が展開される。助かった。

「全員撤退！　俺に続け！」

とにかくこの場の離脱が優先だ。障壁と反対側に走る。ソフィーア、ニクラ、メーリスの順に三人とも続く。ゴブリンたちは追ってこれない。

「はあ……はあ……」

敵が見えなくなって、小走りくらいに速度を緩める。

「おいニクラ！　今のうちに治療を」

「はい！」

右手を差し出して治療してもらう。いつも通りニクラの手から光が発せられて、右手を癒す。

「……っ」

一瞬の痛みのあとの、激しい痒み。もう慣れたものだと思っていたが辛いものは辛い。

「よし、じゃあ、ここから――」

「待ってクロノス。まだ治療終わってない」

ニクラが低い声で諌めてくる。

「……遅くないか」

「ごめん。でも、最近調子悪くて」

彼女の俺を見る視線に嫌なものが混じっていることがわかって、自分が焦りをぶつけてしまったことに気付いた。

「いや、こちらこそごめん。ちょっとイライラしてた」

息を吐いて周りを見る。メーリスともソフィーアともうまく目が合わない。

くそ、空気が最悪だ。

ここ最近の迷宮潜《ラビリンス・ダイブ》はいつもこんな感じだ。最初の数回は訓練ということで割り切っていたが、さすがにそろそろ調子の悪さを自覚し始める。

「終わったよ」

「ああ。ありがとうニクラ！　よし、ニクラが治してくれたってことは全員無事ってことだ！ここから立て直そう！」

パン、と手を叩いてみんなの視線を集める。大丈夫。あくまで調子が悪いだけ。俺たちならここからもっと上にいける。

「まずは現在位置を確認してくれ。えっと、目印になるものがないか、探してくれ」

次はどうするかと考えたが、それ以前に場所がわからない。みんなも疲労し始めているし、帰る目処《めど》は立てないといけない。でも少なくとも今回の迷宮潜《ラビリンス・ダイブ》を黒字にするための算段も立てないと。

考えることが多い。煩《わずら》わしい。

「あの、クロノス」

「なんだ、メーリス」

「目印って、たとえばどういうものが」

「……ごめん、わからない。誰かわかる人、いるか」

誰も手を挙げない。

でも足を休めていたらいつあのゴブリンたちに追いつかれるかわからないので、移動だけはし続けなければならない。

「あのー、クロノスさん」

ソフィーアが手を挙げた。

「お、わかるか」

「いえ、ごめんなさい、そうではなくて」

彼女はおそるおそる前方を指差す。暗がりで見えにくかったが、何を言いたいのかはすぐわかってしまった。

「壁だ……」

行き止まり。

俺たちは、迷宮《ラビリンス》において最も辿り着いてはならない場所に、敵を背負ってきてしまったのだ。


【竜の翼《ドラハンフルーグ》】に前任と入れ替わりで来てからしばらく経つ。けれど、私は激しい違和感を覚えていた。

クロノスさんには居酒屋でスカウトされた。

私も次の就職先を決めなければいけなかったので、新進気鋭の、しかも階層主《ボス》をパーティー単独で撃破した【竜の翼《ドラハンフルーグ》】となれば非常に都合が良い。断る理由がなかった。

他の冒険者曰く——剣士クロノスと魔術師メーリスが新人とは思えない鬼神の如き強力な攻撃を行い、あらゆる怪我を神の寵児《ちようじ》たる神官ニクラがたちどころに癒す。そしてその連携はまだ荒削りだが大胆かつ慎重で、新人ながらも迷宮《ラビリンス》への畏怖《いふ》と尊敬、何より一致団結して迷宮《ラビリンス》の深奥を目指す冒険心《アーベンテイア》に溢れていることが窺える——というのが【竜の翼《ドラハンフルーグ》】の評判だ。

だけどいざ入ってみれば、その実態は噂とは大きく乖離《かいり》しているものだった。

階層主《ボス》との戦闘で大きなダメージを負い、再建途中なのは理解している。今の時点で十分良いパーティーだし、現に訓練として行ったそこそこの難易度の第三十階層あたりまでは、私以外の三人による力技ですぐに突破できた。

問題なのはそれ以降の階層。

少し難しいことを要求される状況ではたちどころに連携が瓦解《がかい》する。今回の第三十五階層での迷宮潜《ラビリンス・ダイブ》ではなんとか全員生き残れたものの、地図《マップ》の把握が杜撰《ずさん》だったために窮地に陥り、メーリスさんが怪我をして数週間は安静にしなければならなくなった。

「それで、これだもんね……」

目の前には大量の書類とメモ。

クロノスさん曰く、前任の人はあまり役に立たなかったから多くの雑用を買って出ていたみたいで、その辺りの整理をして欲しいらしい。「君には戦闘での役割もあるだろうし、負担が大きかったら俺たちでも分担するから」とも言ってくれた。

だけど、これはあまりに。

報告書、物資の運搬計画からパーティーハウスの補修計画、収支領収書、迷宮潜《ラビリンス・ダイブ》の計画管理。それに判明している全階層の地図《マップ》にモンスターの特徴云々、これはえっと、論文？　趣味の領域だろうけど、使えるものと使えないものが大別されて置いてある。

まさか、前任者はこれを全部一人でやっていたの？

こんなの四人で分け合って取り組むのが普通だ。逆にリーダーのクロノスさんは何をしていたの？

パーティーの外には出ない地味な仕事、となれば、私が担うべきだった役目にも頭が回る。クロノスさんは大雑把にみんなで分け合って楽にやっているからと言っていたが、それは誤解だ。

この時点では思ったよりも仕事は多いかもしれない、程度に考えていた私だったが、それすら甘い認識だったことをあとで知ることになる。

第四話　追跡少女

ヴィムが【夜蜻蛉《ナキリベラ》】のゲストハウスを仮住まいとしたことで、私としても幾ばくか楽になる部分があった。

賢者の権力は絶大で、ハイデマリーと名乗るだけでこの街ではそこそこなんでもできる。欲しいものは手に入るし、やりたいことは魔術を開発すればだいたい実現できる。

しかし瞬間移動の類の魔術は存在しない。物理的距離に阻まれれば、いくら賢者といえども如何《いかん》ともし難いのだ。

発信紋を利用したとて得られる情報は限られている。【竜の翼《ドラハンフルーグ》】のパーティーハウスにいたときは盗聴石《アブホレン》を配置してようやく生活の輪郭が見えてきた程度だったし、街中に出られたらほとんど何もわからない。

それが今はどうだろう、私の部屋からヴィムの部屋までは徒歩数分、走ったら一分を軽く切る。

私は【夜蜻蛉《ナキリベラ》】の屋敷の中に研究室を与えられていて、寝床もそこにある。幸いなことに窓からはゲストハウスの出入り口が見えるので監視体制には事欠かない。

パーティー全体の共同生活である以上食堂や風呂、部屋によってはトイレまでが共用であるわけで、私もヴィムもその一員同士となれば隠せる情報も限られる。発信紋の移動をただちに目視で確認できるのが、この生活の素晴らしいところだ。

さらに保険という意味でもありがたいことが多い。私が【竜の翼《ドラハンフルーグ》】のパーティーハウスに忍び込んでいたときは見つかることそのものが命取りになったが、今はそれがまったく問題じゃない。ゲストハウスの中に忍び込んで見つかったとて大きな声で言い張ればまだ言い分が通る余地がある。

生活空間の近さはあらゆる不意の遭遇を誤魔化せるわけだ。

完璧な布陣である。疑問の余地などない。

ヴィムが引っ越してきて数日後の早朝、ベッドのそばに置いてある呼び鈴が鳴って跳び起きた。すぐさま館内地図を広げて発信紋の反応を確認する。投影された反応は描いておいた円から外に出て中庭に向かっていた。ヴィムがゲストハウスを出たのだ。

これはおかしいとすぐに思い当たった。

ヴィムの朝の訓練はもっぱら走り込みだ。意図としては体力づくりというよりも、睡眠によって凝り固まった体をほぐすことにある。

いつもの道順は【竜の翼《ドラハンフルーグ》】のパーティーハウスから冒険者ギルドを回り、大広場を経由して戻るというもの。大広場では数分間じっくり柔軟体操をして、それから軽く短距離の敏捷《びんしょう》訓練を行っている。

【夜蜻蛉《ナキリベラ》】の屋敷にいるとはいえ、できるだけ日課の形を変えたくないのがヴィムのはずだ。

早朝に中庭でやることといえばなんだ？　やはり訓練、武器を使った組手等々だろうか。性格を考えれば、素振りであるなら人目につかないゲストハウスの裏を使いそうなもの。

――十中八九、誰かに呼び出されたな。

盗聴石《アブホレン》を起動し、片割れの小石を耳に近づける。盗聴石《アブホレン》は一対の装飾が施された小石のような形状をとっていて、片方が拾った振動をもう片方に伝える性質を持つ魔道具である。

私はヴィムの上着にこの盗聴石《アブホレン》を仕込んでいた。

衣擦れと風の音が聞こえる。ちゃんと上着は着ているということで間違いない。

さあ、ヴィムを呼び出したのは誰だ？

参ったな、容疑者が絞り込めない。そもそも私以外がヴィムを何かに誘うとは思えない。あるとすればアーベルが気でも利かせた、とか？

雑音の中に違う響きが混じった。人の声、女の声だ。

「まさか……」

少し腕が振れてしまった。おっと別に動揺なんてしていない。深呼吸をして、もう一度聞き直す。

「――すまないな、ヴィム少年」

聞こえてきたのはカミラさんの声だった。

＊

強化《バフ》を用いた訓練、というのがカミラさんの提案だった。

俺がカミラさんに弱めの強化《バフ》をかけて、カミラさんができる限り速く剣を振ったり動いたりして感触を確かめる。そして強化《バフ》を解いたあと動きを再現するべく同じ素振りを繰り返す。

確かにこれなら動きの精度を上げる訓練になるかもしれない。俺の中にはなかった発想だ。

俺は自分に強化《バフ》をかけて戦うことがあるので自然に近いことはやるけど、その訓練を他者にまで応用できるかもしれないなんで思いもよらなかった。

「こんな朝に呼び出して申し訳ない」

「……いえいえ、その、へへへ。お世話になっている身ですし」

「こういう場合も労働として別途手当は払うことになっている。有用そうなら他の団員にも受けさせたい訓練だし、入団の暁にはそこそこの給金が出るぞ」

「そ、そうなんですか……」

反応に困る。さすがにちょっと早起きするだけでお金をもらうのは悪い。

カミラさんは数度屈伸して軽く跳んだり跳ねたりして、俺の方に向き直った。

「では、頼む。私、カミラは術師ヴィムの付与を承認する」

「承知しました」

今回構築するのはあくまで訓練用の強化《バフ》だ。出力はそこそこに、解析した動きをほんのちょっと補助するだけのものにする。

「――付与済み《エンチャンテッド》です」

「よし」

俺が十分に下がったのを確認すると、カミラさんは訓練刀を構えて数度振った。

訓練刀、といっても普通に想像するような一兵卒が振るうようなものとは一味も二味も違う。俺では持ち上げることが精一杯、戦士の職業を取得した者でもなんとか振れるかどうかくらいの大剣である。

綺麗な剣筋が弧を描く。足さばきも整然としていて、軽やかな拍子で右へ左へ自在に移動する。しかし唸る風斬り音が動く質量の違い、振るわれている鉄塊の恐ろしさを伝えてくる。遠近感が狂ってしまう光景だ。

そもそもカミラさんほどの体格で機敏に動ける人間の方が少ない。それであそこまで軽く剣を振ってしまうのだから、並みの冒険者とはハナから器が違う。

「ヴィム少年！　解除してくれ！」

言われた通り、通り道《バス》を切って強化《バフ》を解く。

「解きました！」

カミラさんが頷く。そして先ほどと同じ一連の動きを再現する。

さすがと言うべきか、洗練された動きであることは変わらない。だけど半歩、いや四分の一歩ほどわずかに遅れているのがわかる。

もう一度同じ動きが繰り返される。終わればまた、無言でもう一度。

「これは……」

いったん、カミラさんは止まった。目が大きく開かれていた。

「もう一度同じ強化《バフ》をかけてくれ！」

「承知しました！」

寡黙《かもく》に剣を振るうカミラさんをただ見守り続ける。強化《バフ》をかけたり解いたりを繰り返す。

手持ち無沙汰になると思ったが、しかし。

見ている間にもカミラさんは驚くほどの上達を見せていた。

必要かと思われた予備動作が不要であることをすぐに看破し、洗練されきっていたように見えた動きはさらに鋭くなった。この小一時間で半歩ほど縮まっていることがわかる。

「いい、これはいいぞ」

術者である俺自身も驚愕していた。

ここまでの効果があるとは。あの鬼神の如き強さのカミラさんがもう一段階強くなるというのだから、少し怖いくらいだった。

「……少し腕が振れすぎるな。どうしたものか」

しかもすでに改善点すら見出しているようだ。一連の中から部分的に動きを切り出し、素振りで何度も確かめている。どうも袈裟《けさ》に振り下ろした剣を持ち上げる際に振れすぎてしまい、切り替えがうまくいかないようだ。

その様子を見て、ちょっとした思いつきがあった。

「あの……カミラさん」

「どうした？」

「その、関節の摩擦を一部調整したら、理想の動きはやりやすくなると思います。この場合は強化《バフ》というより逆強化《デバフ》になりますが」

「そんなことができるのか？」

「はい。要は動きを制限する、誘導するみたいな形になります。感覚系強化《バフ》を切って感触の違いをはっきりさせれば、やりやすくなるかもしれません」

「……よし、試してみよう。術師ヴィムの付与を承認する」

動きは見ていたし解析も終わっているので、組むコードは非常に簡単だ。

「付与済み《エンチャンテッド》です」

カミラさんが剣を振り下ろす。二、三度同じことを繰り返す。

「よし、切ってくれ」

通り道《パス》を切る。間髪入れず剣が振るわれる。

すぐに違いが現れ始めた。斬撃から斬撃の間にあった継ぎ目が消え、カミラさんはついには横薙ぎにも応用し始める。

これが才能というやつか。

一つコツを掴むだけであっという間に次の舞台へ上がってしまう。

「ヴィム少年！」

感激した顔のカミラさんが、大きな歩幅で一気に距離を詰めてきて、俺の手を握った。

引いてしまいそうになったけど、耐えた。

「これから毎朝、共に訓練をしよう！　打ち合いは……よし！　アーベルも呼ぶか！」

「ははは……」

お気に召していただけたみたいで、何よりだった。

◆

女の声がして驚いたが、カミラさんの呼び出しで訓練ということならなんの問題もない。

まったく、余計な心配に気を回してしまった。

訓練が終わったあとにヴィムが向かったのは食堂だった。

私も先回りして食堂に向かうことにした。

定位置は裏口の窓だ。折り畳み式の台を持って行き、広げてその上に乗る。

「うんしょ、っと」

窓の枠を掴んで背伸びをすれば、ギリギリ中を覗き込める。

……もうちょっと高い台が欲しいな。

休日ということで人はまばらだ。好きな時間に好きな量食べられるよう、湯で温められた多様な大皿料理が置いてある。

ヴィムは軽く会釈しながら食堂に入り、手早く食べられる料理を見極めてこそこそと皿に盛り始めた。選んだのは豚の燻製《ベーコン》と腸詰め《ソーセージ》と蒸かした馬鈴薯だけ。ヴィムらしい。

それからできるだけ人が少ないテーブルを見極め、普通はかえって恥ずかしくて座らないような端っこに進んで座る。悪目立ちしている自覚があるのかないのか。

食べている様子を見守っていると私の方もお腹が空いてきた。慌てて出てきたので私も朝食はまだだ。

——合流するか？

向かいも隣も空いている。今なら奇遇だねと言えば自然に座れるだろう。

……いや、やめておこう。話題も用意していない。

「おー！　ヴィムさん！」

と思ったら、マルクさんが見かねて話しかけにいった。

食堂の外から見守っている以上、話に入ることができないしここからでは聞き取れない。

仕方がないので盗聴石《アプホレン》をもう一度起動して会話を聞き取ることにする。

「おいおい肉と芋だけか？　若くていいねぇ！　でも野菜も食べないと！」

「ははは……そうですかね」

ヴィムは好き嫌いが多い。というより味覚が幼稚で複数の味がするものをあまり美味しいと思えないタチらしい。

「大将の訓練に付き合わされたって聞いたけど、大変だったろう？」

「いえ、その、むしろ参考になったというか……へへへ」

「何か特別なことしてるんだろ？　大将もやけに上機嫌でな！」

「それは、良かったです」

複雑そうな顔をしながら、なんとか会話を成立させている。

あれは……ちょっと嬉しそうだな。よしよし、望みが叶っているならそれに越したことはない。

「そういえば、今夜みんなで飯に行くんだが、ヴィムさんも来ねえか」

「えっ……」

話の弾みかのようにマルクさんは切り出した。

ヴィムにとってはただ誘われただけにしか見えないだろう。しかしこれは意図された誘いだ。

カミラさんは【夜蜻蛉《ナキリベラ》】の総意としてヴィムの囲い込みを開始した。給料や待遇の面だけじゃない、人間関係でも繋ぎ止めておくのも重要だろう。

思ったより評価を受けるのが早かったが、当然の待遇と言える。

ヴィムは二、三通りくねくねして逡巡する様子を見せ、それからぺこりと頭を下げた。

「じゃあ、その……よろしくお願いします」

「おう！」

安堵するというか、なんというか。

息を吐く。

失念していたが、大きなパーティーに入って評価されるということはそれだけで交友関係が強制的に広がってしまう。私がこの【夜蜻蛉《ナキリベラ》】に誘ったとはいえ、気苦労が増えてしまうかもしれないと辟易《へきえき》する。

一抹の寂しさを感じないこともない。我ながら勝手なものだ。


夕方までは平穏だった。ヴィムも迷宮潜《ラビリンス・ダイブ》に備えて過度な訓練は控え、体を休めるべく部屋で読書でもしていたようだ。

私もまさか四六時中ヴィムを追い回しているわけではない。私事《プライバシー》を尊重する常識くらいある。

そもそも私は生粋の冒険者。迷宮《ラビリンス》に思いを馳せれば胸が高鳴り、迷宮潜《ラビリンス・ダイブ》の前日ともなれば昂ぶりで夜も眠れない。

賢者として日々行っている魔術研究だって忙しい。

万全の準備を期すべく鍛錬と研究を繰り返し、その上で思索に耽《ふけ》っているわけで、他人に関わっている暇などないのである。

なので必要なのは効率化。ちゃんと発信紋と呼び鈴を紐づけしておけば、必要かつ十分な情報が入ってくるから問題ない。

さて、重要なのはここからである。

今夜の飲み会は男衆だけで行われるらしく、ヴィムを連れて行った団員たちも盾部隊を中心とした屈強な男たちである。そんなやつらが行く場所と言えば相場は決まっている。

繁華街だ。

＊

連れてきてもらったのは、ナイトクラブというほどでもないが少し派手な格好をした店員さんがたくさんいる居酒屋だった。繁華街の店には来たことがなかったから、こういう系統のお店で目のやり場に困る一方、目移りしてしまう。

しかし【夜蜻蛉《ナキリベラ》】のみなさんは慣れた様子で次々と料理を注文し、すぐにお酒が運ばれてきた。

「ではでは、ヴィム＝シュトラウス君の歓迎も兼ねて、かんぱーい！」

この場で一番偉いハンスさんが音頭を取って、みんなが手樽《ジョツキ》をぶつけ合う。

「かんぱーい！」

「乾杯！」

「うぇーい！」

俺も遅れて手樽《ジョツキ》を掲げる。

「か、かんぱーぃ……」

しまったやはり遅れた。みんなもう口をつけてる。

「ヴィムさん、乾杯、です」

斜め向かいに座っていたアーベル君が救いの手を差し伸べてくれて、俺もこつん、と手樽《ジョツキ》をぶつけることができた。

告白すると、漠然とした憧れがあったから参加を了承したものの、こんな集まりに出席したことがほとんどないので何を話していいのかわからない。

しばらく料理に舌鼓《したつづみ》を打ちつつ、周りの会話を伺うことにする。

といっても困ったことに食べられそうなものがほとんどない。運ばれてきた揚げ物や肉料理にはことごとく複数種類のソースがかかっていて、添え物の芋類にもはみ出てかかっている。

あんまり、こういうのが好きじゃない。単に素材を焼いただけとかそういうものがいい。

「ヴィム君、遠慮しなくていいんだぞ」

そう言ってもらうといよいよ食べあぐねているわけにもいかなくなってきた。

切り分けてもらったのは腸詰め《ソーセージ》に半固体状の卵と野菜のドレッシングがたっぷりとかかったもの。味の複雑さと酸味を想像するだけで一歩引いてしまいそうになる。

だけど、ダメだ。ここで変に抵抗すると場の空気が変わってしまうことくらいはわかっている。

いい加減覚悟を決めて、ひと思いにかぶり付く。

「あれ……？」

普通に食べられる。美味しくはないけれど、忌避《きひ》感はまったくない。

「美味しいです」

「だろう？」

関門である料理を突破すれば、幾分か周りに耳を傾ける余裕も出てきた。

どうも恋人の話とか家族の話が多いみたいだ。後は昔話みたいなものとか、鉄板の冗談等々で盛り上がったりしている。

ハンスさんが話しかけてきてくれた。

「ヴィム君！　君はハイデマリーちゃんと同じ出身と聞いたが」

「あ、はい。リョーリフェルドの出身です」

「フィールブロンから結構遠いだろう？　身一つでよく来たな」

「いやぁ、その、あの、憧れと言いますか」

「男の子だものな！　誰だって英雄になりたいさ！　私だって小さい頃に読んだ英雄譚が始まりでここまで来た！」

「へえ……その、僕も本は読む方なんですけども」

「そうかそうか！　やはり読むなら英雄譚かい？」

「あっ、はい。そういうのも読みます」

「男なら剣を握った腕一本で成り上がるってのがな！　そういえばヴィム君も腰に長物を差していたろう？　使っているのは見ていないが」

「……その、あれは山刀《マチェット》です。取り回しがいい片刃の」

「はっはっは！　やはり剣か！　しかしそれは妙だな、剣を使うならどうして剣士ではなく付与術師に？」

「それはその、いろいろありまして。剣の方は付与術に相性がいいのが近接なので……」

お、おお。会話が成立している、のか？

この調子なのだろうか。

何か気の利いたことでも言えたらいいんだけど。

「モニカから聞いたんだが、ヴィムさんはもともと魔術師志望だったんだって？」

話を聞いていたマルクさんが入ってきた。

「あ、そうです」

「あんまりこう、英雄譚の英雄！　勇者！　に憧れるような感じじゃねえしな。勇者の仲間の魔術師とか、おとぎ話の魔法使いの方が好きだったろ？」

図星だった。

「……そんな感じです。あの、わかるものですか」

「魔術師っていうのは案外そういうやつ多いからなぁ。結局は子供の頃に抱いた憧れよ」

特に剣士の人はあまり意識しないことだろうが、魔術の比重が大きい職業の中で魔術師というのは憧れの対象なのだ。

冒険者の花形が剣士なら、魔術の花形は魔術師。それは魔力を使う技をすべて括《くく》って「魔術」と称していることにも名残が残っている。

歴史的にはもともと、魔術師が使う攻撃魔術のみが「魔術」と称されていたのだ。その時代は現在では戦士の小分類とされる剣士の技能をして「剣術」と呼んだり、神官による治癒を「奇跡」と呼んだり等々していたらしい。解析が進むにつれてそれらが同質であるということがはっきりし始め、職業によってもたらされる魔力の作用を総じて魔術と言うようになった。

「僕はその、魔法使いが好きでした。戦うやつだけじゃなくって、たとえばお姫様を変身させる、みたいな。あれ、なんて言いましたっけ、ええと」

「灰かぶり姫《サンドリヨン》とかか？」

「それです、それです」

口にしてみれば気恥ずかしい。

まあ俺みたいな陰気なやつはそういう傾向があるっていうのは普通の話か。

友達がいないので傾向とかわからなかったけど。

「お恥ずかしい話、あの、小さい頃は魔法使いって職業があると思ってたんですよ。空を飛んだりする感じの」

「ははは！　可愛いもんだな！」

「その延長線上で魔術師志望になりまして、子供なりにいろいろ勉強したりして——」

面白い話なんてできた自信はない。

だけどマルクさんたちは話を聞いてくれて、積極的に俺を輪に入れようとしてくれているのが伝わってきた。

そうなれば俺の側にも多少話せる知識や経験はある気がして、口にしてみたりした。

実際のところはどう思われていたのかはわからないし、退屈させてしまったかもしれないけど、それでもこうして話せるのは嬉しかった。

◆

向かいの建物の屋上から双眼鏡を使い、居酒屋を覗き込む。

ああもう、やはりいかがわしい店だった。男衆だけだと変に羽目を外すから困る。

「ぐぬぬ……」

まだ許容範囲内か？

いや、こんなもの性にだらしない売女共の巣窟《そうくつ》に違いない。

乗り込んでやろうか。

いやいや、業務自体は食事を提供するだけのいたって健全なもの。

店員とそういうことに発展するとすれば注目すべきはチップのやり取り等々だろう。食事中は尻や胸を揉むのがせいぜい。

無粋な先輩方がヴィムを誘惑しないように見張っているくらいでいい。

目を凝らす。ああいう、人が集まったところでは雑音のせいで盗聴石《アブホレン》から声が拾いにくい。

身振り手振りからできるだけ情報を集めないと。

ああ！　ヴィムのやつ、チラチラ横目で店員を追ってやがる！　あのむっつりめ！

「落ち着け私。なあに、大人の余裕ってものを思い出せ」

浅くゆっくり呼吸をする。

純粋な目でヴィムを見る。

うん。かなり無理はしているけど、楽しそうだ。

団員たちがうまく合わせてくれるのがわかって、胸を借りるつもりで喋っている。

【竜の翼《ドラハンフルーグ》】のときとは違ってちゃんと利害が一致しているし、団員たちは全員が全員根本的に善良なのだ。

多少失敗したって問題ない。

「頑張れ、ヴィム」

応援を口にすると、今私にできることなど何もないと痛感する。

私はヴィムのなんでもない。

恋人でも家族でもない、ただの友人。

そもそも干渉すらおこがましい立場。

街の風が冷たい。体が冷えてしまった。

＊

食事が終わるとハンスさんが一本締めをして、割と早くに解散となった。

なんとか無事に乗り切ったことに安堵する。

楽しかったというよりは、嬉しかった。たくさんの人の中で話しながら食べるということがどういうことか体験することができた。

もうちょっと余裕ができれば楽しむ余地も出てくるのだろうか。

でも今は、少し疲れてしまった。迷宮潜《ラビリンス・ダイブ》もあることだし、早く部屋に戻って寝たい。

「ヴィムさんヴィムさん」

と思ったら、マルクさんが店の出口で手招きしていた。

「独身組はこっちでっせ」

「おいマルク、お前は所帯持ちだろうが」

「いいのいいの」

なんだろう。

「ほら！　アーベルも来いよ！」

「俺はそういうのいいので……失礼します。ヴィムさんも！　嫌だったら断っていいんですよ！」

一緒に声をかけられたアーベル君はそそくさと店をあとにした。

「ちぇ、お堅いやつ」

なんだなんだ。これからどこか行くの？

「あの……マルクさん、どこか行くんですか？」

「そりゃもちろん！　じゃなきゃわざわざ繁華街まで来た意味がねえよ！」

「？」

肩をガッと掴まれて、繁華街の中心の方を向くことになった。

「さあ、繰り出しますか！」

快活なマルクさんの頬がいっそう緩み、もう下卑《げび》たくらいになっている。

すると後ろから長身の男性、確か名前はエッケハルトさん――がマルクさんの肩をとんとんと叩いた。

「あー、マルク、ヴィム君を誘うのはやめておいた方がいいかもしれん」

「なんでだ？」

「ほら、姉御が……」

「ん？　ああ、でもヴィムさんも恋人じゃねえって言ってたじゃねえか」

「いやいや、そうじゃねえぞマルク。お前は姉御のこと何も知らんのか？」

「……？　何が言いたい」

さっきから状況がさっぱり理解できない。いったいみんな何をしようとしているのだろう。

「やあヴィム！　それにマルクさんじゃあないか！」

背後から覚えのある声が聞こえた。

「あ、ハイデマリー」

そこに見えたのはいつもの彼女。今日会うのは初めてかな？

見慣れた彼女だけど場所が変われば新鮮な気分だ。子供のときからほとんど変わらない背丈は、

この時間帯の繁華街ではちょっと浮いている感じがする。

でも周りの空気なんて関係ないんだろう。持ち前の横暴さで変わらずそこに仁王立ちしていて、妙に様になっている。

「奇遇だねぇ！　女衆もここらで食事をしていたのさ！」

「……あ、あ、姉御、どうもどうも」

なぜかマルクさんはやたらハイデマリーにペコペコしていた。

「もう食事は……終わったようだね。あれれぇ？　じゃあ、今からどこに行こうとしていたのかな？」

やたら凄んでいる。マルクさんたちは引いている。

俺の知らない文脈で通じ合っているらしいが、わけがわからない。

一通りみなさんを威圧すると、ハイデマリーは俺の手を取った。

「帰るぜヴィム。ほら、私を送っていけ」

◆

繁華街を背に、私たちは屋敷への帰路についていた。

ヴィムは上機嫌そうだった。達成感のようなものだろうか。

いや、ずっと入りたかった人の輪に入れたのだ。当然の反応かもしれない。

「ねえ、ヴィム」

「……ん？」

「今、楽しい？」

素朴に、聞いてみた。

「……多分？」

返ってきた反応もまた素朴だった。

まあまだ【竜の翼《ドラハンフルーグ》】を追放されて、そこまで時間が経ったわけでもない。状況が好転しているとはいえ、手放しに喜ぶほど軽いやつじゃない。

「それは良かった」

ヴィムを【夜蜻蛉《ナキリベラ》】に誘ったことが良いことなのか、私はまだ測りかねている。必要なことだったとは思う。あまりに歪みすぎた認知は多少なりとも正さないとおかしすぎる方向へ行ってしまう。けれど回りまわって本当にヴィムにとって良い方向に転がるのかはわからない。

責任くらいいくらでも取るけど、それは逆に言えば責任を取れば良いというものでもないということだし。

まあでも、この笑顔というかニヤつきを見れたのなら、現時点での総決算は黒字だ。

「聞いてよハイデマリー、今日」

「おーおー、何でも話してくれ。ただし私は全部知ってるぜ？」

「何それ」
「何度も言ってるだろう、私はヴィムのことならなんでも知ってるんだから」

第五話　昂ぶり

一ヶ月後、俺は【夜蜻蛉《ナキリベラ》】の仮団員になっていた。

驚いたことに、カミラさんは【夜蜻蛉《ナキリベラ》】流の冗談を混ぜながらも、俺を評価してくれていたみたいなのだ。どうやらあれは説得の一部だったらしい。

せっかくいただいた厚意なので、俺は仮の団員としてしばらく【夜蜻蛉《ナキリベラ》】にお世話になることにした。

仮とついているのは『パーティーを離れた者は三ヶ月間別パーティーに所属できない』という冒険者ギルドの規則によるものだ。この期間は通称、所属禁止期間と呼ばれる。

現在、俺はなんとか居場所を作ることに成功していた。していると思いたい。

基本のポジションは前衛と後衛の間で、状況に応じて強化《バフ》をかけに行く。並行して索敵で気付いたこと、予想できたことを邪魔しない範囲で周りに適宜伝達する。

迷宮潜《ラビリンス・ダイブ》のときはそんな感じだ。

カミラさんとの毎朝の訓練も続いている。

そして給料がやたらめったら高い。【竜の翼《ドラハンフルーグ》】時代の十倍はゆうに超えている。

さすがフィールブロン最高のパーティーってところだけど、それ以上にみなさんの厚意がありがたい。こんな俺でもちゃんと使えるように、見出してくれているのだ。

その信頼は別の形でも示された。

驚いたことに、転送陣が秘匿されなくなったのだ。

みんなと一緒に迷宮潜《ラビリンス・ダイブ》を繰り返す間に、あるとき、必要な場所で目隠しを渡されないタイミングがあった。まずいですよと声をかけたものの、もう今更いいだろうとそのまま進行は続いた。

それ以降は特に何か情報を隠されることもなく、作戦会議にも参加させてもらえるようになった。

得られた情報を外部に持っていくだけで、ひと財産が築けることは疑いようがない。

それでも情報を開示し続けてくれているということは、危険《リスク》を背負い込むことによって示してくれた誠意に他ならないだろう。

俺を評価してくれる人もいるんだな、と最近はちょっと思えるようになってきた。

同時に俺もそこまで捨てたものじゃないな、とも。

もちろん【夜蜻蛉《ナキリベラ》】のみなさんが凄いからだから、調子に乗っちゃいけないんだけどさ。

「ヴィム少年、君の戦闘能力を見せてくれないか」

何回目かの迷宮潜《ラビリンス・ダイブ》の帰り、転送陣までわずかというところ、突然カミラさんにそんなことを言われた。

「え、でも、戦闘は何回も」

「君単体の、だ。付与術師は自身に強化《バフ》をかけて戦えるだろう」

「その、一応、【竜の翼《ドラハンフルーグ》】では雑魚《ウイード》狩りをしていたので、多少は戦えますけど……」

「そうなのか？」

「いえ、でも、弱いですよ？」

俺、すぐ死んじゃいますよ？　ご迷惑おかけしますよ？

「いざというときは死なないように救助するさ。それに帰路もあとわずかで、君の仕事も概ね終わっている。次のモンスターが最後の大物だろう」

「はあ、でも、その、失礼ですが、あまり意味があるとは」

「意図があってね」

「……その、と言いますと」

「君は十分に頼もしいが、現在の運用の仕方では結構気を使うんだ。一人である程度戦えるとなると、もうちょっと雑に扱えるだろう？」

「……なるほど」

「次の迷宮潜《ラビリンス・ダイブ》　この前言った大規模なやつだが、そのためにも戦力は正しく把握しておきたい」

現状「気を使う」なんて言われると、断りにくい。

しかもちょっと過剰気味に丁重に扱ってくれているのは俺も感じているところだ。半ば非戦闘員みたいな感じだし。そりゃあやりにくさもある。

『大型のゴーレムを確認！　距離百四十！　数は一！』

全体伝達でジーモンさんの報告が入る。大型のゴーレムは強力なモンスターだが、最前線の冒険者が組めば安全に倒せる範囲だ。

「うん、予想通りのお誂え向きだな。ヴィム少年、どうだ。油断するわけじゃないが、ゴーレム一体なら我々で余裕をもって手助けできる。一人では辛いと思うから、当然ある程度戦ったらハンスたちにも出張ってもらおう」

「……頑張ります」

「よく言った！」

もしかしてカミラさん、俺の扱いわかってきてる？

『総員傾注！　戦力確認のため、ヴィム少年が一人で行く！　我々は補助に回るぞ！』

角《かく》ばった人型の土塊が、成人男性の二倍ほどの大きさで俺の前に立ちはだかっている。

ゴーレムを一言で言うなら泥でできた大きな人形だ。そののっぺりした風貌からは感覚器官がまったく読み取れない。顔に当たる部分には目もなければ耳っぽい形を造ろうとした気配もない。

振動で情報を集めている、というのが主流な学説だ。

『ヴィム』

ハイデマリーから個人伝達が来た。

『私たちがついてるけど、油断しないでね』

そこは安心しろ、じゃないのかぁ……。でも、こうやって気を引き締めてくれるのが彼女らしいと言えば彼女らしいかも。

チラリと後ろを見る。みんなが見守ってくれている。恥は晒したくないな。

「と言ってもなぁ」

しかし正直勝算がまあほとんどない。

理屈は簡単、それは付与術師が少ない所以、かつ半ば非戦闘員扱いされる理由そのものだ。

つまるところ、付与術師は素がめちゃくちゃ弱い。

第二次性徴を終えて儀式を行い職業を取得した人間は、まず肉体が変化して通常の人間の十倍ほどの力を得ることになる。魔力の操作によったり武器の扱いによったりもするが、まあ概ね普通の人間が十人束になっても勝てないくらいだ。

その上で力の使い方を覚え、向上していく。カミラさんくらいになるとまさしく一騎当千の強さだろう。

しかし付与術師は職業を取得したところで、素の力は普通の人よりちょっと強くなるくらいなのである。

術師本人が自分に強化《バフ》をかけても他の職業の人より強くなることはほとんどない。

そうなると最終的に辿り着く付与術師の運用方法は単純だ。職業を取得している仲間に随時強化《バフ》をかけ、あとは邪魔にならないように引っ込んでおく。

そして、そもそもこの付与術の使い勝手が悪く、難易度が高いとなれば付与術師がほとんどいない理由もわかるだろう。素も弱い癖にあまり役に立たないのである。利点はせいぜい、肉体の変化が少ないので職業取得直後に戦いやすいくらい。

ゴーレムがこちらを向いた。

手足がカタカタと震え始めた。おかしいな、ビビっているわけじゃないんだけど、なぜか大物を相手にするといつもこうなる。いや、弱虫なんだな、きっと。

うじうじ考えていても仕方がない。最悪後ろに任せるつもりで全力を尽くすしかない。

腰に差した山刀《マチエット》を抜く。迷宮《ラビリンス》で抜くのは久しぶりだ。一応訓練は欠かさないようにしてたけど、大丈夫かな。

「『瞬間増強《バンプアップ》・二倍がけ《ゼイマール》』」

自分に強化《バフ》をかけるときは、他者にかけるときと一つだけ大きな違いがある。それは俺の指令を届けるための通り道《パス》を作らなくていいことだ。ゆえにほとんどタイムラグなしで、他者にかけるときより圧倒的に細かく強化《バフ》を調整できる。

具体的に言えば、ざっくり倍くらいの密度の強化《バフ》重ねがけが可能だ。一定時間あたり一つの筋肉に一度しかかけられなかった強化《バフ》を二回かけることができるようになる。

強化《バフ》が長く続かない以上、短期決戦。もちろん先手必勝。

山刀《マチエット》を右手で固く握る。

ここから先は確率の綱渡りだ。必要な強化《バフ》を必要な箇所に必要なタイミングでかけ続けないといけない。失敗すれば即敗北。

体幹を中心に、右脚と、反動を担う左腕を付与済み《エンチャンテッド》に。左腕を引くのと同時に右脚で地面を蹴って、大きく加速。体が浮く。

狙うはゴーレムの脚。

山刀《マチェエット》で右腿部に思いっきり、斬りかかる。目的は一瞬の切断なので刃を通すことに注力する。とはいえ泥だ、柄《つか》には強烈な手ごたえが来る。

通った。まだ地面を蹴った分の勢いが残っているので、そのまま一回転。

イメージはだるま落とし《ダルミャーシカ》。

今度は左脚と右腕の出力を一瞬上げて、伸び上がるように左脚を突き出し、分離されたゴーレムの脚をできるだけ遠くに蹴り飛ばす。着地と同時にすかさず距離を取る。

成功。ゴーレムは右脚を失くしてバランスを崩して右手を地面につく。

そして痛みに備える。

箇所を限定して極力効率を上げているが、それでも弱い肉体に強い強化《バフ》をかけているのでどうしたって誤差が出て筋組織を痛めてしまう。この誤差次第でも即敗北だ。

「あれ……？」

しかし、痛みは来なかった。

なんでだ？　上達したのか？　誤差が小さかった？

考えている暇はない。バランスを崩したゴーレムが全身の泥を右脚があった場所に流して修復を試みている。

もう一度跳びかかって、地面についている右腕の肩に刃を通し、今度は両足で腕全体を吹っ飛ばす。すぐさま納刀して着地は両手、一瞬の逆立ちを経て大きく腕でジャンプして、また距離を取る。

ゴーレムが完全に右に倒れたのを視認。そして一応痛みに備えるが、来ない。

もしかして、もうちょっといける？

調子の良さに酔っていた。普段の俺なら絶対にしないはずなのに、欲をかいた。今までそういう行動を止めていた俺の中の何かが、今はとても弱まっているらしかった。

「『瞬間増強《パンプアップ》・三倍がけ《ドライマール》』」

三倍。こうなると時間がない。次で決める。

両脚を同時に強化。腰を中心に、〇・〇一秒遅れで順に末端の筋肉を強化するコードを使用。

右脚で跳んで迷宮《ラビリンス》の壁のできるだけ上の方に着地。一気に壁を蹴って、重力の助けも借りて加速する。そのままゴーレムの胸部に肉薄。

間合いに届くのに合わせて、まずは一回、山刀《マチェット》で体を掘るように斬りつける。まだ一瞬しか経ってない。あと何回か斬れる。
二、三、四、まだいける。まだまだ一瞬しか経ってない。

五、六、七、八、九、十、十一、十二。
ゴーレムの胸部が抉《えぐ》れていく。
見えた。核《コア》だ。
、、、、、、、、
もう一瞬は経っていた。
だから、剣尖《けんせん》を突き出して、残った勢いのまま、山刀《マチェット》を核《コア》に乱雑に突き立てた。

◇

ヴィム少年が象徴詠唱らしきものを口にした瞬間、彼は消えた。

否、ゴーレムに跳びかかっていた。それを認識した頃にはゴーレムの右脚が飛ばされていた。

その飛ばされた右脚を目で追っていると今度は右腕が飛んで、ヴィム少年は迷宮《ラビリンス》の壁で大きくしゃがんでいた。

伸び上がって、突進。

ゴーレムの胸で銀色の残像が花のように開いて、最後には核《コア》に刃が突き立てられていた。

「な……」

腰を据えて実力を見抜こうとしたら　その腰を据える前に決着がついてしまった。

目で追うのが精一杯で、気付いた頃には決着していた。

これではまるで、馬鹿みたいじゃあないか。

団員たちが唾を呑む。この戦闘の意味がわからない者なんていない。

まるで現実に反発するかのように、この戦闘力の持続時間や汎用性に思いを馳せる。そして言い訳じみた分析だと自制した頃には、皆《みな》がヴィム少年に駆け寄っていた。

『ハイデマリー！』

個人伝達を送る。

『はい、どうしました、カミラさん』

『ヴィム少年、彼は、何者だ？』

ゴーレムとはいえ、単独で撃破、しかもあんな短時間で。

すでに付与術師は弱いだどうだのという次元じゃない。

少なくとも速度に関してはフィールブロンでも敵う相手を探すのが難しい。

『何者、と言われても、ヴィムはヴィムです。付与術師ヴィム。あ、私と同郷というのは大事ですけど』

『そういうことではなく』

『強いでしょう？　彼』

隊のむこうの方にいたハイデマリーが、こちらに目配せした。それに応じて彼女と共にヴィム少年の方へ向かう。

「あっ、カミラさん、その、へへっ」

核《コア》の崩壊を確認したヴィム少年はもみくちゃにされながらこちらへ向き直った。肩がやや上下している。

「ヴィム少年。やるじゃないか。よもや付与術師がここまで戦えるとは思わなかった」

「あ、いえ、はは。その、ちょっと試したらうまくいったかな、なんて。はは。魔力も空ですし、疲れました」

　ちょっと声が高い。上ずっている。

「聞いてくださいカミラさん。思ったより調子が良くて、初撃で思ったより体が動いたから、無茶してみたんですよ！　そしたらグワって体が浮いて、軽くて、飛んでるみたいで。あれ、結構お待たせしちゃいましたよね、すみません、時間かけて」

　様子がおかしい。興奮状態《ハイ》になっている。

　まるで初めてモンスターを殺した初級冒険者みたいだ。

　なんだこれは。何と表せばいい。迷宮《ラビリンス》の最前線であの戦いぶりをする人間が、こうなるか？

　疑うには明白すぎる成果に対して、あまりに低すぎる自己評価。そして周知されることのなかった戦闘能力。本人の今の状態からして、意図的に隠していたわけではなさそうだ。

　わからない。なぜこんなにちぐはぐなんだ、彼は。

「落ち着いてヴィム。時間は経ってない。一瞬だった。見事なもんだったよ」

「そうかな、へへ。その……へへっ」

　ハイデマリーが私の目を見た。ここは彼女に任せることにして、転送陣に向かうべく全体に伝達を出した。

『総員傾注、再び前進！　ヴィム君を労ってやってくれ！』

*

昂ぶっていた。自分がこんなに動けるなんて信じられなかった。

考えてみれば今まで大物と戦うなんてことはしてこなかったし、階層主《ボス》とやったときは無我夢中だったのでさておいて、ここまでできる覚えがまったくなかった。

なんだこの全能感。

強化《バフ》で回った血液が頭の中でグルグルして、物がよく考えられないのに、気持ちだけが昂ぶっている。

地面を大きく蹴って少し浮遊して、それから切り返して遠心力で体が揺すられるあの感覚。落下の衝撃をすべて剣に伝えきった爽快感。

ありありと浮かぶ。視界に見えないものが何もなくて、隔絶された世界で全部が自分の思い通りになって、時間の感覚すらなくなって、何も意識しなくていいような、余計なことは考えなくていい、ただただ気持ちの良い、そんな時間。

ゴーレムを単独撃破は、結構凄いんじゃないだろうか？　立派にBランク相当の冒険者くらいは名乗っても……。

「あれ？」

いやそんなわけないだろう。

我に返った。

転送陣が目の前にあって、前衛部隊から順にフィールブロンに帰還していっている。

その様を眺めていたらちょっと落ち着いてきて、記憶を辿ってみる。

「ねえ、ハイデマリー」

隣のハイデマリーの方を見る。

「なんだい。落ち着いたかい」

「俺、もしかして大分テンション上がってた？」

「うん」

「カミラさんと話したよね」

「うん」

「何言ってた」

「上の空でいろいろ。ぐわーっとか言ってた」

あー。

やらかした。強化《バフ》で血流が良くなると予期せぬ影響が出たりする。三倍《ドライマール》がけをちゃんと使ったのは初めてだったから。

「何か、失礼なことは……」

「大丈夫だよ。それよりカミラさんたちにとってはヴィムがゴーレムを単独撃破した事実の方が大きい」

「あ、まあ、これで気を使わせずに済む……のか。気楽だけど、うん、頑張るか」

「気？」

「ほら、次の迷宮潜《ラビリンス・ダイブ》のためにちょっと現状では俺を丁重に扱いすぎて動きにくかったらしくて、ある程度戦えたら楽だったみたいで」

「……まあ、そうだね。これで迷宮潜《ラビリンス・ダイブ》の成功率は上がったと思うけど」

何か言いたげだ。やはりハイデマリーも気を使ってくれていたんだな。

さすがに冷静になってきた。自分一人でゴーレムを倒せたことは手放しに誇っていい気がするが、後ろにみんながいてのことだ。

付与術は戦闘の効率が良くない。無理して体を動かしたから、おそらく帰ったら当分は動けなくなることだろう。現にもう筋肉にガタがきて――

「あれ？」

――きて、ない？

腕の筋肉を伸び縮みさせても、痛みがない。いや、まあ鍛えて強くはなっているから、成果が出たのかな。問題は魔力だ。三倍《ドライマール》がけまで使った以上大幅に消費しきって、もうほとんどすっからかんに――

「あれれ？」

――なって、ない？

実感と完全に乖離する事実。感じてはいけないとわかっていながらも、否定しきれない手応え。調子に乗るなと自制して、それでも多少は考えていいんじゃないかって緩めたくて、結局思ってしまった。

もしかして、俺、ちょっと強くなってる？

◆

夜。

盗聴石《アブホレン》からヴィムの寝息が聞こえ始め、しばらくして規則的なものに変わると、私は屋敷を出てゲストハウスに足を向けた。

合鍵は拝借してある。部屋の扉を開けた。

ヴィムが起きる様子はない。安心して眠っているようだ。

【竜の翼《ドラハンフルーグ》】を追われてしばらくは不安で眠ることもままならなかったみたいだから、ここでの暮らしはそう悪いものではないのだろう。

足音を立てないようにしてベッドまで歩いて、寝顔を覗き込む。

やはり、可愛らしい寝顔だった。送宮《ラビリンス》にいるときみたいな張り詰めた顔じゃない。あれはあれで好きだけど、こっちはこっちで愛らしい。

今日のヴィムの活躍で、【夜蜻蛉《ナキリベラ》】のヴィムを見る目はさらに一段変わった。

すでに付与術師としての腕が外部にもある程度広まり始めている以上、戦えるという話もすぐに広まるに違いない。想像が働く人なら、【竜の翼《ドラハンフルーグ》】というパーティーの実態まで考えが及ぶだろう。

カミラさんは次の大規模迷宮潜《ラビリンス・ダイブ》の計画を完全に固めきった。

ヴィムはまだ直接戦闘で起用はされないみたいだけど、あらゆる行動に関わって、総合的に言えばもはや中核みたいな立ち位置にいる。

仮団員でこれだから、所属禁止期間が過ぎればすぐに採用する気に違いない。

話の広がり方によっては他の大手も参加して、オークションみたいに給与の吊り上げ合戦に発展するかもしれない。

「世界が君に気付き始めてるんだぜ、ヴィム」

私の声に応えるように、ちょっとうめき声みたいな呼吸が一回あった。少し焦る。

まあ最悪起きたって構いやしない。今まで何度かバレかけたことがあったけど、寝ぼけているのかなんなのか、あんまり言及されたことがないからきっと大丈夫。

……いつまでこんなことしているんだろうなぁ、私も。

別に部屋に押しかけて怒られるわけじゃないし、本音をぶつけられないわけじゃないけど。でも、ヴィムが私の言葉で変わったことはあんまりなくて。自信なさげな癖に妙なところで信じられないくらい頑固というか。まあ、一貫性はあるんだけどさ。

結局、ヴィムの中で私が占める割合が、そんなに大きくないんだろうなって。

そう思うと、やはり悲しかった。

第六話　大規模調査

フィールブロン最大級の冒険者パーティー【夜蜻蛉《ナキリベラ》】による、大規模迷宮潜《ラビリンス・ダイブ》。

衆目を集めないわけがない。冒険者ギルドに向かう道すがら、いろんな人の視線や噂話に晒されていた。

「ヴィム、君の名前が聞こえたぜ」

ハイデマリーがニヤニヤして肘で小突いてくる。

「やめいやめい」

言われると気になってくる。確かに俺のことを指しているような声がちょくちょく聞こえてきていた。「あいつが」とか「あれがヴィムか」とか。

そりゃあいい顔されないよなぁ。パーティーを追い出されて早々、大手パーティーに寄生だなんて、コネを疑われても仕方がない。というか実際にハイデマリーのコネだ。

周りの目を気にしてしまうと逆に投げかけられる視線を辿るようになる。すると自然とその視線の主に目が行く。そして、そこまで他者を意識してしまえば、思い出してしまうものがあった。

みんな、見ていたりするのかな。

自分でも驚く。俺はまだ【竜の翼《ドラハンフルーグ》】の仲間だった人たちをみんなと呼んでいる。

最近、【竜の翼《ドラハンフルーグ》】の名前はとんと聞かない。

少なくとも迷宮潜《ラビリンス・ダイブ》においては目立って成果は出していないと思うけど、実のところ怖くて調べることもしていない。

多分まだ怪我が癒えてなくて、まとまった収入が入るような迷宮潜《ラビリンス・ダイブ》を行えていないんじゃないだろうか。

……俺はもう【竜の翼《ドラハンフルーグ》】とは無関係だっていうのに、何を考えているのだろう。

みんなが今の俺を見たらどう思うかな。気持ちが良くはないよな。

「……ふへへ」

いかんいかん、コネとは言え、お世辞とは言え、曲がりなりにも【夜蜻蛉《ナキリベラ》】のみなさんは俺を評価してくれているんだ。余計なことを考えずできることをしよう。


冒険者ギルドは特殊な建物、というより施設で、地上に受付や依頼のための大きな建物があり、その地下には迷宮《ラビリンス》の第一階層がある。この第一階層までがギルドの管理下にあり、もはや建物の地下一階といった様相である。

第一階層の入り口から最奥にある転送陣までは舗装された道路が敷かれていて、一つの軍隊が通るくらいはわけない。

あまり意識されない話だが、一応冒険者ギルドは国の管理下にある行政機関でもある。財務関係の一部門ではあるけど、その金の産出量ゆえに、もはや管轄という枠組みを超えた絶対的な権力を持っているとかなんとか。冒険者ギルドのマスターと賢者協会と言えば、敵に回してはいけないフィールブロンの権力として有名だ。

受付を終え、いよいよ第一階層に入る。道路を進んでしばらく、中腹の開けた場所にてカミラさんは振り返り、全員に号令をかけた。

「総員傾注！」

全員の背筋が伸びる。【夜蜻蛉《ナキリベラ》】総勢百二十二名の視線が、一点に注がれた。

【夜蜻蛉《ナキリベラ》】のような大きなパーティーによる大規模迷宮潜《ラビリンス・ダイブ》というのは、他の零細パーティーのそれとは少々事情が異なる。

最前線のパーティーは、真っ先に危険に飛び込む責務を背負っているのだ。

迷宮《ラビリンス》は理不尽であり、ほとんど初見殺しみたいなトラップも珍しくない。

かつては奴隷を先遣隊として送り情報収集を押し付けることもあったのだが、誇り高い人々はそのような悪習を許さなかった。

強者こそ危険に身を投じなければならない。その先に迷宮《ラビリンス》の踏破《とうは》という名誉がある。

つまり、今回俺たちは危険な目に遭いに行く。死にに行くと言っても過言ではない。そこにある覚悟は一歩間違えれば自殺と変わらない狂気にすら等しいもの。

それを率いるカミラさんもまた、尋常の人ではない。

「これより我々は未知なる階層、第九十八階層への調査へ赴く！　諸君も知っての通り、これは先日までの調査とは一線を画す、正真正銘命懸けの大調査である！　恐れは遺書と共に置いてきたはずだ！　腹を括れ！」

　頷いて応える。

「命を捨てよ！　そして、その命は栄誉と宝物と、隣にいる仲間を守るために使うのだ！【夜蜻蛉《ナキリベラ》】は一羽も欠けることなく帰還してみせよう！　我々の帰路に悲しみは必要ない！」

　一瞬みんなの視線がカミラさんから離れて、互いを見遣《みや》る。共通した熱を感じる。その熱は合わさって、いつの間にか増幅していく。

「意気揚々とした凱旋を！　フィールブロンに【夜蜻蛉《ナキリベラ》】在りと！」

　カミラさんが右腕を上に振り上げると、士気が爆発した。

　男性陣の野太い雄叫びが迷宮《ラビリンス》内で反響し、女性陣のそれでも野太い雄（？）叫びがそれに混じって音量を上げる。みんなが「うおー！」と叫ぶ。

　俺も腕を振り上げて声を出してみる。

「う、うおー！」

　大声は出し慣れていないからちゃんとはできていないだろうけど、それでも一体感に参加できているような気分になって、嬉しかった。

　そして一通り声を出し終わるか終わらないかくらいのタイミングで、カミラさんが一言、キリッと放った。

「総員、前進！」

一団が再び歩き出す。さっきより明らかに歩調に力がある。俺もそれに慌ててついていく。

これが最大手冒険者パーティーの本気か。さすがと言ったところ。

「こういうノリ、苦手でしょ」

「……気付いてもそういうこと言うものじゃないって、ハイデマリー」

第九十八階層へ辿り着くと最初に行ったのは、時間をかけて陣形を組むことだった。

今回の大調査の目的は大幅な地図《マップ》開拓にある。多数のパーティーの尽力により、現在転送陣から日帰りで往復できる範囲の地図《マップ》は開拓され尽くした。これ以上は一日以上かけた泊まりがけの調査に乗り出さねばならないわけだ。今回は片道二泊、計四泊の調査の予定になっている。

予想では今回で階層の端まで辿り着けることになっているけど、今までで最大の階層では三泊かけても端から端まで辿り着けないこともあるので、あくまで予想でしかない。誰もその通りにいくとは思っていないだろう。

そして長期の調査において最も憂慮《ゆうりょ》すべきが、階層主《ボス》との遭遇だ。現在第九十八階層の階層主《ボス》の目撃情報はないが、今回ほどの大規模調査となればかなり高い確率で遭遇することになるだろう。

階層主《ボス》と会敵したときの危険《リスク》はかなり高い。犠牲者が出ることは必至であるし、その上で初見での討伐はまず不可能。

それはフィールブロン最強の戦士の一人、カミラさんがいても同じことだ。階層主《ボス》は単体の戦力でなんとかなるような存在ではない。なのでこのような調査で遭遇した際には、最小限の犠牲でできるだけ多くの情報を持ち帰ることが最善となる。

このために考案された陣形が二叉槍《バイデント》の陣形である。

全員に強固な伝達魔術をかけ、そして大きく前後に間隔を取る陣形だ。隊の端には索敵担当が複数置かれ、随時危険なモンスターがいないか連絡を取り続ける。

名の由来はその特殊な進行方法で、分かれ道においては隊を二つに分けて同時に進行させ、どちらかがまた新たな分かれ道に辿り着き、行き止まりがないことを確認すればもう片方の分隊は引き返して合流し、また分かれ道で隊を分ける。これを繰り返す。

一見非効率的な進行方法に見えるけど、未知の階層を進む際に限っては、地図《マップ》を多く開拓できるという点で都合が良い。そして何より階層主《ボス》と遭遇した際に隊全体が追い詰められるということがなくなり、うまくいけば挟撃の態勢を取れる。

俺の担当は最前列の左部隊。高い機動力が求められ、なおかつ最も戦闘機会の多い部隊である。役目はとにかく強化《バフ》をかけまくり、走力と攻撃力と防御力を全部底上げすること。そして余力があれば索敵の補佐と経路およびトラップの予測。

責任重大だ。俺次第で進行全体に遅れが出てしまう。俺のことを計算に入れてくれたのは素直に誇らしいけど、吐きそう。

「緊張してますか、ヴィムさん」

アーベル君が心配してくれている。アーベル君もハイデマリーと同じく未来の幹部候補なのだが、同い年の同性ということで、カミラさんが気を使って同じ部隊に配置してくれたのだ。

「もうするだけしたので、腹は括れてますぉぇっ」

「吐いてるじゃないですか」

「すみません。大丈夫です。大丈夫」

深呼吸をする。

集団行動でこれ見よがしな独り言は厳禁。復唱は頭の中で。

局面を二つに分ける。第一に移動局面、第二に戦闘局面。前者においては部隊全員に恒常的な走力強化を付与し、かつ索敵担当のベティーナさんと適宜連携して索敵をかけ、トラップや経路を予測していく。体力配分的にも鍵になるのは走力強化だ。多人数を対象に長くかける強化《バフ》なので、いつもの簡易なものではなくある程度意識から切り離して自律的に強化できるよう複雑なコードを組んである。このコードが頭から抜けると計画全体に遅れが出るから一定時間に一回の確認は必須だ。まず通り道《パス》の構成だが通常の――

「――個別に通り道《パス》を繋げる構成と違って今回は輻型《スポーク》の通り道《パス》を作成せねばならない。象徴詠唱は『廻る《ダリーディオン》』から始まって……よし、覚えてる。このあとに調和機構を構成して、各々の運動量に呼応して軽量化、硬化を当然百三対《ディガンス》で。象徴詠唱は『無欠《ウィダーシューン》』。本詠唱ちょっと怪しいな一度バラしてみるか。いやでもさすがに……いやいや空で言えないと」

「ヴィムさん？」

「ひゃいっ⁉」

「大丈夫ですって。訓練では一度だって失敗してません。それに今から本詠唱まで参照していたらそれこそ出発できませんよ」

「……声に出てました？」

「すごく」

やらかした。ただでさえ心臓がバクバクしているのに、顔まで熱くなってきた。

「ごめんなさい、癖で」

反射的に返すとアーベル君はかぶりを振って言う。

「頼りにしてます。その代わり、ヴィムさんも俺たちを頼りにしてください。大丈夫です。ヴィムさんがどれだけやらかしたって、俺なら救援が来るまで守りきれます。階層主《ボス》からだってちょっとくらい耐えてみせますよ」

やだ、かっこいい……男なのに惚れそう。

そして、ここがアーベル君の素敵なところだ。自分で言った台詞がキザすぎるとあとから気付き、若干赤面しているらしい。それを取り繕おうとして視線を泳がせるのも可愛い。好青年という属性と合わされば天下無敵の部類。

一方的に思っているだけかもしれないが、恥を分け合ったような気がしてちょっと嬉しかった。これは友人というやつなのだろうか。そこそこお話ししているし、もうときどき敬語は外れているし、これはもう友達と呼んでいいのでは？

いやでも、定義がわからない。そうだまだ一緒に食事をしてない。そのうち誘ってみるか？

うんそうしよう。いつか、またいつか。

……ダメだろうそれは。今だ。

「あの！　アーベル君！」

「はい？」

「あの……その……」

いやいやよく考えろ。命が懸かった戦いで「これ終わったら飯行きません？」と言うのはきわめて縁起が悪い。次の方がいいんじゃないか？

「その、なんていうか、あの」

よく頑張った俺。……いやいや勇気を振り絞れ。いけ。言うのだ。

「今度、ご――」

「ǝqɿɿd ɞ」

「ふぁい⁉」

「どうしました、ヴィムさん」

また、聞こえた。

ここ最近、迷宮《ラビリンス》に来るたび聞こえる謎の声。雑音じゃないことがはっきりわかる。意味のある発音に聞こえる。

「いや、虫が」

幻聴だろうか。迷宮《ラビリンス》に来るたびというふうにタイミングは限られているから、心的外傷《トラウマ》の一種か。それとも迷宮《ラビリンス》特有の現象なのか。

なんにせよ、人に言うと気が触れたと思われそうなので言えるものじゃない。

今のところ害はないので、様子を見ることにした。

第九十八階層。迷宮《ラビリンス》然とした空気。周りに人間以外の生き物は見えないのに、薄暗がりのむこうから生命に満ち満ちた雰囲気が漂ってくる。この階層の壁肌は水分を多く含んだ岩という感じで、強いて言うなら洞窟に近い。地面も平らではなく、足元を見ていないと躓《つまず》いてしまうだろう。

何より特異な点が一つ。この階層には〝空〟がある。壁はどこまでも高く、登り続ければ闇に消えてしまう。

夜空とは違う、しかし闇というほど暗くもない。月も星も見えないが月明かりだけがある、というのが近いだろうか。

一応他の階層には見られない現象だが今のところ特に不利はなく、むしろ閉塞感がなくて気分が良い。

俺たちの部隊は走力を強化しているので、少し早歩きしているだけなのに走るよりも速く壁が横を通り抜けていく。こうしてみると不思議なもので、周りの変化により気付きやすくなってきた。時間あたりの変化が大きくなるのかなんなのか。

「ヴィムさん、予測通りに左方に距離五十先に敵影を確認しました。ヒドラの乙種です」

「数はどのくらいですか」

「最低五はいます。下手をすれば六」

「僕も見てみます。えっと」

ベティーナさんの情報を元に範囲を絞って探知をかけて確認する。大岩らしき遮蔽物《しゃへい》に隠れるように、ヒドラの影が複数。周りにも痕跡がある。

「見えました。お渡ししたパターン二十五に一致する可能性が高いと思われます。この先道幅が広がると考えられるので……えーと、僕の方は最右方と地中に索敵を広げますので、ベティーナさんは引き続き左方ともうちょっと前方をお願いします」

「了解です」

「あ、あと、若干道が下っているかもしれないです。地図作成《マップ》の際は注意してください」

「……？　あ、本当だ」

ヒドラ系統は水場を必要とするので、複数いる場合はこの階には水脈がある可能性が高い。

先ほどから雑魚《ウィード》に鳥系が多い上に、おそらく半水生であると思われる新種もチラホラ見られ始めた。

これはかなりの確率で湖があると見ていいだろう。

進行方向は迷宮《ラビリンス》の中央。湖の存在を仮定するなら広い大きな空間があるはずで、となると大広間がある階層の型と一致する。

右に分かれ道が見えた。これは右の先遣隊と繋がるかな。索敵の反応だと行き止まりではないっぽい。

『こちらヴィム。ハンスさん、右に小さな分かれ道が見えました。しばらく行き止まりではないみたいです』

後方にいる副団長、ハンスさんに連絡を取る。

『こちらハンス。道幅は』

『二人分ほどです。部隊が通れるほどではないかと』

『了解した。今回は記録のみとする。それとヴィム君、もうじき全体伝達が来るだろうが、距離二十五に大型を発見した。こちらは引き返してそちらに合流する予定だ』

『承知しました』

伝達を切る。

「『示せ《ジィガスミーア》』」

地図《マップ》を投影し、すぐさま記録。こういう細かい分かれ道は次回以降の遠征で調査するらしい。もしくは未開拓の道が残されている地図《マップ》として競売にかけたりすることもあるそうで、実は結構な収入になるのだとか。

記録が終わったらまた歩きながら情報収拾。経路とトラップの予測、階層主《ボス》の痕跡探し。あとは趣味と実益を兼ねた観察も。

充実していた。

的確な指示に従うというのは楽だ。自分の役目に集中できる。

言葉は難しいけど、友達ではなくて仲間というか、対人能力がお世辞にも高くない俺でも、一つの目的を共有し、こうやって仕事上でうまく交流を図ることはできるかもしれない。

これはこれで、俺に向いているような気もした。


昔から体は大きい方で、ずっと優秀だとも言われてきた。自分には能力もあって勇気もあると、自負があった。周りの人にも恵まれた。みんな自信に満ちた目をしていて、その人たちがアーベルは次期幹部だと言ってくれるのは嬉しかった。

そういう俺の人生において、このヴィムという人は特殊だった。

「甲甲丙、乙乙乙、丁甲甲丙、えっとこれで二十三対五十？　一対二、明らかに一致？　いや、微妙、断言はできない」

休息時間だというのに何やらブツブツ独り言を言って、ときどき頭を掻きむしって発狂している。

彼が【夜蜻蛉《ナキリベラ》】にやってきてしばらく経つけど、驚かされることばかりだ。

特に今回の大規模調査に至っては前回の調査とは比にならない速度で進んでいる。

なんだあの歩行の付与術は。本人は走力強化だと言っていたけど、あれはもう新しい移動手段だ。他人を、しかも複数人を強化する魔術をあそこまで長時間持続させることが可能なのか？

しかもどういうからくりか、出発から相当な距離を進んだのに一度も大型モンスターと接触していない。

それに加えてあの細かい観察力と丁寧な仕事で描かれた地図《マップ》。さっき見せてもらったけど、こうも人によって見えている世界が違うとは。あの水準ならおそらく地図《マップ》の売値も数倍に跳ね上がる。

あんなに細かく仮説を立てて検証を続けているとわかれば、道中で怖いくらいにトラップや敵の配置を当ててしまうのにもなんとなく説得力が湧く。

「どうしよう……やばいよやばいよ、また本詠唱からバラそうかな、いやいや残り魔力が、う、おえぇ」

だというのに本人はあんなに自信なさげで今も緊張で吐いている。

ブツブツ言ったり興奮状態《ハイ》になったり吐いたり、もう忙しい人というか楽しそうにすら見えてくる。というか盾役《タンク》の俺でも多少疲労して喋る気力がないくらいなのに、あそこまで元気にあたふたされていると自信がなくなってくるな。

悪い人ではないしそれどころかかなり良い人だが、ハイデマリーさんが連れてきた人だけあってとんでもない変人。

しかし目の前でここまでの実力を見せつけられ、それが味方となれば頼もしくて仕方がない。

「ヴィムさん。水です。水分補給しないと」

「……あ、どもども。ありがとう、アーベル君。ごめん夢中になってました。というかごめん、うるさかった？」

「いえいえ、もう慣れました。それよりありがとうございます。ヴィムさんは初めてなので実感はしにくいとは思うんですけど、前回に比べてびっくりするくらい順調に進んでいます。かなり助かってます」

「そんなそんな。こちらこそ助けてもらっちゃって。ありがとう。へへっ」

なんだか、反応が無垢というか。挙動不審だけど。

「ヴィム君」

「あ、ハンスさん」

「団長がお呼びだ。君の見立てではもうしばらくすると広間に出るんだろう？」

「はい。えっと、細かく言えば」

「むこうで聞こう」

一礼して、ハンスさんに引っ張られるようにむこうに行ってしまった。

幹部もすっかりヴィムさんを信用している。当然か。この数ヶ月で積み上げた実績だけで信頼に値するし、彼の場合は自分を決して過信せず、不測の事態を見越しての代わりの案を大量に用意している。つまり目線が管理職に近いので、やりやすいのだろう。

ヴィムさんの座っていた場所を見て、あの強化《バフ》を思い出す。防御の深奥、反射《リフレクション》を常に出すあの快感。あの日から何度も何度も思い出して、迷宮潜《ラビリンス・ダイブ》の度にヴィムさんと同じ班になることを願った。

もしも将来、二人で一緒に幹部をやれたら。

……なんというか、俺もすっかり毒されているなぁ。

＊

道幅がある程度広い場所で野営を張ることになった。階層にもよるけど、迷宮内《ラビリンス》は一日中やや薄暗い程度で時間の感覚がおかしくなる。たとえ数時間でもどの程度の時間活動したかを把握していないと体調の管理が難しく、いざというときの体力が残らない。なので余裕があるときはこうして地上の夜に合わせて休むことも多い。

そして、夜にわざわざ薄暗い場所に集まってやることといえば、会議だ。非常にお誂え向きである。

「大広間があるのは間違いないだろう。そしてどの道からも水の匂いがする。ヴィム少年の言う通り、湖があるか川が流れているのではないか」

カミラさんが言う。

「私もそう思います。となると補給ができると考えていいんじゃないでしょうか。水質とかは予想ついたりするか、ヴィム君」

「あ、あ、はい。まだら色の蝶が飛んでいたので、えっと、あれは清潔な水でしか生育できないので。はい、水質は大丈夫だと思います」

ハンスさんにいきなり話を振られて面食らう。うまく答えられたか顔色をうかがってみるけど、表情は変わってない。多分、大丈夫だ。

「よし、それでは明日の予定だが――」

幹部のみなさんにカミラさんが声をかけ、明日のすり合わせが再開される。

二叉槍《バイデント》の陣形においては二つの部隊が別の道を同時に行くわけだが、この利点の一つに、より危険《リスク》の低い道を実際に観察した上で選択して進めるということがある。つまり片方が大型モンスターに遭遇すれば引き返してもう片方に合流できる。

そのおかげで今日は一度も大型モンスターと戦闘せずに済んだ。

こううまくいくこともあまりないらしく、カミラさんを含めて幹部のみなさんは緩んだ表情をしていた。

しかし、俺にはずっと気がかりなことがあった。

「――よし、では会議はこれまでとしよう。何か連絡事項のある者は？」

しん、となる。人の声がなくなって迷宮《ラビリンス》特有の静寂が訪れる。

手を挙げようとした。迷った。些細なことであくまで前兆でしかない。万が一に備えて言うべきかもしれないが、俺の妄想かもしれない。いや、十中八九妄想だろう。

嫌な記憶が蘇る。【竜の翼《ドラハンフルーグ》】でもあった。俺が余計なことを言って空気が悪くなるあの展開。

やめよう。もっとはっきりしたときに言うべきだ。俺は余所者なのだから、変に目立つことは言わない方がいい。

「ヴィム少年！　何かあるのか？」

俺が何かまごついた雰囲気を察したのか、カミラさんから鋭い声が飛んできた。

「は、あの、いいえ、別に、大したことでは」

「あるのだな？　言いなさい」

「あの、ほんと、はい、その」

「落ち着け。別に言って何かが減るものでもないだろう」

「その」

「気を使うなら早く言え。会議が終わらん。ほれ、一、二、三、四」

「言います！　言います！」

　深呼吸をする。幹部のみなさんの目を見ようとしたけど、緊張で死にそうなのでカミラさんの顔だけを見ることにした。

「その……気付かないくらいなんですけど、道の傾斜が妙なんです」

「傾斜？　今日全体として下がっていたとは聞いているが」

「はい。水準器でギリギリわかるくらいなのですが、最初は若干下っていて、水源に向かっているならそこまでは自然なんですけど、今日この時点で少し登り始めました。不自然かな、と」

「それは何を表している？」

「……その、確かなことはわかりません。下がって上がるとなると他の階層では見られない特徴なので、もしかすると迷宮《ラビリンス》のトラップの一環かもしれなくて……本当にそれだけです。はい」

　カミラさんは顎に手を置いた。

「傾斜か。岩の玉でも転がってくるのか？　いや、あるとすれば水か。我々を溺れさせる算段か？」

ざわつく。やはり言うべきではなかったか。起こる可能性の割に予想される被害が甚大で、こういうのは聞いてしばらくは余計に頭の隅を占めたりする。余計な不安を煽るだけだ。

「最初はそう考えましたが、これだけの道幅を、しかもあんなに分かれ道のある道全部を沈めるとなれば相当の水量が必要なので……」

「なるほど」

幹部のみなさんの顔が嫌でも目に入る。余計なことを言ったのだ、反応は予想できる。

「だそうだ諸君。共有を頼む」

「わかりました」

「了解」

「了解です」

「よし、では休息に入る。見張り以外は気張るなよ。休めん者は死ぬ。肝に銘じておけ」

ぱん、とカミラさんが手拍子で締めると、みんなぞろぞろと自分の休憩場所に戻っていく。肩透かしを食らって、少し呆然としてしまった。

背中を叩かれた。

「ヴィム少年」

「はいぃ！　すみません！　些細なことでみなさんの休憩時間を奪ってしまって」

「もうこういうやり取りは何度目だかわからないからそろそろ苛立ってきたのだが――」

「……すみません」

「――違う。我々を舐めるな。迷宮潜《ラビリンス・ダイブ》において情報は命だ。危険に遭うにしてもある程度予期しているか否かで大きく違う。そして君は貴重で重要な情報を提供してくれる。多少情報量が増えることくらいで文句を言うほど器の小さい者は一人もいやしない」

カミラさんは有無を言わせない感じだった。でもそれは【竜の翼《ドラハンフルーグ》】で感じていた息苦しいものじゃなくて、俺に伝えたいことがあって、あえて言葉を強くしていることを感じさせるものだった。

「君のそういう内省的な性格が成長を手伝ったところもあるだろう、でもいきすぎだ。これ以上は君自身の邪魔になる。遠慮をするなヴィム君」

そして俺の目を見て、言う。

「君は、好きに生きていいんだ」

彼女の目は厳しかったけど、そこには確かに温かさがあった。

びっくりするほど順調に進んでいた。

大型との戦闘は一度もなく、みんなの体力にも余裕がある。金鉱脈も複数見つかった。まだ道半ばだというのにすでに今回の迷宮潜《ラビリンス・ダイブ》の黒字は確定している。

うまくいきすぎだった。神経質になりすぎるくらい万端の準備をしても不測に陥るのが迷宮《ラビリンス》。

誘い込まれている？

確かに迷宮《ラビリンス》はときおり　意思を持っているとしか思えない挙動をする。トラップにかけるような仕組みを持つ階層も存在する。

周りを見る。不自然なところはないか？　迷宮《ラビリンス》だ、そんなのあるに決まっている。〝空〟がある。草木は一本も生えてない、半水生型のモンスターが増えてきて、そろそろ多数。きっと水脈が近い。傾斜はより大きくなり、いったん下がったあとある程度の場所まで登ってきている。

トラップがあるとしたらなんだ、このタイミングでどこかから水が溢れ出してきて全員溺れ死ぬとか？

ダメだ、いくらでも疑える。考えれば考えるほど不安が大きくなっていく。

「あ、やばいかも」

脚が震えてきた。我ながら肝が小さい。


昼の休憩に入り、また会議が招集された。

カミラさんも含め、幹部のみなさんの面持ちは似たり寄ったり。議題の想像はついていた。

「諸君、問いたい。我々はどう進むべきだ？」

その問いの意図はみんなが理解していた。

漠然と感じている不安はみんな同じ。しかし引き返すほどの理由はない。仮にトラップが存在したとして、その存在を最初に解き明かすのは我々【夜蜻蛉《ナキリベラ》】でなければならない。

「一応言っておくが、状況的に誘い込まれているとは言えない」

索敵班総括のジーモンさんが口を開く。

「一度も大型と戦闘していないのは、幸運もあるがそれ以上に我々の陣形が機能しているからだ。現に観測した大型は四十三体で、そのうち種類が断定できたのは二十五体。残り十八体はおそらく新種で、もしかすると階層主《ボス》が紛れていたかもしれない」

みんなが頷く。

そう、俺たちはやるべきことをやって、その結果うまくいっている。何か異常なほどうまくいきすぎていると感じるのはいつもより準備が入念だから。それ以上の感覚はない。

「その通りだが、ジーモン、この階層は明らかに不自然だ」

ハンスさんが言う。

「わかっている。でもこの漠然とした不安だけで引き返せない。地図《マップ》に『不自然ゆえに引き返した』と書いて撤退することはできない。俺たちは【夜蜻蛉《ナキリベラ》】だ」

「前線パーティーの大規模調査とは言え引き返した例はいくらでもある。今回はむしろ、深奥にまでは至ってなくとも地図《マップ》の開拓は上々だ。他パーティーを巻き込んで作戦を展開することもできる」

「いや、他パーティーを募るには情報が少なすぎるだろう。予感だけで何を対策するんだ」

「ここで帰ってみろ、闇地図がフィールブロンに溢れかえる羽目になるぞ」

「俺たちが全滅しても同じことだろう」

次々に意見が出て、話が進む。そのどれもに一理があり、説得力がある。

【夜蜻蛉《ナキリベラ》】のような大きなパーティーには誰よりも危険な場所に先陣を切って行く責務がある。

そしてその責務が果たせなかった場合に起こる悲劇にすら、責任を持とうとしている。

闇地図はその一例だ。

実のところ、開拓を考えなければ迷宮《ラビリンス》の地図《マップ》の作成自体は難しくない。

誰か使い捨てにしていい人材に強固な伝達魔術をかけて未知の領域に送り込み、命を失うまでひたすら情報を伝達させればいい。

このように命を使い捨てにする手段で作られる地図《マップ》は闇地図と呼ばれる。

大規模調査が中途半端に終われば、この闇地図の需要が一気に増してしまうのである。

どこかの弱者が自らの命を捨て、金のために無理な地図《マップ》作成に挑みかねない状態をそのまま置くなど、誇りにかけてあってはならない。

その一方で当然仲間の命が大事だ。パーティー全体の行く末も考えねばならない。

カミラさんと幹部のみなさんを心の底から尊敬する。自分に決定権がないことに安堵する。

俺にはそんな責任、到底背負えない。

一方で別の方面で安心することがあった。【竜の翼《ドラハンフルーグ》】では全部クロノスが独断で何もかもを決めていて、こう言った危険《リスク》は俺一人が抱えていた苦悩だったのだ。不要なものだと思っていたけど、こうしてみんなで共有する場もあるのだと思うと、今までの自分が肯定されたみたいで嬉しくもあった。

「諸君、出尽くしたかね」

ある程度意見が出て話が硬直したとき、カミラさんが口を開いた。

「危険《リスク》は承知した。全員が恐れを共有できた。そして恐れは覚悟へと昇華できる。覚悟はかえって生存率を上げる一因になる」

みんな目端をちょっとずつ合わせあって、微笑んだように見えた。誰かが小声で言った。また大将のいつものが始まった、と。

「こんな馬鹿げた理屈が通じるのは、我々が愚かな冒険者であるからだ」

何を指しているか、俺にもわかった。

――冒険心《アーベンティア》。

冒険者という馬鹿者たちの、深奥への憧れ。死ぬことを恐れるならそもそも迷宮《ラビリンス》になんて立ち入らないことが一番だ。

「ヴィム少年、君が言いあぐねている、想定される最悪の状況は？」

突然名指しされる。戸惑いそうになったけどカミラさん相手には仕方がない。覚悟を決めた。

「はい、枝分かれした道も含めて、昨日からずっと傾斜を登り、ついに下りと足し引き零になりました」

「それは何を表している？」

「膨大な水量が存在し、流れ込んできた場合、我々の後方がすべて水で埋まります。つまり迷宮《ラビリンス》に閉じ込められることになります。そこを階層主《ボス》に襲撃された場合が、最悪の事態です」

「わかった――」

カミラさんは一拍置いて、言った。

「まだしばらくは進もう。もしもの場合に備え二叉槍《バイデント》の陣形は解除。そのときは一致団結して階層主《ボス》と対決する。心の準備をしておいてくれ」


大広間までもう少しというところ、先遣隊が組まれることになった。

目的は大広間の観察であり、存在が予想される水脈の大きさが如何ほどかを調べる。もしもその水脈に道を沈める仕掛けが確認されればすぐさま引き返し、次回は水の対策を十分に行って再び調査に挑むことになる。

今のところ、階層主《ボス》の気配はない。戦々恐々としていたが、判断材料がない以上は止まるという選択肢もない。

先遣隊のメンバーは俺やアーベル君、ジーモンさん含めて五人。俺の走力強化でできるだけ早く状況を把握するのが得策だということになった。

「いきます。『廻る《ダリーデイオン》』・『無欠《ウイダーシユーン》』――」

最大出力の走力強化。

「付与済み《エンチャンテッド》です。いけます」

早歩きではなく小走り。さっきまでとは比じゃない速度。

随時索敵を回して、最短距離かつ戦闘を避けた経路を選ぶ。

「ヴィム君！　どうだ」

しかし当然、どうしても大型と会敵してしまうときがある。あと距離は六十、五十九、五十八。

「接敵は避けられません！」

「どうする？」

「抜きます。僕が気を引くので右に！」

「わかった！」

ジーモンさんと少し距離をとって俺が先行する。

見えた。黒い蛙型《フローチ》の乙種……じゃなくて新種。成人男性の三倍くらいの大きさ。後ろ脚がすべて接地しているから多分踏ん張っている。舌が飛んでくるな。

山刀《マチエット》の柄《つか》を握って居合の構えを取る。一本横線の入った瞳と目が合った。

来る。

黒色の体皮に覆われた口が開き、桃色の口腔が見える。と同時に矢のような舌が発射。

蛙の舌は筋肉の塊で、絶対に追尾されるので回避は不可能。しかし無意味じゃない。下側に軽い囮動作《フェイント》を入れて軌道を逸らし、大きく左に跳ぶ。無理やり軌道を変えられたことで舌の速度が若干落ちる。

タイミングを合わせて、居合抜き。飛んでくる舌先に刃を合わせて衝撃が来る前にもう片方の手で峰を押さえる。

「ガガッ！」

舌先から綺麗に真二つに割れた。

一瞬遅れて痛みを感じたのか、黒い蛙型《フローチ》は喉を鳴らす。

相手をしている暇はないので止まった脚を横目に抜き去る。加速して、少し先に行ったジーモンさんたちと合流する。お互いなかなかの速度で走っているので前を見ながら注意して声をかける。

「やりました！」

「さすがだ！　ヴィム君！」

「えへへ……ありがとうございます！」

一瞬の小手先でなんとかなり、得意げな気分になれた。素直に賞賛を受け取れる。まあ、本当に戦っていたら危なかったけどさ。

めまぐるしく壁が通りすぎていく。足音の反響の仕方がやや変わっていくのがわかった。

さっきの蛙型《フローチ》が最後の関門だったらしい。ちょっとすると左右から圧迫感を放っていた壁が徐々に横に拡がり始めた。それ以上に〝空〟が拡がり、解放感が増していくのが感じられた。

大広間だ。本当にすぐそこ。

気配があった。まるで山の頂上を前にしたときのよう。きっとその大広間には特別な景色が待っている。

みんなが加速すると同時に足並みが揃う。誰が一番最初だということで揉めないように、こういうときは全員が歩幅を合わせて行くものだ。

目線を下げた。こういうときは上を見ながら変化を楽しむのか、それともある瞬間にパッと顔を上げるのが良いのか。前者はなんだか勿体ない気がしているけど、みんなどうなのかな。

そして、空気の流れが変わったのを感じた。顔を上げた。


一気に視界が拓けた。

端が見えないほど巨大な空間。もはや広間と呼べる大きさじゃない。どこまでも地続きになっているような感覚すら芽生える。

この解放感の源は、限りのない天井だった。見通しの悪い迷宮《ラビリンス》においては便宜的に〝空〟と呼んでいるつもりだったが、しかし果たして、そこは本当に空のようだった。地面は広く見てみればまるで地上の荒地のようで、この風景はまさに新月の荒野だった。それに、確かに感じる水の気配。

荒野に、湖があった。

詩的な風景だった。閉鎖された迷宮《ラビリンス》という状況下であればまさしく、秘境と言うべき場所だろう。

何より自分たちが最初にここに辿り着いたという達成感。もしかすると征服感。

これこそ冒険心《アーベンティア》が報われる瞬間だ。しばらくは互いに声をかけるということは野暮なように思われた。各々が心に秘めた感動を噛み締めていた。

「ヴィムさん」

アーベル君が差し出してくれた手を、俺は握った。

「ありがとう！　アーベル君」

「あ、いや、こちらの台詞で。本当にありがとうございます」

共有することで感動は増していく。そして同じものを感じているという確信が、何かさっきまでと違った絆を育んだような心地すらする。

「ほら、やっぱり湖があった。川じゃなかったな……となると湧き水？　この暗さじゃ本当の水脈を見つけることは難しいけど……」

「ヴィムさん、その前に報告です。あの湖、思ったより小さくないですか？　池ってくらいでは」

「アーベル！　ヴィム君！　調査の再開だ！　大広間全体を調べるぞ！」

ジーモンさんが檄を飛ばし、俺たちは大広間を調べ始めた。

大広間と仮定したがそれ以上に広い。小一時間では調査を終えられそうにない。そして広間の中心には湖が、いや湖というにはやや小さい。アーベル君の言う通りせいぜい大きめの池というくらいだろうか。透明度は高いので沸かせば飲料水として使えそうだ。

「ジーモンさん、その、池の中、どうですか」

「うーん、そんなに深くはない。池底に小型の、多分敵性は持っていないモンスターがそこそこいるくらいか。水量はそんなにないな」

俺も周りを観察する。モンスターが多少いるが、水を求めて来ているだけで攻撃性は見られない。俺たちが近づいていけば逃げそうなくらいだ。

「しかし野営にはお誂え向きだと思わないか、ヴィム君。見晴らしも良い」

「……はい。これなら中継地点にできるかも」

野営地を選ぶときにおいては見晴らしが良いこと、そして退路が多いことが重要だ。この大広間には来た道に加えて反対側にもたくさんの道の入り口が見える。適切な陣を張れば追い詰められることはまずないだろう。

トラップとなるほどの水量もないとなれば、むしろ早くこの大広間に集合した方が安全かもしれない。

結局先遣隊の総意として、大広間は安全であり、本隊もこちらに来るべきだということになった。


本隊も大広間に到着し、数多くの感嘆が木霊《こだま》した。

すぐに詳細な調査が進められ、まずは当面の安全が確認された。加えて金鉱脈も見つかり、もう今回の大規模調査は大儲けが確約されていた。

すっかり空気も弛緩《しかん》して、あちらこちらから笑い声さえ聞こえてきた。

【夜蜻蛉《ナキリベラ》】としてここを中継地点と位置付けるという決断が下された。

今日は早めにここで一泊して、残り一泊もここを拠点として周辺を探索する。

この開けて足場も悪くない状況で一致団結すれば、たとえ階層主《ボス》の襲撃に遭っても全滅するとは思えなかった。

「ヴィム少年！　本当によくやってくれた！」

カミラさんがガッシリと俺の手を握る。

俺は喜ぶみんなに囲まれていた。

「あ、あはは、その、それほどでも」

「何を言うか！　二日で、それも一切の消耗なしでここまで来たなど、驚異的なことだぞ！」

周りのみんなもうんうんと頷く。

「もう凱旋も同然よ！　一足先にお祝いだぁ！」

「よーし景気づけに一杯やるか！」

むこうから気持ちの良い声が聞こえてくる。

「馬鹿者！　油断はするな！」

それをカミラさんが一括。

「……まあ、うるさくは言わん。見張りは怠るなよ」

けど、ちょっとだけ緩めた。すると歓声が上がった。

もうすでに大規模調査が終わったかのような盛り上がり具合だった。もみくちゃにされながら握手をしたり褒められたり、そうされていると気分が上がってくるような気もする。

でも今さっき素晴らしい景色を前にいたく感動した反動か、俺は変に冷静になっていた。

楽しくはあったが、今一つ空気に染まりきることができなかった。談笑するみんなを背中に、そそくさとその場をあとにした。

杞憂《きゆう》だったのか、と思う。自分としては不必要な心配をしていたとは思わないが、きっと俺は怖がりすぎなのだ。

【竜の翼《ドラハンフルーグ》】のときもそうだった。心配性どころか不安症の域にまで達している俺と、常に前進のことしか考えないクロノスで結果的に良いバランスになるくらい。

十分慎重なこのパーティーでは、もはや不要の警戒かもしれない。

「おい功労者、何を複雑な顔をしているんだい」

手持ち無沙汰で大広間をうろうろしていると、ハイデマリーが声をかけてくれた。この大規模調査が始まってからは軽いやり取りしかしていなかったので、久しぶりな感じだ。

「いやぁ！　絶景絶景！　醍醐味《だいごみ》ってやつだね！」

心なしか、というより明らかに声が軽い。

ようやく思い出す。そうだ、ハイデマリーはもともとこういうやつだ。誰よりも純粋な冒険心《アーベンテイア》を持ち、志と才能だけでここまで来た生粋の冒険少女。

俺が今フィールブロンにいるのも、ハイデマリーが連れてきてくれたからだ。

「浮かない顔をするもんじゃないぜ」

「いやぁ、良いパーティーだな、と思って、へへ」

「そりゃフィールブロンのAランクパーティーだからね。ここがダメなら良いパーティーなんてないさ。というかヴィム、そればっかり言ってる」

「まあそりゃ、ありがたいからなぁ」

「役に立ってるって言われてるんだから素直に受け取りなよ」

「でも、俺がやってるのは結局のところ補助なわけで、それで俺が褒められるってのも」

「補助だのなんだの関係ないって。相応の評価だよ。それとも何、素晴らしき【夜蜻蛉《ナキリベラ》】の団員たちと成果を前に、それでも不安が拭えない自分が嫌とかなのかい？」

やたら綺麗に図星を突かれた。さすがだ。

「なんで君はそんな能動的に自虐したがるんだか」

「自虐というか、ほんと、俺なんかが」

「はいはい、ヴィム君は落ちこぼれですが私がたまたま目をかけてコネでAランクパーティーに誘ってやっただけですよーだ。私は職権乱用で自分が所属する組織に被害を与える低脳ですよーだ」

「そういうつもりじゃ」

挑発なんだか自嘲なんだかよくわからないけど、ハイデマリーなりに励ましてくれていることはわかった。

……うん。変な自虐は引っ込めて、自信を持とう。褒めてくれた人にも失礼だ。

「別に好きにやっていいと思うよ、ヴィムは。心配ならいくらでも心配すればいい。周りを煩わせるのが嫌だっていうなら一人で準備して予備計画でもあったためときなよ」

「心が読める⁉」

「長い付き合いだからね。……でもちゃんと寝なよ」


穏やかな空気と美しい夜空の下、休息に入った。四方を囲むように見張りの人がちゃんと見てくれているおかげで安心感がある。

だけど俺はまだ地図《マップ》とにらめっこをすることをやめられなかった。

迷宮《ラビリンス》内でもしっかりと方角は存在し、方位磁針が有効である。

地図《マップ》と照らし合わせるに今回の道中は綺麗に北上している形になっていた。そしてこの道程においては全体的に斜度が一度下がって、それから上がってこの大広間に辿り着いた。

憂慮すべきはなんらかの手段で大量に水が南に流れ込んだときだ。元来た道が水に浸って引き返せなくなる。

大広間からの通路は多少調べた。元来た南側と、これから調べる北側の通路が複数。もしも南が塞がれた場合は北側のどこかを退路にしないといけない。予想される経路を一通り書き出す。

各通路の高低差からみれば、全体として水関係のトラップがなさそうな退路は一応わかる。

書いて、ようやく落ち着いた。

いつまでこんなに気を張っているのだろうかと考えながら、目を閉じて横になる。

我ながら気苦労が絶えない。

そもそも大量に流れ込む水なんてないのだから想定すること自体が非効率だ。

自分でもわかっている。これ以上は無意味。しっかり休んで体力を保つことの方が優先だ。

そう言い聞かせながら寝転がり、目をつむって開けないようにした。


とん、と頭を指でつつかれた気がした。

遅れて冷たさがやってきた。

意識が浮上して、反応しようと思った次の瞬間、次々に顔に何かが当たった。

頭の中の信号が一気に危機を知らせる。跳ね起きる。

周りが濡れていた。そして今こうしている間にも頭から濡れていく。全身を刺すような、降り注ぐ小石を受けたような痛み。確認しようにも暗い。いつもの薄暗い迷宮《ラビリンス》が輪を掛けて暗い。視界が異様に悪い。

確信するまでに時間がかかった。

それはあまりに迷宮《ラビリンス》の常識とかけ離れていたから。

迷宮《ラビリンス》に常識なんかないはずなのに、それでも決めつけてかかってしまっていた。

雨だ。

迷宮《ラビリンス》に、雨が降っている。

『みなさん！　起きてください！　雨です！　雨が降っています！』

全体伝達が聞こえた。ようやく目が慣れて、みんなが起き出して右往左往しているのがわかった。

「……こんなの読めるか、馬鹿野郎」

〝空〟を仰ぎ見て、そう愚痴垂れた。

第七話 心の声を聞け

『陣を張れ！　階層主《ボス》の襲撃に備えろ！』

雨音に負けない大声でカミラさんが一喝し、全員に行動の指針が立った。

視界は悪いがやり取りがまったく成立しないわけじゃない。みんなが灯りを持ち、名前を呼び合えば位置はわかる。各自武装をし、盾部隊を外側に円形の陣を形作っていく。俺は真ん中のポジションだ。

『ヴィム君、ジーモンだ。聞こえるか！』

個人伝達で連絡が来る。

『こちらヴィムです。聞こえています！』

『戦闘態勢に移る！　打ち合せ通り強化《バフ》の準備をしておいてくれ！』

『承知しました！』

雨という事象をドンピシャで想定していた人間なんていなかったけど、最悪の事態を想定していたことが効いた。おかげでみんな混乱には陥らずに済んでいるようだ。

『お前たち！　聞け！』

徐々に陣形が整ってくる中、カミラさんが言った。

『この雨量では南の通路は水没している！　撤退はできない！　我々はこの迷宮《ラビリンス》に閉じ込められた！』

事実が陳列される。絶望感でいっぱいの字面。しかしみんなの心は微塵も折れていなかった。

『もう一度言う！　階層主《ボス》の襲撃に備えろ！』

円形の陣が完成し隣と見合ってそれを確認する。やることは定まった。まずはモンスターの襲撃を凌ぐ態勢で様子を見て、それから撤退の道を模索する。単純明快だ。

全員の恐れは消え覚悟が決まった。雨の線の隙間から四方を見やる。目を凝らして暗闇の中で動くものがないかを探す。

激しい雨音の中の静寂。

無音よりも静かな空気の中、剥き出しの神経が張り詰める。

『北側通路！　右から三番目、何か、来ます！』

多分ベティーナさんの声。みんなの意識がそちらへ向く。

『盾部隊退避！　後衛部隊！　ヴィム少年の強化《バフ》ののち、撃て！』

個人伝達で後衛部隊全員の承認宣言が飛んでくる。すかさず象徴詠唱。

「『固まれ《カルト》』・『震え《タウブ》』」

通り道《バス》を作成。『氷雷槍《ゲビター・スピア》』に特化した、硬度と振動、空気抵抗を調整する強化《バフ》。

『付与済み《エンチャンテッド》！』

頭上に巨大な氷の槍が出現し、弾ける光で辺りが明るくなる。

強い光が瞬く中、通路に目をやって見えたのは、半透明の塊だった。

大きさは……とにかく大きい。少なくとも大型モンスターなんかより遥かに大きい。五十人級は確実だ。

そして蠢いているのが目視で確認できる。

「『『氷雷槍《ゲビター・スピア》』』」

氷の大槍がその塊を襲った。雨音を吹き飛ばす轟音が大広間で爆発する。爆風に煽られた水が全体に降り注ぐ。土煙の代わりに水蒸気が視界を隠す。

『対象は沈黙していません、外れた模様。そして、えっと……変形しています！　あれは、触手です！　来ます！』

ベティーナさんの報告で緊張が走る。

カミラさんの指示より先に盾部隊が塊との間に割り込み、俺の方に承認宣言が来て、応える。

『付与《エンチャンテッド》済みです！』

薄れた水蒸気を破って半透明の塊がぐんぐん伸びて矢のように襲いくる。盾部隊のみんなが防ぐ。追尾《ホーミング》されないよう、受け流すのではなく真正面から掻き消すように。

初撃が止んだ。

ここまでは手引書通《マニュアル》り。誰もが反射で行動を起こしたに過ぎない。この先はカミラさんに託された。

『前方を照らせ！　盾部隊はそのまま防御態勢！　視認し次第攻撃する！』

告げられた指示はしばしの静観。指示通り光魔術で前方が照らされ徐々に大広間に入ってきた半透明の塊の全貌が露わになる。

それは巨大な丸い、球体のようだった。

角のような器官が二本伸びていて、血管のようなものが全身に張り巡らされている。

『ヴィム少年、あれが何かわかるか。階層主《ボス》なのは間違いないが』

『今までの階層主《ボス》に類型はいません。あるとしたら小型モンスター、海牛《ジークン》に近いかと』

『海牛《ジークン》か、なるほど。となると炎か？』

『効くと思います。強化《バフ》はかけたままなので、いつでもいけます！』

『よし』

カミラさんは全体伝達に切り替える。

『後衛部隊！　炎魔術を解禁する！　別個に撃ちまくれ！』

炎魔術。密閉空間の迷宮《ラビリンス》においてはご法度とされている魔術だ。モンスターといえど生き物であるわけで、大抵は炎は一定の効果がある弱点となる。しかし閉じられた空間である迷宮《ラビリンス》では、酸素を急速に消費するという問題があるため、よほど広い空間でないと使用ができない。だが今は〝空〟がある。いくら燃やしたところで酸素は枯渇しないはずだ。

「『炎球《フエアーベイル》』」

「『塵に帰せ《ベア・デイゴン》』」

「『温《バイセス》もりを』」

遠距離部隊が次々と炎魔術を放つ。火球に、火炎放射に、熱風。俺も強化《バフ》を変化させ、効率よくエネルギーを得られるようにサポートする。飛び出した炎は凄まじく、激しい雨を蒸発させながら階層主《ボス》の体表を次々と焼いていく。

炎が当たった瞬間、階層主《ボス》は音もなくその全身をうねうねと震わせた。

「効いてるぞ！」

誰かが叫んだ。それに呼応して声が上がり、パーティー全体の士気が上昇していく。

『よし！　前衛部隊は盾部隊とペアになって触手を防ぎつつ本体に斬りかかれ！　触手を斬ってもダメージは通るはずだ！　同様に後衛部隊も二人一組になって迎撃と攻撃に分かれろ！』

カミラさんの発令と共に、全員が組織的に分散して攻撃に移る。

『ヴィム少年、盾部隊以外の強化《バフ》は解除して構わない。ある程度余力を残して防御に集中してくれ』

『承知しました』

『ヴィム少年の強化《バフ》は盾職《タンク》にのみかける！　喜べ盾共！　無茶していいぞ！』

「「「応！」」」

そこからの景色は壮観だった。後衛部隊の魔術に呼応するように前衛部隊は隙間を動き、同士討ちの心配なんてまるでないくらい滑らかに一撃離脱を繰り返す。それらは何度も何度も、決して階層主《ボス》の意識が集中することがないようにときに同時に、ときに時間差で。

まるで計算し尽くされた戦争のような、チェスの一幕を見ているかのようだった。

階層主《ボス》が追い詰められていくのがわかる。この豪雨の中、完全に敵地《アウェー》であるはずなのに、形勢はこちら側についていた。

「ヴィム少年」

カミラさんに声をかけられた。伝達魔術ではなく肉声で。

「私が出る。強化《バフ》を私に回してくれ、全開《フルスロットル》だ。私、カミラは術師ヴィムの付与を承認する」

団長が出るぞ、と聞こえた。戦場が色めき立った。

カミラさんは小走りだったが、存在感ゆえか、まるで悠然と歩いているかのようだった。

女性にしては、というよりもはや人類として非常に大きなその体躯。整った顔立ちに揺れる銀髪。神々しさが人間の枠に収まりきらず、もはや崇拝されるべき彫像のようですらあった。

彼女の剣、大首落としの刀身はすでに大剣ほどの大きさに膨らんでいた。俺も精一杯の強化《バフ》をかけているけど、そんなものは一助になっているかすらわからない。きっとこの一撃で決めるつもりだ。

階層主《ボス》という存在は狡猾《こうかつ》で慎重であり、往々にして奥の手を隠している。できればそれを見る前に一撃で倒してしまうことが望ましい。

剣の魔術、すなわち切断する力には万物に有効な強さがある。生き物というのは、体の中心を切断されれば基本的に絶命する。下等な動物であっても大きな損傷は避けられない。

みんなの力で押している今、必殺の一撃を叩き込むことが求められている。

◇

「付与済み《エンチャンテッド》です」という言葉を、もう何度聞いたかわからない。ヴィム少年の強化《バフ》は回数を重ねるたびに洗練され、私の体に染み込んでいた。

もはや比喩ではない。私は彼の強化《バフ》によって実現する動きを、改めて生身で再現することを繰り返した。

私は長らく天井にぶつかっていた。いくら鍛えても越えられない能力の天井。

筋力の向上はもはや望めず、魔術も極めた自負があった。そしてその自負ゆえに限界を感じてしまっていた。

【夜蜻蛉《ナキリベラ》】は素晴らしいパーティーだから、私はそれでも構わないと自分に言い聞かせた。現状の力を維持することしかできないなら、指揮と指導に尽力すればいいと。

しかしそれは絶望の裏返しだった。戦士としての私は、割り切ったことによって死んでしまった。

その凝り固まった状況を突然打破したのはあの強化《バフ》だ。借り物の力ではあったが、私は天井の上にある景色を見ることができた。彼の力さえあればいつでもそこへ行って確認できた。

さっきまでの自分の体感が、明確な目標として目の前に立ちはだかる。これほどまでに鮮烈な道しるべがあるだろうか。

　この短期間で私は数枚の壁を破った。かつてない速度だった。

　今になって思う。君との初めての迷宮潜《ラビリンス・ダイブ》で通り道《パス》が繋がった瞬間。あの瞬間に感じた高揚は、停滞を打ち破る《ブレイクスルー》の確かな予感だった。

　ヴィム少年、君は知らないだろう。

　知る由もない。

　私がどれだけ君に感謝しているか。

　言葉にして伝えようとしたけども、伝えきれる大きさを超えている。

　戦士としての私は、あのとき蘇ったのだ。

「『応えろ、大首落とし』」

　荒い一言だったが言霊が詠唱になったらしい。相棒は自ら進んで制御化に入り、腕の神経を通して私に高揚を伝えてくれる。

　幸いなことにここには〝空〟がある。相棒を制限しなくていい、跳ぶ高さを考えなくていい。できるだけ高く跳んで、目一杯巨大化させて、思い切り下で叩きつけることができる。

　調子がいい。体が軽い。よく動く。

　敵は階層主《ボス》。

　一撃で仕留めないと何が起きるかわからない。

　でもそんなことを考えるより前に、私は一人の戦士として、燃えるような闘争心に身を焦がしていた。

『総員、退避しろ！　デカいのを叩き込む！』

小走りから助走に切り替える。歩数を合わせて、最高速度に乗るのを待つ。柄《つか》を握った右腕と地面を蹴る左脚が合うと確信した次の瞬間、私は空に浮いていた。

まるで強化《バフ》に導かれているかのようだった。

ヴィム少年の強化《バフ》は必要なときに必要な分のすべてを与えてくれる。彼の意思に反応し、自らの感覚と照らし合わせて動いていけば、それだけで研ぎ澄まされていくものがある。

考えるより先に振り上げた柄《つか》に左腕が添えられる。

背屈した全身は弛緩しきって、エネルギーを最大まで貯める。相棒は応えてくれている。倍で区切らなくても、滑らかに最適な瞬間を選んで巨大化してくれるに違いない。

「『巨人狩り』」

剣尖が鞭《むち》よりも速くしなって、頂点に達した瞬間、相棒はかつてないほど巨大化した。

もはや私にもどこまで伸びているかわからない。

どこまで届いてしまうかもわからない。

ただ確かなのは、この一撃は階層主《ボス》を叩き斬るのに十分であるということと、今の私ならどんな得物だって振り切れるということ。

全霊を込めた一撃を、余すところなく叩き込んだ。

＊

カミラさんが叩き込んだ空前絶後の斬撃は、大広間を二分した。

文字通りだ。刃が大きすぎて、カミラさんより前にあった物体は壁ギリギリまで真っ二つに斬られていた。もちろん階層主《ボス》も含めて。半透明の塊は綺麗に二つに割れていた。戻る気配もない。

しばしの沈黙。そして一人が雄叫びを上げたのをきっかけに、歓声が湧いた。みんなが右腕を振り上げ、勝利を確信した。

『こちらジーモン！　対象の生体反応は消えていない！』

『総員油断するな！　攻撃を継続しろ！』

最後の仕上げと言わんばかりに攻撃が再開される。誰一人油断していない。

俺は後方で付与に徹し、カミラさんは指揮の傍《かたわ》ら、二撃目を加える準備をしている。

真っ二つになった階層主《ボス》は切り刻まれて焼かれてその大きさを失っていき、俺の索敵技術でも、その生体反応は弱まっていることがわかる。

対応は最善。これ以上の案はない。

だけど雨が上んでいない。止む気配がない。

『こちらジーモン！　対象は沈黙した！』

今度こそみんなは勝利を確信した。

歓声と、拍手すら上がった。

けど、俺は素直に喜べなかった。

なんだ、何に引っかかっている？

雨か？

いや、階層主《ボス》をここまで容易に撃破できたことか？

容易じゃない。脅威を感じる前に処理しただけだ。準備は十分にしていた。初動を間違えていればある程度の被害があったくらいには強力な階層主《ボス》だった。圧倒的多人数で押し込めたからこそ早期決着が実現した。

だけど違う。

何かがおかしい。

周りを確認するために振り返ろうとして、水に足を取られた。転びそうになった。気付けば大広間全体に足が浸かるほどの水が張っていた。

「これは……？」

先ほどまでの流れを思い出す。

突然の降雨に合わせて階層主《ボス》は現れて俺たちを襲ってきた。それはいったい何を意味している？　普通に考えれば、雨が降ってきたタイミングに合わせて俺たちに襲撃をかけてきたのだろう。

しかし、もしも、もしもだ。

この階層の階層主《ボス》が、雨を降らせる権能を有していたとしたら？

頭を振る。飛躍している。考えても仕方がない。

言うなら別の方面だ。あくまで有用性が認められる策の範囲内で。

『カミラさん、ヴィムです』

『どうした』

『雨で水位が上がってきています。半水生のモンスターの行動が活発になると思われますし、そして多分やつらは水の中の方が速く動けます。こちらの移動速度が下がっていることも』

『……依然危機は脱していないと、言いたいわけだな？』

唾を飲んだ。

『はい』

『よく言ってくれた。すまない、私も舞い上がっていたようでな。階層の仕掛けも割れたことだし成果は十分だ、撤退する』

拍子抜けだった。カミラさんはあっさりとしていて、即座に全員に気を引き締めるように全体伝達が下された。

足元を取られながら陣形を組み直し、その途中に水位が上がっていることに気付くと、みんな自分たちが置かれている状況を思い出したみたいだ。

確かな熱の傍ら、パーティー全体に冷静さが戻り始めた。

『それでヴィム少年、撤退の計画は残っているか』

昨晩の苦労を披露するときが来て、俺はちょっと得意げになった。

『はい、北西の通路でおそらく水を迂回できるところがありまして、距離はあるんですけど膝くらいの――』

破裂するかのような水音と、ほんの一瞬遅れて大きな振動、そして足元の水が波になって俺たちを襲った。

防御する暇もなく尻餅をつく。何か巨大な物が落ちた。それだけはわかった。大広間の端っこだ。

目をやる。豪雨の隙間を縫って見えたのは大きな、さっきよりも大きな半透明の塊。

とにかく巨大だった。その姿は軟体動物であるように見受けられ、一番近い形は蛞蝓《ナメクジ》だろうか。水分を多く含んだ半透明の体。頭には二本の角のような器官があり、全身に血管のような腺が複雑に張り巡らされている。背中は大きく膨らんでいて、ヘドロの塊のようなものが浮くように淀んでいる。そしてその塊から背の体表に伸びた腺があり、青が混じった黒色の靄《もや》が規則的に噴射されている。

こっちが本物の階層主《ボス》であることは、言うまでもなかった。

遅れて、四方からまた何か大きな物が落ちた水音がした。

それはさっきの階層主《ボス》とまったく同じ丸い半透明の塊だった。それも複数体。壁に沿って落ちてきて、俺たちを囲んでいく。

伝達が次々に飛び交う。

混乱していた。

目の前の光景を述べることはできても、把握ができない。

絶対的な危機が訪れていることはわかるのにどうすればいいかわからない。

『落ち着け！』

そんなときにみんなを一喝したのは、やはりカミラさんだった。

『一塊《ひとかたまり》になって防御の陣を張れ！』

指示が体を動かした。思考を止めて動かなきゃいけなかった。

カミラさんの存在感が有難かった。視界が悪くても彼女だけは目立つ。水を吸ってすっかり重くなった衣服を引きずって、定位置であるカミラさんの後ろまで走った。

なんとか陣ができ上がる。

これからどうする？　決まっている、撤退だ。

本物の階層主《ボス》に複数体の取り巻き付き。【夜蜻蛉《ナキリベラ》】は最大のパーティーではあるが、それでもこの数を物量で押し切れるほどじゃない。

「おい！」

でも物理的に逃げ道が防がれている。戦うしかない？　どこまで戦える？　退路の保証は？

追撃される恐れは？

「ヴィムさん！」

背中を、バンと叩かれた。顔を上げればそこに見えたのは盾役《タンク》のマルクさんだった。

「そう俯くんじゃねえよ、あんたほどのお人が本気で暗い顔してるのはよかねえ。周りを見ろ」

言われて周りを見る。厳しい顔こそすれ、誰も絶望はしていない。混乱しながらも立ち向かう気持ちに切り替えている。

総勢百名超えの大集団の中、あたふたしているのは俺だけ。

「はい！」

反省した。そうだ、圧倒できる保証はないだけで不利じゃない。戦力は十分。危機が迫っているだけであって、まだ被害は出てない。ここから全員が生きて帰るんだ。見定めろ。そして俺にできることを確実に遂行しろ。

自分に言い聞かせて、前を見る。

豪雨の中、階層主《ボス》の体がうねうねと震えた。何かが来るとわかった。指示は防御。つまりカウンターを警戒して、相手の出方を見ろということだ。

盾役《タンク》のみんなに強化《バフ》をかける。構えは万全。いつでも来い。

階層主《ボス》の体から、ゆらゆらと何本もの触手が天に向かって立ち昇った。触手はうねうねと揺れて瞬く間に数を増やしていく。

階層主《ボス》だけじゃない、周りの取り巻きも同じように触手を天に向かって大量に掲げる。

『総員、衝撃に備えろ！　凌いだのち、あの大きいのに突撃する！』

カミラさんの指示が飛ぶ。今か今かと攻撃を待つ。恐怖に耐えながら俺ならできると言い聞かせる。集中力を高める。

しかし、集中力が頂点に達し、少し気が緩んでも攻撃は来なかった。わずかな間だったけど、その瞬間が来るのが少し遅れていると思った。代わりに意識を引いたのは増え続ける触手だった。

……多くねえ、か？

誰かが呟いた。

無味な一言だったが、それが堪え難い現実を意味していたのは遅れてわかった。

多すぎる。何十本とかじゃない。すでに何百本も。

そしてその数は、【夜蜻蛉《ナキリベラ》】が物理的に防御しきれる数を遥かに上回っていた。

刹那の蹂躙《じゅうりん》だった。

雨の代わりに触手が、俺たちを繰り返し襲った。

俺も山刀《マチエット》を抜いて応戦するしかなかった。

誰かが俺への攻撃を弾いてくれた気がした。

俺も後ろに流れる触手を何本か切った。

その途中で何本かをモロにくらった。

まさしく耐え忍ぶ時間。防御の指示がなかったら全滅していたかもしれない。カミラさんの指揮に感謝した。

だけど、それでも、【夜蜻蛉《ナキリベラ》】は半壊した。

半分以上の人が倒れていた。

カミラさんや盾役《タンク》の周りの人がそれぞれ数名無事。なんとか立っている人も相当なダメージを負っている。

触手の雨は止んでいた。しかし俺たちを休ませないよう、攻撃は断続的に繰り出されている。目の前の光景が信じられなかった。最悪の事態は想定していた。覚悟をした上でここまで進んだ。戦力と訓練は十分、これ以上の状態で臨むとすれば、それは何十年かぶりの冒険者ギルド総出の討伐計画みたいな規模だ。

それでも、このザマだ。

これが迷宮《ラビリンス》の理不尽。想定なんて意味を為さない。

もう全員揃っての帰還とかそういう話じゃなかった。相手が強すぎた。今までの階層主《ボス》とは比べ物にならない。俺にできることなんて何もなかった。一番最初に階層主《ボス》に遭遇した集団は壊滅する、そういう階層だった。

『――ヴィム少年』

カミラさんから、声がかかった。

◇

『君はまだ【夜蜻蛉《ナキリベラ》】の団員ではない。君ならここからでも一人で脱出できるだろうし、それを実行したとて咎める者は誰もいない。その上で、お願いを聞いてはくれないか』

私は意地の悪い誠実さでヴィム少年に迫っていた。

『……酷いですよカミラさん。そんな、そんな真似、できないです』

『すまない』

大きな油断をしていたとは思わない。誰かが最初にこの階層で犠牲にならねばわからないことだった。それが我々であったのは一つの誇りだし、迷宮《ラビリンス》の理不尽は我々を簡単に殺す。そういうものだ。

だが長として、責任は取らねばならない。

『全員の帰還はもはや不可能だ。犠牲が出る前提でいく。核は君と私だ。聞いてくれ』

『はい』

『私にありったけの強化《バフ》をかけろ。私がこいつを倒す。援護は不要だ。三人一組で小隊を作り、耐えて、隙を見て散開しろ。できれば全員に君が脱出経路を提示してくれ』

『ちょっと待ってください、それは』

『責任を取らせて欲しい。大丈夫だ、【夜蜻蛉《ナキリベラ》】には数多くの優秀な人材がいる。君も知っているだろう』

『でも』

『ハイデマリーにアーベル、それに君にも加わってもらえれば未来も安泰だ。そうだな、君たちが三人一組でいくか』

『カミラさん！』

『お願いだ。私、カミラは、術師ヴィムの付与を承認する』

しばしの沈黙。だけど、力が湧いてきた。ヴィム少年との通り道《パス》ができたのだ。

『……付与済み《エンチャンテッド》です』

その言葉を聞けば百人力だ。

階層主《ボス》に向き直る。

なんて巨大で忌々しい。人間を心底見下して、踏み躙《にじ》る対象としかみなしていない。移動しない癖に蠢《うごめ》く全身が、まるで私たちを煽っているようだ。

喉を動かして唾を飲み込む。私は今からこいつと一対一で対峙する。勝算なんて立っているはずもない。

いや、違うか。立っていないのは負けの方の算段だ。

私はこの状況に至って自分を犠牲にする覚悟を決めても、心のどこかで戦いそのものに希望を見出している。それは勝利の予感か、いや、これも違うな。

『総員、傾注』

最期の言葉だ。

『命令だ。私がこの階層主《ボス》と戦う。負傷者を助けたら三人一組になり、その間耐えてくれ。できれば隙を見つけて、一人でも多くこの場を脱出するんだ。道はヴィム少年に任せてある』

言い捨てるように、ヴィム少年以外との伝達を遮断する。皆《みな》の声が聞きたい感傷もあったが、これ以上は戦闘に支障をきたしそうだ。蓋をしないといけない。

そう考えて思考を落ち着けていると、自分の中に不思議な感覚を見つけた。

どうやら、肩が軽くなったらしい。不思議だ。荷が降りたようですらある。

「私は戦士カミラ！　この階層の主とお見受けする！　勝手ながらその命、刈らせていただくぞ！」

ははは、我ながらなんと馬鹿なことを。

挑発に応えるように繰り出される触手。複数方向。大きく空間を迂回して私の左右を狙う触手が最初に繰り出され、続いて正面に五本。防御できないようわざわざ同時に着弾するようにしている。

しかし、そんなもの。

「『応えろ、大首落とし』」

相棒が応える。袈裟《けさ》に斬る間にいくつか寄り道をして、五本同時に斬り落とす。続けて上半身で三日月を描くように切り上げる。相棒は十分に伸び、曲がり、しなり、分かれ、その間に迫りくる触手をすべて弾き返す。

再び構える暇もなく、今度は上から多数。助走をつけての大振りは許してくれないらしい。引きつけるので限界か。

「上等！」

刃を鎌に変形し、頭上でひと回しして刈り取る。切り裂いてしまえば、ただの落下する気味の悪い肉塊になる。

ああ、体がよく動く。

ヴィム少年の強化《バフ》とは言え無理に出力を上げているから、動きと感覚は一致していない。しかし問題ない。今の私にはむしろそのズレが心地良い。私が昇る場所が残されているようで、疲れなんて考えないでいくらでも上がっていける。

高揚していた。

これは本当に私か？

あの燻っていた私なのか？

「そんなものかぁ⁉」

まだだ。まだ十分に引きつけていない。

触手を弾き、斬り捨てながら階層主《ボス》へ一歩、また一歩と近づいていく。それに伴って襲いくる触手の量も増える。

まだだ、まだやれる。どんどん動く。もう防御一辺倒じゃなくていい。攻撃を待つんじゃなくて自分から動こう。触手を全部斬り落とす。そして本体を叩き斬る。

試しに前に跳んでみたら触手の狙いがズレた。背後に回し斬り。すると全部斬れた。いける。まだ、まだ対等に戦える。

もっと、もっと、もっとだ。

＊

圧巻だった。

カミラさんは一人で、襲いくる何百もの触手を叩き落としていた。

あれが彼女の固有魔術の真髄。大首落としは意思を持っているかのように自在にその大きさと形状を変え、まるで舞うかのようにすべてを切り裂いていく。

俺の方もかなり無茶な強化《バフ》を強いているはずなのに、カミラさんはまったく崩れない。むしろ机上の空論であるはずの動きに到達すべく、この瞬間にも自らを高めてあの階層主《ボス》と互角に渡り合っている。たった一人で、軍隊でも倒せない化け物を食い止めている。

こんなことができる人間が他にいるだろうか？　いいやいるわけがない。もはや戦いは神話の英雄の域に入りかけていた。

これがフィールブロン最強の戦士、カミラさんの全力。

俺は今、本当に凄い人の下で働いている。

この時間を無駄にするわけにはいかないと思った。俺たちは指示に従って負傷者の治療と脱出の準備をする。

「ハイデマリー！」

強化《バフ》を管理しつつ二人の団員を背中に背負って運んでいると、同じく負傷者を背中に担いだハイデマリーを見つけた。そうだ、体は小さいけど、こいつは昔から力持ちだった。

「ヴィム。信じてたぜ」

濃密な時間を過ごしたからか、声を交わすのも久しぶりのように感じた。

「カミラさんの指示だ。援護は不要らしいから、一緒に。えっと、俺も肩持つよ」

「わかった」

そうだ。俺のやるべきことはこれ。カミラさんの強化《バフ》を維持しつつ、みんなと逃げる。

それだけだ。だけってなんだ。とんでもなく難しい任務だ。全力で完遂しないと。

「ハンスさんは無事みたいだけど、隣の索敵二班の状況が悪いみたい。行こう」

「……わかった」

一緒に足を進める。

参ったな、体が重い。どうしてかな。そりゃ疲れているに決まっているんだけど、そうじゃない。もうちょっと全体的に足が重いというか、そう、これは。

【竜の翼《ドラハンフルーグ》】のときの感覚だ。思い出した。

こんなときに何を考えているんだ俺は。余裕なんてないだろう。集中しろ。カミラさんの命に従え。

「ねえ、ヴィム」

ああもう考えが振り払えない。なんでだ？　前はこんなことなかったのに。いいや言い訳だ。

集中しろヴィム＝シュトラウス。お前ならできる。今までもずっとそうしてきたんだ。ほら、一、

二、三でお前はいつも通りだ。考えなくていい。【夜蜻蛉《ナキリベラ》】の精鋭のみんながついている。
「ヴィム」

――よし、一、二、

「おいヴィム！　こっち向け馬鹿！」

ハイデマリーが、叫んだ。

「な、何？」

「君が今、どんな顔してるか教えてやるよ」

突然、何を言い出すんだこいつは。

「固まってる。そんで半笑い。いつもクロノス《あのゴミ》にへこへこしていたときの顔だ」

「いったい何を」

「逃げるなヴィム。ちゃんと考えろ」

「だから、いったい何を――」

彼女は足を止めず、しかし俺の心底《しんそこ》を貫いたような口調で言う。

「ヴィム、君は今、迷ってるんだぜ」

◇

躰を熱が走り行《ゆ》く。私を阻害していた、ずっと渦巻いていたわだかまりが抜けていく。

まだ上がる。まだまだ上がる。

触手の数は増える。それはつまり皆《みな》への攻撃が減っているということ。作戦通りだ。

これ以上上げて何をする？　簡単だ、手数を増やす。増やして増やして、隙を作って、一矢報いる。一撃でも通れば血路が開く。

だから上げろ。その瞬間が来るまで全身を早く、速く動かせ。まだ動きと感覚にズレがある。でも少しずつ近づいている。上がれ。剣を振るえ。上がれ、上げろ、上げろ。

見え始めた。視界の中で蠢くものすべてが見える。それに合わせて腕を振る。細かい調整は相棒と一緒に。できるだけ一回の振りで多くの触手を斬れ、弾け。

具体的に思い描くものがあった。

そうだ、ヴィム少年がゴーレム相手に見せた、銀色の花。光速の剣身が見せる残像の芸術。あれができるなら、いくらでも近づいていいんじゃないか。

そう思うと何かコツが掴めた気がした。

もう少しだ。確実に近づいている。あとは実践。腕を動かして確かめればいい。

跳んだり、回ったり、振ったりを繰り返した。ときどき失敗をして飛ばされたが、相棒だけは落とさずに、すぐに構え直してまた振った。

どれほどの時間が経ったかはわからない。多分長いようで一瞬だ。しかしそのときはやってきた。

攻撃が、来ない。

それは隙だった。感じるのと同時に地面を蹴っていた。相棒は流れるように刀身を膨らませ、気付けば体は空中にあった。

「『巨人狩り』」

会心の一撃。

疑う余地もない人生最高の一撃だ。威力だけじゃない。最小の予備動作で一連の動きの中で完結する。非の打ちどころがない。これで切り裂けないものなどこの世に存在しないと胸を張って言える。

だが、それは、当たっていたときの話だ。

階層主《ボス》はふざけたことに、その馬鹿みたいな体躯を機敏に波打たせて、真横に大きく跳んでいた。

＊

決まった、と思った。でも階層主《ボス》はカミラさんのあの一撃を躱した。

あの巨体で動けるわけがないと思っていた。けど違った。体を絞るかのように、何か水のようなものを撃ち出して、反動で横に跳んだ。

完全に予想と違う挙動だった。渾身の一撃を放ったカミラさんには大きな隙ができていた。

見逃す階層主《ボス》じゃない。少しゆらっと揺れて、あらゆる攻撃が為された。カミラさんを脅威とみなしていたということがよくわかる、徹底的な攻撃。

防御するのが精一杯で、その防御も間に合わなかった。カミラさんはあらゆる箇所を打たれて、転がった。水切りのように水面を数度跳ねて、沈んだ。

「カミラさん！」

体が先に動いていた。負傷者はハイデマリーに任せた。

「『瞬間増強《パンプアップ》・三倍《ドライマール》がけ』」

カミラさんだけは失うわけにはいかないと本能が告げていた。成功率とか言っている場合じゃない。全身を強化して魔力消費も無視して救出した。追撃が背中に迫っていた。

大きな体躯を肩に担いだ。女性なんだからお姫様抱っこにでもできれば良かったが、そんなの甲斐性が追いつかない。

「アーベル君！　防御を！」

目に映ったアーベル君に叫んだ。目が合った。意図が通った。

「術師ヴィムの付与を承認する！」

「付与済み《エンチャンテッド》！」

アーベル君の背後に飛び込んだ。一秒経っても攻撃が来ない。彼がすべて弾いてくれていた。

「ヴィムさん！　保たせます！」

カミラさんを下ろす。

「大丈夫ですか！　聞こえますか！」

「……ヴィム、少年か。逃げろ。犠牲は気にせず、逃げろ」

意識ははっきりしているが、身体中の骨が折れているのがわかる。カミラさんだから目を開けていられるだけで、普通の人ならとっくに死んでいる。

「誰が……残っている？」

力ない声に、罪悪感が募る。

誰も、誰も逃げられていない。そんな力は誰にもなかった。迫りくる触手と負傷者の救出で精一杯で、カミラさんが命を賭して稼いだ時間に見合う働きなんて、とてもできちゃいなかった。

「みんな、います。逃げられませんでした」

「そうか……」

「まだ誰も死んでいません。みんなで帰ります」

「はは……若いな。いいかヴィム少年、私みたいな負傷者は置いていけ。若い者と元気なものだけ、散開して……逃げろ」

「そんな」

「周りを見ろ、馬鹿者」

みんな、まだ、必死に耐えていた。

勝機なんてない。生き残る算段なんてない。しかしみんな、必死に触手を弾いて、生き残ろうとしていた。

「君の強化《バフ》があれば、私も肉壁くらいにはなれる。頼む、大きな骨さえ固定してくれたらいい。

「私、カミラは術師ヴィムの付与を承認する」

カミラさんは立ち上がる。屈強な肉体は、今際の際でも生命に溢れている。

何を躊躇《ためら》っているんだ、俺は。

俺なんかよりもよっぽどカミラさんと長くいた人たちが、歯を食いしばって耐えている。新参者の俺が泣き喚くなんて滑稽《こっけい》なだけだ。むしろ失礼だ。冒険者の矜持《きょうじ》を汚している。

ほら、みんな強い顔をしている。覚悟を決めている。これは誇りなんだ。

言い聞かせる。迷っているだけでも貴重な時間の浪費。カミラさんの命を無駄にしている。なんて優柔不断な馬鹿だと自分を罵倒する。

でも、止められない。ハイデマリーに言われたからか？　いや違う。俺だ。俺がそう思っている。心の声が叫ぶのを止められない。いつもは抑え込めていたはずなのに、止まらない。

嫌だ。そんなの絶対嫌だ。受け入れたくない。認めたくない。

違う、と、心は叫んでいる。

これは、絶望だ。

みんな薄々わかっている。ここに来て階層主《ボス》は想定をさらに超えてきた。今、たくさんの仲間を犠牲にしてもきっと俺たちのさらに大半が死ぬ。

【夜蜻蛉《ナキリベラ》】は潰れていいパーティーじゃない。

深呼吸をした。

俺は所謂《いわゆる》〝まとも〟な人間じゃない。

人と話せない。

輪に入れない。

度を越えて卑屈。

いつも背中が曲がっている。

目が死んでいる。

笑い方が気持ち悪い。

好き嫌いが多い。

きっと、性格だって最悪だ。

薄々どころかはっきり気付いていた。俺なんて、追放されて当然の人間だと。

カミラさんは死んでいい人じゃない。守らないといけない。俺が何万回死んだって贖《あがな》えない、素敵な人たちだ。

こんな俺を受け入れてくれた、立派な人たちだ。

カミラさんは【夜蜻蛉《ナキリベラ》】全員で帰ると言った。そしてそれは不可能になったと覆した。でもそれは間違いだ。

だって俺だけはまだ、【夜蜻蛉《ナキリベラ》】の団員じゃない。

『みなさん！』

まだ一つ、道が残っている。

『こちらヴィム、です。その、ごめんなさい。命令違反します』

全体伝達でみんなに呼びかける。

これは最高の選択肢じゃないかもしれない。でも俺に取れる最善の選択肢。

つまり、こうしないと仕方ない。

だから、いいよね？　これしかないんだから。

『僕が階層主《ボス》を食い止めます。みなさんはできるだけ防御に集中してください。そして隙を見て撤退してください』

「ヴィム少年！　君は何を！」

「『停滞《ハルツ》』」

カミラさんの強化《バフ》を打ち切り、逆強化《デバフ》をかけた。承認宣言はこういうふうに悪用できる。

何が起こったかわからないという顔で、カミラさんはその場で躓いた。

「あいつを倒すのは、俺です」

全員が困惑していた。カミラさんは逆強化《デバフ》の効果で動けなくなっていて、驚きのあまり、怒りとか、そんな感情を超えていたようにも見えた。

我ながら大胆なことをする。もう取り返しがつかない。まあ大丈夫、【夜蜻蛉《ナキリベラ》】にそこまで不利益はないだろう。失敗したとしても多少の時間は稼げるはずだ。

頭のネジが緩んだかな。なんでだろう、こういう不規則《イレギュラー》な行動は嫌いなタチなんだけど。

ああ、そっか。

好きに生きていいって、言ってくれたからか。

第八話　傀儡師

「行くんだね」

　ヴィムの目はさっきまでとすっかり変わっていた。迷いは消えている、と思う。でもちょっと狼狽《うろた》えている。まるで巣立ったばかりの雛《ひな》みたいに、行くべき場所を手探りで探している。

「うん」

「そっか」

　ヴィムもずいぶん大胆になったものだ。いや、昔から、私のヴィムはこうだった。ぐちぐち迷っている割にいざというときに突飛なことをするというか、まあ、もともとそういう人だ。

「お別れだ、ハイデマリー。多分……へへへ」

「そんなことはないさ。ヴィム、君なら勝てるよ」

「買い被りすぎだって。前回みたいにうまくはいかない。時間稼ぎだよ。ほら、前よりずっと強いし、その、あれだ、……ひひっ、あれっ」

　気味の悪い笑いが復活していて、なんだか嬉しい。

【夜蜻蛉《ナキリベラ》】は自由なパーティーだけど、それでもまあ集団であの笑い方は変だから、少なくともみんなの前では抑えていたんだろう。

「ちょっと変かも。テンション上がってる。膝も笑ってる。ビビってんのかな。参ったな、死にたいって言ってたのに」

　ヴィム、それはきっと、恐怖じゃないよ。

「そんじゃあ、行く。時間ないし。へへ」

「うん。行ってらっしゃい」

私が手を振るのに対して、彼は軽く手を挙げて応えた。そして、行ってしまった。

ヴィム。私のヴィム。君はきっと、まだまだ自分を知らない。私の方が君を知っているくらいだから。君はとても奇妙で、歪んでいて、そうだな、大切な人にする表現じゃないけど、もう白々しいくらいだ。

　でも、いつかきっと、君が君のことを世界で一番知っている日が来る。

　そうしたらいろいろ教えて欲しい、君のことを。君のことならなんでも知っているって言ったけど、実は知らないこともあるんだ。だって君も含めて、この世の誰も知らないことなんだから。

ほら、今だって。

　――ねえヴィム、なぜ君は、こんなときに笑っているんだい？

＊

馬鹿みたいな雨は止む気配がない。水はさらに溜まって、膝まで浸かってしまっている。まともに動けやしない。

階層主《ボス》は相も変わらず煽るみたいにくねくねしているし、取り巻きの丸っこいやつらも同じような感じ。それなら腹が立つだけだけど、あいつら、少し泳いで移動している。水に浮くような組成なのか、水浸しになればなるほど速くなるらしい。

これは、逃げても追いつかれるな。

よく観察してみて確信する。階層主《ボス》の背中からときおり吹き出すあの黒い煙が雨を降らせている。だからあいつを倒さないと雨は止まない。

しかし、いきなりこんな豪雨が降るものかな。魔術の一種ではあるんだろうけど、さすがに質量が釣り合わない。

そういえば、この階層主《ボス》が上から降ってきたことを思い出した。

そうか、壁の、うんと高いところに貼り付いていたわけか。そこで暗い〝空〟にせっせと煙を見えないように撒き散らして雲を溜めていたりしたのかな。いや、あの煙は空気中の溜まった水蒸気を結露させるものだとかそんな感じかもしれない。

こんなことを考えている暇があるとは、我ながら呑気なものだ。それは敵さんも一緒か。もしかすると戸惑っているのかもしれないな。

階層主《ボス》の知能は高い傾向にある。カミラさんみたいに強者然とした人の代わりに俺が来たから、あまりに不自然で何かしらの警戒をしているのかもしれない。

「じゃあ、頑張ります」

笑う膝を抑えて、呼吸を整える。体は冷え切っているが大丈夫。これから耐えられないほど熱くなる。

付与術が強化できるものは多岐にわたるが、特に人体においては強化する部位、要素ごとに明確な難易度の差がある。

一番簡単なのは骨と、その次に筋肉だ。大抵の強化はこの二つで完結する。が、それより上を求めるなら酸素を供給するために血流を操らねばならず、そうなると当然必要となるのが心臓の強化だ。不可視の領域かつ人体の中心部に関わる強化であり、ここで難易度はグンと跳ね上がる。今のところ、血流を調節できる付与術師は限られている。

しかし、人体の要たるその心臓を差し置いて、そもそも強化すること自体が禁忌《タブー》とされる部位がある。

脳だ。

意識を司る部位。ここの処理速度を上げれば戦闘力が大幅に向上することが見込まれるが、その危険性と難易度ゆえに、まだ誰も脳の強化を実現した付与術師はいない。

問題点は多々ある。

まず、意識という領域の強固さ。生まれた頃より思考と応答を単体で繰り広げてきた完全独立《スタンド・アローン》の器官であるがゆえに、外部からの侵入を基本的に許さない。他人の脳の強化はまず不可能で、できたとしても戦闘力が低い付与術師本人の強化のみだから、成功させる旨味も少ない。

そして、その付与術師本人の脳を強化したとして、次の瞬間には過剰負荷《オーバーフロー》を起こして意識を失ってしまう。脳を強化するということはすなわち脳の中でやり取りを高速化するということだが、そもそも脳の処理速度は自覚すらできないほど高速だ。その速度をさらに上げると、高速化した脳によってさらに脳が高速化され、より高速化した脳がさらに高速化する、という循環が一瞬にして起こる。

だから誰も脳を強化しようとなんてしない。付与術師は少ないから、試された事例ですら稀。

でも、俺は試した。一人で戦うためには、強さを手に入れるためにはそれしかないと思った。

コツ、と言えるかどうかも微妙だけど、やったことは単純。ひたすら己の意識を自覚した。自問自答を繰り返した。感覚を磨いた。そして、過剰負荷《オーバーフロー》を起こさない極々微小の、わずかな倍率の強化において、ギリギリ意識を失わない倍率の調整に辿り着いた。

その倍率は、一・〇〇〇〇一倍。

この倍率でも瞬時に何乗にもなって一気に脳に負荷がかかる。俺の素材ではここが今のところの限界だった。副作用も多分、何かしらの脳のダメージとなって現れるだろう。

だけど、可能は可能だ。高速化した脳による、机上の空論をすべて実現させる自己操縦。それが――

「――移行：『傀儡師《ペブンシユピーラー》』」

意識が逆流する。

見てきた景色、聞こえた音、覚えていたことがぐちゃぐちゃにかき回されて言い知れぬ違和感が襲ってくる。

「かっ……はっ……」

一瞬、全身の筋肉が緊張する。

消化器全体が締まって喉の奥から空気が押し出される。

筋肉に信号が届かない。

踏ん張って抵抗することすらできない苦しみに耐える。

何秒か、それとも一秒も経っていないのか。視界が急に静かな水面のように落ち着いた。

「……フヒヒヒ」

喉が解放されて息を吸うのと同時に、おかしな引き笑いが漏れる。

成功した、みたいだ。

この心地をなんと説明すればいいだろう。時間の感覚が狂うというか、景色がゆっくりになる。

そうだな、両手両足が利き手になった感じがあるし、きっと両手で書き物をしたりできるんじゃないかな。今なら天下無双の曲芸師になれそう。髪の毛から体毛に至るまで全部を動かせそうな感じもする。神経通ってないから、それは無理か。

攻撃が来る。【夜蜻蛉《ナキリベラ》】を半壊させた触手の雨が、四方八方から俺一人に向かって降り注ぐ。

「死んだかな、これは」

こんなもの、無事でいられるわけがない。受けるのなんて論外。逃げの一択。躱すしかない。でも躱しきれるはずもない。

――躱せたとしたら、それは十万回に一回の奇跡ってものだ。

俺は弱いから、戦う際の発想がカミラさんみたいな強者とは根本的に異なる。

強者は基本的に負けないように出力を上げて手数を増やす。十回中十回勝てるように鍛錬する。

しかし俺みたいなのは違う。十万回に一回の偶然を、その瞬間に持ってくることに全力を注ぐ。弱者の戦い方はそれだ。

そう定めたのが転機だったと思う。俺の付与術の根幹。限られた魔力を使って、限られた強化を、最低限の時間、最小限の部位に、最高のタイミングで、できるだけ多く付与する。成功するんじゃない、成功させるんだ。

十万回に一回の奇跡を拾い続けろ。さもなくば死ぬ。

「『瞬間増強《バンプアップ》・二十倍がけ《ツアイリーマール》』」

なんてゆっくりなんだろう。いつもの十倍の密度の強化《バフ》。いくらでも刻める。

全身の状態が手に取るように感じられる。最適な動かし方、最良のタイミングがわかる。

筋繊維の一本一本の動きを千分の一秒単位ですべて自覚する。連続して強化を合わせ続けることができればほとんど魔力は消費しないはずだ。

ああ、まるで自分の体と脳を切り離したようだ。頭で考えたことを体で実行するというプロセスが明確になっている。理想がはっきりしている。いっせーのでタイミングを合わせ続ける作業。

失敗したら手足はぽっきり折れる、という事実が他人事みたいだ。

脳が速く動けば、直結した視神経も速く動く。聴覚も過敏になって段違いの情報を拾えるようになる。視界の情報全部を記録して、動きを予想して、チカチカする。ピカピカ光る。

隙間なく均等に、全方位から触手が迫りくる。

まず一本の触手を山刀《マチェット》で斬りつけて一瞬の退路を作り、斜め右に跳んだ。当然追撃はかかっているので、今度は跳んだ勢いを空中で、右脚の反動を使って殺す。無茶な挙動だが、大丈夫。骨と筋肉に最も負担がかかる極々一瞬だけ硬化させれば怪我なんてしない。俺が空中での急停止を行ったことで、目測を誤った触手が脇を抜けていく。

横をのんびり抜けてくれる触手なんて、踏み台にしてくれって言っているようなものだ。いや、位置が微妙か。でもいけないことはない。右膝が肋骨に付くくらい股関節を広げて、そこから一気に蹴る。普通は脱臼する角度だが、極々一瞬だけ靭帯《じんたい》の靭性を上げれば問題ない。

そして飛び込んだ、触手の隙間。着地は水を避けて手頃な触手の上。攻撃を担う先端部はすべて後方。がくんと前にこけそうになるが、むしろ勢いにしてそのまま綱渡りしながら前進する。

「ハハ！」

やった！　超、超低確率を抜けた！

すでに何百万分の一の奇跡を合わせた？　もうわからない。でも、まだだ、まだ死ぬ。まだ〇・〇〇一秒でもズレたら、判断を一つでも間違えたら、その瞬間骨折して触手に袋叩き。こうしている間にも触手の間を渡って蹴っていかないと水に足を取られて終わり。

躱《かわ》し続ける。跳び移り続ける。速度はこちらが上。後手に回った瞬間死ぬ。

どうだ、来るか？　次の手はなんだ？　触手増量か？

構えようとしたが、階層主《ボス》の挙動は違った。体表に何かが生成されるような魔力の色が見えた。

これは、水の刃だ。触手と併用するなんてなんだそれ。

明確に意図があるに違いない。きっと触手攻撃では捉えられないと判断された。なら、相当速いんだろう。

狙いが決まった。と同時に水の刃が射出された。やはり速い。しかも刃渡りが相当ある。そんでもって水平ではなく中途半端に斜め向きに回転しながら射出されている。

回避なんてできない。でも奇跡が起これば避けられる。

だから、避けた。全部完璧にやった。目で見て回転を捉えて、首付近に擦りそうになった部分は山刀《マチェット》でいなす。わずかに方向を転換させて、後ろに迫っていると予想される触手への迎撃に利用する。こんなのもう一回やれって言われてもできない。

後ろで音、というか振動がした。予想は合っていたらしい。

「見えてる！　見えてる！　ハハッ！」

気付けば俺は階層主《ボス》の側面に肉薄していた。デカい。壁みたいだ。ちょっと傷つけたところで、少年が一人スコップを持って山を削るのと大差ない。

そこでもおかしな挙動を感じた。同時にさっきのカミラさんの『巨人狩り』が回避された記憶がフラッシュバック。

こいつ、跳ぶぞ。

空中に浮いてくれるなんて、そんなの隙以外の何物でもない。

発想が飛躍する。考えていることの道筋が飛び跳ねて、もはや意識と頭脳の乖離すら感じる。問いを脳に投げかけているかのようだ。

階層主《ボス》は水を吹いて横に跳び上がった。すかさず下に潜り込んだ。ここは足か？　蛞蝓なら、腹足とでも言えばいい？

斬り上げる。掘るように何度も斬り上げて、邪魔な肉塊は切除する。目指すは何やら渦巻いている内臓みたいな器官。いける。まだ浮いている。まだ斬れる。

あっという間にもう体内だ。このままこいつが着地するまでに脱出しないと、着地と同時に衝撃でミンチにされる。

でも大丈夫。失敗さえしなければこの体内を斬り破れる。

拾い続けろ、何万分の一の低確率を。

死と隣り合わせってのは、まだ死んでないってことだ。

◇

「なあ、あれは、何だ？」

それを言ったのは誰か、ジーモンか、マルクか、いや、全員だ。

誰もがヴィム少年は気が狂ったと思った。団長である私の決死の囮作戦に、言葉ではなく行動で異議を示した。

たった一人で、しかも付与術師が階層主《ボス》に挑む。並大抵の階層主《ボス》じゃない。単体で最強格で、天候を操り、部下まで従えている。そんなものに突撃するなど自殺以外のなんと言い表そう。

私は困惑した。ある者は止めようとした。ある者は救出しようとした。怒りを表す者もいた。

しかし、あれはなんだ？

たった一人で階層主《ボス》と互角に渡り合っている、あの高速の戦士は、なんだ？

目で追うのが精一杯で、それでも見失う。どうなっているんだあの挙動は。跳んだり跳ねたりしているはずなのに、自由落下している時間が一瞬もない。空中での姿勢制御のあと、あれは何を蹴っている？　敵の攻撃を利用しているのか？

人間の動きではなかった。

まるで操り人形《マリオネット》が糸に引っ張られているみたいに、不規則に加速と停止を繰り返す。圧倒的な質量による蹂躙を、一髪の隙間を縫うように潜り抜けていく。

あんな挙動、無事でいられるはずがない。魔力も肉体も保つわけがない。

それでもヴィム少年は止まらなかった。成立しないはずの危うさを、奇跡のような神業で渡りきっていた。

＊

階層主《ボス》が着地するまであと一瞬、今俺がいるのは多分体内の中ほど。早く抜けないとミンチになる。

側面から抜けることにして、進路を変更して横向きに穴を空ける。一、二、三と三角形に切ればあとは蹴破るだけ。

しかしおかしい。体内を斬り荒らしているはずなのに、まだ内臓に辿り着いていない。せめて見当をつけてから脱出したい。そう思うのと同時に翻《ひるがえ》って体を上に向けて思い切り背中を反り、壁を蹴破りながら体内を観察する。

半分透明ではあるが、全部は見通せない。いや、黒い靄らしきものはまだ見える。外から見たときと位置が違うのか。なるほど、移動しているってことか。急所の位置を変えられるなんて馬鹿げているな。

もう時間切れだった。無事に脱出。体が宙に放られる。

一矢《いっし》報いたい。まだ階層主《ボス》の体に穴が空いているうちに、黒い靄に向かってナイフを投げた。

カンッ。

そういう音がした。そして階層主《ボス》に遅れて着地、というより着水。

ようやく俺の攻撃に対する階層主《ボス》の反応が見られた。攻撃が止み、さっきとは違うふうに大きく体をくねらせる。多分苦しんでいる。そりゃそうだ、ちょっとジャンプした瞬間に体に人一人が通れる穴を空けられたんだもの。理解が追いつくわけがない。というか俺もよくできたなそんなこと。

ああ、凄い。全部イメージ通りだ。刹那に思いついたことをすべて実行している。

体が熱い。どんどん熱くなる。でも頭は冷静。いや、興奮している？

「……ヒヒッ」

笑みが漏れた。

調子に乗ってしまったみたいだ。違うだろ。俺の肩には今、【夜蜻蛉《ナキリベラ》】のみんなの命が懸かっている。俺がここで時間を稼げなきゃ誰かが死ぬかもしれない。定めた自分の役目を逸脱するな。楽しんでいる暇なんてない。しかもまだ取り巻きの丸っこいやつらは無傷だから——

——楽しんでいる暇？

俺、楽しんでた？

一度でも自覚したら止まらない。死と隣り合わせの感触はスリルだったことを知る。ピリピリする肌が心地よかったことに気が付く。巨大な危険が迫れば迫るほど、楽しくて楽しくて、震えていた。俺にはきっとこの景色の予感があったんだ。ずっと、ずっとここに飛び込んでみたかった。こんな瞬間をずっと待っていた。

あれ、今、すっげえ生きてる？

階層主《ボス》の動きが変わったのが目に入った。また触手の攻撃が来ると思ったが、違う。周辺に一斉に触手を出して、ぐるぐると自分の体周辺に漂わせている。

あれは、防御か。確かに手は出せないけど、俺みたいなのに防御してなんの意味がある。

その意図はすぐにわかった。丸っこい取り巻きが階層主《ボス》の周囲に集まってきていた。

そして、浮き始めた。

「は？」

ふわふわと浮いている。それがかなり高くまで上がり、雲のように俺の上を回り始めた。さっきまであった個々の意識みたいなものは消えて、操られているような印象を受けた。

なんだあれ、魔術か？　魔術って言ったらなんでもやっていいわけじゃないぞ。

本体の階層主《ボス》が防御を解いた。

見た目に変化がある。若干大きくなったか？　そして触角が増えて、短いのが二本、それから見えにくいけどもう一対増えている。こっちが本来の姿なんだろうな。

こう見ると蛞蝓でも蝸牛《かたつむり》でもない、やはり海牛《ジークン》に近いけど、なんだろうか。

とにかく、これは形態変化だ。階層主《ボス》は追い詰められたときの奥の手としてこういうのを隠し持っている場合がある。前の層の階層主《ボス》もそうだった。

つまり追い詰めたってことだ。

「第二ラウンドってか」

さあどうなる。むこうの手がわからない。でも格段に強くなるのは確定的。

こっちも、もうちょっと上げなくちゃいけないか。

団長が負けた瞬間、心が折れる音がした。

何が幹部候補だ。得意になっていた。誰だって助けられるつもりでいた。

俺は無力だった。団長の戦いに加えてもらうことすらできず、あまつさえその結末に絶望してしまった。

——アーベル君！　防御を！

ヴィムさんがそう言ってくれて、ようやく俺は動けた。この人と団長を守らなければと頭を切り替えられた。彼の強化《バフ》のおかげで、信じられない防御を成し遂げられた。死に際で少しは役に立てると喜びすらしたかもしれない。

しかしそう思った途端、彼は俺の脇を抜けて、階層主《ボス》と対峙した。

見えたのは俺よりもずっと小さく頼りなく、そして自信なさげに曲がった背中。敵の強大さと対比すればあまりにも場違い。

だからこそ異質だった。階層主《ボス》も含めてすべての視線が彼という違和感に注がれていた。

そして彼は今、その階層主《ボス》を追い詰めている。

荒唐無稽《こうとうむけい》とすら言える話だけど、意外さを感じなかった自分に驚いた。

明確な差があった。悔しくはない、離れすぎているから、むしろ頼もしくすらある。団長への羨望とはまた別の、どう別なんだろう、目標か、いや、方向性が違いすぎて目標にはならないか。

ああ、そうか。

これは、希望か。

絶望から引き戻してくれた人への感謝と、恩。

そう思うと腑に落ちた。きっとヴィムさんや他の人が見たらなんでもないやり取りだったんだろうけど、俺にとっては重要な瞬間になる予感がした。

……今は、生き残ろう。ヴィムさんが捌ききっている攻撃の、その流れ弾を、満身創痍《まんしんそうい》で耐えながら。

＊

支援器官《ユニット》が漂うだけで嫌な予感がした。やられることに見当がついた。上空から広範囲にひたすら攻撃されるのだろう。そうしたら跳んで躱すどころじゃない。躱すためには、視界を超えた景色を全部記憶して予測して、処理しきるくらいじゃないといけない。

「『瞬間増強《パンプアップ》・五十倍《フイテイーマール》がけ』」

うん、これなら視力ももっと制御できる。短期記憶もいける。

頭部全体の水分が熱くなる。沸騰しそう。

上を見て、攻撃が来た。触手だけじゃなくて水の槍やら刃やらいろいろ。

見える。全部見える。覚えられる。触手は三百七十と七。刃が四百九十。槍が五十五。視界の外含めてそれで全部。軌道も予測がつく。さすが階層主《ボス》だけあって知能が高い。全部同時に着弾させるつもりだ。

最短経路に見当をつける。これならいける。

水を蹴る。蹴ることができた。これなら足場は関係ない。狙うは水の刃。刃渡りがある分、他の攻撃と接触させて相殺できる。跳び上がって先に剣の腹で受け流して、辺りの触手と槍に干渉させる。

これで大方の攻撃を打ち落とすか止めるかできた。あとは全部斬れる。

触手も、槍も、刃も、こうなってしまえば造作もない。山刀《マチェット》で右に弾いた反動でそのまま左も弾く、強すぎる勢いは一回転して殺す。これで攻撃は瞬間的に止まったも同然。

足場ができた。思いっきり蹴って上がる。当然第二波が来ている。まだまだ終わらない。この波状攻撃を捌ききる。斬って斬って、蹴って、躱して、回る。

「……ハハッ！」

気持ちいい。楽しい。三百六十度全部を把握している全能感。

作用反作用を全部利用して余すことなく勢いに変える。

それがすべてうまくいく。

こんなに気持ちが良いものか。一瞬でもズレたら死ぬスリルがヒリヒリする。

階層主《ボス》に戦略があるのもいい。駆け引きをしている実感がある。なんて刺激的。

自覚したら止められない。

俺の中に、こんな衝動があったのか。

全開だ。喜んでいる。

◇

ヴィム少年が階層主《ボス》に肉薄し、それを恐れるかのように階層主《ボス》がジャンプすると、消えた。

吹き飛ばされたかと思った。しかしそれが間違いだとわかるまでまた一瞬、階層主《ボス》の側面から彼は飛び出てきた。貫通したのだ。その上空中で翻ってナイフを投げつけた。

階層主《ボス》は苦しみ始めた。傍から見れば致命傷に近い攻撃に見えた。

「団長！」

ハンスに声をかけられて我に返る。

「……お怪我は！」

「ろくすっぽ戦えやしないが、立てはする。アーベルのおかげでな」

アーベルはまだ、私を守ってくれていた。ヴィム少年によって階層主《ボス》本体の攻撃は弱まったものの、いまだに取り巻きたちからの攻撃は壮絶だ。

「脱出の目処は」

「立ってま――うらっ！　立ってません！」

少し話すだけでも絶え間なく攻撃は来る。パーティー全員が個別に生き残るので精一杯。とても作戦を遂行できる状態じゃない。

「団長！　指示を！」

ハンスの目を見てわかった。混乱している。

それは皆《みな》も同じだった。団長である私を切り捨てろという無茶な指示を遂行させたのに、ヴィム少年によってその指示が無理やり覆された。

その次に見せられたのは、あの空前絶後の戦闘。

どうする。【夜蜻蛉《ナキリベラ》】はどうすればいい？

援護か？　いや無理だ。あの高速戦闘だぞ、邪魔をして同士討ちになるのがせいぜいだ。ならば撤退は？　無理だ、囲まれている。現戦力では突破できない。目の前の取り巻きたちをどうにかするしか――

階層主《ボス》の様子が変わった。形態変化だ。

驚愕した。ヴィム少年はたった一人で階層主《ボス》を追い詰めたということだ。

攻撃を繰り返していた取り巻きたちが浮き上がり、上空にぷかぷかと浮き始めた。あれは、支援器官《ユニット》のようなものに変わったのか？

その間、少し攻撃が止んだ。

朦朧《もうろう》とした頭でも次の攻撃の予測は立つ。その攻撃はヴィム少年ではなく我々も範囲内だ。致死量の流れ弾が来る。指揮を取らねばならない。

『総員傾注！　上から来る！　その場からできるだけ離れて、防御に徹しろ！』

ほどなくして、その支援器官《ユニット》から大量の雨とも触手ともつかぬ矢のような攻撃が降り注いだ。

「『動け、大首落とし』」

力を振り絞って掲げた大首落としが、傘のように放射状に刃を拡げる。気休め程度だが、しばらく保つはず。腕に来る攻撃の振動に耐えながら、わずかな余力でヴィム少年の方を見る。

ヴィム少年は翻っていた。身をよじり、追撃を斬り伏せ、上空からの波状攻撃を躱し続ける。もはや当たっているのと変わらないくらいの間一髪で、彼は高速を維持し続けている。

彼は、階層主《ボス》を倒すと言った。ハッタリかと思ったがそうじゃない。互角以上に渡り合い、それどころかこうして形態変化を引き出すまでに追い詰めた。

だがそれゆえに、わからなかった。ヴィム少年は階層主《ボス》の脅威に打ち勝つだけの力を持っているように思えた。しかし期待が急激に膨らむ一方で、冷静になれと常識が言い聞かせてきていた。

一つだけわかるのは、我々ではもうあの次元の戦いに関わることはできないということだ。

＊

楽しかった。いつまでもこうしていたいと思った。余計なことを考えずに斬り払うこの時間が愛おしくすらあった。

でも、埒が明かない。これでは上空からの攻撃を凌いでいるだけで本体へ一切攻撃できない。

ただでさえ精一杯なのに横方向に移動する余裕なんてない。このままじゃ消耗戦だ。

何か手はないかと考えた。

考えると、自分の中の隅っこに、何か感覚があった。

まだ、何かが足りない。足りないじゃない、気付いてない感じだ。これは違う。何か予感を見逃している。重要な予感。危機じゃない、俺の中の何かが告げている。

何をだ？

記憶が捉えた視界。前。もっと前。そうだ、階層主《ボス》の本体。

ナイフを刺して聞こえたカンという音が結びつく。何に結びついた？

そう、あの階層主《ボス》の体内には硬い何かがある。それは何かを守っている。何かとはなんだ。

決まっている、弱点、内臓だ。つまり硬いものというのは殻だ。貝殻みたいなものだろうか。

その殻を破りさえすれば、俺の勝ち。

気付いた瞬間、頭は階層主《ボス》本体への経路を確立させていた。

なんだこれは？　どうやって導き出された回答だ？　計算過程がわからない。

きっとそれは閃《ひらめ》きの連続。順繰りに選択肢を処理したんじゃない。並行した事象による確率の重なりから、現実に適応した解が飛び出した。

動きも予測されていた。間違えようがない。予想外の挙動なんてありえない。この経路に沿えばすぐに勝てる。俺が失敗さえしなければ。

――いつの間にか、手が震えていた。

不思議な震え。何にビビっているわけでもない。見つかった道筋に震えている。それは突如思いついた割には完全すぎてかえって疑わしく、しかし反論の余地がなくて戸惑いすらした。そういう震えだった。

思い返してみれば、ずっとこんなふうに震えていたのかもしれない。

今ならわかる、これは勝利の予感だった。普通にやったら勝てないような相手でも、何万分の一の奇跡を仮定することで、たった一本の道筋が見えることがある。

妄想と何が違うのだろうか。客観的に見れば何も違わないくらい馬鹿げている。

でも、今の俺には実行できる確信があった。

ほとんど自殺みたいなものだし九分九厘死ぬけど、その分のスリルが味わえるなら悪くない。

一番蹴りやすそうなのは槍だった。水ではあるが粘度が高い。横向きに跳ぶなら十分な足場だろう。

下に落ちてくるものを横に蹴る。それも触手やら何やらを躱しながら。馬鹿みたいな考えだが、できる。

そう思った瞬間できていた。分断された思考と実行のプロセスは、逐次の高速を通り越して並列化していた。

攻撃を蹴りながら躱していたからか、いつの間にか俺は結構、上の方にいた。半分落ちながら横にどんどん加速していく。躱して、蹴る。押す。躱せなかった分は斬るか受け流す。反作用も全部加速に利用する。

風が冷たくて心地良い。加速しきって、雨よりも速く落下していた。肌に水が当たっていないのが久しぶり。

音が消えた。衝撃波《ソニックブーム》に備える。

時が止まる。

静かだ。

この世界に俺だけしかいないみたい。

まるでこの空間の支配者みたいで心躍る。

あと一瞬で肉薄。

階層主《ボス》は目の前にいた。

この速度なら貝殻ごとぶっ刺せる。

驚いた階層主《ボス》が張る最後の障壁《バリア》も織り込み済みだった。同じ箇所を五回斬った。それで十分。

残った魔力を全部使って、体を最大限に硬化させた。加速はそのままに、突っ込む。

「ヒヒッ」

突き出した山刀《マチェット》に硬い感触が二回。

肉塊が破れてそこを全身が通る。

肌全体に舐められるような気色の悪い感覚がぬるっときて、そして一気に外に出る。

貫いた。

――刹那。

真っ白い景色に、大きな殻のようなものが見えた。俺が貫いたものだとわかった。その隙間から、何かが立ち昇るように這い出てきた。人型に見えた。顔は見えない。それを見ている俺がどういう状態かもわからない。

その人型は、ゆっくりと俺の前に佇《たたず》んで、多分、言った。

「ફરીથી આવવા દો」

意味はわからない。でも、悪い気持ちはしなかった。

「うん」

だから俺は、頷いて返した。


全部の魔力も体力も使い切って、降り立った。

振り返る。

階層主《ボス》は静止している。

巨大な半透明の塊は、そうしているとまるで大きな鍾乳石《しょうにゅうせき》のようだった。

おぉん、と悲鳴ともつかない音が聞こえて、巨大な塊は上から崩れて溶け始めた。

目の前の巨大なものが崩れ去るのは、視界を邪魔するものがなくなって景色が開けるような感じだった。

そうなると見えるものがあった。みんなの姿だ。立ち上がってこっちに駆け寄ってきているように見える。

そうか、俺は、みんなを守るために戦っていたんだっけ。

そんなこともあったか。

気が抜けて意識が朦朧とする。強化《バフ》は全部解けて、体に徐々に普通の感覚が戻る。全身が引き裂かれそうに痛い気がする。無理したもんな。疲れているし、もう何も動かせない。

誰かに抱きかかえられた。声をかけられていた。わからない。

少なくとも、雨は止んだようだった。

メーリスさんの怪我が治り、【竜の翼】《ドラハンフルーグ》は迷宮潜《ラビリンス・ダイブ》を再開した。

さすがと言うべきか、前よりは連携もマシになってきた。索敵や計画などは私が担当していたけど、地図《マップ》の読み方とか、そういう雑事も覚えてもらえば、できることは増えた。

……むしろ今まで、なぜこれでやってこられたのか不思議でならない。

それでも第五十階層でなんとかやれているのは、三人の潜在能力ゆえなのだと思う。三人とも出力自体にはなかなか光るものがあって、無謀と紙一重の勇気が良い方向に転ぶこともある。

でも、未来《ビジョン》が見えない。中堅のパーティーとして赤字と黒字の間を彷徨《さまよ》うことはできると思う。でも、最前線で迷宮《ラビリンス》の攻略を担い、名声をほしいままにしていた【竜の翼】《ドラハンフルーグ》の姿はそこにはない。

あの頃のように戻る算段がまったくもって立たない。

しかも階層主《ボス》討伐だなんて、そんなの、物理的に可能だとは思えない。

言葉は悪いけど、パーティーの力量自体が足りてなかった。

パーティーハウスの食卓も、重い空気が立ち込めていた。クロノスさんとメーリスさんが持ち前の明るさでみんなを笑わせて、ニクラさんが皮肉る、という感じで明るいふうを装っていたけど、無言になった時間はとても耐えられるものではなかった。

「そうだ！　仲間を増やすのはどうだろう⁉」

クロノスさんは、突然そう言い出した。いや、様子を見るに前から考えていたみたいだけど。

「再建に夢中になっててそこまで気が回らなかったけど、俺たちは名実共にAランクパーティーだ。募集すればいくらでも人員は集まる。人数を集めたら、また最前線に潜ろう！」

ニクラさんが口を開く。

「どのくらい、増やすの？」

「そうだな……多い方がいいかな。それこそ何十人とかでもいい」

みんな、微妙な顔をした。

それはパーティーの形態を大きく変えるということで、確信を持った賛成もしづらいし、感情的な拒否以外の反対も難しい。

「人選はどうしよう、うちのパーティーは女の子ばっかりだから、そういうのが目的の男に来られても困るな。どう思う、メーリス」

クロノスさんはメーリスさんをじっと見た。

このパーティーに大分慣れてわかってきたことだけど、クロノスさんはこうして人をコントロールしようとする節がある。

「ま、まあ、私も、クロノス以外の男の人が来るよりは、女の子の方が安心できる、かな？」

そしてメーリスさんはその通りに答えてしまう。

ここもパーティーの問題点の一つだった。

メーリスさんとニクラさんは、クロノスさんのことが好きだ。異性として。そしてクロノスさんも二人を想っているらしい。

命を懸ける迷宮潜《ラビリンス・ダイブ》のことではあるけど、この関係が邪魔して話が円滑に進まなかったり、逆に進みすぎたりすることもある。

二人はやはり微妙な顔をしていた。新しく女性がパーティーに入ってくるとなれば、クロノスさんの気がそっちに向くことも考えられた。

反論できるのは、私しかいなかった。

「あの、クロノスさん」

「なんだい、ソフィーア」

「パーティーの拡張はもうちょっと慎重になった方が良いと思います。お金のこともありますし、大人数を回すだけのノウハウを持っている人が誰もいないので……」

いつもの通り、いっそう硬い空気になった。具体的な話をするといつもこれだ。クロノスさんはしばらく顎と口を手で隠すふうに考えて、言った。

「最初から無理って言うのは、良くないんじゃないかな。やれることからやっていこうよ」

……予想はしていた。

「その、そういうことでは」

「それに金はなんとかなるさ！　階層主《ボス》の討伐報酬がある。しばらく遊びまわって暮らせるくらいだろう?」

「え?」

それは、説明したはずだ。

まずい。何か考えているはずだと思ったら、それを算段に入れていたのか。

「あの……」

「どうしたんだいソフィーア、言いにくいことならあとで部屋で」

「まだ、階層主《ボス》討伐の認定が下りてないんです」

「え?」

そう、まだ【竜の翼《ドラハンフルーグ》】はAランクパーティーじゃない。ギルドはいまだに階層主《ボス》討伐を認めていないのだ。

「それはどういうことなんだ、ソフィーア」

「はい。ヴィムさんから引き継いだ記録ではちゃんと必要書類と討伐証明部位は――」

空気が、ぴん、と張った。

しまった。

「ごめん、ソフィーア。あいつの名前は出さないでくれ」

どうも【竜の翼《ドラハンフルーグ》】ではヴィム＝シュトラウスという名前は禁句らしかった。

「すみません。その、前任の人の記録を見る限り出すものは出しているので、そろそろ認可が下りているはずなんですが、なぜだかまだなんです。お金も」

「つまり、あいつがヘマしたってこと？」

「……そういうこと、なんですかね？　いえ、普通ならさすがにもう認可が下りている頃なんですが、何分迷宮《ラビリンス》のことなので、確認が難航しているのかも。いずれにせよお金が入るのはもうちょっと先になるかと」

バン、とテーブルが叩かれた。

「くそ！　またあいつか！」

「落ち着いてクロノス！　あなたは悪くないから！」

「そうよ、【竜の翼《ドラハンフルーグ》】は第九十七階層の階層主《ボス》を倒した。この事実は揺らがない」

クロノスさんは頭を抱えた。それを二人が慰める。そしてヴィム＝シュトラウスを悪者にして、団結を確認しあう。

ここ最近の【竜の翼《ドラハンフルーグ》】は、ずっとこんな感じだった。

第九話　目覚め

「あ、起きた？」

知らない天井をぼんやりと認識して、右側からハイデマリーの声が聞こえた。

「ぁあ」

「おはよう」

うまく声が出ない。体が重い。

ハイデマリーはしばらく黙ってくれていた。頭を整理する時間をくれたみたいで、それで俺はようやく思い出してきた。

そうだ、俺は【夜蜻蛉《ナキリベラ》】と一緒に迷宮潜《ラビリンス・ダイブ》に臨んで、そして、階層主《ボス》が来て、その――

跳ね起きた。

「みんなは⁉」

そうだ！　ここは病室か？　シーツにカーテンに、白いものがたくさん。

「ハイデマリー！　みんなは⁉」

俺がここにいるってことは、救出してくれたってことで、えっと、

「落ち着けってヴィム。【夜蜻蛉《ナキリベラ》】の団員は重軽傷あれど全員命は助かった。君は五日間ぐっすりさ、わかった？」

ハイデマリーはニヤッと笑って、言った。

「よく頑張りました」

スッ、と力が抜けた。

「……良かったぁ」

心底安心して、ベッドに倒れ直した。

本当に良かった。命を捨てた甲斐があるってものだ。

「君が目覚め次第呼べってカミラさんに言われてるんだけど、呼んでいいかい」

「ああ、もちろん」

カミラさんも無事か。そりゃそうか、全員無事って聞いたばっかりだもんな。

寝ぼけた頭を覚ましながら、ハイデマリーにいろいろ聞いた。

どうやって脱出したかとか、五日間何があったかとか。

「ねえ、ヴィム」

そして彼女は、ポツンと聞いた。

「楽しかった？」

含みがある言い方。俺が持っている文脈を全部見透かして「お見通しだぜ」と宣言されたかのよう。手玉に取られているみたいでちょっと腹立たしいけど、気分は悪くない。

だから俺は素直に、心に思ったことを言うことにした。

「まあ、多少は」

「そっか」

彼女はきっと嬉しそうに、笑った。


「ヴィム少年」

「あの、その、ども」

カミラさんは腰を直角に曲げて、頭を垂れていた。

ちぐはぐな光景だ。背の高い人はお辞儀も様になるのかと思うのが半分、迫力のあるお辞儀というのがなんだか逆説的で可笑しい。

じゃなかった。

「……その、頭を上げてくださると……はは、僕もなんて言っていいか」

「感謝を。どれだけのものを返せるかはわからないが、今はただ、感謝を述べさせてくれ。ありがとう」

「そんな、その、あの」

そこまで畏《かしこ》まられるとなんと返していいのかわからない。一通りあたふたして、逃げるようにハイデマリーに目をやった。

ニコニコしていた。あ、助ける気ないなこいつ。

「みなさん無事で、良かったです」

「ヴィム少年、君というのは、本当に……」

カミラさんは何やら感激した目で俺を見ていた。

「その、もっと軽く……はがっ」

目の前に巨大な肉体があった。

カミラさんに抱きしめられていた。

「あがっ、痛い痛い、助けて、息できない、ふがっ！」

「ははは、ヴィムさんが大将に絞められてら」

カミラさんのむこうから、声が聞こえた。明るいふうだったけど、涙声だった。

この声は、マルクさんか。いや、もっといる。アーベル君も、ハンスさんも、ジーモンさんも、みんな。

「ヴィムさぁん！」

今度はアーベル君も抱き着いてきた。死ぬ。死ぬ。これは死ぬ。

そしてしばらく。

「さて諸君、見ての通りヴィム少年は万全ではない。体に負担はかけることは避け、握手等も今日は手短に済ませるように。大丈夫だ、これからいくらでも時間はある」

「それを言って大将の中に矛盾はないんですかい？」

「何か言ったか、マルク」

「いえ」

代わる代わる、みんながお礼を言ってくれて、ガシッと手を握られたりした。中にはこっちが申し訳なくなるくらい恐れ入る人もいた。


一人になって、俺は余韻に浸っていた。

誇らしかった。こういうふうにたくさんの人から感謝されるのは初めてで、こんな俺でもできることがあったんだと胸がいっぱいになった。

この先のことに思いを馳せる。ギルドマスターから話があるとか、そういうことがあるらしい。知らない人が病室に来て追い返してもらったりもした。きっとこれから、面倒なことが起こる。

そうだ、俺は、【夜蜻蛉《ナキリベラ》】に正式に入団することになっているんだっけか。それなら大丈夫かな、手続きとかも、カミラさんみたいな強力な後ろ盾がついてくれていれば楽だ。人もたくさんいるから、いろいろやってくれるだろう。

そう、人がたくさんいるのだ。それはさっき俺に感謝してくれた人たち。恭しくお礼を言ってくれた、あの人たち。

でも――

そこで思考を止めた。

ダメだろ。そういうことは、思っちゃいけない。せっかくの厚意なんだし。

胸がざわついて仕方がない。漏れ出かけた本音を隠せない。いやこんなの本音じゃない。俺はこんなこと思っちゃいない。
息を吐いて、布団を被った。

番外編　泊まり枝の看板娘

今夜の泊まり枝はいつにも増して人が少なかった。

というよりいなかった。

ここにいるのは私と牛娘、そして厨房の奥にいるマスターだけ。カウンター席に座っていれば必然的に牛娘と向かい合う形になる。

「だからスーちゃんはもっとおしゃれしないといけないんですって」

「いいって言ってるだろ」

「本気でそう思ってるなら私も言いませんよ。スーちゃん、なんだかんだ言って綺麗な格好している大人の女性を目の端で追ってるじゃないですか」

「図星ついてやった、みたいな顔をするな！」

私はこうして、ときどき一人で泊まり枝に飲みに来ることがある。

話し相手は不本意ながらもっぱら牛娘。一人で静かに飲みたいっていうのにやたら話しかけてきてうざったい。

……まあ、むこうが話したいというのなら吝《やぶさ》かではないのだが。

「あーあー、意地張ってやーんのー、三十路《みそじ》になってから後悔したって知りませんよ」

「性分なんだよ」

「ふーん」

あ、面倒くさい顔になりやがった。

「じゃあこっちも切り札出しちゃおっかなー」

「何を言うかはだいたい想像がつく。やめろ。賢者権限でこの店を叩き潰すぞ」

「ヴィムさんが【夜蜻蛉《ナキリベラ》】の仮団員になってから、結構お店でヴィムさんの名前を聞くんですよねー」

ヴィムの名前を出してくるのは半分予想通り。しかし他の娘が登場人物に出てきそうとなれば若干の予想外。

「……聞かせな」

「賢者権限はどうしたんですか？」

「保留だ。ほら、早く」

「いいでしょういいでしょう」

偉そうにふんぞり返られると腹立たしいが、背に腹は代えられない。

「有望な冒険者を射止めるのはフィールブロンっ娘の嗜《たしな》みですが、【夜蜻蛉《ナキリベラ》】に入団して以降名が広まって、ヴィムさんはあらゆる面で実は有望なのでは、という疑惑が出ていましてね」

「……どういうことだい」

「誰が見ても格好良くてお金持ちでモテそうな男性を狙う時代は終わりました。自分はこんな隠れた優良物件を見つけたんだぞ！　という自慢をするのです。女同士の醜い競争を泥臭く勝ち抜くよりも、他の女性には見つけられなかったものを見つけた方が粋《いき》、というわけですね」

「なんだそれ」

「もはや一部では本当に優良物件か、というより如何に隠れているかの方が大事になっています。その点ヴィムさんはうってつけです」

「……そういうことに疎くて申し訳ないけど、結局競争してないかい、それ」

「否定はしません」

「もうあれだね。楽しそうだ。暇なのかい街の女共は？」

「失礼な！　私たちはもう結婚適齢期に片足踏み入れたんですよ⁉　今こそが女の子が生き物の矜持をかけた命の瑞々しさを見せる時期なのです！」

「はいはい」

牛娘を見上げる。

接客用とは言え個人の趣味を存分に前面に出したお嬢さん服《ディアンドル》。背は私よりずっと高いが、まあ平均的な男の矜持は傷つけなさそうなちょうど良い塩梅《あんばい》。流行りに合わせて編み込まれた栗色の髪。声も可愛らしく高めながらも優しさが一分。

何よりデカい乳。男には困らないに違いない。

私とは対照的なんだよな、本当。

こちとら田舎から、迷宮《ラビリンス》に潜るためだけに出てきた身だ。家庭を持つことを前提とした生活は送っていない。迷宮攻略《ラビリンス》に加えて魔術研究もあるし、忙しいことこの上ない。

「だからー、スーちゃんもそのままでいいんですか」

「何」

「ヴィムさん、誰かに取られちゃいますよ。いつまでストーカーなんてしてるつもりですか」

「うるさいなぁストーカーじゃないって言ってるだろ？　歴とした具体的目的があるんだよ」

「なんなんですか、その目的って」

「……言わないけど」

「ふふふ。えー、こほん」

牛娘は少し畏まって一歩引いた。それから喉を数回鳴らして整えて、言った。

「『……君が何を目的にしてるかは知らないけどね。少なくともその目的とやらと手段が入れ替わっているのは確かなんじゃないのかい？』」

ふざけた低めの声である。あ、膝を曲げて身長が低い演技をしている。

「いったい誰の真似をしたのか言ってもらおうか、あ？」

「わ～、やっぱり自覚はあるんですね～」

本気で腹立ってきたなこいつ。もう帰ってやろうか。

「でも、スーちゃん、ちょっと真剣な話をしますけど」

私の機微を察したのか、牛娘はふざけている雰囲気を押し込めて真剣な声色を混ぜた。

そうされれば私も出そうとしたものを引っ込めざるをえない。

こいつは気遣いとその反対を非常にうまく使いこなす。一歩引いてみれば手玉に取られている
みたいでよりいっそう腹立たしい。

「スーちゃんの服装はめちゃくちゃ浮いています。道行く人の視線を感じたことはありませんか。

あっ、ストーキングしているとき以外でお願いします」

細かなからかいにいちいち反応していても喜ばれるだけなので、素直に答えることにする。

「そりゃあまあ、あるね。特に隠れているわけでもなければ見られることもあるだろう。何より
私は賢者、それなりに有名人だ」

「……なるほど、そういうふうに考えていたわけですか」

「なんだいなんだい、知ったような口を」

「いいですかスーちゃん、聞いてください」

じっと目を見据えられた。

「？」

「スーちゃんが目立つのは格好と挙動が変だからです。迷宮《ラビリンス》の中の装備は我々一般市民がどうこ
う言うもんじゃありませんが、私服が最悪。ファッションと髪型が妙にガキ臭いし芋臭い。スー
ちゃんは無難だと思っているかもしれませんが、絶妙に悪目立ちする部分をこれでもかと攻めて
います」

「ぐふっ……」

牛娘の目を見る。

意外と言うべきか、からかうようではない。心底本音を言っている。むしろ今までのやり取りはこれを言うために冗談めかしていたんだという雰囲気すら醸し出している。

「い、一応聞いておくけど、具体的に何がどうなってそういう作用が……」

「そんなもの全体的にですよ全体的に。年相応の格好というものがあるんです。露出を恥ずかしがりすぎてもうほとんど修道服じゃないですか」

「しゅ、修道服？」

「そうです。小さい女の子は礼節を知らないので下着が見えないよう親が配慮した服を着せますが、スーちゃんはそういうのをそのまま大きくなっても着ているんですよ！　自覚してくださ い！」

「そうなの……？」

「ええ！　それでいて仕草ががさつで横暴だし変にちっこいから逆に目立つことこの上ない！」

真剣だったら何を言ってもいいってわけじゃないぞ……？

「ほら今だって！　ちゃんと脚を閉じる！」

言われて自分の膝を見る。

ちゃんとそこそこ閉じてると思うけどなぁ。

「ぴったりと、ですよ。それが楽になるまで訓練してください。淑女の嗜みです」

「私はそういう色ボケた文化には――」

「文化がなんじゃい！　生まれた時代は仕方ない！　それが常識！　大人の仕草です！」

「それはそうかもしれないけども」

まあ牛娘は乳に養分を吸われているものの、そこまで馬鹿じゃない。色ボケている節はあるとはいえあくまでそれは娯楽として、社会的常識を弁えた上で話している。

ある程度の正論として受け止めておくのは不利益にはならないだろう。

要領がいいんだろう。人生も楽しそうだ。

「まあ言いすぎました、そんなにいっぺんに直す必要もないです。ご両親に自由にやらせてもらったことでしょうし。愛されて育ってきたのは伝わってきます」

そういうものか。

すっかり話し込んで飲んだり食べたりする手が止まっていた。居酒屋に来て物を食べないのはそれはそれで失礼かと思い、とりあえず揚げた馬鈴薯を二、三切れ食べる。そして脂っこくなった口の中に麦酒《ビール》を少し流し込む。

ふう。

料理だけはそこそこ美味いんだよな、ここ。

「というかおしゃれしましょうよ、おしゃれ」

少し時間を置いて、牛娘が元の話に雑に戻ろうとしてきた。

やはり暇なのか。そりゃそうだ他に客がいないのだもの。いやそれなら明日の仕込みでも……

そういうのは店の人の領分か。

「うー」

「言い方を変えますか。目的は悪目立ちを防ぐことです。一緒にいる人が変な目で見られてもいいんですか？」

「うー」

私は酒に強くないので飲むときもちょっとずつしか飲まない。しかしまあそれなりに話し込んだら時間も経つし酔いも回る。反面、頭は回らなくなる。

「……恥ずかしいんだもの」

「え？」

勢いをつけるかのように、手樽《ジョッキ》に半分くらい残った麦酒《ビール》を一気に飲んだ。

「あーあー、スーちゃん、ダメですって」

乱暴にテーブルに置く。

「本当に小さいときから、同じような服を着続けてるんだ。動きやすい方が良かったし。見えちゃいけないところを隠すのが服の役目だし」

「そう考えているのは伝わってきますけど、恥ずかしいというのは？」

「……今更恥ずかしいというか。その」

「言ってみてくださいよ。ほら、ここは居酒屋です。酒の勢いに任せて言いましょう」

心配するのかしないのかはっきりしろ。

「その、ヴィムと結構長くいたわけで。こう、新しい服とか着てみて、何かの拍子に反応されるかもしれないと思うと、ほら」

「……は？」

「その、今更格好を変えるのは、うん」

「なんですか、まるでガキ大将の初恋みたいな話が聞こえてきたのですが」

「自覚がないことはないけど、まあ、うん」

「うわぁ……わかってましたけど、ヴィムさんよりも遥かに拗らせてるところありますよね」

言うな。

牛娘は楽しそうに私を小突いてきた。


カランコロンと扉の鈴が鳴った。

「いらっしゃ～い」

牛娘はすぐさま営業用の笑顔と声に切り替える。

ここら辺はさすがに本職。見た目への気の使い方も、接客業という肌感覚ゆえなのだろう。

「ヴィムさんじゃないですか！」

「……ども、こんばんは、グレーテさん」

現れたのはヴィムだった。

しまった。私としたことが完全に迂闊《うかつ》だった。ここ数時間、発信紋の動きをまったく確認していない。休日だからてっきりゲストハウスに引きこもっているものだと思っていた。

目が合う。

お互い動きが止まる。

いつもなら元気よく「やあヴィム！」といくところだが、そうはいかない。

気まずい。

実のところ、私たちの関係はそこまで気安いものではなかった。無論かけがえのない友人だし何かあったときにはいの一番に駆けつけるつもりだけど、それは心の準備をしていたらの話。昔みたいに気の置けない幼馴染でいるには、私の方すらまったく感知していない不意の遭遇はちと辛い。

ヴィムの方もそういうことを感じている節がある。

だからといって店の中まで入って回れ右をしようとするのは違うと思うけど。さすがに酷いぞ、ヴィム。

「一名様入りましたぁ〜！　ご案内します！」

牛娘が先制攻撃を仕掛けて引っ張ってきた。

もしかするとこの場で一番強いのは牛娘かもしれなかった。

彼女のおかげと言うべきか、私の方もいつもの感じに戻る覚悟ができた。

「やあやあヴィム、調子は悪くなさそうじゃないか」

「……まあまあ。おかげさまで」

「奇遇じゃないですか。スーちゃん、ちょっと前から来てたんですよ」

「……そっか、ハイデマリーもときどき来てるんだっけ」

「まあね」

「私とお話しに来てるのになかなか認めようとしないんですよ」

「……素直になればいいのに」

得意げになった牛娘の戯言に、ヴィムが微笑みながらのっかる。

「なんだいなんだい、二人して。私は粛々と一人で飲みに来ただけだよう」

今日ばかりは牛娘に感謝するべきかな。素直になろう。会話の緩衝材になってくれるのはありがたい。

「聞いてくださいよヴィムさん、スーちゃんったら、全然格好に気を使ってなくて」

まだ諦めてなかったのかこいつ。

「あー、たしかにそうかもしれない、ような？」

「新しい服を着てヴィムさんに何か言われるのが恥ずかしいらしいですよ」

「おいやめろ馬鹿」

「……え、別に馬鹿にとかしないのに。俺、服とかよくわからないし」

ヴィムはヴィムで反応が一周回って予想通りにもほどがある。

「好きにすればいいと思うよ、うん」

あーそうでしょうねぇ興味なんてないでしょうねぇ。

「ヴィムさんヴィムさん、そういうときは『反応しない』って宣言じゃなくて『褒める』って宣言するものですよ」

「……そういうのって変に重圧かけちゃったりしませんか？」

ヴィムと牛娘は話しながら、横目で私の方に視線を注ぐ。

やめてくれ、どちらにも乗りたかない。ヴィムの方に乗るのは腹立たしいし牛娘の方に乗るほど恥じらいを捨てるわけにもいかない。

私がだらだらと答えあぐねていると、牛娘がパン、と両手を合わせた。

「明日、三人でお買い物行きませんか？」

「「え……」」

「スーちゃんのお洋服を買いに行きましょう！　ついでにヴィムさんも！」

なんだなんだいきなり。

「嫌だよ面倒くさい」

できるだけ突き放すように言う。

「えー、行きましょうよお買い物。賢者様なんだから稼いでるでしょう？」

「行かないよ。私はぜーったい行かない」

「行きましょーよぉー」

どうも牛娘は押せば私が落ちると思っている節があった。

さすがにここで引いたら敗北も敗北だ。それは悔しいのであとは無視を決め込み、黙って飯を頬張る。

……何と戦っているのかは自分でもわかっていない。

ちなみにヴィムはどうしていいのかわからずあたふたしていた。

「へー、いいんだー」

牛娘が敬語を外し、さっきまでの余裕たっぷりの感じが薄らいだ。私の強情さがようやく有効に働いたらしい。

はっはっは。勝った。

「じゃあヴィムさん、明日お昼食べたら中央広場で待ち合わせですね！　二人きりで！」

「「え？」」

私とヴィムの声がまた、重なった。


翌日。

私は研究室に籠り、何を探求することもなく膝を抱えて椅子に座っていた。

ちょっと前に時計の針はてっぺんを回り、もうすでに昼過ぎと言われる時間帯。昨日ヴィムは牛娘に押し切られていたので、私抜きのお買い物が断行されるだろう。

気になんかなっていない。ヴィムが牛娘とどうにかなるとも思えないし——

——有望な冒険者を射止めるのはフィールブロンっ娘の嗜みですが、
昨日の牛娘の言葉が頭を過る。

いやいや。彼女は馬鹿じゃない。最低限の分別はついている。見境なく男を襲うなんてこたぁない。なーんにも気にするべきことはない。

一応広げておいた地図を見る。発信紋はすでに中央広場に向かっていた。

そ、そういえば、杖の柄《え》の部分がボロくなっていることを思い出した。あれは結構良い革を使うのが良いのだ。予備の材料はあっただろうか。

「し、仕方ないなぁ？　買いに行かないと」

私は冒険者、本分の迷宮潜《ラビリンス・ダイブ》のためなら手間暇を惜しまないのである。


中央広場が集合場所なら買い物をする場所は中央市だ。

牛娘の慣れた様子に対して、ヴィムはやたらぎこちなくカチコチと足を動かしながら歩いていた。

二人は話しながら、いや、牛娘がヴィムに話しかけてヴィムがときおりくねくねしながら、ときおり立ち止まって店に入るということを繰り返していた。

「ぐぬぬ……」

傍《はた》から見れば、二人の様子はもう完全にアレである。

言うものか。いや、そんなものにはこだわっていないけども。断じて認めてなるものか。

しかし牛娘の格好と言ったらそれはもう。あの服なんていうんだろう。動きやすそうな質素なドレス、みたいな。深緑色と機能性がなんとも落ち着いた印象を与えていて、初心《うぶ》な感じはしないのに清楚《せいそ》も清楚。泊まり枝で接客している彼女の姿を知っていれば余計に魅力的に見えるべく計算が為されている。

「おい、騙されるなよ、騙されるんじゃねえぞ、ヴィム……」

凄んだ手前、出ても行けない。

いやいや、私の行動が制限されているわけじゃない。あえてだ、あえて。

盗聴石《アブホレン》を起動し、耳に近づける。

雑踏《ざっとう》の中だから声がずいぶん聞き取りづらい。

『──ったら、もう！　うふふ』

『その……ははは』

そしてようやく断片的に聞き取ってみれば、これだ。

「うわあああああああ」

ああもう、聞くに堪えない。

空を見ればもう日が傾き始めていた。昼過ぎを指定した以上あの牛娘なら時間も計算しているに決まっている。

買い物が終わった時間に日が沈むようにしたのだ。そうに違いない。

夕日を背景に二人は集合場所だった中央広場に戻っていた。

人もまばらで並んだ男女が映えるような時間帯。というか今広場にいる人間のほとんどが恋人同士だった。

「うっ……うっ」

完全に私は敗北していた。何に負けたのかはわからないがいろんなものに負けた気がする。戻れるならば昨晩の泊まり枝に戻りたい。

二人は向かい合って何やらぼそぼそと話している。もはや盗み聞くまでもない。今から行くレストランの話でもしているのだろうか。

帰ろう。私は私の本分を果たそう。ヴィムと牛娘が引っ付いたところでやることは何も変わらない。

そういうことを求めたことなど一度たりとてないのだ。

……でも、気になるのでちょっとだけ。

最後に一度だけ盗聴石《アプホレン》を起動して、耳に近づけた。

『終わりましたよ、スーちゃん』

耳元でいきなり囁かれたかのようだった。

「わっ！」

驚きのあまり声が出てしまった。そして牛娘は鋭くこちらを発見し、手招きした。

逃げようと思ったが、無理だった。すでに私の姿はヴィムにも捕捉されていた。

大人しく二人の方へとぼとぼと歩いていく。

「……結局来るんならもっと早く来ればいいのに」

「ち、ち、違うよヴィム？　や、やあ奇遇だね私は杖の柄《え》の部品を買いに」

情けなく言い訳を並べる私を横目に、牛娘は大きくため息を吐いた。

「そんなに慌てふためくんだったらわざわざ泳がせたりなんてしなければいいのに……」

「な、なんの話かな？」

「私は今からお店に戻りますので、それではお二人でごゆっくり」

「ん？」

「ヴィムさん、今日はありがとうございました」

「あっ……どうも」

ヴィムが会釈《えしゃく》するのを見届けると、牛娘はさっさと泊まり枝の方へ行ってしまった。

肩透かしを食らって、力が抜けてしまった。

「ふう、まったく、とんだ性悪娘だぜ。親の顔が見たいね」

「人のこと言えないと思うけどなぁ」

「しょーもない雌の色気で純真な少年の心を弄《もてあそ》ぼうとしているのさ。浅はか極まりないね。あんなのに騙されちゃダメだぜ、ヴィム」

よしよし！　なんだかよくわからないが特に何もなかったらしい！　ヴィムのヘタレと牛娘の口ほどにもない手腕に乾杯！

心中でそういうことを考えていると、ヴィムが細めた横目で私を見ていた。

「な、なんだ。そんな目で見るな」

「俺も大概だけど、ハイデマリーもそんなんだから友達いないのでは……？」

「ぐふっ……構うものか！　私の生き方なんだよ！」

「まあいいや。あ、これ、買ったんだ」

不意に紙袋を渡された。

「……何これ」

「耳飾り。えっと、ピアスじゃなくて、イヤリング」

「イヤリング？」

理解が追いつかない。とりあえず受け取る。

なんだこれは。

ヴィムが私に、買ったイヤリングを渡したわけか。

それは、贈り物では？

「え？」

「ガラッと変えるのは恥ずかしくても、ちょっとアクセサリーを増やしたり変えたりするくらいのところから始めればいいんじゃないかな。あ、あと、それ磁石式らしい。初めてつける人でもあんまり痛くないって」

むず痒い、なんとも言い難い何かがこみ上げる。

いや、知っている。本で読んだようなあれこれ。しかし内心ですらこの感情の言語化は躊躇われる。

「君がそういう配慮ができる男だとは思わ――」

「ってグレーテさんが言ってた」

「おい」

　ようやく理解して、今度こそ肩の力が抜けきった。

　二人は今日一日、これを買うために店を回っていたのか。

「いったい何がしたいんだあの牛娘は……」

　心底安堵する。

　いやはや、どこの誰だ。わけのわからない心配をしていた愚か者は。

　我に返ってみれば、そもそも始まりが三人での買い物だというのに、残った二人が恋人として
どうたらこうたらっていうのは変な話だ。

　うん。そうだ。まったくもう。

「うーん……いや、ハイデマリーはグレーテさんが俺をどうこうって思ってるかもしれないけど、
全然違うと思う」

　ヴィムは考え込みながら言った。

「どういうことだい？」

「もともと、俺とグレーテさんって大して仲が良いわけじゃないし。いつもはグレーテさんが営
業の一環として軽く話しかけてくれるだけで、会話の量は今日がずば抜けて多かったんじゃない
かな。だからなんで俺を連れ回すのかよくわからなかったんだけど」

「ん？　ますますわからないけども」

ヴィムはうん、うんと頷きながらいろいろ検討して確かめるようにして、言った。

「どっちかというと、グレーテさんがからかいたかったのは俺じゃなくてハイデマリーの方だよ」

「……へ？」

本書に対するご意見、ご感想をお寄せください。

あて先

〒162-8540 東京都新宿区東五軒町3-28
双葉社　モンスター文庫編集部
「戸倉儚先生」係／「白井鋭利先生」係
もしくは monster@futabasha.co.jp まで

Mノベルス

雑用《ざつよう》付《ふ》与《よ》術師《じゅつし》が自分《じぶん》の最強《さいきょう》に気付《きづ》くまで～迷惑《めいわく》をかけないようにしてきましたが、追《つい》放《ほう》されたので好《す》きに生《い》きることにしました～

2021年10月３日　第１刷発行

著　者　戸倉《とくら》儚《はか》

発行者　島野浩二

発行所　株式会社双葉社
〒162-8540　東京都新宿区東五軒町３番28号
［電話］03-5261-4818（営業）　03-5261-4851（編集）
http://www.futabasha.co.jp/（双葉社の書籍・コミック・ムックが買えます）

印刷・製本所　三晃印刷株式会社

［電話］03-5261-4822（製作部）
ISBN 978-4-575-24399-4 C0093　

Mノベルス

魔王様、リトライ！

Maousama Retry!

神埼黒音 Kurone Kanzaki
[ill] 飯野まこと Makoto Iino

どこにでもいる社会人、大野晶は自身が運営するゲーム内の「魔王」と呼ばれるキャラにログインしたまま異世界へと飛ばされてしまう。そこで出会った片足が不自由な女の子と旅をし始めるが、圧倒的な力を持つ「魔王」を周囲が放っておくわけがなかった。魔王を討伐しようとする国や聖女から狙われ、一行は行く先々で騒動を巻き起こす。見た目は魔王、中身は一般人の勘違い系ファンタジー！

発行・株式会社　双葉社

ジュード
クロエの義兄《あに》。
『魔力を』
そっと卵の殻に触れる。
私はいつも種に込める要領で
『グングン育て！』と
願いながら魔力を注いでみた。

エメル
ピシッピシッと卵が殻のテッペンから割れだし、
中からパアッとライトグリーンの光がもれ、
パリンと小さな穴が開くや否や、
パンッと殻全体が弾けた！
『クロエ、ありがと！
ジュード、ありがと！』
子ドラゴンの誕生

草魔法師クロエの二度目の人生

自由になって子ドラゴンとレベルMAX薬師ライフ

小田ヒロ
illust パルプピロシ

口絵・本文イラスト
パルプピロシ

装丁
百足屋ユウコ＋しおざわりな（ムシカゴグラフィクス）

Contents

序章

「……嘘よ、教授が……そんな……」

教授だけが私の尊敬すべき先導者であり理解者だった。マイノリティーでも生きやすい世界を作るのだと互いに誓い励まし合った。その理想に向けて教授の指導の下、研究開発に打ち込んだ。

そんな私のやることを、婚約者のドミニク殿下もやがては理解してくださると思っていた。

しかし、ドミニク殿下は私の髪を掴《つか》み上げて、憎々しげに睨《にら》みながら言い渡す。

「サザーランド教授は優しきガブリエラに諭されて全ての罪状を認めたぞ。おまえもいい加減白状しろ！　自らの才能のなさゆえに、国に害をなすものを開発するなどもってのほかだ！」

唯一……信じていた。役立たずとけなされる魔法適性の私を受け入れると言ってくれた、教授。

どんな適性でも平等に生きていくために力を貸してくれって、私たちだって幸せになれる国を作ろうって言ったじゃない！

いつの間にか殿下の隣に立つようになった伯爵令嬢ガブリエラ。彼女の「みんなわかり合える。仲良くできるわ！」なんて言葉は、愛されたことしかない人間の綺麗《きれい》事だと笑っていたじゃない！

殿下と護衛が去り、冷たい牢《ろう》に一人取り残され、ただただ混乱していると、

「あんたもホントバカだなあ。あの男は隣国のスパイだという疑惑があった。尻尾《しっぽ》を掴むために泳

がせておいたら、あんたが一緒に踊ってくれたってわけ。『能無しも一度くらい役に立つものだな。我慢してクズ魔法適性の婚約者でいた甲斐《かい》があった』とドミニク第二王子殿下がおっしゃっていたぜ？」

牢番《ろうばん》の言葉に呆然《ぼうぜん》とする。

教授が……スパイ？　教授を信じ寝る間も惜しみ、人生を懸けて研究開発していたのに？　私は利用されていた……だけ？　婚約者であるドミニク殿下も……最初から私に見切りをつけていた？

「ふ、ふふふ……はーっはっはっは！」

もう誰も……誰も信じるものか！

第一章　巻き戻った時

ゆっくり目を開けると、頬は涙でびしょびしょだった。

私、クロエ・モルガン侯爵令嬢は、昨日魔法適性検査を受けた。我がリールド王国の貴族は五歳の誕生日前後に、一人につき一つ神から授けられる魔法の適性を測る慣習があるのだ。

『適性』という言葉通り、その属性の魔法は当人にとってレベルを上げやすく、最大限の威力を引き出すことができる。だから人々は生まれ持った適性魔法を幼いうちに確認して鍛え、仕事や生活などあらゆることに活用しているのだ。

では他の魔法はというと、訓練次第であらゆる属性のものを習得することができるが、それは決して容易《たやす》いものではない。また、魔法を発動するエネルギー——魔力量は有限なので、複数種類の魔法を使うことは現実的ではない。ということで、適性魔法を伸ばす他には、生活に必須《ひっす》な〈生活魔法〉だけを身に付けることが一般的となっている。

「クロエ・モルガン侯爵令嬢の適性は……〈草魔法〉です」

「……なんだと？」

鑑定を終えた神官の言葉に、室内の空気が凍った。

「え……うそ……〈ひまほう〉じゃないの？」

魔法の属性は星の数ほどあり、我々が知る魔法はほんの一握りだと言われている。その中でも、過去に偉業を成し遂げた先人がいる魔法は、事細かに強化方法や有効な使用法が書き残されているために発展し、人気がある。

特に、この世界の四大元素の冠を持つ〈風魔法〉、〈火魔法〉、〈土魔法〉、〈水魔法〉は王侯貴族から下町の子どもにまで知れ渡る憧《あこが》れの魔法だ。それらは基《もと》の事象が生活の中にあるため、馴染《なじ》みやすく威力も想像しやすい。上達法も売っている書物にきちんと書いてあり、高レベルになると国一つを滅ぼす威力があることを皆が理解しているので、畏怖《いふ》と尊敬を抱かれているのだ。

この世界の単一神ジーノに従う四天使が四魔法を扱う様が、神殿の壁画にデカデカと描かれているのも人気の理由の一つだろう。「四魔法は、より神に祝福されている」という噂が定着し、次第に四大魔法と呼ばれるようになった。

ゆえに、四大魔法の適性を持って生まれた者は、まるで選ばれし者のように扱われ、その結果、四大魔法とそれ以外、という二極化した社会となった。少数派の、役に立つ場面が少なそうな適性魔法を持つ者は蔑《さげす》まれ、生きづらい世の中になっている。

モルガン侯爵家は〈火魔法〉を得意とし、栄誉あるリールド王国の騎士団長を歴代輩出する、国に頼られ民に憧れられる家柄だ。当然私の結果も誰もが〈火魔法〉と疑わなかった。それは私自身も一緒。

結果を聞いて、私は呆然としたまま振り返って両親を見上げた。すると母は真っ青な顔をしてお

り、反対に真っ赤な顔をした父は、絞り出すように言った。

「外に……魔力を放ってみろ」

私は儀式の流れのまま神官に簡単な手ほどきを受けて、おどおどと窓辺に行き、両手が温かくなるように力を集めて、ポワンと膨らんだそれを窓の向こうに放ってみた。

すると窓の向こうの名も知らぬ雑草がニョキニョキと伸びて、窓枠を這《は》う。

父がわなわなと全身を震わせ、ドンッと拳《こぶし》を机に振り下ろす。

「なんて無様な……。モルガン家に生まれながら、よりによって燃焼材にもならぬ草を生やすだけ？　恥を知れ！　エリー、貴様、他の男と契り、私を騙《だま》したな‼」

「めっそうもない！　旦那《だんな》様、あんまりです！」

「黙れ！　汚らわしい！」

父が大声で母を詰《なじ》り、母は悲鳴を上げた。先ほどまで可愛がってくれていた両親の変貌《へんぼう》と、たしかにみすぼらしい自らの草魔法を目にして、私は底のない穴に落ちていくような絶望を味わう。その時、突然かつての生涯の記憶の蓋《ふた》が開き、そのまま幼い私はくずおれた。

◇　◇　◇

この記憶はおそらく私の一度目の人生、便宜上「一度目」や「前回」と呼ぶことにする。

一度目のクロエも五歳の適性検査で〈草魔法〉判定を受けた。それ以降両親は私と食事を取るこ

とをせず、会話もほとんどなくなった。

「おとうさま、おかあさま！　あの、わたし、わたし、わたしもっ」

「さあおいで、アーシェル。これからディナーに出かけよう」

「うふふ、アーシェルはいい子ね」

「まって！　おとうさま、おかあさまぁ！　わたしもいいこになるからぁ――！」

急な態度の変化に幼い私は泣いて縋《すが》ったが、振り払われ突き飛ばされた。

私を無視するのと対照的に両親は二歳年下の弟、アーシェルを宝物のように育てた。彼の適性が〈火魔法〉とわかった時、モルガン家の悲願は達成され、私は一生日陰者の人生が決定した。

主《あるじ》の態度は使用人にも伝染し、誰も私を相手にしなくなった。広大な屋敷でいつも一人。

愚かな私は魔法以外のことを完璧《かんぺき》にやり遂げれば、両親は私を再び愛してくれるかもしれないと、必死に努力した。その成果を披露する機会すら与えられなかったけれど。

そんな日々が何年と続き、もはや誰かに必要とされる人生を諦《あきら》めかけていたある日、久しぶりに足を踏み入れた父の書斎で、驚きの報《しら》せを聞くことになった。

「おまえがドミニク・リールド第二王子の婚約者に決まった」

第二王子と歳の近しい侯爵家以上の息女が私しかいなかったという消極的な理由やら、〈火魔法〉のモルガン家を取り込み、私という厄介者を引き受けて恩を売るためやらあったのだろうけれど、そんなことはどうでもいい。今、父に自分の存在を認識されていることがとにかく嬉《うれ》しかった。

ドミニク殿下は笑顔を常に絶やさない素敵な人で、ひょっとしたら彼は私を救い出してくれる、

物語の王子様かもしれない、と希望も抱いた。

年頃になると、殿下と共にリールド王立高等学校に入学した。

けれど私は、その適性から陰湿な虐《いじ》めにあった。父の方針で社交に出たことなどなかったのに、『雑草を増やすしか能のない〈草魔法〉使い』という噂が、なぜか広く知れ渡っていたのだ。

「困ったねえ。クロエ、皆と仲良くできないの？」

殿下に相談してもそう言って笑うだけ。殿下ならば助けてくれると信じていたのに。

そんな私と対照的な、明るく溌剌《はつらつ》とした女性が次第に頭角を現した。ガブリエラ伯爵令嬢、適性は〈火魔法〉。皆が……遅れて入学してきた弟までも、ガブリエラと私を比較して、笑いものにした。私はすさむ一方だった。

やがてある日、ドミニク殿下がガブリエラと熱烈なキスを交わしているのを見てしまう。……私のことを裏切っていたのだ。心が冷え切っていく。

それでも、婚約者は私なのだから、きっと私の下に戻ってくる……と細い絆《きずな》に縋った。


そんな時、教授に出会った。

「四大魔法以外の適性でも、彼らに負けないくらい世間の役に立つことを、一緒に検証しないか？」

教授は〈草魔法〉の私をバカにしなかった。

初めて私の存在を肯定してくれた教授に、私は一気に傾倒した。

「クロエ、なんて魔力量だ！　成人男性の三倍はあるんじゃないか？　それに魔力操作も完璧だよ。

すばらしい！」

親に認められたいという欲求から、血の滲《にじ》むような鍛錬をしてきたのが思わぬ結果をもたらしていた。人生で初めて大げさなほどに称賛されて、とても嬉しかった。

できうる全てのことを披露すると、教授は私に毒草を育てるように指示した。

「どんなに我々が有用な研究成果を発表しようと、既得権益にしがみつく頭の固い連中にとっては目障りでしかないのだろうね。日の目を見る前に潰される。もはや……害悪は排除するしかない。なに、少し静かになってもらうだけだ。その間に話の通じる人に、我々の主張を聞いていただこう。そうすれば、我がリールド王国は他国に先んじた、もっと素晴らしい国になる」

私は素直に従った。私にとって教授こそが、わかりやすい道標となっていたから。

教授の下には他にも数名、私同様に少数派でかつ蔑まれている魔法適性の生徒が集まっていた。『マイノリティーでも生きやすい世界を作る』という共通の目標を持つ彼らと、互いに踏み込みすぎない居心地の良い空間で、黙々と毒草の改良を重ねた。即効性があり、無味無臭無色、そして速やかに体内で別の物質に変化し、痕跡《こんせき》を残さない……そんな毒が理想である。生まれて初めて充実した日々を過ごした。

しかし終わりは突如訪れる。私たちの小さく暗い研究室に、ドヤドヤと軍隊を引き連れたドミニク殿下とガブリエラ、そして弟がやってきて、私たちをあっというまに拘束した。殿下から冷たい表情で見下ろされて呆然としていると、視界の端に教授が連れ出されるのが見えた。

「ああ、なんて罪深いことを……」

そう言ってはらはらと涙を流すガブリエラを、殿下は愛おしそうに抱きしめた。彼女は何を言っているのだろう？　私たちの研究は膠着《こうちゃく》しているこの国の発展には必要なことなのに。

「あなたはモルガン家の恥だ！　同じ血が流れているなんてヘドが出る！」

弟は自由のきかない私の顔を殴った。モルガン家らしいことなど適性検査以降一度もしてもらったためしがないのに、変な子だ。

「こんな研究をするなど……本当に〈草魔法〉は害でしかないクズ魔法だな。王家に仇《あだ》なす所業、許すまじ！　引っ立てろ！　俺の十年を返せ！」

殿下は陰でどれだけ〈草魔法〉と私をバカにしていたのか、後々気まぐれに牢を訪れては丁寧に教えてくれた。ありとあらゆる罵詈雑言《ばりぞうごん》と共に、私の顔にツバを吐く。

そして投獄され……何もかもに裏切られて……数年後、独房で壊れて死んだのだ。

◇◇◇

ゆっくりとベッドを降りて、姿見まで歩く。そこにはピンク色のナイトドレスを着た、肩より少し長い茶色の髪に黄緑色の瞳《ひとみ》の小さな私が映る。

『踏み潰された雑草のごとき、だな。いかにもクズ魔法使いの風貌《ふうぼう》だ』

あの時、ドミニク殿下は私の色合いをそう形容したっけ。

「時間が……巻き戻ったということ？」

蘇《よみがえ》った生々しい記憶。たしかに私は死んだ。だけど今の私は適性検査後の五歳に間違いない。

またあのように辛く、皆から虐げられる人生を送れというの？　せめて検査前に記憶を取り戻したかった。これが神の御業《みわざ》だというのならば、なんて残酷なのだろう。

放心したままソファーに腰掛ける。ふと、昨日の父の怒号を思い出した。一度目の時は幼くて意味がわからなかったけれど……今の私なら理解できる。

「お父様は、私がお母様の不貞で生まれた子だと思っていたなんて……」

あの臆病《おくびょう》で保身しか考えていない母にそんな大それたことができるわけがないのに。よほど〈草魔法〉という忌むべき存在が、自分の血を引いていると認めることに我慢ならないのだろう。

とにかく、二度目の人生でも親の愛は望めないことが確定した。

「――そうとわかっているのなら、一度目のように親に縋る意味なんて……ないよね。それよりも自分の未来を考えないと……せっかく記憶があるというのに、むざむざ不幸な道を進むなんて愚か者のすることよ……」

顎《あご》に手を当てて、低い声で自分に言い聞かせるように呟《つぶや》く。

「それに、もう道を間違えないようにしなくちゃ……」

一度目を振り返り、冷静になった今、毒を作ったのは……短慮だったと思う。あの時は正しい、唯一の選択に見えたけれど。

完成させた毒によって国の要人数人を殺《あや》めたところで何が変わっただろう？　殿下に極悪人の私を捕まえた功績ができて、自分たちの地盤を固める材料にされて終わり。いや、実際そうだった。

でも、私の作った毒は術者の私が死ぬと効力を失うようになっていた。草魔法師の意思に反する使われ方をしないように縛りをかけていた。それが私の罪悪感を少しだけ軽くする。

「今度は好きに、自分の思うように生きてもいいんじゃない？　どうせ誰も私を必要としていないし、何をしようが興味がないもの。むしろ好都合と思おう。そのためには……一度目に私を苦しめた人間に絶対に近づかないようにしなきゃ。私の心をかき乱す存在など、必要ない」

モルガン侯爵家の子どもでなければ、〈草魔法〉でも十分に生きていけるのだ。

ふと、窓辺を見ると、花瓶に黄色いバラが生けてあった。私はそれに向けて小さな右手を開く。

「できるかな……成長」

みるみるうちに蕾《つぼみ》だった花が綺麗《きれい》に開き、端から茶色に朽ちて、そして散った。

よかった……胸に小さな希望の火が灯《とも》る。魔法は一度目の時の習熟度のままのようだ。レベルはＭＡＸである１００で間違いないだろう。

「大丈夫。この二度目の人生……散々バカにされた〈草魔法〉で、私は一人で生きていける！」

拳をぎゅっと握り、私は前を向いた。

毒草や毒を作ったこともきっと無駄にはならない。毒はほんの１ミリ量を変えれば薬になり、その知識は私の脳に刻まれている。

そして私はその毒を全て自分で試した。私の体はこの世界で確認されている全ての毒の耐性がついていて……その体質もどうやらそっくり受け継いでいるようだ。毒殺される恐れはない。

「ああ、一つだけ、自害するときのために体に慣らさず取っておいた毒があったわ……あれを常備

していればあれほど苦しまずに済んだのに……」

たられればを言ってもしょうがない。

「いつかきっと、また私を愛してくれる、私を理解してくれる……なんて、未来を人任せにした私はバカだった。これからは自分のやることは自分で決める。もう誰も……あてにしない」

私をゴミのように扱った上位貴族たちと同じ、金髪に碧眼《へきがん》、白磁のような肌をしている天井の天使の絵を睨《にら》みつけながら誓う。

「私は今度こそ……自分のために生きていく」


コンコン、とドアがノックされ、私の返事を待たずにドアが開いた。

「お嬢様！　起きていたのですか！　マリアは心配で、心配で……」

ソファーに座っていた私に駆け寄り、ガバッと抱きしめてくる侍女、マリア。マリア独特のラベンダー色の髪の毛が目の前に来て、懐かしさに胸が切なく疼《うず》く。

マリアは一度目の人生で、私を裏切らなかった数少ない一人だ。前回のマリアは、急に娘によそよそしくなった両親へ意見してクビになり、ごめんねと泣きながら私を抱きしめ、去っていった。

マリアは子どもを死産し、夫に離縁され、辛い思いを吹っ切るために乳母の仕事を引き受けて、そのまま私付きの侍女として側《そば》にいてくれた、私にとっての理想の母。暗い記憶に塗りつぶされて、思い出すのが遅くなってしまった。マリアとの再会は嬉しい。

自分のために生きていくと誓ったばかりだけれど、マリアのような人に恩を返していく人生にで

きたら悪くない。とはいえ現状五歳の私にできるのは……彼女を被害に遭わせないことくらいだ。

「お嬢様……お腹は空きましたか？　今日は大事をとってお部屋で食べましょうね」

マリアが目を合わせ、痛ましそうに微笑《ほほえ》んだ。

私は知っている。今日は、ではない。『今日からずっと部屋で食べさせろ。あいつの顔など見たくもない』と、父が使用人に言ったことを。マリアにこれ以上気を使わせるのは酷だ。

「マリア……もういいの。私、お父様に見限られたってわかっているから」

「お、お嬢様！　ち、違いますっ！」

マリアの焦げ茶色の瞳が揺れる。

「マリアは優しいね。でも決してお父様に逆らってはダメ。マリアが咎《とが》められちゃう」

「お嬢様……どうなさったんです？　急に……大人びられて……」

マリアが呆然《ぼうぜん》と私を見つめる。あまりに思考が子どもらしくなかったか？　しかし生きていくためには体裁など構っていられない。

「私……〈火魔法〉の適性じゃなかった以上、この家の子どもでいることを諦めたの」

「お嬢様は聡明《そうめい》だと思っておりましたが……ここまでとは……」

マリアがとまどった様子で私を見る。

「マリア、私はしばらく部屋で大人しくしてる。顔を見せなければ、お父様もお母様も使用人に当たり散らすことはしないと思うの。あと、アーシェルをこの部屋に近づけちゃダメだからね」

アーシェル……昨日まで膝《ひざ》に乗せて絵本を読んであげていたことが、夢だったように思える。両

親のガードによって、もう二度とまともに会うことは叶《かな》わないだろう。次に会う時は、父の影響で私を見下すようになっているのかしら――一度目のように。

私を蔑《さげす》み睨みつける、少年になったアーシェルを思い出して、首をブンブンと振る。

「私が……今後どうやって生きぬくか決めるまで、ここで静かに生活できるように協力して？」

「……よくわかりました。ではお食事をお持ちしますね」

「そうだ！　これからは野菜を多めにしてくれるよう、厨房《ちゆうぼう》にお願いしてくれる？」

日ごろから野菜や薬草に親しみ、摂取すると〈草魔法〉の使用時の効率が良くなると、一度目の経験で知っているからだ。

「……なるほど。承知いたしました」


自室で食事を取りおえた頃には日も暮れていた。

記憶が戻りたての興奮状態も冷め、今後の行動を落ち着いて検討してみる。

この家にいる以上、私を苦しめた人間たちとずっと顔を合わせなければならない。そしてこれからも出会っていくのだ。婚約者であったドミニク殿下やガブリエラ、その取り巻きや……教授。

ならばまずこの家から物理的に脱出しなければ！　どうすればいい？　五歳児には不可能。協力者が不可欠だ。でも、マリアはダメだ。彼女をまた苦しめるわけにはいかない。

ならば親族でそれなりの発言力を持ち、五歳の私に同情し、この悪意の巣窟《そうくつ》から救出してくれる人はいないだろうか？　一度目の人生、全く関わり合わなかった人……。

「マリアお願い。蔵書室に行って、直近の家系図を持ってきてくれる？」

「……お嬢様、字が読めるのですか？」

「あ……こっそり勉強していたの」

不自然だったかもしれないけれど、マリアが納得してくれたと信じるほかない。

やがてマリアの運んできてくれた家系図はとても詳細で、人物の職業や没年齢など、空いたスペースに次々と書き足されているものだった。もちろん魔法適性も。その中で生存者を探す。

――いた。案外続柄は近い方だった。今まで接触したことはないけれど、躊躇《ためら》っている時間などない。この家の陰湿さに搦《から》め捕《と》られる前に脱出しなければ。

「マリア、今からお手紙を書くから明日《あした》の朝、早馬を準備してほしいの。マリアの用事ってことにしてもいい？　えっと、代金はそこの銀のペーパーナイフを売りはりゃって……あ……」

噛《か》んだ……しょうがないよね。五歳なんだもん！　大人の思考に舌がついてこないのだ。

まさか父も、まだまだ舌ったらずな五歳児の私が手紙を書き、早馬を走らせ届けさせるなど思いもしないだろう。

「ですが、そのペーパーナイフは……」

私の誕生を祝って父が作らせたものの一つだ。刃の根に〈火魔法〉を表す文様が刻まれている。

『姉上には不要でしょう？　〈草魔法〉なんだから』

前回、弟は笑いながらそう言って、私の承諾もなく、根こそぎ奪っていった。

「そのナイフは……将来私の手元から離れる運命だもん。だったらここで役に立ってもらう」

私は言葉を選びながら慎重に、正直に手紙を書いた。事実と、今後の予想、できるならば連れ去ってほしい、と。100パーセント頼る以上、妙な小細工をしては不信を招く。

何度も読み返して、失礼のない文章か確認して封をする。そしてマリアに託した。

そうこうしているうちに夜は更けて、子どもはとっくに寝ている時間になった。

手紙を書くのに没頭していたが、今日一日、やはり一度も食事に呼ばれることはなく、これまで当たり前だったおやすみのキスのために、母がやってくることもなかった。

わかっていた。二度目だもの。だけど、ボロボロと涙が溢《あふ》れ出る。一度人生を終えた大人の思考も混ざっているけれど、所詮《しょせん》今現在は五歳児なのだ。仕方ないでしょう?

「う……ううっ……」

私は枕に顔を押し付けて、泣き声を漏らさぬようにする。使用人に憐《あわ》れまれるなんてまっぴらだ!

たとえ、二度も親に捨てられたとしても。

◇◇◇

手紙が宛先《あてさき》に届き返事が来るまでは、どう急いでも往復十日はかかる。私は怪しまれぬ範囲で、この家を出る準備を始めた。

「マジックルーム!」

目の前に忽然《こつぜん》と、術者にしか見えない異空間に通じる扉が開く。中の広さは物置一部屋程度だ。

私はその中に、売ればそこそこのお金になりそうなものをポンポンと放り込んでいく。小さくなった服、髪飾り、ネックレス、リボン、茶器、花瓶……。

「お嬢様、加減なさいませ。すっからかんになると、掃除などに入る他の使用人が訝《いぶか》しみます」

マリアの声に大人しく従う。

私が使える魔法は〈草魔法〉だけではない。前回、〈草魔法〉で家族や周囲に見放された私は、他の魔法が使えれば、また皆元のように優しく迎えてくれるのではないかと思い、必死に、それこそ血のにじむ努力をして身に付けたのだ。このマジックルーム……〈空間魔法〉もその一つ。

しかし、適性魔法が〈空間魔法〉の人に比べればたいしたレベルにはならなかった。

だが今、役に立っている。一度目では意義がなかったけれど、あの努力が二度目の人生において報われるのだと思うと、気持ちが上向きになる。

ちなみに〈草魔法〉の次に得意なものは〈水魔法〉だ。草に水は欠かせないものだからかもしれない。でもいくら〈水魔法〉を磨いたところで〈水魔法〉は〈火魔法〉の対。〈火魔法〉にこだわるモルガン家の身で〈水魔法〉の件を持ち出すことは許されなかった。

当然ながら〈火魔法〉の習得に最も時間をかけたのだが、どんなに頑張っても焚《た》き火を起こすくらいしかレベルを上げられなかった。その目も当てられない状況を知ると、父は失望し、ますます私に蔑みの目を向けるようになり、家族として認められない決定打となってしまった。

思い出して、乾いた笑いが漏れる。

父が仕事に行き、母が深夜に及ぶ社交パーティー疲れで寝ている午後、私はそっと庭に出る。

庭師が手をかけた美しい花も日陰に生えた苔《こけ》も、見た瞬間にデータが脳裏に浮かぶ。やはり前回の知識は完全に引き継がれている。早く大掛かりな魔法も試してみたいけれど、ここでは無理だ。

庭にある草花を一つ一つ見て回る。あまり育ちが良くない場合は足を止めて確認し、怪しまれない程度にそっと改善して、次に行く。

「あ、あの、お嬢様っ！」

頭の上から呼びかけられて振り向くと、黒髪を背中で一本の三つ編みにし、灰色の瞳《ひとみ》で使い込んだエプロンをつけた少し年上の少女がいた。記憶を探るが一度目には会ったことはない。

正直なところ一度目は自分のことでいっぱいいっぱいで、使用人たちに注意を払うことはなかった。意地悪してきた人の顔は忘れないけれど……でもこの子は違う。

とにかく不審がられるような大人っぽい言葉選びなどしないよう要注意だ。

「……なあに？」

「あの、私は、ここの庭師の娘で、ルルっていいます！　なんでここの花壇をジーッと見ていたんですか？　ここ、自分が任されてる花壇で……花は咲くけど、イマイチ、わーっと盛らないっていうか、元気じゃないっていうか……だから、お嬢様のご機嫌を損ねたのかと……」

少女は庭師の卵のようだ。子どもは時に残酷だけど、悪意は感じない。彼女は真剣に草について学ぼうとしているように見える。ならば少しだけ手伝ってみようか。

「ルル、あなたはひみつをまもれますか?」

「ひ、秘密ですか?　何の?」

「このかだんのひみつと、わたしのひみつです」

「私の花壇の秘密⁉　あ、しまった。私のじゃありません!　でも知りたいです!　守ります!」

「ぜったいにないしょですよ。わたしは……〈くさまほう〉のてきせいもちです」

「え?　お嬢様、〈火魔法〉じゃないんですか?」

ああ、こんな末端の使用人まで、私が〈火魔法〉適性であることを期待していたのかとガッカリする。一度目と通算すれば一万回目くらいのガッカリだ。

「ごめんなさい。〈くさまほう〉なの。わたしがキライになったのなら、たちさります」

「はあ?　なんで嫌うの?　いや、悔しいくらい正直羨《うらや》ましいけど!　いいなあ〈草魔法〉。庭師で〈草魔法〉か〈木魔法〉持ってたら天下取れるのにぃ!」

「え?」

〈草魔法〉にいいなあって言ったの?　羨ましいって?　そんなことを言われたのは……初めてだ。

ああ、ずっと、我慢していたこの気持ち、ルルの前でなら、言ってもいいかもしれない。

「い、いいでしょう!　わたし、〈くさまほう〉だーいすきなの!」

ずーっと私のために手足となってくれた〈草魔法〉。ひとりぼっちの時も寄り添ってくれた私の優秀な〈草魔法〉。でも馬鹿にされすぎて、好きだと、愛していると言えなかった。〈草魔法〉だってスゴいんだぞ!　といばることができなかった。

でも、口にしたら胸がすくような思いがする。私は二度目の人生は胸を張って、〈草魔法〉と生きるのだ！

「いいなあ、お嬢様。いいなあ」

ルルが足元の土を蹴り出した。〈草魔法〉に理解のある人を拗《す》ねさせてはいけない。

「ルル、はなしをもどします。わたしは〈くさまほう〉もちだから、このにわのこえがきこえます。まずね、うえすぎてぎゅうぎゅうでくるしいんだって。だからまびいたほうがいい」

「間引くの？　ちょっともったいないなあ」

「それと、そんなにひりょう、いらないって。おはな、もうおなかいっぱいなんだって！」

「えええ!?　私、奮発していい肥料撒《ま》いたのに……」

「うまいやりかたを、おとうさまにきいてください」

「お父ちゃんに聞かなきゃいけないの？　……ここは私一人の力で頑張るって宣言したのに」

「せんだつに、おしえをこわねば、せいちょうできません」

せっかく、教えてくれるお父様がいるのだから。私はどこまでも一人で、独学だった。

「う〜……」

何か、お父様に啖呵《たんか》でも切ったのだろうか？　かなり聞きづらいようだ。ここは私が一肌脱ごう。だってルルは私の〈草魔法〉を羨ましがってくれたもの。

「ルル、おとうさまに、ちゃんとただしいそだてかたを、きけるのであれば、わたしからナイショのプレゼント、あげます」

「ナイショのプレゼント?」

「きになりますか?」

「最高に気になる！　う～……わかった！　お父ちゃんに頭下げるから、プレゼントちょうだい！」

子どもは素直が一番だ。

「では、せんていバサミでそこのしろバラをいちりんきってください」

「え……バラを勝手に切るとおとがめが……あ、お嬢様がいいのならいいのか。ほい！」

ルルは軍手をした手できちんとトゲを取ってうやうやしく私に渡してくれた。一度目に出会ったどんな高位の貴族よりも……優雅だ。

「じゃあ、みてててください……着色！」

バラの茎を掴《つか》んでいる人差し指の腹から繊細な魔力を流す。〈草魔法〉レベル30前後の技だ。

白バラの花が下から順に水色に染まり、五秒後には完全にスカイブルーのバラになった。

私はルルにそれを渡す。

「どうぞ、きょうのおれいです」

「……すごい……すごいよお嬢様！　うわあ！　私、こんな綺麗《きれい》な魔法、初めて見た！」

ああ……ルルはどこまで私を喜ばせるの？『綺麗な魔法』、その言葉自体が私にとって初めて貰《もら》うプレゼントだ。

「ごかぞくのみなさまには、わたしがあそびで、あおいえのぐをとかしたみずを、すいあげさせた、といってくださいね」

「そっか……秘密って約束したもんね。わかった！　あ、あのさあ、私も訓練したら今の〈草魔法〉使えるようになるかな？」

「ルルのてきせいはなんですか？」

「私は〈岩魔法〉」

〈岩魔法〉……私には全く知識がない。

「いわはくさとのあいしょう、たぶんふつうです。いまのわざは〈くさまほう〉レベル30くらいでおぼえます。まりょくりょうはすこしでいいので、どりょくしだいですね」

「努力かあ。ねえお嬢様、今日みたいにお散歩してる時、また声をかけてもいいですか？　私に〈草魔法〉のアドバイスをしてほしいんです！」

かつて、私に〈草魔法〉の教えを乞《こ》う者などいなかったので、内心慌てふためく。

「……いいですよ」

「やった〜あ！」

満面の笑みで喜ぶルルを見て、ぽっと胸が温かくなる。私がここにいる間は、なんでもルルに教えよう。ルルは私の初めての……お友達だ。

◇◇◇

あの適性検査から一週間経った。

その間、私は両親とアーシェルに一度も会っていない。一度目と同じように私はいないものとして扱われることに決定したようだ。こうなると、使用人も事情を察するようになる。私をどんどん軽視するようになり、廊下ですれ違っても挨拶《あいさつ》もしてくれなくなった。

「お嬢様……育ち盛りだというのに申し訳ありません……」

マリアがぐったりと疲れた顔で持ってくる食事は、どう見ても前の日の両親たちの残り物。

マリアは必死で食の改善を求めてくれたようだけれど、両親サイド勢力と戦って勝ち目などあるわけがない。私はゆっくりと首を振り、マリアに事を荒立てないようにお願いする。

しかし、二度目とはいえお腹を壊すことに怯《おび》える食事は辛い。早く畑を持って、自分で育てた野菜を食べて生きていきたい。


ところが、建物の中と外とでは使用人の態度が違ったのだ……嬉《うれ》しいことに。

「お嬢さま～！」

私が庭に顔を出すと、ルルが走ってやってくる。

「私の花壇、一気に元気になったよ！　お父ちゃんの間引きのルール、きちんと実行しただけで！」

「ルル、さすがです！」

私が役に立ったのだ！　こんなに嬉しいことは初めてかもしれない。

「それでさ、あっちにも元気のない庭があるから相談したいんだ。来て来て！」

ルルが突然手首を掴んで走ろうとする。

「ルル、ルルみたいにはやく、はしれっこないよう！」

「ゴメン、お嬢様。つい気持ちがはやって。うーん。じゃあおんぶしてあげる！　乗って！」

おんぶ？　……こんな贅沢《ぜいたく》、許されるの？　ちょっとバラを白から青にしただけで……。おんぶなんて、まるで仲良しの友達だ！

「ほら、早く乗って！」

「……はい！」

私はルルの背中によじ登った。

「よーし、出発～！」

「えええぇ？　ルル、はしるの？　きゃあああああ！」

速い！　ルルの三つ編みがぴょんぴょん踊り、私の気持ちも跳ね上がる。

あっという間に屋敷が小さくなり、ずいぶんと敷地の隅のほうまで来たと思ったら、高い生垣があり、その向こうにまわると二人の大人が待ち構えていた。

「お父ちゃん！　連れて来たよ！」

初対面の人間を前に、私は訝しみながら、ズリズリとルルの背中から滑り降りる。

目の前には高齢で白髪の小柄な男性、そして、頑丈な体つきの成人男性。二人ともやはりカーキ色の大きなポケットのついたエプロンをつけている。おじいさんのほうが一歩前に進み出た。

「はじめまして、クロエお嬢様。私はお嬢様の庭の庭師頭、トムと申します。後ろにいるのは息子のケニー。以後よろしくお願いいたします」

私は思わずルルを見上げる。ルルはニコッと笑って、紹介してくれた。

「私のじいちゃんと、お父ちゃん！」

なるほど。ルル一家が総出でモルガン家の庭を作ってくれていたのか。

「はじめまして、クロエです。いつもキレイなおにわをみせてくれて、ありがとうございます」

私は頭をペコリと下げた。

「ふむ。なるほど……ずいぶんと大人びておられる。お嬢様。わしはまどろっこしいのが嫌いでのう。無礼な物言いかもしれんが、年寄りじゃから許してくれんか？」

そんなこと、聞いてみないとわからない。私は子どもらしく小さく首を傾《かし》げた。

「お嬢様が〈草魔法〉だったという話は、使用人の間に一気に流れた。侯爵様のお声は大きかったらしくてのう。〈火魔法〉でなかったことで、お嬢様が不遇の目に遭っていることも知っている」

私は思わず両目を細くする。一体何が言いたいのだ？

「だがしかし、我ら庭師にとっては〈草魔法〉を引き当てたら、勝ったも同然の勝ち組人生なわけじゃよ！　くわーっかっかっか！」

突然高笑いする庭師頭トムに、びっくりして思わずのけぞる。

「じいちゃん！　笑いすぎ！　お嬢様怯えちゃってるじゃん！」

「おお、すまんすまん」

トムは片手を前に出して謝りながら地面にしゃがみ、そばに生えていた小さな白い野花を一輪摘んだ。跪《ひざまず》いて私と目線を合わせ、ニコッと笑う。その瞬間、野花は青く変わった。

衝撃で、声が出なかった。私以外の人間の、この技の行使、初めて見る……。

「あなたも……〈草魔法〉なの？」

「ああ、仲間じゃ。お嬢様」

仲間……〈草魔法〉に付随する良いことも悪いことも全て体験している初めての……同志！

思わず、涙がボロボロと地面に落ちる。初対面の人間相手にもろい自分を見せるべきではないとわかっているのに。でも、こんなに、こんなにそばにいたなんて！

「お、お嬢様⁉」

ルルが声をひっくり返して驚いている。

いけない！　早く泣きやまなくっちゃ！　そう思って涙を手で拭《ぬぐ》おうとすると、トムがそっと私の背中に手を回し、抱きしめてくれた。

「この歳で、こんなに小さなお姫様の仲間ができるとは……長生きした甲斐《かい》があった。そのお歳でどういうことかは皆目見当がつきませんが、レベル32の色変えをマスターしているということは、一生懸命努力したという証。可愛いお顔をされてるわりに、大した根性じゃ！」

この人の人となりなんてまだわからない。しかし、トムは私のこれまでの努力の工程を、想像ではなく経験としてわかっている。……どうしよう。涙が止まりそうもない。

「う、うう、うわ――んあんあんあん………」

私はトムの胸で号泣した。

私はトムじい（と呼ぶことになった）に抱かれて、母屋《おもや》からずいぶん離れた庭師たちの作業部屋兼休憩室に連れて行かれた。

ルルのお父様……ケニーさんが手際良く薬草茶を淹《い》れてくれる。芳《かぐわ》しい香りに涙が止まる。

「ふふふ、わし渾身《こんしん》の元気の出るお茶じゃ！」

「これは……ぜひ、レシピをおしえてください！」

「もちろんじゃ。わしの知る全てのレシピは……もう、姫さまのもんじゃ」

ああ、ストンと腑《ふ》に落ちた。私との出会いに、私と同等にトムじいが喜んでくれた理由が。

例えばこのトムじいのブレンド茶には、〈草魔法〉レベル50はなければ発見できない龍頭草《りゅうとうそう》が入っている。どんなに子や孫に教えたくとも、〈草魔法〉使いでなければ探せない。条件がレベル50超えともなると努力でどうこうできる話ではなくなる。適性がなければなかなか超えられない。

トムじいは、自分が努力して身に付けた全てを、誰かに託したかったのだ。その欲は理解できる。

ならば私は全力でそれを受け止めたい。

「わたし、トムじいがつたえてくれるものはすべてもらいます！　そしてうんよく、つぎのこどもをみつけたら、そのこにきちんとおしえてつなぎます！」

「一言えば十伝わる。ほんに姫さまは賢いのお」

「わたし、ひめじゃないよ？　ねえ、ルル？」

「そうかなあ？　お嬢様はお姫様くらい可愛いよ？」

ルルのせいで、頬に熱が集まる。

「わしにとってはお嬢様なんて月並みな言葉で表せんくらい特別なんじゃ。姫さまの価値がわからんものと同じ呼び方なんぞしたくないという、わしのわがままじゃ。どうか受け入れておくれ」

トムじいはおそらく私の生涯で唯一出会う〈草魔法〉適性者だろう。一度目の人生では一人も見つからなかったし、かなり数が少ないと思われる。ひょっとしたらいわゆる『ハズレ魔法適性』であったことを恥じて隠して生きている人もいるのかもしれないが。

それに文献がゼロなので、適性者以外で〈草魔法〉を習得し使っている人も見たことがない。

ごく一部を除く人々は、皆生きるために必死で働かねばならず、収入源として期待できるかわからない魔法を伸ばす余裕などないのだ。

そんな中、巡り合えたトムじい。まるで奇跡だ。

「ここでだけにしてくださいね。じゃないと、トムじい、ふけいざいで、つかまっちゃう」

「えー、じいちゃんが呼ぶなら私も呼ぶよ～！」

ワイワイ騒ぐ私たちを、ケニーさんはニコニコ笑って見守っていた。物静かな方のようだ。

ちなみにケニーさんの適性は四大魔法の一つ〈風魔法〉。植物には風も必要。バランスのとれた家族だ。ルルのお母様はこの庭師家族の家庭を自宅でどっかり守っているとのことだ。

私が体調だけでなく、心まで元気満タンになるような薬草茶を両手で飲んでいると、私を当たり前のように膝《ひざ》に抱くトムじいが、頭上から聞いてきた。

「ところで姫さま、レベルはいくつじゃ？」

正直に言うべきか一瞬悩んだ。どの魔法もレベル50がマスターレベルと言われ、尊敬され、指導

を求められる域……というのがこの世界の認識だ。

五歳でレベル100なんて、常識的におかしい。でも、嘘を言えば、高レベルの知識は教えてもらえなくなる。トムじいがいつまでも元気で、私が年頃になった時まで生きていて、全ての知識を口述で継承できる保証などない。それに、唯一の同志に嘘などつけようか？

私はトムじいの耳に手を当てて、囁《ささや》いた。

「……レベルMAXです」

トムじいは、目を丸くして、面白そうに笑った。

「なんとなんと、度肝を抜かれたわい！　こりゃ、面倒な技も全部吸収してくれるのお！」

トムじいは私の突拍子もない発言を、なぜかすんなり受け入れた。

「え？　じいちゃん！　姫さまはどんくらいすごいの？」

「聞いて驚け！　わしより上じゃ！」

「マジで!?　すごいねえ。つまり適性検査前から〈草魔法〉が好きすぎて、特訓してたってことね？　よーし私も負けられない！」

そんな解釈でいいの……かな？　検査前から特訓していたということは、あながち嘘ではない。

思ったほどの騒動にならなくてホッとする。私はトムじいを下から窺《うかが》うと、シワだらけの顔でウインクしてくれた。……レベルは私が上。しかし経験値はトムじいのほうがずっと上なのだ。

一度目を足しても二十年そこその私と、人生八十年のトムじい。人間力？　で敵うわけがない。謙虚な気持ちで教えを乞《こ》えばいいのではないだろうか？

しかし……今まで信じた人にことごとく見捨てられてきた。安易に信じては痛い目に遭うと、傷だらけの心が警鐘を鳴らす。確かにこの二度目の人生でまでも、信頼を寄せた、それも草魔法師に裏切られたら、私は早々に壊れてしまうかもしれない。でも、このチャンスを逃したくない。トムじいは……見たままの善良なおじいちゃんである可能性だってあるのだ。

悩んでいる脳に、一つのアイデアが浮かぶ。それ以外に道はないと思い、すかさず口にする。

「……トムじい、わたしをせいしきな、でしにしてほしいです」

「……師弟の本契約か？　でも、姫さまは既にわしよりレベルは高いし……姫さまから解消することはできなくなるぞ？」

正式な師弟の契りを交わすと、師の全てのステータスをやがて受け継ぐことができる。そのかわり弟子は生涯師に尽くす。一生切れることのない契約であり私の憧《あこが》れの……確固たる絆《きずな》。そして、契約を結んだが最後、師弟は互いを裏切ることができない。

本契約を結べば、トムじいだけは私を生涯裏切らないのだ。

「わたしにとってもこんなチャンス、にどとないって、わかってます」

「……そうじゃな。八十年生きてきて出会った初めての同胞……姫さま……喜んで」

トムじいが親指をガリッと齧《かじ》り、〈草魔法〉を込めた魔力をその指先に集めた。

私も慌ててそれに倣う。前回、知識としてしか知らなかった……〈契約魔法〉！　私の利き腕、右手親指から、〈草魔法〉をたっぷり含んだ血がぷくりと膨らんだ。

親指と親指を合わせ、血と血を交わらせる。

「汝《なんじ》、クロエ・モルガンを我が唯一の弟子と定め、全てを受け入れ、全てを授けると誓う」

「トムさまを、師として、しょうがいそんけいし、つくすことを、このちにちかいます」

混ざり合った血が細長く宙に伸びて踊る。やがてそれぞれの手首に蔦《つた》のように巻きつき文様をなし、発光し、消えた。手首をぐるりと囲む赤い文様は、スズランとマーガレットのようだ。

「スズランがわしじゃな。わしはあの可憐《かれん》な佇まいが好きなのじゃ。毒があることも込みで」

ならばマーガレットが私の印ということだ。バラのように美しさを主張することのない、小さなありふれた花だけれど、強い。マーガレット、好きな花でよかった。

トムじいが血の滲《にじ》む親指をペロリと舐《な》めて満足そうに笑うのを見て、ズキズキと胸が痛む。私の猜疑心《さいぎしん》のせいでトムじいを縛り付けてしまった。せめてもの償いに、私は一生、師であるトムじいに忠誠を捧《ささ》げることを、固く……誓う。

「よっしゃー！　念願の弟子ができたわい！　よし、弟子よ！　最初の命令じゃ！　ここでは自由に話すんじゃ。お貴族様の常識など、わしらには所詮《しょせん》わからんからな。正直高レベルの魔法の話は専門用語でしか話せんわい」

なんでもお見通しだ。幼児らしく話すのも限界だったので助かる。

「わ、わかりました。師匠！」

「うむうむ」

トムじいは私の頬に、日に焼けた頬を擦り付けた。

話し合いの結果、母の午後の昼寝の時間にここに出向き、トムじいの指導を受けることになった。

「この侯爵邸の敷地内で私がトムじいの指導を受けているという秘密を、完全に守れるとは思えません。もし他の使用人に私と何をしているのかと聞かれたら、私に命令されて〈草魔法〉をしょうがなく教えていると言ってください」

そうすれば、同情されることはあっても、この家族がいびられることはないだろう。

「姫さま、それでいいの？」

ルルが心配そうに聞いてくれる。

「うん。私と懇意にしていることがバレると解雇される恐れがあるもん。私は両親に疎まれています。加えて言えば、私は両親の人生にとって邪魔者なの。だからトムじい、弟子の立場で厚かましいお願いだけれど、できるだけタイトなスケジュールで教えてくれると助かります」

「……実の親に……追い出されると思っているのですか？」

初めてケニーさんが口を開いた。

「追い出されるかもしれませんし、軟禁されるかもしれない。最悪、スムーズに弟が跡継ぎとなるために、消されることになるかもしれない……」

「……何それ……」

ルルが絶句する。でもそれが貴族なのだ。いや違うか、貴族の家柄であっても温かい家族はどこかにはあるだろう。私が知らないだけで。

「だからルル、人目のあるところで、私に気安く話しかけちゃダメだよ？」

「でもっ！」

「黙れ、ルル！　姫さまのお考えであればそのように。ところで、姫さまからわしらに便宜を図ってほしいことはあるかな？」

ああ、トムじいはどうしてこう、私の願うことがわかるのだろう。

「あのね、畑にしていい土地を少しだけ貸してほしいの！　野菜を育ててみたいのです！」

畑仕事は〈草魔法〉の良い実践訓練であると共に、飢えないために最優先のお願いだ。

「なるほど。では来週までに今が植え時の苗を用意しておこうのう」

トムじいに頭を撫《な》でられて、私はまた泣きそうになった。


それから私は、時間を作っては庭師の作業場に行き、トムじいの指導を受けた。ルルも立派な庭師になるために〈草魔法〉を勉強したいと言ってくれて一緒だ。嬉《うれ》しくてたまらない。

私の要望で、初めて魔法を習う子どもが教わる手順で一から学ぶ。当然知り尽くした知識ではあるけれど、トムじいから優しく根拠を教えてもらい、頭を撫でられると発奮する。そしてルルの上達の様子を見て、正しい導き方とはこういうものなのか、と知る。

一日で、レベルが五段跳びで上がっていく感じだ。私にとっては復習だけれど、なんとかついてくるルルは大したものだ。適性ではないのに。

ルルの手の内で、モゾモゾと動いていたバラの蔓《つる》が一気に伸びて、部屋中を這《は》い回り出した！

「ルル！　すごい！」

「うわあ！　止め方わかんなーい！　じいちゃ〜ん！」

「自分で止めてみんかい！」

「うわーあ！」

蔓が窓の外に飛び出していき、ジタバタするルルを眺めていると、トムじいが私の耳元で囁く。

「今日は母屋からつけられておりましたな。大丈夫かな？」

今日は若い男の使用人に、自分の部屋を出る時からつけられた。おそらく父の指図だ。先日は年配のメイドだったから、母の命令だろう。代わる代わる探られている。

「そろそろ……子どもらしくないレベルを教えてくれるのでしょう？　建物の外周に草の根を張っておきます。侵入者が来たら、すぐ気がつくように」

「レベル72の結界ですな」

結界は使う植物次第で、一日で砦《とりで》を守る外壁のような生垣に成長させることもできる。私であればトゲや臭いで撃退することも可能。まあ今回はそこまでしないけれど。

「うん。気配を感知したら、ノコノコと畑に行って野菜を育てているところを見せるつもり」

「それはいい」

窓の外の畑には、私が育てた野菜が小さく実っている。レベルMAXであっても、実際に美味《おい》しく食べごろな野菜を作るのは、ちょっと手間取った。虫が付かないようにする魔法と、受粉の虫を呼び寄せる魔法が、それらの虫を見たことがなかったからこんがらがったり……やはり経験してみないとわからない。

「でも……案外ここに来られる日々は、もうあとわずかかもしれない……」

もうそろそろ、父が口を出してくる……気がする。

「ふむ……ちょこっと指導スピードを上げねばならんか」

「そこの二人～！　蔓を止めてよ～！」

十五分後、ルルはなんとか蔓の成長を止めた。部屋中を渦巻くそれらはトムじいが、

「滅」

と唱えただけで朽ち果てて、ケニーさんが風で飛ばしてしまった。

「あっさり過ぎない？」

ルルがガックリと肩を落とした。

部屋がさっぱりしたところで、ケニーさんがルルに声をかけた。

「ルル、頼まれたもの借りてきたぞ。父さん、いいですか？」

「ああ、ルルも随分成長した。やってみる価値はある」

私は自分が参加していい会話なのかよくわからず、聞こえないふりをして自分の使った道具を片付ける。そろそろ帰る時間だ。

私が机の上を台拭《ふ》きで拭くと、そこに大きな石膏《せっこう》のような白い物体が置かれた。

「これは？」

「おや？　姫さまはこれじゃなかったのか？　これは鑑定石じゃ」

「これが？」

私が先日父の書斎で使った魔力適性検査の鑑定石は、全体が金色で周りにルビーやらサファイア

やら宝石がゴロゴロついていた。あれはただの装飾だったのだ。

鑑定石は神殿の持ち物で、モルガン侯爵家お抱えの神官がうやうやしく持ってきて検査してくれた。しかし庶民は神殿で予約して借りてきて測るらしい。こんなお手軽だったとは。

鑑定石に両手を乗せると、適性が空に浮かび、被験者が望めばレベルなど、より詳しい情報も読み取ることができる。私が受けた時はまだ記憶が戻る前だったから、〈草魔法〉としか表示されなかった。

「よーし！　いくわよ～！」

ルルがなぜか腕まくりをして気合いを入れて、両手を乗せた。気合いは関係ないような……。

ビョン……という独特な音と共に、数値が浮かんだ。

適性　：〈岩魔法〉レベル８
その他：〈草魔法〉レベル13

「やったー！　四つもレベル上がった～！」

ルルがガッツポーズをする。

「スゴイよ！　おめでとう！　でも、適性も伸ばそうよ！」

私も拍手して称える。適性魔法より他の魔法が高いとか、聞いたことがないよ、ルル？

「ちょっと私、お母ちゃんに言ってくる！　ご褒美にご馳走《ちそう》作ってくれって！」

ルルはそう言うと、バタンとドアを開けて疾風のように去っていった。

「姫さまも、やってみては？」

ケニーさんが、娘の成長をニコニコと喜びながら、私にも声をかける。

ケニーさんの言葉は、全くの善意だ。だけど……。トムじいを見ると、右眉《まゆ》を上げた。好きにしろってことだ。

まあいいか。私も現状を数値で確認したいと思っていたところだ。私は石の上に、小さな手を揃えて乗せた。ビョンッと音が鳴り、値が浮かぶ。

適性　：〈草魔法〉レベル102
その他：〈火魔法〉レベル6
〈水魔法〉レベル62
〈風魔法〉レベル29
〈土魔法〉レベル15
〈空間魔法〉レベル18
〈紙魔法〉レベル3

「……これは……凄《すさ》まじいね……」

ケニーさんが棒読みで言った。

「姫さま……追い詰められて、習得した……のか？」

トムじいが痛々しそうに私を見る。私はあいまいに笑った。

「正直なところ……〈火魔法〉の適性の侯爵様よりも、〈水魔法〉62の姫さまのほうが強いぞ？」

「そうなの？」

そういう客観的な意見を聞くのは初めてだ。

「カバチの滝は止められるか？」

「行ったことないけれど……たぶん」

膨大な水流を押し戻す技「水切」は〈水魔法〉レベル60あたりで使えるようになる。

トムじいが呆気《あっけ》に取られた顔をする。

「わしの見立てじゃ……侯爵様はレベル40前後ではないかの？」

「うそ……マスターでもないの？」

父のレベルを知り、予想外の事実に呆然《ぼうぜん》とする。あんなに自信家で、高圧的なのに……。

ちなみにトムじいのレベルは89とのこと。高レベルになると、相手のレベルがなんとなく読めるらしい。だから私がレベルを伝えた時、すぐに信じてくれたのだろう。私もこれから生き抜くために、意識してその洞察力を身に付けないと。

「この事実を侯爵様にお話しすれば、元のとおりの生活に戻れるんじゃないのかな？」

ケニーさんの意見をちょっと考える。……いや、あの人にとっては強弱云々よりも〈火魔法〉の適性あるなしが全てだ。母と結婚したのも母が〈火魔法〉だったからとどこかで聞いたことがある。

〈火魔法〉があの人のプライドの源だ。うっかり相対する〈水魔法〉で父よりも強いと知られたら、父の私に対する感情は憎悪に振り切れるだろう。

「……いえ、もっと風当たりが強くなるだけだと」

それにしても、私は父より強かったのか。そうともわからず従順に虐げられていたなんて、バカみたいだ。本当の敵は無知であることだったのかもしれない。しかし一度目に本来の実力がバレていたら、父はさておきドミニク殿下や王家に恋愛感情を盾に、いいように利用された気がする。とにかく今世では幅広い知識を吸収し、信頼できない相手に手の内を晒《さら》さぬようにしなければ。

「そうか……あ、〈草魔法〉を全部習得したら、〈風魔法〉を伸ばしてあげようか？　僕は一応レベル50だ。庭師が好きだからおおっぴらにしていないけどね」

ケニーさん、〈風魔法〉マスターなんだ！　どの魔法であれレベル50に到達すれば、軍でも警備隊でも実技試験をパスできる腕前とみなされる。ケニーさんは隠れた実力者だった。地道にコツコツレベル上げしてきたために、周囲に悟られていないとのことだ。

そうよ！　〈草魔法〉‼

「トムじい！　いえ、お師匠様！　どういうこと？　私の〈草魔法〉、レベル102って！」

ＭＡＸのレベル１００から……二個上がっている……。

「いや……長く生きてきたが、１００超えなんぞ聞いたことがない……。姫さま、ルルと一緒に行った初歩の特訓で、何か新しい発見はあったかね？」

「それはもちろん毎回あります！　今までなんとなく使っていた技の仕組みをトムじいがわかりや

すく教えてくれるから……魔力の効率とか発動順序なんか考えたこともなかったし……」

「ふむ……わしの推測じゃが……姫さまはこれまで独学で全ての試練を越えてMAXになった。しかし、わしの教えるせこい魔法をこのたび新しく習得した。MAXであったのに。つまりまだMAXではないと、体系が修正されたということじゃなかろうか？」

「体系が修正……」

「つまり、姫さまは、天井破りしたと？」

ケニーさんが顎《あご》をさすりながら聞く。

「姫さま、〈草魔法〉は奥が深いのお。まだまだ伸びますぞ？　これは休んでられませんな？」

レベルが上がればそれだけ魔力の容量も威力も大きくなる。

「よっぽどのしくじりをおかさなければ……姫さまは生き抜けるはずじゃ」

トムじいは私を安心させるように、ニカッと笑った。

ケニーさんは鑑定石を抱えて外に出ていった。早速神殿に返却するようだ。

「では、二人が席を外したことだし、ちっと生臭い話をしようかのう。姫さま、生きていくうえで必要なのはやはり金じゃ。侯爵様があてにならんとなれば、ますます自力で現金を稼がねばならん」

トムじいは、私を対等の大人のように扱い、話し出した。私は一言も漏らさぬように聞く。飢えぬためにも身を護るためにも、結局お金が必要だ。自由にはお金がかかる。

「わしが思うに女性一人、〈草魔法〉で現金収入を得るには製薬がベストじゃろう。野菜を作るに

も庭を作るにも土地が必要で、その土地に縛られてしまう。けれど薬師《くすし》ならば、その土地の薬草を自分が生きる分だけ拝借して、身軽に……侯爵様から逃げることができる」

「でも私、まともな薬を作ったことがない……」

「姫さまはレベルMAX、十分な製薬技術を持っているはずじゃが？」

たしかに一度目の私は毒薬の専門家で、その経験から製薬の自信はある。毒薬はきっと儲《もう》かるだろう。しかし利用されたり捕まったりとリスクが高いことは重々承知している。だからトムじいが普通の薬を勧めてくれるのはありがたい。でも初めてだから……尻込《しりご》みしてしまう。

その様子を眺めていたトムじいが両手を私の肩にポン、と置いた。

「大丈夫じゃ。製薬も初歩から復習するからのう。レベルの高い薬が売れ筋なわけでもない。庶民向けで、同業者と衝突しない、売れる薬の量産方法を教えておこう」

「……トムじい、ありがとう」


次にトムじいの下を訪れた時、机の上には数種類の薬草と見覚えのある道具が準備されていた。

「えっと……ギザギザの葉っぱのやつがゼリン草？　そしてとなりの赤茶けた葉がブッカー草？その横の茎が紫なのは紫蘭《しらん》で合ってる？」

「うむ。全てこの国の林をちょっと分け入れば見つかる草じゃ。姫さま、ゼリン草の薬効は？」

「えっと、胃液の分泌を整えて、胃痛や胸やけを緩和……だったかと」

一度目の私ならば胃の機能を止めて、衰弱死させる緩やかな毒を真っ先に思いついただろう。

「そのとおり。では姫さま、標準体型の三十代成人男性が神経性疲労による胃酸過多で苦しんでおる。製薬してごらん？」

「はい」

久々の製薬に少しわくわくする。頭の中で工程を反芻《はんすう》し、両手を真横に広げる。

「密閉！」

ピンッと空気が鳴り、流れが止まる。〈空間魔法〉の技だ。正しい薬を作るにはまずは環境に不備があってはならない。この魔法で必要な範囲の大気を浄化し異物の混入を防ぐことができる。

この密閉は低レベルの〈空間魔法〉なので私でも扱えるが、私のレベルが低いために詠唱と魔法発動のための仕草……フォームが必須《ひっす》だ。

それはどの魔法にも言えることで、〈草魔法〉に関してはレベルＭＡＸの私は脳裏に思い描くだけで発動する。ただ確実な成果を出すためには詠唱は必ず、時にはフォームも取り入れたほうがいい。人の命に関わる、緻密《ちみつ》な製薬作業の時はなおさらだ。

トムじいの提示したデータを分析し、必要な分量のゼリン草を掴《つか》み、木の器《うつわ》に入れる。

「ドライ、粉砕」

魔力を器に向けて流すとゼリン草は一気に干からびて、粉々になった。この工程は〈草魔法〉で行ったけれど、どの魔法でもここまでは似たようなことができる。そのような普段使いする便利な魔法がいわゆる〈生活魔法〉で、各魔法のレベルで言えば５くらいだ。

「給水」

左の人差し指から、大気からかき集め不純物を取り除いた精製水を出す。これは〈草魔法〉の次に得意な〈水魔法〉。利き腕の右手はいざという時の〈草魔法〉のために使わない。

水がボウルに満ちて、粉状の草と混ざったところで、

「水球」

草色に染まった水を〈水魔法〉で器から持ち上げる。ぷかぷかと水の球が宙に浮かぶ。ここからがいよいよ〈草魔法〉の製薬だ。

浮いた水球の下に、支えるように手のひらを上にして両手を差し入れて、

「攪拌《かくはん》」

手のひらからぼうっとした白い光と共に、魔力が水球に流れ、それは水球の形を崩さぬまま水を巻き込み高速で回転する。

今回は毒じゃないから純粋に効能だけ選んで……眼力で魔力を調整し、胃酸に作用する成分とそれ以外とを分離させ、有効な成分に効果が上乗せされるように、〈草魔法〉適性の私の魔力そのものを付与する。

「抽出」

浮いた水球からぽたりぽたりと薬効成分のみが、空の器に落ちる。水球の大きさの十分の一ほど溜《た》まったらその動作が止まったため、残った水球を大気中に霧散させた。

「凝固……ドライ」

もう一度魔力の負荷をかけて、不純物を取り去る。これで、半年は傷まない。粘土状になったも

のの水分を飛ばすと、私の小指ほどの棒状になった。生活魔法レベルの〈風魔法〉で五等分にカットして、飲み込みやすい大きさにする。

「……完成です」

トムじいは瞬《まばた》きもせず、大きく目を見開いていた。

「姫さまよ……すさまじいのお。時間にして五分か？　〈水魔法〉との複合技でこうも工程を短縮されるとは……どれ？」

トムじいが出来上がったばかりの錠剤を一粒摘まみ、まじまじと鑑定する。初めての一般薬の製薬、ドキドキしながら判定を待った。

「ふむ、姫さま、この薬は百点満点の二百点じゃ！　随分と修練を積んだ結果じゃろう」

「や、やった！」

正直、製薬技術には自信があった。一度目の時、どれだけ試行錯誤して腕を磨いたか……毒薬ではあったけれど。普通の薬でもトムじいのお墨付きがもらえて安心する。

「しかしのお、合格ではない」

「え？　どうして？」

「出来が良すぎるのじゃ。薬として効きすぎる。売薬としては五十点！」

「……なんで？　意味がわからない」

思った以上に辛口の採点で納得がいかない。思わず反発心が湧き起こる。

「まず、効能面から説明しよう。この薬はレベルＭＡＸの姫さまだから作れる完璧《かんぺき》なものだ。この

レベルに患者の体と脳が慣れると、姫さまがいない時にどうする？　他の売薬では全く効き目を感じんじゃろうな」

「あ……」

そうだ。私がずっとその患者のそばにいるとは限らない。

「また、簡単に薬を飲めば治ると思うと、患者は自分で治そうとか生活を改善しようとは思わなくなる。結果、努力せぬ患者の自然治癒力が落ちる」

「…………」

「次に経営面の話じゃ。この薬が出回れば、他の薬師はつぶれる。同じ材料で効果が段違いならば皆当然姫さまのものを買うからのお」

素人《しろうと》の私でも同業者とのトラブルなんて最悪だと想像がつく。背筋がゾクッと震えた。

「そうなると、高性能の姫さまの薬は他よりも値段を高く設定しなければならん。そもそも先ほど姫さまが使った魔力量は、一般的な薬師の三倍、金額のゼロを二つは多くせねば割に合わない作業だったのじゃ」

「そうなの？　あのくらいなら、どうってことないから安くても……」

むしろ毒の製造より複雑でなく、気持ちの負担も軽くて、楽だと思っていたくらいだ。

「姫さま、自分が苦労して身に付けた魔力量とレベルを安売りしてはならんぞ？　とは言いながらも値段が高ければ、金持ちしか買わず、町の薬師としては立ち行かん」

「じゃあ、どうすれば……」

「今回であれば効き目を敢えて半分に弱めるのじゃ。市場を研究して、出回っている薬よりもほんのちょっぴり効能の良い仕様に調整せよ。そして日持ちは一週間。日持ちが長いとつい飲み忘れる。

一方、期限を設けるともったいないと必ず飲み、切れたら再び客になる。客を回すためにもそれくらいがよい。ゼリン草に関して言えば、抽出のあと、もう一度五倍の水で薄めて水薬販売じゃな。

万人受けする香りでもつければ完璧じゃ」

「そっか……そういうこと……」

職業薬師になるためには、ただ薬が作れるだけではだめなのだ。これで〈草魔法〉レベル１０２なんて笑ってしまう。今後商売の技術まで身に付けねばならないなんて……道は険しい。

「はあ……」

「こらっ！　なぜため息なんぞつく。商売のことはこれからじっくり学べばよい。何度でも言うがさっきの薬は素晴らしかったぞ。姫さまの製薬は正確ゆえに美しい！　商売とは別にどんどん極めるとよい。商売抜きの大事な相手ならば目いっぱい張り切ったものを作ってよいし、ここぞという時に大金持ちに売りつけることもできる！」

トムじいはそう言って悪そうに笑った後、真剣な顔に戻った。

「とはいえ、大金が動くと身辺が物騒になる。大きな商売は姫さまが自分の身を守れるようになってからじゃ。良いな？」

「……はい！」

売薬としては未熟だったけれど、私はちゃんと人の病気を治す薬を作ることができた。これから

052

私の薬で誰かの命を救うことができるのだと思うと、嬉《うれ》しさと同時にまだまだがむしゃらに学ばねば！　と気持ちを新たにした。

◇◇◇

私が庭師一家を脅して〈草魔法〉を学んでいるということが侯爵家中の噂になった。しかし、何度様子を見にきても、野菜に水やりする姿や、野菊を握りしめて蕾《つぼみ》を咲かせようと唸《うな》っている姿しか見ることができず、父と母の使用人も飽きたようで、めっきり見張りの回数が減った。

私は警戒を怠らずに、トムじいの指導を受けて過ごす。あれこれ私に世話を焼こうとしてくれるけれど、トムじい一家は裕福ではない。指導上必要な薬草以外は受け取らないと明言し、負担にならないよう気をつける。それに私が急に太りでもしたら、父から新たな嫌がらせをされそうだ。

変わりない私が地味にひっそり存在し、両親たちの目に留まらないことこそが、彼らから隙を作り、いつか家出をする時に動きやすくなる……と思っている。

そして……日々トムじいの野の花のような素朴な愛を浴びせられて、私はトムじい一家を信じるほかなくなった。世の中には、なんの見返りもなく、利用しようともくろむことなく、他人である私を心から気遣ってくれる人がいることを知った。打算で師弟の本契約を結んだ自分が情けなくてむなしくて涙が浮かぶ。

こんな私にできることは、今の自分にできる精一杯の誠実さをもって、トムじいやルルにニッコ

リ笑うことだけ。

そんなコソコソした日々が積み重なって一年経ち、私は六歳になった。トムじいから商売用の製薬のイロハを教わり、薬師としての技術が少しずつ身に付いてきた。

夏を目前にしたこの時期は雨が多く、今日もざあざあと降っている。庭師も休みで作業小屋には誰もいない。ルルの明るい声をしばらく聞いていないので少し寂しい。

私はいつものように着古したワンピース姿で蔵書室に向かう。最近は他国について書かれた本を読んでいる。将来、国を出るのも選択肢の一つだと思ったから。

一度目の人生で頑なにこの国にしがみついていたのは、貴族である以上、国の役に立たねば！という脅迫観念と……王子と婚約していたからだ。

ドミニク第二王子殿下と私は八歳で婚約した。しかし、後から聞くに、会う前から疎まれていたらしい。そもそも私と結婚する気などなかったのだ。

「殿下は上等な〈土魔法〉適性だったっけ」

〈草魔法〉という下等な適性の女性を差別せずに婚約する優しい王子と懐の深い王家、という演出。下等な女と婚約せねばならないなんてお気の毒……という同情票。どれだけ蔑《さげす》もうが礼を欠こうが文句を言わない、都合のいい捌《は》け口。殿下が私と婚約して手に入れたものはこんなところだ。

そんなこともわからず、殿下が私を罵《のの し》るのは私が至らないせいだ！　と刷り込まれてしまった。

そして努力すれば、いずれ優しく笑いかけてくれる日がくると信じていた。愚かな私。

誕生日には〈草魔法〉だから嬉しいだろうと臭いのキツい雑草を贈られて、しょうがなくダンスをせねばならない時は、リードしてくれないばかりか、私をわざと躓《つまず》かせ、困った風に笑い、周りの失笑を誘った。

全て自分が不甲斐《ふがい》ないせいだと思っていたが、牢《ろう》の鉄格子越しに彼は真実を教えてくれた。

『お前と結婚？　するわけないだろう？　頃合いを見ておまえの非をもって婚約破棄する予定だった。面白いように筋書きどおりいったな！　これで〈火魔法〉の侯爵家も負い目ができて王家に逆らえまい。誰がおまえのような雑草と結婚するものか！　無礼者め！』

「——なんで、恋してしまったのかしら。まあお顔は絵本の王子様のようにカッコ良かったものね……あの最悪な性格を見抜けなかったなんて……」

しかし一度目は、屋敷の外の人間で、幼い頃から会えるのは殿下だけだった。彼こそが救い主だと希望を抱いてしまったのだ。

「でも、私はもう家族以外の優しい人々を知っている。殿下に惑わされたりしない。国への忠誠心も消えた」

貴族として生まれたゆえの義務を果たす気持ちなど、一ミリもない。そもそも侯爵令嬢としてまともに扱われたことなどなかったのだから。

「移民に優しくて、気候が良い国、どこかなあ？」

各国の本を捲《めく》りながら、ぼんやりと調べる。例の手紙を出してやがて一年。返事はない。残念ながらその線は脈なしのようだ。いよいよ〈火魔法〉至上主義のモルガン家に搦《から》め捕《と》られそうになっ

たら、出奔しなくては。

「この姿で出奔は無理よね……大人に変身できる魔法とか、ないのかな……」

関連の本を探すべく、ちょこまかと本棚を渡り歩いていたら、薄暗いこの蔵書室に光が差し込んだ。マリアかしら？　とドアのほうを振り向くと、一年ぶりに見る――母がいた。

栗色の髪にオレンジの瞳《ひとみ》、見たことのない真新しい花柄のドレスを着た母の姿を見て、私は大好きな母に走り寄り抱き着きたいという衝動に駆られた。

しかし、一度目の記憶がその衝動を押さえつける。あの日、彼女は夫の言に泣くばかりで、立ち尽くす五歳の我が子を救ってくれなかった。救わぬばかりか、夫と共に家の恥と罵った。私の目の前で弟をこれ見よがしに可愛がった。

一度目では教授に言われるまま毒を作ったけれど、未成年で実害はなかったにもかかわらず、牢の中の私を話も聞かずにあっさり勘当して、『こんな出来損ないは死刑になって当然』と言ってのけた。自分の子どもを平気で見殺しにした、怪物。

数回、深呼吸して、呼吸を整える。これまで一年も放置してきたのだ。急に私に会いにきたとは考えにくい。うん、偶然だ。

ここはこれまでどおり、透明人間になっておこう。母がドアから離れたら、さっさと出ていこう。

私は本探しに戻る。とりあえず他国のガイド本と、猫とドラゴンが冒険する絵本を手に取った。大人だった記憶はあるものの、今の幼い私の精神も共存していて、本当に可愛い絵本を読みたい渇望もあるのだ。

二冊両腕に抱いて顔を上げると、母はこの蔵書室に入り、窓の外を見ていた。土砂降りの光景をジッと見て、何か発見があるのだろうか？　まあ私にはわかりっこない。

ドアに向けて一直線の道が開けた！　早足で出口に向かい、母とすれ違う。

「ま、待ちなさい！」

あと一歩でゴールというところで声をかけられた。ゆっくりと振り向く。母は私が何か言うのを待っているように、口をつぐんでいる。

でも私だって声のかけ方などわからない。放置されっぱなしの幼い六歳児だ。私は首を傾《かし》げてみせた。するとようやく母は口を開いた。

「ええと……反省したのかしら？」

「何を？」

「…………」

全くわからない。私はドアに向きなおり、再度出ていこうとした。

すると、母が声を裏返らせて叫んだ。

「く、〈草魔法〉だったことをよ！」

思わず目を見開く。

「それ……私のせいだと、おっしゃるのですか？」

「何よ！　じゃあ私のせいだって言うの？　旦那《だんな》様のように！」

母がヒステリックに喚《わめ》く。まさか、私に八つ当たりに来たとは……。

「〈草魔法〉を産んだ私への当て付けのように、庭師風情に取り入って、〈草魔法〉なんか覚えて！」

……頭が冷える。無意識な選民思想にもヘドが出る。あなたの言う庭師風情のおかげで、私は人間の尊厳を取り戻したのだ。小さなため息を一つつき、説明する。

「適性が〈草魔法〉だったことは、私のせいではありません。でもお母様のせいでもありません。適性は偶然、運なのだと、そこの三番目の赤い本に書いてありました」

「偶然？」

「はい。そして、私が庭師に〈草魔法〉を教わっているのは、将来農家や薬屋さんになって生きていくためです」

「なぜ……侯爵家の人間が市井の仕事など……」

「だって、お父様もお母様も〈草魔法〉の私など、いらない子でしょう？」

「いらないなどと……」

「だって、ご飯は呼ばれないし、昨日は朝も昼も持ってきてくれなかったもの」

母が驚いて自分の侍女を見る。侍女は居心地悪そうに俯《うつむ》く。私にすれば、それに気づかないほど無関心な母のほうが、私を苦しめる。

「自分で稼ぐことができないと死んでしまうので、嫌がる庭師にむりやり教えてもらっています。お母様が私のことを、大嫌いだということはもうわかっています。一年も会ってくれなかったもの。アージェルには会っているのでしょう？　早く独り立ちして、できるだけ会わないように頑張りますので、ごめんなさい」

嫌われ者なのに居座っている身として、一応謝ってみた。頭を下げて、今度こそ蔵書室を出る。

「あ……」

母があっけに取られた顔をしていたことなど、私には知る由もなかった。


先ほどの母とのやり取りが、父の耳に入るのは時間の問題だ。私はマジックルームに石鹸《せっけん》やタオルなどの日用品も目立たぬくらい、入れていく。

「ああ……せめてルルと同じ八歳だったらなあ……」

八歳であれば、少年に扮《ふん》して商人の小間使いになり、隣国に渡れたかもしれない。でもさすがに六歳では無理だ。

窓の外はまだ雨が降り続いている。

「ルル、今頃何をしているかしら？」

トムじいに魔法を伸ばしてもらっているに決まっている。小さくも温かい民家で、トムじいとルルが膝《ひざ》を突き合わせて話し込み、ケニーさんは道具の手入れをして、まだお会いしたことのない、ルルのお母様がニコニコ笑いながらお茶を淹《い》れている光景が頭に浮かぶ。

「いいなあ……」

私には前回も今回も叶《かな》いそうにない、眩《まぶ》しい夢。

「私が……いるではありませんか？」

振り向くと、マリアが苦しげな顔で立っていた。

マリアのことは大好きだ。でもマリアは子どもを亡くして離縁されて、実家で肩身の狭い思いをしている。侯爵家の給料を少し入れることで、居場所を作っている。大好きだからこそ、今の給料の面で安定した生活を、台無しにさせないようにしないと。

私は何も語らずに、マリアの腰に手を回して、ギュッと抱きしめた。

雨はますます降り続けた。

◇◇◇

蔵書室で波風を立てた覚えはある。

思ったよりも早く父の従者が私を迎えにきた。この男は一年前まで『お嬢様は本当に可愛らしい』と言っていたのに、今の私への目つきは、虫ケラを見る目だ。この人に限らず使用人皆、現在はそういう思考なのだろう。

執事が父の書斎の扉を開けて、私を中に促す。

大きな机の向こうに久しぶりに見る父が座り、その横に顔色の良くない母が立っている。父が侮《ぶ》蔑《べつ》のこもった赤い瞳で私を見下ろし、平坦《へいたん》な口調で言った。

「おまえの婚約者が決まった」

思わず目を見開く。

――婚約？　今？　なぜ？　あれこれ想定し身構えていたけれど、予想もしていなかった。

「相手は恐れ多くも第二王子ドミニク殿下だ。喜べ！」

そんな、早すぎる。一度目では八歳だったのに。

「こそこそと〈草魔法〉なんか使いおって。もう面倒を見きれん。王子妃の行儀見習いとしておまえは王宮に上がることになった。もちろん適性は〈火魔法〉と伝えてある。くれぐれもバレないようにすることだ。偽証罪で死ぬぞ？」

「なっ！」

王家に嘘をついたというの？　信じられない……。

「もし〈草魔法〉とばれたら、このモルガン家ごとおとがめを受けるのでは？」

パン！　と大きな音が立つと同時に、まだ小さな私の体は床に転がった。

「クロエ！　旦那様に口答えなど！」

母に、平手でぶたれたのだと気づいた。思わず頬に手をやると、口の中が鉄の味で充満する。母を見上げると、そわそわと父の顔色を窺《うかが》っていた。その父は満足げに声をあげて笑う。

「クロエ、安心するがいい。おまえは届出上も〈火魔法〉だ。せいぜい、王宮の家庭教師に習うがいい。おまえの魔法の出来が悪いのは、モルガン家のせいではない。その家庭教師の腕が悪いのだ。気の毒なことだ」

鑑定石による適性魔法の鑑定は不正が起こらないように神官の目の前で行われ、その神官によって国に届けられる。嘘でしょう？　神官を……買収したの？

「話は以上だ。せいぜい王子に媚《こ》びてモルガン家の役に立て！　目障りだ。さっさと出ていけ！」

絶望で目の前が真っ暗になる。私は心身共に受けた衝撃で呆然《ぼうぜん》とし、立ち上がれなかった。

自分の身に起こったことが信じられずぼんやりしていると、不意にバタバタと廊下が騒がしくなり、バタンと音を立ててドアが開いた。

「なりません！　今、侯爵様は取り込み中です！」

若い使用人が入口に立ち塞がるが、そんなことなどものともせずに初老の体格のいい男がズカズカと供を従えて入ってきた。

男は全身から威圧感を放っていた。どうしても目に入るのは、左頬の大きな古傷。長い白髪を後ろに撫《な》でつけそのまま結んでいる。そして身に着けているのは軍服に黒い長靴。私の記憶ではこの国の軍服は紺だったけれど、この人のものは意匠はそのままでカーキ色だ。

「何奴！　無礼な！　はっ⁉」

「お、お父様……」

侵入者に向けて小さな声でそう呼んだ母は、みるみる顔色が悪くなり、両手で口元を隠した。

この人が……私の母方のおじい様、リチャード・ローゼンバルク辺境伯？

「久しぶりだな、婿殿、そしてエリー」

金色の目でギロリと父を睨《にら》みつける。

「い、いかにお義父上《ちちうえ》とはいえ、先触れなしの訪問は歓迎いたしかねます」

父が狼狽《ろうばい》しながらも、なんとか言葉を紡ぐ。

「わしも長居するつもりなどないわ。わしの目的はただ一つ。クロエを連れ帰ることだ」

手紙……ちゃんと届いていたんだ。唇が震える。

私が一年前に出した手紙の宛先《あてさき》は、このおじい様。逃亡先が祖父の下であれば、貴族的に体裁が保て、最小限の騒動に収まると踏んだ。

そして選んだ決め手は、一度目の人生で全く会わなかったことと……適性が〈火魔法〉でないこと。会ったこともない孫娘に情をかけてくれるかどうかは……賭《か》けだった。

「な、何を勝手なことを！　クロエは十日後に王宮に上がることが決まっております」

「はっ！　そんなもん、断ればよかろう。『残念ながら、娘は王家に相応《ふさわ》しくない〈草魔法〉だったから、謹んで婚約は辞退申し上げる』と言ってな！」

「な……なぜ……貴様！　さては盗み聞きしていたな！」

祖父はフンと鼻で笑った。

「結婚した後の娘の様子を気にかけぬ親など、どこにもおらん。最近になって、わしの密偵から孫が虐待されていると報告があった。信じられぬ思いで来てみれば、食事は与えない、嘘を背負わせて王子と婚約させる、そして暴力……」

祖父が目を細めて私の頬を見つめる。じんじんするから赤く腫《は》れているのかもしれない。どうやら、自分の手の者をこの屋敷の使用人に紛れ込ませていたようだ。

「お、お父様！　違うのです！　この子が生意気な口を……」

「エリー、これ以上情けないことを言ったら殺すぞ？」

祖父の視線は本当に人を殺しかねない鋭さだった。母は顔を引きつらせる。

「さて、婿殿、この書類にサインしてもらおうか？」

祖父は懐から巻紙を取り出して、父の前にドンッと広げた。

「これは……養子縁組書？　あなたと、クロエの……」

「お前らはクロエがいらんのだろ？　ならばわしがもらう。クロエの〈草〉は荒地の辺境では最強の戦力になる」

父がカッとして立ち上がり、ツバを撒き散らしながら言い返す。

「か、勝手なことを！　クロエの親は私だ！　私にクロエの将来を決める権利がある！」

「黙れ！　クロエの将来はクロエのものだ！　いいからさっさと書け！　書かぬなら、この度の偽証、わしが王に直訴してもいいんだぞ？　まさか五歳の子どもが神官に金を握らせ、大それた嘘をついたとは誰も思わんだろうなあ。クロエの真の適性など、王宮で測ればすぐわかる」

「く……」

祖父はいとも簡単に、私の時間が巻き戻る前からの最大の敵をねじ伏せてしまった。父は祖父を睨みつけ、ギリギリと歯軋《はぎし》りしながら、己のサインを入れた。

祖父はさっと書類を回収し、後ろに控えていた体格の良い金髪の中年の供に手渡す。

「……はい。不備はありません。これにてクロエ様はお館様の籍に入られました」

「ふむ」

祖父は流れるような所作で、呆然と尻《しり》もちをついている私を片手で軽々と抱え上げ、己のマント

の中に入れた。

温かい。乾いた野の空気の匂いがする。

「用は済んだ。婿殿、くれぐれも短慮な真似をせんようにな。わしは盟友としていつでも王に会える立場だ。今回の計画を、つるっと王に話してしまうかもしれん」

父は顔を真っ赤にして、拳《こぶし》をプルプルと震わせた。

「エリー、子を殴るなど見下げ果てたわ。二度とわしの前に顔を出すな」

祖父は私を抱いたまま、後ろを振り返ることもなく、大股《おおまた》で外に向かう。祖父の肩越しに顔だけ出すと、机の上の物に当たり散らかす父、膝から崩れ落ちる母が目に入った。

そしてバタバタと駆け寄る足音。

「お嬢様！」

涙目のマリアが手を揉《も》みしぼりながら私に向かって、うんうんと頷《うなず》く。私も大きく頷き返した。

必ず……必ず大人になって力をつけた暁には、マリアを迎えに来よう。そして小さな家で一緒に住むのだ。

モルガン侯爵家の正面玄関の扉がバタンと閉まる。

外に出ると、長雨が止《や》んでいた。

この瞬間、私はクロエ・ローゼンバルクとなった。

第二章　西の辺境・ローゼンバルク

祖父は私を抱いたまま、黒く大きな馬にひらりと乗った。常識的に馬車での移動になると思っていたので戸惑う。

突然のモルガン家脱出はもちろん感激で泣きじゃくりたいほど嬉《うれ》しいけれど、怒涛《どとう》の展開すぎてついていけない。

祖父が駆け出すと、先程のお供以外にも二騎現れて合計四騎になり、小さな菱形《ひしがた》の隊列を組んで雨でぬかるんだ悪路を物ともせず走る。

これまで体感したことのないスピードに心臓が縮み上がったけれど、もっと驚くことに、祖父は私を左腕に座らせたままなのだ！　ずっとこのままなのだろうか？　私は意を決して声を出した。

「あ、あの、おじいちゃま……」

祖父はジロリと前方に向けていた視線を私に移した。初対面というのにおじいちゃまと呼ぶのは慣れ慣れしかっただろうか？　とビクビクする。

「あんな完璧《かんぺき》な作法の手紙をよこしておいて、今更赤ちゃんぶるな」

赤ちゃんではなくとも、まだ子どもなんだけど……。確かに五歳らしからぬ手紙を送りつけたわけだから、しょうがない。私は仕切り直しの意味を込めて、コホンと咳払《せきばら》いした。

「このまま馬で、どこまで進むのでしょう？」

「……最後までだ」

ローゼンバルク辺境伯の統治するローゼンバルク領は……もちろん西の外れの辺境だ。馬で一体どのくらいかかるのだろう？

「そ、それでは、私を腕に乗せていると、疲れてしまうのではないですか？」

「……伝令鳥が乗っているのとさしてかわらん……しかし、腕は空けておいたほうがいいか」

祖父は自分の左腿《もも》に私を跨《また》がらせ、祖父の体に向かい合うように座らせた。

「蔓《つる》を出して、お前とわしの胴とをくくりつけろ」

それを聞いて目を見張ったが、やはりとも思った。祖父は草魔法師の使い方を心得ているようだ。辺境に貴重な四大魔法使いがわんさかいるわけがない。手持ちの魔法を工夫して使い、隣国の脅威と戦っているのだろう。

そもそも辺境伯とは国のはずれに追いやられた、王都近郊を預かる貴族よりもランクが落ちる、左遷された貴族……と誤解を受けがちだがそうではない。

辺境伯は、最も脅威の大きな国境線を守るために他の貴族よりも大きな領地と権限を与えられた、国土防衛の要である指揮官の称号なのだ。格で言えば父の侯爵と同格。

そして、祖父は先の戦争の立役者であり、現役で騎馬を率いて今も他国からの侵略と、魔獣と呼ばれる、突如発生し人を襲う怪物から国土を防衛している。

その実績ゆえに、年配者や歴史をきちんと学んだ者からは尊敬を集め、先ほどの祖父の話しぶり

から察するに、国王陛下からも一目置かれているのだろう。

ただ、同じく武を掲げるモルガン侯爵家の当主である父には、義父が自分よりも実績面でずっと格上の存在であるという現実を受け入れられない、といったところだろうか？　あの人はプライドの塊だから。祖父の存在はモルガンの家で話題に出たことがない。だから一度目の私は祖父の存在を知らなかった。本来は身内として誇らしく思うべきところだろうに。

そんなことを考えながら、私はゴソゴソと庭で見つけたいわゆる雑草の種をポケットから取り出して、右手で握り締め、魔力を込めた。

「発芽！」

シュルシュルと緑色が芽吹き、グングン伸びて蔓となり、私と祖父の体をくるくると回り締めつける。強度のある草ではなかったが、丸一日くらいなら余裕でもつ。これで馬から振り落とされる心配はなくなった。

「どうですか？」

祖父は馬を走らせたままに右腕、左腕と、交互に回し、体を捻《ひね》る。

「ふむ、問題ない」

私は頷いて、蔓の成長を止めた。

そうしていると突然、左を走る、父の書斎にも来ていた金髪の仲間が馬体を寄せてきた。

「お館様！　来ました！　……八騎です！」

「……クズ野郎が」

祖父は自由になった左手に手綱を持ち替え、右手で剣を抜いた。

体を捻り、左後方を見る。数騎の馬がこちらに向けて猛スピードでやってくる。目を凝らすと、どこかで見た顔ばかり……父が追手を放ったのだ。自分の思い通りにいかなかった元凶である、私と祖父を暗殺するために。一度目でも嫌われていたが、明確な殺意を示されたのは初めてだ。諦めきっていたはずなのに、心が悲鳴を上げる。

しかし、動揺しているのは私だけのようだ。祖父もお供の皆様も、平然と身構えている。想定内だったらしい。

「そうだな。剣で力押ししてもかまわんが、挨拶《あいさつ》がわりに四魔法以外の戦い方を見せてやろう」

声のボリュームからして、私へのセリフだったようだ。

四魔法（祖父は四大魔法とは言わなかった！）以外の戦い方……そもそも私は本気の戦いなど見たことがないのかもしれない。せいぜい一度目に通った学校の模擬戦くらいだ。それも四魔法を持つ者がこれ見よがしに魔法を放射し、それ以外の者は壇上にも立たせてもらえなかった。

祖父が剣を納め、右手を上に上げた。他の三騎が一斉に私たちの前に走り出る。私たちがしんがりになった。祖父は馬をぐるりと回して、敵と正面から向かい合う。

「樹林」

祖父が呟《つぶや》くように唱えると、地の底を何かが猛スピードで走りだす。そして敵の真下に到達するや否や、地表から槍《やり》のような幹が、勢いよく何百と突き出した！

「「「ギャ――ッ‼　…………」」」

数分経つと、木々はすっかり茂り、荒野にこんもりとした林ができた。中の様子など見えなくなり、木の葉のさやさやと風に鳴る音だけが響く。

大柄で茶髪の祖父の護衛が素早くそこへ様子を見に走り、

「異常ありません」

と、一言言うと、祖父は一つ頷いた。

祖父の魔法適性は〈木魔法〉。

家系図で祖父を見つけた時、四魔法でないにもかかわらず辺境を己の知力腕力で治めているお方なら、私の〈草魔法〉をバカにしないかもしれない、と思い、頼った。けれどまさかここまでの猛者《もさ》とは……。祖父の類のない力を目の当たりにし、歯がカチカチと鳴る。私はとんだ世間知らずだった……。

「わしに剣を抜く相手には、何人たりとも容赦しない。覚えておけ」

祖父はギロリと秋の広葉樹の葉のような黄金の瞳《ひとみ》で私を見下ろして言った。その圧倒的な強さに鳥肌が立ちっぱなしだけれども同時に頼もしく、太刀打ちのできなさに、一気に肩の力が抜けた。

「はい……私を救い出してくれたご恩は一生忘れません。絶対おじい様の……いえ、お館様のお役に立って、いつかご恩返しいたします」

「……おじい様でよい。お前は……わしのこんなやりようを見て、恐ろしくないのか？」

祖父が何を言っているのかわからず首を傾《かし》げる。その魔法の威力には正直怯《おび》えたが、祖父に怯えたわけではない。祖父が力を向けた相手は明らかに敵で、私たちを殺しにかかってきた。戦わなけ

れば死んでいた。祖父は守ってくれたのだ。私のために戦ってくれた。

「迫りくる死は……とても恐いです。生きるために力を振るうおじい様のこと、納得できます。それに……あの両親よりも、恐ろしい人がいるとは思えません」

僅《わず》か五歳の娘を容赦なく視界から消した。一度目では娘を勘当し、喜んで死出の道に差し出した。

適性検査前の可愛がってもらった記憶がまだ少し残っているために、心が切り裂かれるように痛み、顔が歪《ゆが》む。涙がこみ上げるのを押しとどめる。

「そうか……六歳のお前には修羅場であったか……家庭内は外から見えないぶんなおさら……」

「でも、助けてくれる人もいました」

マリア、ルル、トムじい、ケニーさん。そしておじい様。どんな苦境にも手を差し伸べてくれる人がいることに今世では気がついた。広い視野を持たなくては。

トムじいたちとお別れの挨拶もせずに出てきたことを思う。それだけは心残りだ。

「ふむ。彼らとはいずれ会える日が来よう。その時まで力をつけて生き延びろ。まあ、わしの目が黒いうちは、お前が腹を空かせることはない。ん？　ひょっとして今、空いているか？」

そういえば今朝、マリアのパンとトムじいの瓜《うり》を食べただけだ。でも怒涛の展開にびっくりして空腹どころではない。

「多分、もうしばらく大丈夫？」

「……ここまで痩《や》せている子どもに聞いたわしがバカだった。お前は空腹に慣れきっているのだな。おい！　次の休憩で飯にするぞ！」

父の追っ手を覆う緑の林が見えなくなり、しばらく走ると夏草が茂る湖が見えてきた。馬たちが一気にペースを落とす。あのほとりで休憩するようだ。

茶髪の護衛が前に出て周囲を確認し、ピィッと口笛を吹き、馬を降りた。残りの者もそこに行き、馬を降りる。私が祖父と結びつけていた蔓をパラリと落とすと、祖父は私を片手で抱いたまま馬から軽く飛び降りて、私を地面に降ろした。

「手洗いを済ませてこい。何かあったら叫べ」

「はい」

私は物陰で用を足し、湖で手をキレイに洗って祖父のもとに戻った。

地面に敷物が敷かれ、その上にパンや干し肉、ドライフルーツが載っている。祖父はそこに膝《ひざ》を立てて座り、他の三人は馬の世話や、荷物を積み直したりしていた。どうやらイレギュラーな休憩だったようだ。

どこに座れば良いのか、どれを食べればいいのかわからずマゴマゴしていると、祖父が立ち上がり、数歩で私の前に来て抱き上げ、元いた場所にあぐらをかき、その足の間に私を入れた。

祖父は白いパンを掴《つか》むと、私に握らせる。

「食べろ」

「はい」

遠慮せずパクッと口に入れれば、小麦とバターの風味が口いっぱいに広がった。想像していた保存用のパンではない。焼きたてだ。侯爵家に来る直前に調達したのだろう。ふわっふわで柔らかい。

「あ……」

気がつけば、涙が溢《あふ》れた。仕事をしながらこちらを窺《うかが》っていた男たちが目を見開きざわめく。祖父が私を覗《のぞ》き込み、ざらざらした親指で目元の涙を拭《ぬぐ》い取った。

「……どうした？」

「ただ……美味《おい》しいなって」

「……そうか」

祖父は私の口に何もなくなったタイミングで干し肉やら果物やらを握らせた。久しぶりに食べる野菜以外の食べ物は、旨味が濃くて、美味しかった。

また肉を差し出そうとする祖父に、

「もうお腹いっぱい。ありがとうございました」

と言うと、黙って水筒を渡され、その中の水を飲んだ。

「クロエ、悪いがこのまま走らせる。領地をあまり空けたくない」

私のために、領主自ら出向いてくれたのだ。と言っても祖父以外がやってきても上手くいかなかっただろうけれど。

「おじい様、お手を煩わせてごめんなさい」

「子どもが変に気を回すものではない。言葉も崩せ。でないと辺境では領民が打ち解けてくれんぞ！　しばらく休憩できん。わしの懐で寝られるか？」

「はい、わかりま……わかった」

祖父は小さく頷《うなず》き、仲間に合図した。さっと広げたものが片付けられる。

祖父は再び私を抱き上げ馬に乗った。私も蔓を出して、祖父と私とをグルグルと繋《つな》ぐ。祖父は馬の背の荷物から毛布を出して、私を上から覆う。温もりと満腹感に急に睡魔が押し寄せる。

「おやすみなさい……おじい様」

「……おやすみ。我が孫よ」

規則正しい蹄《ひづめ》の音を聞き、心地よい揺れを感じながら、自然にまぶたを閉じた。

◇　◇　◇

「クロエ様はお休みになられましたか？」

隣を走る古参の側近ホークが、金髪をなびかせながら辺境伯リチャードに声をかけると、主《あるじ》は小さく頷いた。

「クロエ様……しばしお預かりしましょうか？」

リチャードがさっと毛布をまくり上げると、リチャードとクロエは植物の蔓《つる》で幾重にも巻かれていた。毛布は再び素早く巻き付けられる。

「なんと……素晴らしい……まだこのように幼いのに、ご自身の魔法を自在に使いこなしてらっしゃるのですね」

後ろから会話に交ざるためにやってきた、一際体格のいい、明るい茶色の短髪のゴーシュも目を

見張る。

「これは……〈草〉のレベルはわかりませんが……40は超えてるんじゃ？」

「……必要に迫られて身に付けたものだ。いい気持ちはせぬ。十年ぶりに現れた魔獣どもの対処に追われ一年近くも家を空けていたせいで、あの悲壮な手紙に気がつくのが遅れた……。忙しさにかまけて、密偵の報告も己で目を通さず……エリーがここまで腐っていたとは……」

リチャードの声は暗い。

「ですが、だからこそよく一人で頑張ったと褒めてあげるべきですよ、お館様！　まだこんなにお小さいのです。全てを褒めてあげて差し支えない歳です」

ホークが力説する。

「うむ……ジュード」

先ほどから口を挟まずじっと耳を傾けていた、もう一人の供である少年が、さっとリチャードの横に自身の馬を寄せる。リチャードを真似るように、銀色の髪は後ろで束ね、冴《さ》え冴《ざ》えとしたアイスブルーの瞳でクロエを見つめる。

「はい」

「わしはそう簡単にくたばるつもりはないが……次期領主として、お前が今後クロエを守るのだ」

「…………」

「どうした？　返事は？」

「血の繋がったクロエ様が……領主になったほうがいいのでは？」

ジュードが抑揚のない声で答える。

「領主はお前だ、ジュード。お前はポアロとわしが育てた。わしの子だ」

「……はい」

「ジュード様、クロエ様はあんなにちっこいのに随分と辛い目に遭ってこられたようです。領主としてシゴくよりも、甘やかしてあげましょうや」

ゴーシュがニパッと笑った。

「そうですそうです。領主となるジュード様は、これまで同様我らがビシバシしごきますがね～！」

ホークも合いの手を入れ、そして、

「そういえば、クロエ様はお館様の娘になられたから、ジュード様にとっては叔母さんか？」

ジュードは、リチャードの嫡男でクロエの母エリーの兄であるポアロの養子だった。そのポアロは二年前、隣国との小競り合いで戦死した。

「ジュード、クロエのことは呼び捨てでよい。お前は兄で、保護者なのだから」

「……はい」

◇◇◇

私が次に目が覚めた時は、漆黒の中だった。一瞬動揺したが、祖父の温もりで全てを思い出し、落ち着いた。

「起きたか?」

頭上から、既に誰よりも信頼できる、ぶっきらぼうな声がする。

「はい……おじい様、夜も駆けるの?」

「同盟を組んでいる土地の宿まで走る。昼には着くだろう。そこで休み、馬を替えてまた進む」

「そうですか……」

「異存があるか?」

「いえ、でも、おじい様は疲れないの?」

祖父は鼻でフンと笑った。

「戦争中の敵陣を駆け抜けることに比べれば、旅行のようなものだ」

なるほど。それにしても、何の道標もない漆黒の荒野だ。

「おじい様はこの道に慣れているの?」

「いや? 今回の往復のみだ。なぜそう思う?」

「暗闇を迷いなくすごいスピードで走ってるもん」

「……暗闇ではない。空を見ろ」

私は祖父に寄りかかりながら、頭上を仰いだ。

「わあ……」

無数の星が広がっていた。思えば前回は下や後ろばかり見て、空を見上げることなどなかった。

「きれい……広い……」

世界には私が知らなかっただけで、こんなにも素敵なものが煌《きら》めいている。これからは空だけでなく、あちこち見てまわろう。自分を疎ましく思う人々の中に留まったりせずに。

「おじい様は星を頼りに移動しているのね。素敵！　私にも教えて！」

「……ふむ」

隣からクスクスという笑い声がした。祖父の腕の中からひょっこり覗くと、モルガン邸の父の書斎から一緒にいる金髪の男がすぐそばにいた。

「クロエ様、お館様にそんな繊細な技はありませんよ。真に受けてはダメですよ」

どういうことだろう。私はコテンと首を傾げた。

「ああ、私はお館様の副官を長く務めておりますホークと申します、クロエ様。お館様は我がローゼンバルク領から王都まで、地下に木の根を張って来られたのです。ゆえにその根を辿《たど》って帰っているだけなのですよ」

「……木の根を……地の下に伸ばして……？」

そんなことができるの？　全く思いついたことのない魔法の使い方だ。

「あの、この方法はローゼンバルクでは常識なのですか？」

「近距離であれば、案外使いますね。ただ、ここまでの距離ですと〈木魔法〉のマスターレベルは必要でしょう」

祖父を見上げる。祖父の魔法は高度なうえに柔軟だ。まだ会ったばかりというのに誇らしい。

「おじい様、カッコいい。私にも〈木魔法〉、教えてくれる？」

「……お前の根性次第だ」

「が、頑張るっ！」

「よかったっすね！　お館様！」

逆サイドの馬に乗る、先ほどからフットワークの軽い茶髪の筋骨隆々の男からも声をかけられた。

「クロエ様、オレはゴーシュと申します。よしなに。ああオレは妻子持ちなんで、惚《ほ》れないでください⁉　クロエ様、お館様は〈木魔法〉を誰かに伝授したくてウズウズしてるんです。でも天才肌だから教えかたがヘタで、誰もついていけねえ。なあ、ジュード様！」

ゴーシュが後ろに向かって叫んだ。祖父の肩越しに覗くと、しんがりをピタリと走ってくる若者が……いや、少年が見える。

「クロエ、ジュードだ。わしの孫で、ローゼンバルクの次期領主だ」

「つまり……私のいとこ？」

「そうだな。わしのいない時はジュードを頼れ」

いとこの存在……家系図に載っていただろうか？　子どもだから見落とした？

「ジュードお兄様。えっと、よろしくお願いします」

「ああ」

彼は、私と目を合わせなかった。よく考えると突然子どもを引き取ると言われて、心情的にすんなり歓迎できるはずがないのだ。今後なるだけジュード様の邪魔にならぬよう過ごさなければ。

寝たり起きたりしているうちに夜が明けた。途中二度ほど、水場で馬を休ませたが、それ以外はノンストップで走り続け、昼過ぎに目指していた宿場町に着いた。

「おじい様、全行程のどれほど進んだの？」

「……四分の一だな」

町で一番大きな宿に入ると、従業員総出で出迎えられた。

「これはこれは、小さなお姫様とご一緒なのですね……辺境伯様、お部屋はいかがしましょうか？」

「三部屋用意してくれ。わし、従者二人、それと子ども部屋だ。ジュード、クロエの面倒を見ろ」

「「えっ！」」

私とジュード様の声が重なる。ここまでポーカーフェイスだったジュード様が焦った顔をした。

「お、おじい様、私、どこか隅っこで大丈夫。ジュード様にご迷惑はかけられません！」

「……六歳児が何を言っておる。ジュード、子どもの面倒くらい、見られるな？」

「……はい」

「では、わしらは寝る。ジュードはクロエに必要なものを一緒に店に行き買い揃えてやれ。あと、何か食べさせておけ。クロエは痩《や》せすぎだ」

祖父はなんと、ポイッと私をジュード様に放り投げた。彼は目を見開き、慌てて両手を広げてキャッチした。

「ご、ごめんなちゃい！　あ！　噛《か》んだ……」

どうしてこのタイミングで噛んでしまうのか……ひたすら恥ずかしく、ジュード様の肩に額を擦

り付ける。

「軽……なんだ、こんなに小さかったのか……そうだよな……たった六歳だもんな……」

ジュード様がぼそぼそと呟《つぶや》いていたので顔を上げると、ホークがあくびをしながら財布をジュード様に渡すところだった。

「ジュード様は若いから、まだ起きてられるでしょう？　じゃあ、夕食でお会いしましょう」

ホークとゴーシュも階段を上がり客室に行ってしまった。

「ジュード……様？　あの、お疲れですよね？　私、一人でおつかい行けます！　大丈夫なのでどうぞおやすみください！」

「はあ……クロエ様、買い物くらいついていくよ」

ジュード様は臣下ではない。次期領主だ。なぜうんと年下の私に様付けなんてするのだろう？

「クロエとお呼びください！　だってジュード様もずっと寝ていないし……」

「じゃあ俺のことも様呼びはやめて？　……家族なのに敬語も気持ち悪い」

「おにい……ちゃま？」

……緊張からかまた噛んでしまった。するとジュード様は頬を赤らめ、空いた右手で顔を覆った。

「そ、……それでいい」

ジュード様改めおにいちゃまに抱っこされ宿を出た。サラサラの透き通るような銀の髪と、湖のようなアイスブルーの瞳《ひとみ》に見惚《みと》れながら、爽《さわ》やかな初夏の町を行く。

「おにいちゃまは何度かこの町に来たことがあるの？　とっても賑《にぎ》やかだね」

「ああ。王都への道中で、安心して休めるところは限られている」

　往来を私を抱き上げたまま歩く兄の情報を少しずつ仕入れていると、商店に着いた。元気の良さそうな女性が奥から出てくる。

「いらっしゃいませ〜！」

「この子のものを下着から外套《がいとう》まで一式揃えたい」

「まあ！　ありがとうございます！」

　私は兄に地面に降ろされる。今私の着ている服は、見るからに着古して丈が短くなったドレスだ。兄と女性にまじまじと見つめられ、ただただ恥ずかしい。

「屋敷にクロエのものは何もないから必要なものを見繕ってこい。遠慮とか、かえって二度手間になって迷惑だからな。ああ、辺境は着飾っていては生きていけない。領主の家族であれ普段はこの店にあるような庶民的な服を着ている。いいな？」

「は、はい。わかりま……わかった」

　祖父に随分とお金を使わせてしまうなあと、落ち込んだが仕方ない。必要なものは必要だ。いつか出世払いさせてもらおう。私は店主の女性が持ってくるものを体に合わせたあと、店内を見てまわり、必要なものに手を伸ばした。

「下着、靴下、靴、ブーツ、帽子……おにいちゃま、これも買っていい？」

「石の器《うつわ》？　何に使う？」

「薬の乳鉢です。捏《こ》ねる乳棒も欲しいけど……硬い素材のものがないなあ」

「……もう薬を作れるのか？」

「多分。材料次第？　まだ材料を採集したことがないの」

前回も今回も自由に野原や森に外出できない身の上だったのだ。

「ふーん……すまない。ここで着替えていくので着ていた服は処分してほしい。そして全てあと二セット追加ね。あ、ワンサイズ大きめに」

「はいよ！」

「お、おにいちゃま、早速着るの？　それに少し多すぎない？」

「クロエは大きくならないのか？」

「なります……」

買い物は宿に届けてくれるそうだ。私は新品の木綿のシャツにグリーンのスカート、サイズがピッタリの革ブーツという庶民風な恰好《かっこう》になった。支払いが終わると、兄は私を再び抱っこした。

私のことを好きではない様子なのに、祖父の言いつけをきちんと守っている。申し訳ないとは思うが、しっかり首に両手を回し掴《つか》まる。

「おにいちゃま、私重いよ！　歩きます！」

「……伝令鳥と変わらないけど？」

発想が祖父と一緒だ！　軽々と私を抱き上げるところを見るに、かなり体を鍛えているのだろう。

「おにいちゃまは何歳なの？」

「俺は十一だ」

私と五歳違いだ。

「私も十一歳になったら、おにいちゃまみたいに力持ちになれる？」

「……他の努力したほうがいいだろ」

それにしても、こんなにひっついているのに、兄はひんやりしている。

「おにいちゃまって体温低い。気持ちいい」

私は思わず兄の首にスリスリと顔を擦り付ける。

「俺の適性は〈氷魔法〉だからな」

〈氷魔法〉！　初めて聞いた！

「じゃあ、体を凍らせているの？」

「体を凍らせたら死ぬだろう。俺のまわりの空気を膜のように凍らせているんだ」

すごい。温度調節自在のようだ。氷の刃にすれば戦闘能力が高そうだし、常時でもかなり重宝されそうな魔法である。

そんなことを考えていると、ふとカラフルな店先に気を惹《ひ》かれた。色とりどりのキャンディやアイシングしてあるお菓子……。

「……欲しいのか？」

「ううん！　大丈夫でしゅ！」

また噛んだ。焦ると口の動きが追いつかない。できるだけ迷惑をかけないようにしなくては！

兄はチラリと私を見て、さっさとその店のドアを開けた。

「いらっしゃいませ！」

「今、人気のあるお菓子、この子用に適当に包んで」

「おや、妹ちゃんに？　いいお兄ちゃんだね～。かしこまりました！」

「お、おにいちゃま……」

紙袋いっぱいのお菓子が手渡され、店を出た。呆然《ぼうぜん》と袋の中を覗《のぞ》く。

「おかしなやつだな。腐っても侯爵令嬢だったんだ。これよりももっと贅沢《ぜいたく》なお菓子を食べてきただろう？」

「お菓子は……一年ぶり……」

適性検査以前はおやつの時間もあったように思う。もう遠い昔の話だ。

兄は不思議そうな顔をして、私を小さな公園に連れていった。私を抱いたままベンチに腰掛ける。

「……休憩だ。ここで少し食べていけ」

私は小さく頷《うなず》いて、手のひらサイズで杖《つえ》の形をしたカラフルなクッキーを取り出した。そっと口に入れるとビックリするほどサクサクで、甘かった。

「おいしい……」

私の目からまたしてもポロポロと涙が溢《あふ》れた。すっかり気が緩んでいる。情けない。

お菓子は余裕の象徴だ。金銭的な余裕と、時間の余裕と、心の余裕。時が巻き戻る前からずっと息を切らしながら走って怯《おび》えて生きてきた。

そんな私が今、お菓子を食べている。懐かしい甘味に手が止まらず、泣きながら無言で食べてい

ると、兄がポケットからハンカチを取り出して、私の目元と口元をタイミングよく拭《ぬぐ》った。

「……俺ってばバカかよ……こんなチビっちゃいやつに嫉妬《しっと》とか……こんな……しなくてもいい苦労をしてるチビに……」

兄のひとりごとに、私はお菓子を一人占めしていたことに気がついた。

「おにいちゃま、はい、どうぞ」

小さなハッカ味のクッキーを口元に差し出す。

「いいよ。クロエが全部食え」

「一緒に食べたら……楽しいかなって……おにいちゃまだもの……」

ずっと一人ぼっちの食事だった。家族で仲良く美味《おい》しいものを分け合って食べることは、ちょっとした憧《あこが》れだった。でも……早まったかもしれない。

兄は数秒目を見開いたあと、小さく口を開けてくれた。私はすかさずそこに入れ込む。

「……そうだな、美味しい」

「うん。美味しい」

二人でもぐもぐと咀嚼《そしゃく》する。

「……クロエはこれからどうやって生きていきたい？」

兄に静かに尋ねられた。

「おじい様とおにいちゃまのお役に立って、いずれ……薬師《くすし》として独り立ちしたいです！」

「ローゼンバルクにずっといる気はないのか？」

私はお菓子を飲み込みながら、首を横に振った。

「私は……これからずっと両親……モルガン家に憎まれ続けるから、私がいるとおにいちゃまとおじい様まで嫌われて、迷惑かけるもん」

モルガン家は兄が言ったように腐っても侯爵家。祖父の強さは思い知ったけど、どんな卑怯《ひきょう》な手で罠《わな》を張ってくるかわからない。

「それに、大きくなったら自分の行きたいところに行って、いろんな経験をしたいの」

「そうか……領主になる気はないのか……」

「領主？　無理です！」

兄にキチンと否定する。実際そんな手腕もない。魔法がレベルＭＡＸであるのと、領地の運営力は関係ない。その方面の才能などないし、伸ばすつもりもない。トップに立つのは領を愛し、領民を愛する人でないと。私は、祖父と兄の守る、ローゼンバルクの領民になれれば十分だ。

「そうだ！　おにいちゃま、よければ〈氷魔法〉を教えてください！　冷たい空気が充満した袋に入れれば、薬が長持ちするかも」

「袋の中を冷気で満たしてキープするのか？　なんてことを思いつくんだ……俺が一緒でなければ無理だ」

「じゃあ、おにいちゃま、私が〈氷魔法〉できるようになるまで、一緒に旅してください！」

「……俺と旅がしたいのか？」

「あ……ダメですか……」

いきなり馴《な》れ馴れしくしすぎただろうか？　と縮こまる。

「領主になるための努力を怠らず、領地を離れず守らねばとばかり考えてきた。お館様がお元気なうちは、外に出て学んでもいいのだろうか……」

「おにいちゃま、おじい様にお館様って言わない方がいいよ！　昨日怒られました」

「そうなのか⁉」

一緒にお菓子を食べるうちに、兄は少しずつ打ち解けてくれた。私は子どもらしく遠慮なく質問して、兄は律儀に慎重に答えてくれた。空がオレンジ色になった頃、兄は私を再び抱き上げて、宿に戻った。

祖父も、ホークもゴーシュもグーグー寝ていた。かなりお酒を飲んだようだ。

「いつものことだ」

兄はそう言って、私に夕食を食べさせ、先ほど買ったばかりの小花柄の寝巻きを着せて、手を繋《つな》いで寝てくれた。うとうととした意識のなか、頬にひんやりした何かが当てられた……気持ちいい。

「まだ腫《は》れてる……すぐ気が付かず、冷やしてやれずゴメン……」

私は人を見る目が本当にない。兄は、私を嫌っていなかった。ただ不器用な、優しい人だった。

みだりに笑顔を振りまく男よりも、ずっとずっと……温かい。

◇　◇　◇

二度宿場町に寄りつつ、私たちは祖父のローゼンバルク領に向かった。五日目に領内に入ると少しペースダウンして、一日かけて、祖父の屋敷のある領都にたどり着いた。

屋敷に到着するやいなや、祖父はエントランスで待ち構えていた領の運営幹部や使用人たちを前に、兄と私とを自分の前に立たせ、双方の肩にガシッと手を乗せて、言葉を発した。

「エリーの娘のクロエだ。エリーが情けないことに育児放棄していたために、わしが引き取った。養子縁組も済ませ、法的には娘だ。そしてジュードもやはり養子縁組をしている。血は繋がらねど息子だ。はっきり言っておく。次期領主はジュードだ。よいな」

「「「はっ！」」」

……考えてもみなかった。私が祖父に頼ったせいで、世継ぎ争いの煙が上がっていたのだ！　そういえば出会ってすぐ兄に跡継ぎのことを聞かれた。あれはそういう意図だったのか。

それを祖父は秒で鎮火させた。自分の浅慮に腹が立つ。下唇を噛《か》んで兄を窺《うかが》うと、兄は小声で「気にするな」と言ってくれた。

「しかし二人にとって、わしは法的には父親じゃが、そうは思えんだろうし、わしも違和感だらけ。ゆえに普段はそのままわしの孫として皆も扱うように」

母の兄であるポアロ伯父には妻はあれど子どもがいなかった。そんな中腹心の友が死に、その忘

れ形見を養子にした。そんな伯父も二年前に戦死、妻は後を追うように病死。その子をまた祖父が養子に……それが兄だった。

兄が伯父の息子になったのはようやく歩きはじめた頃らしく、血こそ繋がっていないが、生粋のローゼンバルク家の男に見える。改めて家族とは血の繋がりだけではないと痛感する。

とはいえ、出来上がっている家族の中に、私はポトンと入り込むことになってしまった。

私はこの地の領主になろうなんて野望、露ほども持っていない。それは兄もわかってくれている。

この家族を壊さないように、できるだけ目立たず、迷惑をかけぬように過ごしていこう。

——そう思っていた日もありました。

「おじい様！　起きてっ！　もうお日様は高く昇ってるっ！」

「……うるさいクロエ……もうちっと寝かせろ……」

「今日は商工会の会頭と昼食会って言ってたでしょっ！」

「……ゴーシュに行かせろ……」

「ゴーシュは今日は港です！　おじい様！　起きてってば！」

「ううむ……」

「おにいちゃま！　今日はマナーに厳しいミセス・ベリアルの授業！　早く起きて！」

「クロエ……あと五分だけ……」

「おにいちゃま～！」

「うわっ！　クロエ！　くすぐるな！」

男世帯のこの屋敷は、使用人たちによって清潔に保たれているものの、主人たちは自由気ままで皆を困らせていた。

「頼むよクロエ様！　クロエ様しかお館様とジュード様に意見できる立場の者なんていないんだ」

と、到着した翌日にホークに頭を下げられた。

「む、無理だよ……だって私、ただの居候だもの……」

祖父や兄を御するように言われて戸惑う。

「……クロエ様。クロエ様はお館様の本当の孫で、法的に娘！　色こそ違えど、意志の強そうな瞳《ひとみ》はそっくりだ！　あなたはここに堂々と住んでいい存在です！」

「でも……」

「でもなんですか？」

ホークの勢いに気おされながらもなんとか説明する。

「今はね、おじい様にもおにいちゃまにも優しくしてもらってる。でも、二人を怒らせたら、やっぱり嫌われちゃうでしょう？　そんなの、もう……」

「……エリー様もモルガン侯爵もクソだな……お館様に報告せねば……」

私が自分の爪先を見てモジモジしていると、ホークが真面目な顔で宣言した。

「クロエ様。もしこの程度でお館様とジュード様がクロエ様に反抗的な態度をとったら、俺たち全員で職務放棄いたします。俺含め使用人皆がクロエ様の味方になります！」

そこまで言われればしょうがなく、私は二人を起こす係になった。二人とも三十分ほどごねて、悪態をつく。それに影響されて、私の口も態度も回を重ねるごとにどんどん荒くなる。

でも朝食の席に着く頃には二人とも頭はスッキリしているようで、

「……クロエ。卵を残さず食べろ！　それでは大きくならん！」

「クロエ。ミルクもきちんと飲め。そうじゃないと見回りに連れて行けないね」

二人して、私に食べさせることに使命を感じているようだ。

「でも……もうお腹いっぱい」

「食が細すぎる！　午前午後の二回、間食を取れ！」

祖父の……口うるささが……嬉《うれ》しい。

「クロエ。十五時すぎなら時間がある」

「わわ、おにいちゃま、薬草摘みに行きたい！」

「そういえばそんなこと……おやか……おじい様、クロエと西の森に入ってもいいですか？」

「……うむ。クロエを頼むぞ」

「はい！」

兄はまだ子どもとも言える年齢だけれども相当強そうだ。それでも私たちが動く時は必ず護衛が一人ついてくれる。

西の森に着くと、後方から私たちを見守る護衛に馬を預け、兄と中に足を踏み入れる。

「クロエ？」

「はい。……結界！」

兄に今後存分に私の力を役に立ててもらうために、私は出し惜しみせず魔法を使う。わかりやすいように右手を地面につき、地表に魔力を流す。手元から草に魔力が流れ、青白く光り行きわたる。

「ふーん。おじい様のように根を地下に張るのではなくて、地表を線のように覆うんだな」

兄は初めて〈草魔法〉を目にするも、驚いた様子もなく、淡々と今後の利用法を考えているようだ。当然蔑《さげす》むなんてこともなく……私の〈草魔法〉をフラットな視線で見てくれるだけで嬉しい。

「地表にある分、タイムラグなしに侵入者の存在が伝わるの」

「うん。見事だ。じゃあ一通り欲しいものを探してみろ」

「はい」

兄は私が薬の材料を採取したいと言っていたのを覚えてくれていた。初めての体験に期待で胸が膨らむ。私はこの土地にありそうな薬草の当たりをつけて、その薬草の匂いを脳内再現して、同じものを探す。

「……あった！　見つけた！」

パタパタと走り、地面に目を凝らすと、探していたガルの葉の群生があった。しゃがみこんでチョンチョンと若く柔らかい芽だけを摘みとった。スカートに泥が少しついたけれど、ここにはそれで怒る人はいない。そもそも外仕事をする時は皆、簡素な木綿の服だ。もちろん正装が求められる場面では、皆きちっとした服装だし、所作も完璧《かんぺき》だ。

「クロエ、その薬草は何？」

「うーん、感覚を麻痺《まひ》させる薬の原料」

「……どういう時に使うの？」

「例えば、怪我《けが》をして痛くて歩けない……でもあと一刻だけ我慢すれば帰還できる……というような時の服用を考えてます」

「死にます」

「……つまり、飲みすぎると？」

一度目に作った毒薬の材料でもあった。

「……危ないだろ」

兄が呆《あき》れたように言う。

「ガルの葉を噛み砕いたところで苦いだけなの。順を追った抽出をしなければ薬にならないから大丈夫」

「クロエ以外に誰が作れる？」

「〈草魔法〉のマスター……つまりレベル50はないと無理。なので今のところお師匠様のトムじいと私だけ……かなあ？」

「そのトムじいは……モルガンの屋敷の者なのだろう？」

兄が目を細め、周囲の温度が下がる。

「お、おにいちゃま！　トムじいの家族と、私付きの侍女のマリアは私をこっそりかわいがってく

れた！　私の命の恩人だから！」

「そうか……モルガン邸も虐げる者ばかりではなかったのだな。手紙でも書いたらどうだ？」

トムじい一家には何も言わずに家を出てきてしまった。もちろん遠いこの土地で元気にやってい
ると伝えたい。でも、手紙が皆に無事に渡るとは思えない。最悪を想定すれば、私の手紙が原因で
ひどい目に遭わされるかもしれない。

私が俯《うつむ》いていると、兄が助言してくれた。

「……そうか。秘密の手紙の出し方を、執事のベルンに聞くといい。その手の方法に精通している
から」

私は顔を上げて、コクコクと頷《うなず》く。

「お世話になった少数の人たちには、きちんとお礼を言いたいの。そして、いつの日か恩返しす
る！　あ、でも、大きくなって一番に恩返しするのは、おにいちゃまとおじい様だから！」

「……恩など感じなくていい。俺とクロエは……家族なのだから」

私は三回分の薬ができる量を摘み、布袋に入れて、ジーッと兄を見た。

「……どの程度だ？」

「小川のお水の冷たさでお願い。帰宅するまで保つくらい」

「……冷却」

兄の一声で、冷たい空気が袋の中に充満した。

「すごい！　おにいちゃまありがとう！」

すかさず私が自分のマジックルームに収納すると、兄が目を見張った。

「クロエ、〈空間魔法〉を使えるのか？　なぜそこに入れた？」

「なんとなく、私のマジックルームのほうが、大気の影響を受けないかなって。あれ？」

私はくらりと立ち眩《くら》みし尻餅《しりもち》をついた。マジックルームに兄の冷気をつけっぱなしで入れると、どうやら思った以上に魔力を消費するようだ。

私の魔力量は一度目の人生でかなり無理をしたことにより、標準の数倍はあると思う。これしきで枯渇などしないけれど、身構えていなければ器《うつわ》である六歳児の体には衝撃がくる。ちなみに使用した魔力はしっかり休息を取ったり、緊急時は回復ポーションを飲めば元に戻る。

「……全く。無茶するな！」

兄は慌てて私を抱え上げ、ポケットからキャンディを取り出し、私の口に放り込んだ。

「甘い……おにいちゃま、ありがとう」

兄が、祖父がこんなに甘いのは、このローゼンバルクという風土のおかげなのだろうか？　王都と、これまで出会ってきた人々と何もかも違うから、どうしても戸惑う。

私は受け入れられるかハラハラしながら兄の首に両手を回し、ギュッとしがみついてみる。

「……ふん。ボチボチ戻るぞ！」

護衛がニコニコ微笑《ほほえ》む中、兄はさも当たり前のように、私を抱いたまま馬に飛び乗った。

嫌いな人間を……こんな風に抱きしめたりしないよね？

これまでと全く別次元の生活は……自分のあらゆる価値観がひっくり返って……面白くも安心で

……泣きそうだ。

◇　◇　◇

「行くよ～！　収穫！」

広大な畑中のじゃがいもが、地中からポンッと飛び出した。

「みんな～！　かかれ～！」

「「「「おー！」」」」

子どもたちが背中に背負ったカゴに、競うようにじゃがいもを入れる。

ここはローゼンバルク神殿の運営する養育院だ。色々な事情で親と暮らせない子どもたちがここで、学びながら生活している。祖父が私に足りないのは同世代と触れ合う機会だ、と領民への挨拶《あいさつ》を兼ねてこの養育院に顔を出すように言いつけた。

「素晴らしいですわ。クロエ様の魔法」

養育院担当の若い神官が目をキラキラさせながら褒めてくれる。

「掘り起こすのを手伝っただけだよ？　じゃがいもがこんなに立派に育ったのは、みんなのまめな農作業の成果です」

私の〈草魔法〉を喜んでもらえてとても嬉しい。ここの畑仕事を通して、お世話になっている領に少しでも恩返しできていたらいいなと思う。ただ、祖父に農業と関わる時は、成長を促すだけ、

早めてはならないときつく言い渡されている。自然の摂理を歪《ゆが》めてはならぬ、と。

〈草魔法〉的には決して歪めていることにはならないのだけれど、一度私のような異端がルーティンを崩したら、普段の営みが崩壊する恐れがあると危惧《きぐ》することは、よくわかる。

だから私は、相談に乗り、手伝うだけ。祖父に借りた屋敷近くの――当然周囲を結界で覆った――自分の実験畑では自重しないけれど。

それにしても、子どもの数が多い。最前線の土地柄ゆえに戦争孤児が多いのもあるけれど、祖父が運営にきちんと資金を出しているから、他よりマシなこの養育院に流れてくるようだ。

このあたりは土地も痩《や》せている。じゃがいも以外でたくましく育つ野菜は……どこからかソバを調達してもらおうか……。

「クロエちゃん、このお芋どうするの？」

もの思いにふけっていると、私より少し年上の女の子、ダイアナがワクワクしながら聞いてきた。

「半分は売って現金化。そして残りをまた二つに分けて、一方は種芋にとっとく。その残りがみんなのごはんだよ」

「今日食べる？」

「えーと」

神官を窺《うかが》うと、ニッコリ頷いた。

「よし！　じゃあ、お料理しゅるよ～」

「あ、クロエちゃん、噛《か》んだ」

「…………」

私は自家製の菜種油で、皆で洗ってくし切りにした芋を二度揚げする。キツネ色になったら塩を振ってできあがり。揚げ芋だ。

一度目の時に……教授が教えてくれた。貧乏料理だよって……。教授が研究室に集めたものは皆、恵まれない立場だったから笑いながら食べた……。

「おお！　おいしい！」

「おいちいね！　クロエしゃん！」

「まあ、おいしい」

「ホックホクだな！　今日オレ、クロエ様の護衛当番でよかったぜ」

気さくなゴーシュが屈託なくニカッと笑った。

幸せそうな皆の顔を見て、私の遠く苦い記憶は彼方《かなた》に追いやられた。

◇　◇　◇

「クロエ、少しは太ったか？　午後は空けておけ。お前の実力を知りたい」

ローゼンバルクのクロエになって二カ月、夏も終わりにさしかかった。何かと忙しく過ごしている祖父が朝食を食べながら、そう言った。

「は、はい！」

ついにきた……これで私の運命が決まるのだ。私は緊張して背筋を伸ばした。

約束の時間、私は大掛かりな魔法を披露する予定なため、兄のお下がりのパンツ姿で待っていた。エントランスにやってきた祖父にさっと片腕で抱き上げられ、いつも同様、馬に乗せられた。

「おじい様、蔓《つる》を出してひっちゅきますか？」

「……すぐそこだから、このままでよい」

祖父があっちをむいて肩を震わせる。遠慮なく笑っていいよ……。

祖父に向かい合うように太腿《ふともも》に座って抱きつくと、腰を左腕でギュッと引き寄せられた。

「今日は髪を一つに結んだのか？」

「うん、邪魔にならないように後ろでまとめたの。おじい様とおにいちゃまとお揃《そろ》い」

「……そうか、お揃いか」

二人で尻尾《しっぽ》のような髪を揺らしながらしばらく走り、近隣に何もない荒野にたどり着いた。既に兄やホークなど主要な幹部が揃っている。

「さてクロエ、お前ができることを見せてくれ」

私は祖父やこの領の重鎮たちに、役に立つところを見せなければならない。でなければ、追い出されてしまう。いや、既に厄介者には違いないけれど、せめて成人し、独り立ちできるまではここに住まわせてもらわなければいけないのだ。

祖父がここで一番注力していることは……この領地を侵略者から守ること……。

「いきます。草壁！」

私は地面に手を突き、直接練り上げた魔力を放つ！　私の両手から濃い緑の光が地を走り、ズンッと地面が揺れた。

荒野にまばらに生えている草が一気に成長し、互いに絡み合う。そして荒野を横断するように集合してはびこり、一気に天に向かって伸びて、高さ三メートルほどの壁を作った。

「クロエ様、すげえ……」

ゴーシュの呟《つぶや》きが耳に入る。

「ふむ。クロエ、どの程度魔力を消費した？」

「私の全魔力の十分の一くらい……多分」

「どの程度の強度だ」

「丸一日ほど。天候にも左右されるし、強力な〈火魔法〉使いであれば燃やされてしまいます。あくまで時間稼ぎです」

「強力な〈火魔法〉とは？」

「……マスターくらい？」

「〈水魔法〉で覆えばもう少し保《も》つんじゃないか？」

ホークの質問に頷きながら答える。

「おそらく。あと、毒草やトゲのある草を使えばおいそれと近づくことはできなくなるかと」

「なるほどな」

私は畳み掛けるようにポケットから一粒の茶色の種を取り出した。両手に閉じ込めて魔力を注ぐ。

「発芽！」

種はパチンと弾《はじ》けて開き、根は地面に伸びる。

芽は一旦《いったん》天に向かったあと、グイッと方向転換し、そのまま根の横の地面に頂を突っ込む。それを地中にぐいぐいと魔力でもって押し進めさせる。茎は竹と同じくらいの太さになり、五分ほどで、動きが止まった。

私は手持ちのナイフで地表そばの部分の茎をスパッと切る。すると、茎の中から水がじわじわと湧いてきた。

「クロエ様、これは一体？」

ゴーシュが切り口に触れながら尋ねる。

「地下水脈にたどり着いて、水を吸い上げてます。つまり井戸です」

「……なるほど。奇襲や籠城《ろうじょう》の際の水の備えか」

ゴーシュが水を掬《すく》い、一口飲んだ。

「うん。真水だ」

私はコクンと頷《うなず》いて、祖父を見上げた。祖父が不思議そうに見下ろす。

「……なんだ？」

「おじい様、あの……お役に立てそう？　私をここに置いてもらえる？」

思わず両手を胸の前で握り合わせ、祈るように祖父を見つめた。

「クロエ！　おまえ、何を言っている⁉」

兄が怖い顔で大声を出す。どうしたっていうの？

「……ふむ。クロエ最後だ。花をここに咲かせてみろ」

「花？　じゃがいもとか？　アブラナとか？　糧の？」

「……お前の好きな花だ」

私が好きな花？　前回、うら若い頃ですら花を贈られたことなどなかった。花束といえばバラや百合《ゆり》なのだろうけれど、あんな華やかな造形は私には似合わない。

そもそも種の手持ちが、薬草や毒草や頑丈な根を張る奴やら、そういうのが選択基準で……ああ、もともと自生しているコレとか……ああ手持ちのコレとか……こんな感じ？

「……発芽」

マジックルームから取り出した種をぱらりと撒《ま》き、霧雨のように魔力を降らすと、フワリと一面に紫の小さな花と白い小花が広がった。

祖父が周りを見渡して、

「レンゲ草か？　もう一つは……」

「カミツレ。地味だけど……可愛いから好きなの。お薬にもなるし」

私もこんなふうに……誰にも気に留められることなく、ひっそりと、地に足をつけて生きていければ……。

不意に祖父はしゃがみこんで、紫色のレンゲ草を一輪摘んだ。そして私の耳の上に挿す。

「……ふむ。わしも好きになった。レンゲも、この白い小菊も」

そして、中腰になり、私の目を覗《のぞ》き込む。

「クロエの実力は十分にわかった。好きなように力を伸ばせ。強くなるもよし。薬学を磨くもよし。園芸や農業に進むもよし。……クロエ、もう自分の好きなことをしていいのだ。モルガンの影を恐れるな。わしらの顔色を窺うな。クロエを嫌う愚かな者など、この地にはおらん！」

唐突に、私の心のうちの怯《おび》えを突きつけられて、動揺する。周りを見渡すと、兄もホークたちも、皆真剣な顔で、私に頷いた。

「これからどんな道を選ぼうが、わしはクロエの祖父で死ぬまで味方だ。おまえのためならいくらでも援助しよう。皆もよいな？」

「「「はっ！」」」

「だから……肩の力を抜いて、よく考えよ」

祖父はそっと、自分の硬い腕の中に私を入れて、壊さぬように抱きしめてくれた。

私はこの地で……なんの未来の心配もしないでいい、ただの子どもになっていいらしい。

顔を上げて見つめた祖父の金の瞳《ひとみ》は真面目そのものだった。

孫とはいえ無理やり引き取ってもらった身、役に立たねば私の居場所なんてないと思っていた。でもその思考自体が、役立たずと呼ばれ捨てられ見殺しにされた、モルガン家に毒されていたのだと気が付いた。あの最悪な両親と、真っ直ぐ私の目を見て話してくれる祖父、どちらを信じるべきかなんてわかりきっている。祖父の肩越しに見た兄も皆も優しい表情で見守ってくれている。

素直に祖父を、兄を信じよう……もう、信じてもいいんだよ、私！　六歳で、ひとりぼっちで頑張らなくていいのだ。

祖父と皆の温もりが体中に染み渡り、祖父の肩に顔を押しつけて少しだけ泣いた。

皆が私の作った草壁や井戸茎を間近に見て、触って私に質問する。私はそれに答えながら改善点を考える。

「クロエ様がいれば、今のようにズズーンと壁をおったてて、領地を守れるけれど、いない時がなあ」

ゴーシュが口をとがらせて考える。

「私が一番面倒な仕掛けだけ領境に仕掛けて、いざという時は他の〈草魔法〉使いに発動してもらうっていうのはどうかなあ？」

「他の〈草〉？　レベルはどのくらい必要だ？」

「マスターか……せめて45かな？」

「いねえよ、んなやつ」

さらっと言ってみたのだが、やはり祖父の配下にも〈草魔法〉使いはいないようだ。トムじい……ルル……元気かな……。

＊＊＊

先日、兄のアドバイスで、ベルンにこっそり手紙を届ける方法を考えてもらった。ベルンはオールバックの黒髪に銀のモノクルという、いかにもデキる執事だ。ホークやゴーシュが祖父の片腕として一緒に動き回るのに対し、ベルンは領地を離れず堅実に守っている。

「クロエ様は草から紙を作ったことがありますね？　だからこそ〈紙魔法〉を持っているのだと推察しましたが？」

「は、はい」

「草を用いて作った紙に文章を書き、再び草に戻してタンポポの綿毛のように飛ばす。受け取った草魔法師はそれを紙に戻す……という話をどこかで聞いたことがあります」

ベルンはローゼンバルクの知恵袋。知識量が違う。桁違《けたちが》いだ。自分の適性魔法についての情報ではないのに。タンポポ手紙なんて初耳だ！　でも、ワクワクする！

「ベルンありがとう！　試してみるね！」

「ふふふ、成功したら、是非このベルンにも教えてくださいね」

「うん！」

私は二週間ほどかけて新しい〈草魔法〉を構築し、はるか東のトムじいに向けて、タンポポを飛ばした。

＊＊＊

「クロエ？」

トムじいとルルのことを思い、ぼんやりしていた私は、兄に呼ばれて慌てて顔を上げた。

兄が私の頭の上に何かをポンと載せる。上目遣いに懸命に見ると……レンゲとカミツレの花がぎゅっと詰まった……冠だった。

「……幼い頃、育ての母にねだられて……作ったことがあるんだよ……」

――その冠は……前回牢の中で見せられた、王子妃ガブリエラの肖像画のティアラよりも、ずっとずっと、みずみずしく、美しかった。

「こんな……嬉《うれ》しいぷれじぇんと……はじめてれす……」

兄はプッと噴き出した。

「よくわかった。クロエは興奮すると、噛《か》むんだな！」

「も、もう！　おにいちゃま〜！」

私は恥ずかしさを隠すように衝動的に自分から兄の腰に抱きついた。すぐに、しまった！　と思った。でも、兄はやれやれといった風情だったものの……優しく抱き上げてくれた。

「クロエ、花冠も俺のお下がりのパンツも似合ってる」

「あ、今日はシャツもパンツも髪型もおにいちゃまとお揃いだ。カッコいい？　今度は私が花冠を編んでプレゼントするね。そしたらぜーんぶお揃いになる」

「そうだな、俺たちはずっと……お揃いだ」

帰りはそのまま兄の馬に乗せられて帰った。私の頭には白とピンクと紫の素敵な冠が載ったまま。

私があまりに喜ぶから、冠がすぐには枯れないように兄が〈氷魔法〉で包んでくれた。

馬を預けて、兄に抱かれたまま祖父の後ろからエントランスホールに入ると、

「お、お嬢様！」

懐かしい声に、呆然《ぼうぜん》となる。

「……マリア‼」

王都のモルガン侯爵邸にいるはずのマリアがこのローゼンバルクのエントランスにいる。私は兄の腕の中から飛び降りて、しゃがんでくれたマリアの胸に飛び込んだ。

「マリア……どうして……あああっ！」

マリアに会えたのは嬉しい！　嬉しいけれど……マリアの左頬には真っ青なアザができていた。恐る恐る右手で触れてみる。

「……クロエがわしに手紙を出すのを手助けしたことがバレて、暴力を受け、追い出されたのだ」

祖父がため息と共に教えてくれた。

「そんな……ごめんなさい！　……マリア！　ごめんなさいごめんなさい！」

私は涙が止まらない。しかしマリアはそっと笑った。

「いいのです。お嬢様のせいではありません。自分で決めたことでした。それに放り出されてすぐ、辺境伯様のお使いの方が、保護してくださいました」

「おじい様……」

「すまん。もっと早く助けてやれば……クロエの時といい……。マリアと言ったか？　おまえは我

が娘クロエの恩人。好きなだけここに滞在するがいい」

いかに力のある辺境伯であっても、他家の使用人の処遇に口出しできるはずがない。私は首を横に何度も振る。祖父は悪くない。

「クロエ、痛み止めでも煎《せん》じてマリアを休ませよ」

「……はい！」

それでも祖父はなんとかマリアを救出し、連れてきてくれた。なんの見返りも求めず。私の気持ちを休めるためだけに。

祖父は私の……本当に味方だ。甘えていいのだ。もう、二度と疑わない。

私は改めて祖父に深々と頭を下げた。

◇　◇　◇

マリアはケガと、これまでのストレスと、遠距離移動のために一週間ほど寝込んだけれど、少しずつ回復していった。

「げっげほっ！　ごほごほっ！」

「ま、マリア、大丈夫？　お薬が気管に入っちゃった？」

「い、いえお嬢様のお薬が……想像以上にまずく……すみません、お水を」

「ええええっ！　ご、ごめん！」

そんなにまずかったとは……ちょっとショックだ。でもそもそも私、味見をしていない。臨床実験でもレベル確認でもない、誰かのために心を込めた製薬は今回が初めてだった。トムじいの言う商売が絡まないから、持てる全ての知識と技術をマリアのために注ぎ込んだのだけど……そうか、効けばいいってものじゃない。もっと口当たりのよい味に改良しなくては。

「いいえ、お嬢様のお薬を初めて飲むのが私だなんて……感激です。ありがとうございます。私のお嬢様は本当に素晴らしいわ」

「え、えっと……どういたしまして」

マリアに褒められて、顔も心もポッと温まる。感謝されるなんて初めてで……照れ臭い。

一度目の人生で毒薬を作った時には、教授に褒められても感謝などされなかった。当たり前だ。都合よく利用されていただけなのだから。

自慢の〈草魔法〉を駆使した薬で大事な人が回復し、心からのありがとうの言葉を貰《もら》う。なんと誇らしく嬉しいことか。こんな晴れやかな気持ち、知らなかった。

そして、マリアはこの土地に残ることを選び、祖父の許可を得て、再び私の侍女になってくれた。

「それにしても……同じ貴族の屋敷でこうも待遇が違うとは……」

「そんなに違うの？」

「ええ。ギスギスしてないといいますか……女主人がいないせいもあるかもしれませんね。かと言って、使用人がだらけているわけでもありません。きっとお館様の本気の強さと行動力を……それぞれに一度は体験しているのでしょう」

そのとおりなのだろう。私もあの、道中の容赦のない祖父を見て、逆らう気持ちなど到底持ち得なくなった。もちろん、それがなくとも祖父には恩を感じこそすれ、裏切る気持ちなど未来永劫《みらいえいごう》ないけれど。

「そして執事のベルンさんが、いわゆる侍女長的な立場も兼任されているので、女性同士の足の引っ張り合いが起こりません」

ベルン……知恵袋なだけでなく、女性の仕事とその正しい管理法まで精通しているとは！

「お嬢様もずいぶんとおてんばになられました。なんというか……ガサツに？」

ガーン‼

うふふふと笑うマリアの表情は、大人の女性と言うよりも綺麗《きれい》なお姉さんという感じだ。マリアは乳母だったこともあり、つい母親像を重ねてしまってきたけれど、まだ二十代半ばなのだ。声を立てて笑い、若々しくなったマリア。いろんな憂いが消えたから？

ともかく私のお世話ばかりでなく、マリア自身の幸せもこの地で掴《つか》んでほしいと願う。

マリアはローゼンバルクのお屋敷では新参者の侍女として常に一歩引いているが、この私をしつけ、着飾ることだけは、己を通す。

「お館様、クロエ様は大変熱心に魔法の鍛錬をされていますが、お館様に似て、とても素質があるのです！　是非、何か音楽を……そうですね、横笛など嗜《たしな》みとして習わせていただければ……」

「……かまわぬ。ベルンと相談しろ」

「ジュード様、クロエ様がジュード様のお下がりを着て鍛錬されている姿を見ると、とても胸が温

かくなるのですが……二枚ほどドレスを作って差し上げて、将来のために一緒にダンスをしていただけないでしょうか？　ジュード様にしか頼めず……」

「……何枚でも作ればいい。ねえ、おじい様？　ダンスの稽古《けいこ》くらい……相手してやる」

ということで、週末の家族全員揃《そろ》う習慣の晩餐《ばんさん》では私はマリアの着せ替え人形となり、茶色の髪にリボンをつけて、ふんわりした子どもらしいドレス姿で登場する。

「……ふむ。クロエも一端《いっぱし》の……レディだな」

「……か、可愛いぞ。クロエ」

「お、おじい様、おにいちゃま、ありがとうございまちゅ」

噛んだ。

不意に褒められるなんて聞いてない。素敵な格好をさせてもらって、褒めてもらえて、舞い上がらないはずがない。

「さあ、今日も家族三人無事に揃い、食卓を囲めることに感謝を」

「「感謝を」」

泣きそうなくらいに、感謝している。


そして、ある朝目覚めると、枕元にタンポポが届いた。

「これは……もしかして!?」

急いで〈草魔法〉を解くと、一枚の便せんになった。

＊＊＊

姫さま、面白い手紙をありがとう。ちょっと手こずりましたぞ？　姫さまが屋敷から消えた事情はなんとなく察しておりました。元気そうで何より。ルルも姫さまに負けられんと、鍛えております。さて、では課題を差し上げます。二週間でクリアして、結果を提出するように。毒朝顔の根を煎じ、抽出したものを中和する、虹《にじ》ナスの分量とタイムリミット……。

我が最愛の弟子へ　　トム

＊＊＊

手首の文様のスズラン部分をそっと撫《な》でる。黙って出てきたから、大好きな人たちに嫌われてないか不安だった。けれど受け取った手紙は相変わらず愛情に溢《あふ》れている。そして皆無事な様子。本当によかった……。

◇　◇　◇

「毒海！」

私は突き出した右手から魔力を放出し、ザラナンの葉をあたり一面茂らせる。

ザラナンは毒草。葉からの分泌物に触れると一気に肌がかぶれ、そこから神経が麻痺《まひ》し、硬直。

動けなくなる。

事前に捕まえていたウサギをゴーシュが草の中に放り込んだ。数秒もがいたが、やがて動かなくなった。

「クロエ様、エゲツないな」

「そ、そんなことないよ！　一週間ほど動けなくなるだけだもん」

私はひとまず戦闘方法の習得を祖父に志願した。薬師《くすし》として行商に出た時に襲われても、自分の身だけは守れる技を身に付けたいと思ったのだ。いつかトムじいもそうアドバイスしてくれた。

祖父は、辺境の地を守る自分に気を使ってその道を選んだのではないかと疑ったけど、そうじゃない。きちんと私の意志だ。

先日のマリアの反応から、薬師になるためには経営を学ぶほかに、まともな味に調える実験も必要であると気づいたので、それも並行して進めるつもりだし……コツコツ頑張らないと！

今日は兄とゴーシュが特訓に付き合ってくれている。

「クロエの希望ではあるけれど、〈草魔法〉はそもそも直接攻撃に向いているものじゃない。こうして間接的に援護してくれることに意義がある」

そう言って兄は私の前衛希望を受け付けなかった。

たしかにあらゆる毒草を知ってはいるが、触れただけで死に至るものはさすがにない。毒は正しい手順で精製し、効果的な服用をしなければ、目を見張るような成果など出ない。

それでいいと思っている。個人的な恨みのない相手を大量殺人なんてできっこない。私ができる

ことは相手の攻撃を防ぐこと。この恩あるローゼンバルクを守ること。私を守ってくれる皆が動きやすいように努めること。学びの中心は守備力、仲間へのサポート力に置こう。

「しかし……全身隙間なく覆う装束で来られたら、かぶれさせることができないな……」

「ジュード様、馬が止まるだけでも十分だと思いますぜ」

「そうだな。あとは、別の魔法で服を切り裂いておくか……」

「〈風魔法〉初歩の風切なら私もできるよ！」

兄と、皆の話を一言も漏らさず脳に刻む。将来、どこでこの知識を使うかわからない。

「組み合わせ技か……いいね。ＯＫクロエ、ありがとう。じゃあ撤収」

「はい。……成長！」

ザラナンはザワザワと生い茂り、やがて枯れた。

「クロエ様、この魔法の難度は？」

「生垣や草壁ほど魔力は要りません。重力に逆らいませんので。〈草魔法〉のレベル30ってところです。レベルが高ければ、範囲が広くなります」

「範囲は広くなくていいよな。効率よく一箇所に追い込めば」

「帯状で十分だろう？」

兄たちが議論している間に、先程のウサギを回収し、小川の水でザブザブ洗う。

「クロエ、そのウサギはどうするんだ？」

「他の罠《わな》にひっかかっていたものと一緒に、養育院で食べてもらおうかと」

「た、たくましいな。食べても毒は影響しないのか？」

「はい。火を通せば大丈夫」

「クロエ様の草の罠からは、獲物は絶対抜けられないからな。十羽ほどかかってたっけ？　今日の養育院はご馳走《ちそう》だな」

「クロエ、偉いぞ」

兄は私の頭をガシガシと撫でた。一番身近な人が、〈草魔法〉を褒めてくれる。私は顔を見られるのが恥ずかしく、兄にピトッとひっついた。

「ん？　眠くなったか？　まあ大技を使ったからな。よし」

兄が私の両脇に手を通し、抱き上げる。

「俺たちは帰る。ウサギは養育院に届けてくれ」

兄はゴーシュに命じるとさっと馬に飛び乗り、左手で私を抱きしめて駆け出した。

「おにいちゃま、いつも面倒をかけてごめんなさい。私もそろそろ馬のレッスンを……」

「ふん、もっと脚が長くなったらな。そもそもあぶみに届かないだろ。いいから大人しく、俺と駆けていろ」

「……ありがとう。おにいちゃま」

兄の腕の中はひんやりしているのに、なぜか温かい。

第三章　領地防衛～ダンジョン編～

暑い夏は、兄の〈氷魔法〉で快適に過ぎ去り、恵みの秋になった。

私が枯れた草花から種を集めたいとお願いすると、兄やゴーシュたちが交代で付きそってくれる。

「クロエ様、こうしてちょっとずつ甘えることに慣れるんですよ。そのほうがお館様もオレたちも嬉《うれ》しいです」

ゴーシュが私を肩車して、のしのしと歩きながらそう言う。四歳の息子さんにいつもこうしているそうだ。

最近、屋敷に出入りする皆の役割が見えてきた。祖父の側近はこのゴーシュとホークとベルンの三人。ホークは主に軍事面と外交面で祖父を支え、そのそばを離れることはあまりない。ベルンは執事というだけでなく、亡くなった祖母の代わりに内向きの仕事を一手に引き受けている。

ということで、ゴーシュが私に付き添ってくれる確率が高い。と言ってもゴーシュは祖父やベルンによって立案された商談などの実働部隊リーダーで、決して暇なわけではない。

甘えるほうが嬉しいの？　これまでも、一度目の人生でも、甘えを見せればしつこいほどに情けないと怒られた。ここは別世界のようだ。

ゴーシュの頭をギュッと掴むと、

「クロエ様、手が目にかかってる！　見えないな～おーっとっと！」

「きゃあ――！　あははは！」

わざとグラグラと歩くゴーシュの動きが面白くて、大声で笑った。


そんなある日の夜、食事中にゴーシュがやってきて、祖父に耳打ちした。

「ゴーシュの仕入れた情報によると、久しぶりに北の海沿いにダンジョンが出現したそうだ」

「おじい様、ダンジョンって何？」

前回の記憶を辿《たど》っても、初めて聞く単語だ。

「突然、洞窟《どうくつ》などがありえない空間に繋《つな》がって、その中にはいろいろな宝物が入っていると言われている。物騒な獣も住み着いているかもしれない」

「かもしれない、なの？」

「うむ。そもそもダンジョンは二つとして同じものはないのだ。突如現れて突如消える」

「……〈空間魔法〉使いが罠やプレゼントをいっぱい仕掛けた部屋をこっそり置いたのかなあ？」

「ふーん。そうかもしれないね。でもね、稀《まれ》に前世紀に廃れた工法で作られた武器なんかも出るから違うかな」

兄が隣から教えてくれる。

「ジュードの言うとおりだ。つまりそういう貴重な宝を夢みてダンジョンには人が集まる。そして、小競り合いが起こったり怪我人《けがにん》が出たりするのだ」

なるほど……それが自領の中なのであれば、ちょっと迷惑かもしれない。

「というわけで、ジュード。様子を見に行ってこい」

「……はい！」

兄がやりがいのある仕事を与えられて、嬉しそうに目を輝かせる。

「え？　おにいちゃまが行くの？　平気？」

「大丈夫だ。もちろん一人ではないし。北の港町なら海の幸は美味《うま》いし。行き帰りでおおよそ二週間かかるから、クロエはいい子にお留守番してろよ」

「わた、私も連れて行ってくだしゃい！」

海の幸って何？　何？

「お利口に働きます！　必要な魔法は出発までに覚えます。あ、荷物は私の〈空間魔法〉に全部入れてください！　海藻も採取したいです！」

海は本の知識しかない。行ってみたい！　甘えていいのよね？　ならばここしかない！　祖父の指示を待っているゴーシュに視線をやると、パチンとウインクされた。

それに、いかにして祖父やみんながこのローゼンバルクの治安を守っているのか、現場をこの目で見て、〈草魔法〉の自分にできることを具体的に考えるきっかけにしたい。

「ふむ……ゴーシュ、そう危険だという話もまだないんだな？　クロエも我がローゼンバルクを知るいい機会かもしれんな。よし、出発は三日後。それまでに、身の回りのことを全て自分でできるようになったら、クロエも許可しよう」

「やったー！」

私は椅子から飛び降りて、祖父に抱きついた。

「おじい様！」

兄が慌てている。

「……クロエのめったにないおねだりだからな……ジュード、お前にとっては『守り抜く』訓練でもある。最も重要で難しいことだ。わかったな」

「っ、はい！　命懸けで守りますっ！」

早速マリアに洗濯や裁縫などを一通り教えてもらった。兄や仲間の足手まといにならないように。

そして、私と兄とホークと、最近領主邸の護衛に加わった、若く筋骨隆々だけれど優しい顔立ちのニーチェという四人で出発した。

「ホーク、おじい様のそばを離れていいの？」

「クロエ様、俺にだってたまには息抜きが必要ですって！」

と言って、ニヤリと笑う祖父の右腕。跡取りの兄に万が一のことがあってはならないからだろう。

「全く！　クロエ一人くらい、俺だけで守れるよ！」

と、兄が私の頭上からプリプリと言う。

私は当たり前のように兄の馬の前に乗せられた。今回は道中が長いので、私もパンツ姿で前向きに男乗りで座り、兄の胴と蔓《つる》でぐるぐる巻きにしている。

ちなみにローゼンバルクの女性はスカートが主流ではあるけれど、パンツ姿もちらほら見かける。

かつて、この土地に魔獣が押し寄せた時は、女性もパンツ姿に鎧《よろい》を身に着け戦ったそうだ。

「ふふふ、お二人とも、我がローゼンバルクの未来ですよ。宝です」

ホークは何やら呟《つぶや》いて、後ろの守りについた。

「クロエ、おまえは俺たちの……うん、隠し球だ。欲しい植物を見かけたり、お腹が痛くなったりしたらすぐに言えよ。どこでも止まる」

「どこでも？」

「うん。王都からの旅と違って、ここは自領だ。危険がないとは言い切れないけど大丈夫だ」

「はい！　ありがとうおにいちゃま！」

私はますます甘えさせてもらうことにした。

「おにいちゃまストップ！　あの沼に寄り道を！　水草って全く持ってないの！」

「こら！　その沼は深いんだぞ！　クロエ走るな～！」

「おにいちゃま！　見て見て、こんな大きくてキレイに紅葉してるカエデ、初めて見た。樹液があらゆるポーションの原料になるはず……」

「クロエ様！　速攻で樹液抜きましょう！」

なぜかホークとニーチェが前のめりで腕まくりした。体力を回復させるポーションにでもお世話になっているのかな？〈木魔法〉使いの祖父ほどではないけど、樹液くらいなら私でも抜き取れる。〈木魔法〉と〈草魔法〉は親和性が高いのだ。その記述を本で見つけた時、祖父とのつながりを感じて自然と顔がほころんだ。

「おにいちゃま〜！」

「……今度はなんだ？」

兄の口に、たった今もいで皮をむいたリンゴを入れる。私も食べる。

「おいひいね！」

「うん……うまい」

兄が私の頭を撫《な》でて、そのままその手を下ろし肩を抱き寄せてくれる。二人で秋のどこまでも澄んだ青空を見上げると、鳥がヒュロロロと鳴きながら頭上を横切った。のどかな景色に胸が詰まる。

「……おじい様とおにいちゃまのローゼンバルク領は、美しくて恵みも多くてとっても素敵だね」

「俺とおじい様だけじゃない」

私は首を傾《かし》げた。

「ローゼンバルクは俺とクロエとおじい様と……皆のものだ」

兄はそう言うと穏やかに笑って、おでこをコツンと合わせた。

兄と、ホークとニーチェに守られながら、テント泊で旅は続いた。

ホークはかなり雑で気さくな雰囲気ではあるが、その実抜け目なく周りに目を光らせている。他人にも自分にも厳しそうで、年代的にも理想の父親像を重ねてしまう。なのになぜか独身。解せない。もう少し打ち解けたらその謎を聞いてみよう。

ニーチェは大きく強いのに恋愛に関しては奥手のようで、ホークに彼女とのなかなか進展しない仲についていつもからかわれて、困り果てて眉尻《まゆじり》を下げている。

「ニーチェ、ダンジョンのお仕事が終わったら、私がお礼に最高の花束を作ってあげる。それをおねえさんへのおみやげにしてね」

「お、お嬢様、あり、ありがとう、ございます！」

少しずつ、チームとして仲良くなりながら、目的地、北の港町トトリに着いた。

◇◇◇

まず宿に立ち寄り記帳したあと、身分を隠してひとまずダンジョンの様子を見に行った。

「いいですか？　ジュードとクロエ様は俺の子ども。ニーチェは従者という体《てい》で覗《のぞ》きに行きます」

ホークが人差し指を立てて確認する。

「わかった」

「わかったけど、おにいちゃまをジュードと呼び捨てなら、私のこともクロエと呼び捨てにしなきゃ」

「そっか。ジュードはまだ跡取りになる前のチビの頃から知ってるもんだからついな……よし。臨機応変に呼び捨てだ。クロエ！　行くぞ！」

「はい！　おとうちゃま！」

「……急所にズキュンと来たぜ……」

私は兄の腕からホークの腕に移されて、四人でブラブラと人だかりのほうへ向かった。

近づくごとに響く声は、ほぼ罵声《ばせい》だった。男たちがガミガミといがみ合っている。ホークが眉根《まゆね》を寄せ私をギュッと抱き込んで、後方の野次馬に声をかける。

「おい、いったいどうしたんだい？　俺たちはこの辺で美味い海老《えび》が食えると聞いて、はるばるやってきたんだが？」

麦わら帽子をかぶった日に焼けた男が顔を顰《しか》めた。

「あんたら運が悪かったな。今、トトリはそれどころじゃない。この先のガケの下に横穴が開いてダンジョンができちまってな。浅い部分で金が取れて、仲間同士で奪い合い、我先にとダンジョンに向かおうとする奴らが崖《がけ》からすべって大怪我したりで、その責任どうこうで大騒ぎだ。ここの噂が広がったら、もっと人が集まって、さらにトラブルが起こりそうだな」

早くも思った以上に治安が悪化しているようだ。

「……代官はどうした？」

ホークの声が低くなる。

「多分前の方にいるぜ？　でもヒートアップしすぎてて止められないんだろうな」

「……ちっ！」

ホークが舌打ちする。

「ホーク。明日《あした》改めてなんて悠長なことは言ってられなくなったんじゃないか？」

兄が目を細めて前方を見つめる。

「……どうする？　ジュード？」

ホークが試すように兄を窺《うかが》う。

「とりあえず、人々を解散させよう。そしてダンジョンは調査が済むまで閉鎖」

「言うことを聞くかね？」

「聞かせるさ。クロエ、低い草壁を両脇に展開して、俺たちが通れる道を作って。そしてケンカしてるやつを蔓で拘束。ホークの仕業に見せるように」

「はい」

私はポケットから消耗品の雑草の種を取り出して握り締め、魔力を装填《そうてん》する。そして、私を抱くホークにしか聞こえない声で、囁《ささや》く。

「発芽……草壁」

ホークの体から凄《すさ》まじい勢いで〈草魔法〉の光を纏《まと》った植物が絡み合いながら前方に伸びていく。圧倒された人々は、両側に慌てて避けて尻餅《しりもち》をつく。道が開くや否や、蠢《うごめ》いた緑色の蔓は空に向けて縦方向に伸び、私の身長……大人の腰辺りの高さになると、密度をきつくし、成長を止めた。

生垣の道が崖に向かって通った。

その先にいる、実際に暴れていた男たちは動きを止めて、こちらに振り向いてポカンとしていた。

騒動を起こしていた男たちが、再び、顔を怒りに歪《ゆが》ませた。

「捕縛」

魔力を上乗せし、草壁よりも数倍太い蔓が一瞬で男たちを一人ずつ拘束し、動きを封じる。

「クロエ様……すごいっす……」

ニーチェが仲間内だけに聞こえる声で囁いた。

ホークを先頭に、ツカツカと生垣の間のできたての道を歩き、騒ぎの現場に到着する。男たちの背後は崖で、この崖下に目当てのダンジョンはあるようだ。

「……マルコ、貴様何をやっている」

ホークの声にふと足元を見ると、小太りで口髭《ひげ》のある、上等の服を着た男が腰を抜かしていた。

「え……はっ！　ホーク卿《きょう》！」

マルコは慌てて立ち上がり、泥を払って頭を下げた。

「お、お久しぶりでございます、ホーク卿。あの、本日は……」

「このダンジョンの視察だ。マルコ、ダンジョンごときでこの騒ぎ。代官としてどう説明する？」

「も、申し開きも……」

「おい、おっさんたち！　俺たちが先に着いたんだぞ！　何もんか知らねえが、邪魔すんな！」

「いい加減にしろ！　このお方は我らがローゼンバルク領主様の副官、ホーク・ジルニー卿だ」

なんと、おとうちゃまは爵位持ちだった！

マルコさん……その意気でこの人たちを抑えていたら、ホークをここまで怒らせなかったのに。

ギャラリーがホークを指さしてざわめきだす。ホークの名前は領内で通っているようだ。祖父がホークを今回私たちのお守《も》りにつけたわけがわかった。しょうもない争いを鎮める特効薬であり、保険だったのだ。

「今をもって、このダンジョンは調査が済むまで領主の命により閉鎖する。皆解散だ」

「おっさん！　なんの権利があって勝手に決めてんだ！　領主命令なんて知るか！　ダンジョンは獲ったもん勝ちだろうが！」

男たちの暴言に、兄が眉間《みけん》にシワを寄せる。「領主命令なんて知るか！」か。祖父がどれだけの労力をもってこの地を守り抜いているか、全く分かっていない。報われないなあと、私も小さくため息をつく。

「ふん、惨めだな。俺に捕まりキャンキャン鳴くことしかできないくせに。ならば、お前の土俵に立ってやろう。ダンジョンは獲ったもん勝ち。俺はお前よりも強いから、ダンジョンを調査できる。根こそぎ調査のため回収してきてやるから、弱いやつはそこでねんねして待ってな！」

ホーク、煽《あお》りすぎでは？　あ、違う。真剣に怒っているのだ。

「なっ……」

男は、爵位持ちと思えぬ荒っぽい言葉を受けて、次の言葉が紡げない。ホークは静かに私を地面に降ろし、命じた。

「クロエ、ここから崖全体、草で覆ってくれ。そうだな、トゲのある草がいい」

「はい」

私は右足をタンッと踏みこんで魔力を地面に流す。今度は崖に自生している植物をめいっぱい成長させて、厚く崖全体を覆い尽くす。どこから降りればダンジョンがあるのかわからないほどに。

大きなトゲを剥きだしに動物のように蠢き茂る植物の群れに、周囲から悲鳴が起こる。

「ち、ちくしょう！　こんな草！　燃やしてやる！」

今まで大人しかった別の男が、怯《おび》えながらも草の縄から手を抜いて伸ばし、火の玉を投げつけた。

するとニーチェがさっと前に出て、左手を振り下ろすフォームで大水を男に叩《たた》きつけた。ニーチェの適性は〈水魔法〉なのか。

そしてとうとう、凍えるような空気を纏った兄が一歩前に出た。銀の髪がふわりと浮く。

「凍結」

濡《ぬ》れたその男と、崖を覆う植物全部を、一睨《にら》みでガチガチに凍りつかせた。

「氷……次期様までお見えだったとは……」

マルコはガクッと膝《ひざ》をついた。


とりあえず、ダンジョンは誰も手が出せない状態になったので、私たちはいったん宿に戻った。

代官のマルコが是非代官屋敷に泊まってくれとすがったけれど、ホークは疲れているから動きたくないと断った。

私たちはそれぞれお風呂《ふろ》に入り、ホークの部屋に夕食を運んでもらい、明日の打ち合わせをする。

そこそこ顔が割れてしまったので、宿の食堂を使うのは避けた。しかし、テーブルには十分なほどに海の幸が並んでいる。

「おに、おにいちゃま！　こ、これはなに？」

「ああ、これはタコだ。食べたことないのか？　この大きな二枚貝はビズ貝、日持ちしないから内

陸では食べられない」

よく考えれば、一度目の人生でも海の幸は白身魚を焼いたものくらいしか食べたことがない。やはり王都まで鮮度を保《も》たせ運ぶのは難しいのだろう。

「こうやって、殻をスプーンがわりに口に運んで、汁ごと吸い込んで食べるんだ。どうだ？」

「……お、おいしい！」

コリコリとした歯応え、微《かす》かな甘みと磯臭いしょっぱさ、初体験だ！

「クロエ様がもりもり食べる姿は初めて見ました。お館様もお喜びになりましょう」

夢中で食べているとホークの声がしたので、顔を上げた。ホークはグイッとお酒を飲んで、ニカッと笑った。隣の兄を見上げると、兄は私の頭を撫でた。

「……たくさん食え」

「あいっ！」

また噛《か》んだ……。

「では、早速明日ダンジョンに潜りましょう。非常事態のために、三日分の食料と衣類を持って行きます。クロエ様よろしくお願いします」

荷物は全て私のマジックルームの中だ。私はまだ口の中にシマシマの魚を入れている状態だったので、コクコクと頷《うなず》く。

「灯《あか》りと入口への導線は、バラバラになる可能性もあるので、それぞれに確保すること。我々は〈木魔法〉の道標の技を覚えておりますが、クロエ様？」

ゴクンとご馳走《ちそう》を飲み込む。

「おじい様に理論を教えてもらって、草で同様のものを組み立てたよ」

「……クロエ様、魔法を創作しちゃうんですか？」

ニーチェが目を丸くしている。だって、ないなら作らなきゃしょうがない。一度目は何も与えられない人生だったから、必死でそれらしいものを作って身を守っていた。魔法に拘《かか》わらず、服も、家具も、〈草魔法〉を駆使して……。

今は、必要なものであれば、惜しみなく与えられる。物も、知識も。贅沢《ぜいたく》だ。

「私、戦闘ではお役に立てないけどポーションや毒消しはたくさん作ってきました。あと、もし誰か戦闘不能になった時は、蔓《つる》でグルグル巻きにして、崖上にポンと放り投げられます。どうぞよろしくお願いします」

「クロエ様は？」

「はい？」

「全員をクロエ様が脱出させたあと、クロエ様はどうする？」

ホークが私の目をじっと見て尋ねる。これは……試験なのかな？　そうか……自分を表に放り投げるって難しいかも……。

「では……私は自分を蔓で繭のように包み込み、薬で睡眠状態になって、救出を待っています」

確か強力な睡眠薬がストックにあった、と考えていると突然、兄がバンッとテーブルを叩いた。

「クロエを一人置き去りにするわけがないだろう‼」

「ご、ごめんなさい……」

大好きな兄に怒鳴られて、ジワッと涙が浮かぶ。どうしよう。不正解だったらしい……。

そんな私の両肩をガチッと兄が掴《つか》み、視線を合わせ、睨まれる。

「クロエ、おまえのダンジョンでの定位置は俺の背中だ！　蔓で巻き付いとけ！」

「は、はいっ」

「妹のために怒る兄か……ジュードもようやく……。では明日も早い。そろそろ散会しましょう」

ホークが口元に笑みを浮かべながら手をパンパンと叩き、話を終わらせた。


私と兄は同室だ。ビクビクとしながら寝巻きに着替え、兄に背中を向けてベッドに入った。

やがて、灯りが落ちた。まんじりともせずに、暗闇を見つめていると、背後から大きなため息が聞こえて、

「クロエ」

そっと振り返ると、兄が布団をめくって言った。

「こっちに来い」

私は思いっきり動揺しながら、ギクシャクと起き上がり、歩いて兄の布団に入った。兄は馬上のように背中から私を抱きしめ、私の頭に顎《あご》を乗せた。

「……さっきは大声を出して悪かった」

暗闇に、兄の静かな声が響き渡る。

「でも、クロエも悪い。一人で残るなんて言うから」

「………」

「クロエ、俺はそんなに頼りないか？　五つも年下の妹を守れないような」

私は慌てて、首を横にブンブンと振った。

「クロエは役に立とうとしすぎだ。もちろんクロエの優秀さに助けられている。だがな、たとえクロエが役に立たずとも、クロエを嫌いになることなどない」

そっと、顔を上げて首を後ろに捻《ひね》った。暗闇の中、兄の輝くアイスブルーの瞳《ひとみ》に吸い込まれる。

「俺とクロエはこの世で唯一の兄妹《きょうだい》だ。違うか？」

一度目の人生、弟アーシェルにはキッパリと見捨てられた。今世もきっとあの父と母にあれこれ吹き込まれて、とっくに嫌われていることだろう。

でも、この兄は……私を懐に入れてくれるのだ。比喩《ひゆ》的にも、物理的にも。

「……っ！　お、おにいちゃまっ、私……おにいちゃまが大好き！　大好きだよう……」

ここに来てたった半年。だけど一度目の数を百倍は超える幸せを貰《もら》った。兄と祖父と皆に。

「怒らないで！　お願い！　私をっ！　嫌いにならないで――‼」

私はとうとう兄に向き直り、正面からしがみついてわんわん声を立てて泣き縋《すが》った。兄はギュッと抱きしめて、私の頭をいい子いい子と撫《な》でてくれた。

「クロエは賢いくせに……バカだな。嫌いになどなるものか。おまえが宙ぶらりんの俺を救い出して、兄という居場所を作ってくれたというのに……ほら、もう寝るぞ」

兄はチュッと私の額にキスをした。

「お、おにいちゃま……？」

もう、怒ってないの？　涙でぐしょぐしょの顔のまま、兄を見上げた。

「……好きだよクロエ。おまえが俺の下に来てくれてよかった」

◇◇◇

翌朝、私たちは再び崖《がけ》の上にやってきた。

真っ青な顔をしたマルコが数人の手下と共に待ち構えている。

「次期様！　ホーク卿！　本当にダンジョンに入られるのですか？」

「おう、入るぞ？　昨夜あれこれ聞いて回ったが、有益な情報は何も掴めなかったからな」

ホークとニーチェは私と兄が部屋に下がってから、聞き込みをしてくれていたのだ。

「次期様が入るなど……もし何かあったら……」

「おまえの責任問題になんぞしねえよ。お館様の命令だ」

「な、ならば……まあ」

マルコが胸《むね》を撫で下ろす様を見て、ホークが肩をすくめる。

「せっかくここに来てくれたんだ。俺たちが潜っている間、誰も立ち入らせないようにすることくらいできるよな？」

「は、はい！　それはもちろん！」

「ほんとかよ……」

兄が小さなため息をつく。

「よし、じゃあ、行くか」

ホークが兄と手を繋《つな》いでいる私の後ろに立った。これで傍目《はため》には術者が誰かわからない。

「成長」

昨日よりますます繁っていた色々な植物が、あっという間に枯れ、兄の氷と共にパラパラと海に落ちた。さらに、ポケットから種を出し、魔力を充填《じゅうてん》して、地面に押し込むように植える。

「発芽」

こうすることにより地下数十メートルまで根を張り、草魔法師以外では抜くことができなくなる。そして茎部分はコブを作りながら伸びていき、崖下に垂れ下がり、海に到達した。

ニーチェが崖下を覗《のぞ》き込みながら、茎がダンジョンの入口を通るように調整する。

「OKです」

位置が決まると、茎から蔓や根をわしゃわしゃと出してダンジョンの下部に固定した。これで上下固定され、びくともしないロープの完成だ。

「じゃあ、ニーチェ、クロエと俺、ジュードの順で降りるぞ」

「ホーク！　クロエは俺が！」

「ハイハイ、兄妹愛は美しいけれど俺の体重はジュードの二倍だ。クロエにとってどっちが安全か

考えろ」

「……わかった」

私はホークに軽々と抱き上げられた。

「ホーク、後ろと前、どっちが動きやすい？」

「……前はロープを掴むから、後ろだな」

ホークは私をヒョイっと後ろに回した。私はすかさずヒュルヒュルと蔓を出して体をホークの背中におんぶ紐《ひも》縛りして固定する。

「うん。クロエ、バッチリだ。じゃ、行ってくる」

「お、お気をつけて」

マルコはなぜホークが小さな娘を連れて行くのか納得していないようだったが、賢明にも口には出さなかった。私が領主の娘であることはこの旅の間は秘密だ。

先頭のニーチェが手袋をはめて、慎重にコブに足をかけて降りていく。

「大丈夫か〜！」

「問題ありません。いざという時は、海にジャンプします」

そうか、ニーチェは〈水魔法〉使いだ。これは一安心。

「ホーク、私も〈水魔法〉マスターだから、困ったら一緒に海に飛び込んでいいよ」

「マジかよ？　クロエはかっこいいな！　じゃ、遠慮なく降りるぜ！」

私を荷物のように背負ったホークは、ニーチェに続いてリズムよく降りていく。

「到着しましたー！」

ニーチェがダンジョンの入口に降り立ったのを見届けて、兄も上からスルスルと降りてきた。

四人全員がダンジョンにたどり着くのに、五分とかからなかった。

「クロエ様のおかげで、めっちゃ楽でした」

ニーチェがニコニコと笑ってくれた。私はしゅるんと蔓を解いて、ホークの背中から滑り降り、ニーチェの下に駆け寄った。

「そう思う？　よかった！」

ニーチェが躊躇《ためら》いながらも頭をよしよししてくれる。ちょっと得意げになっていたら、今度は兄に抱き上げられた。

「おにいちゃま？」

「ほら、クロエも早く道標の登録しろ！」

「はい」

私は種を十粒ほど蒔《ま》いて、その一面に魔力を注ぐ。種はピカッと光ったあと固い岩盤に吸い込まれていった。種は地中で発芽し、これから私が動く方向に地下茎を伸ばす。私の魔力を辿《たど》って。

「ジュード、クロエ様が可愛いのはわかるが両手は空けておけ！　昨夜聞いた話ではハグレの狼に襲われたというやつもいる。クロエ様が疲れた時や、足場が悪い時に手を貸せばいいんだ」

「ならばなおさら降ろせない。クロエの〈草魔法〉は素晴らしいが、体はこの通り小さい」

だめだ！　私が皆のお荷物になりかけている。働けること、邪魔にならないことを示さないと！

「ホーク、もし敵がいたら一撃目は私が躱《かわ》すから！　その間にみんなの後ろに隠れるから、とりあえずこのままで」

「どうやって躱す？」

「……草盾！」

防御に万全を期すために右手を真横にスライドさせるフォームで魔力を放出する。周辺の自生する植物を使って、私たちの四方に最大縦横二メートルをカバーする、草の葉脈をゆるく編んだ移動式の盾を展開した。

「……若干視界が悪いですね」

「まあ、どちらにしろ暗闇だ」

「クロエ、どのくらいの力に耐えられる？」

「牛が全速力で二回衝突しても大丈夫だった。三回目で破れたよ」

「……もういいや。好きなように抱っこしていけ。敵がきたら仲良し兄妹は下がって後方支援だ」

道は曲がりくねっているものの、幅は一メートルほどの一本道で、ホーク、私たち、ニーチェと縦に並んで通り抜ける。天井は低く、大人は前屈みで歩く。

ニーチェのライトが煌々《こうこう》と頭上を照らし、兄のライトが前方、ホークが後方の闇を払う。ライトの魔法は適性魔法がおよそレベル5あれば、誰でも発動できる〈生活魔法〉だ。

「クネクネと、百メートルほど進んだな」

「クロエ、息苦しくないか？」

「はい。どこかに横穴が空いているのかな？」

「今のところ価値のありそうな落とし物はないな」

「浅い場所は、既に取られているのでは？」

「シッ！」

前方より、私たちのものではない足音がする。

私は打ち合わせどおり兄から降りて、邪魔にならぬよう岩陰に隠れ、前方に草の罠《わな》を仕掛ける。

「ウウウッ！　ワオーッ！」

狼？　が十匹くらい襲いかかってきた。三匹私の罠に引っかかって転び、バタバタともがいている。そいつらを踏み台にして飛びかかってきた狼に、ホークが風の刃を、そして兄が鋭利な氷の礫《つぶて》を五月雨式に飛ばす。ニーチェは体勢を低くして剣を構えていたが、ニーチェまでたどり着く狼はいなかった。

「ふう。やっぱり何事もないまま最奥には行けないか」

ホークの呟《つぶや》きに同調していると、兄がちょいちょいと私を招き寄せ、再び抱っこした。

「クロエ、良い罠だった。よくやった」

「はいっ！」

「お、おわっ！」

ニーチェの声に前方へ視線を移すと、今倒した狼たちが、蜃気楼《しんきろう》のようにゆらゆら原形を揺らめかせ……消えた。

「マジか……」

「幻だったってことですか？」

「このダンジョンに立ち入らせないため？」

この世のものではない光景を見て、私の背筋にも冷たい汗が伝う。

「気を引き締めて行こう」

ホークが真面目な声で言った。

それから、五十メートルほど進むと幻影の狼に襲われる、ということを繰り返しながら、進む。

「随分と深いですよね。気持ち的に、地面の下を通って町まで戻った感覚です」

ニーチェに同感だ。本当に地下で実距離を進んでいるのか？〈空間魔法〉の中のようなところでグルグル回っているだけなのか？　道標に意識をやると、きちんと入口にひっついている。

「ふむ……ジュード。俺はあと一時間ほど進んで同じ状況ならば、引き返すことを提案する」

「……うん。異存ない。正直不気味だ。思っていたのと違う」

兄とホークの言葉に不安がよぎる。どうやらこれまでのダンジョンとは別物のようだ。兄は腕から私を降ろさなくなった。私はますます、草盾を強固にする。

そこからまた進み、二度の幻影の襲撃をいなすと、突然、ズン！　という音と共に足元が陥没した。

「うわっ！」

「おわっ！」

「クロエ！」

「おにいちゃまっ！」

私と兄はギュッと抱きしめ合ったまま、漆黒に落ちていった。私は兄にしがみつきながらマジックルームから種を取り出し、闇雲にばら撒《ま》く！

「クッションになってぇ――――‼」

ワサワサワサッと、馴染《なじ》みの草が生茂る音と匂いがしたと思ったら、ドン！　と地面に落ちた。私は兄に抱きこまれていたために無傷だ。

「お、おにいちゃま、大丈夫？」

「いってぇ……まあでも、クロエの草のおかげで痛いだけで済んだようだ。骨も問題ない。ホーク！　ニーチェ！」

十メートルほど先で、ポゥッとライトが灯《とも》った。

「いててて、おー！　なんとか無事だ～！」

「わ、私も！」

二人が草の上を、膝《ひざ》で這《は》いながらやってくる。この空間は、想像以上に広い。

「しまった！　道標が途切れた！」

ホークの声に私も確認する。切れている……。

「四人揃《そろ》っているんだ。どうにでもなる」

兄はそう言って、ライトの強さを最大限に強くする。すると一番奥の壁際に、黒く、大きなもの

が蠢《うごめ》いていた。目なのか？　二箇所だけ金色にギラギラと光っている。

「はあ……アレに、呼ばれたらしいな」

ホークが剣を抜き、身構える。兄もニーチェも同様で、魔力を全開に上げた。私は三人の後ろで、足元の草クッションを枯らして、展開中の草盾を密にする。

『……まあ、待て、人間』

どこか女性のような、柔らかい、戦意を感じさせない声が聞こえた。

「お、おにいちゃま！」

「……油断するな」

『警戒するのも無理ないか。こちらに来てほしい。ああ、いささか眩《まぶ》しすぎる。光源を落とせ』

兄はホークとアイコンタクトをし、宙に浮かせたライトを白から柔らかなオレンジに変えた。

ゆっくりゆっくり距離を詰める。兄の灯りが届いた時、それは巨体をグイッと起こした。

「あ……」

砂色の、縦横十メートルはあろうかという——、

「ドラゴン……」

兄が呆然《ぼうぜん》としながら呟いた。

金の目、牙《きば》を覗かせる大きな口、私たちを難なく吹き飛ばしそうな、二つの翼。大好きな絵本の……物語の中にしかいないと思っていた生き物。しかし、その大きな体は……ウロコが剥《は》げ落ちて、傷だらけだ。

私が思わず前に出ようとすると、兄が、手を掴《つか》んで止める。

「クロエ！」

「でも、おにいちゃま。ドラゴンだよ！　もし私たちが邪魔ならば、とっくに殺してるよ。何か伝えたいことがあるんじゃないかな？」

『ほう、その童《わらべ》の言う通りだ。今のところお主《ぬし》らに害をなすつもりはない。もっとそばに来い』

「……ジュード、クロエ様、私たちの後ろについてください」

ここで揉《も》めてもしょうがない。私と兄はホークとニーチェの陰に入る。そしてじわじわとドラゴンに近寄るが意味がないように思える。おそらくこの部屋全てがドラゴンの射程範囲だからだ。ヒトの敵《かな》う相手じゃないと瞬時に察した。まさか二度目の人生、ドラゴンの姿を拝めるとは……。

「このダンジョンはあなたが出現させたのか？」

ホークが代表して会話する。今更ながら会話ができることに驚いたが、ドラゴンの存在そのものに比べればそれも些細《ささい》なことに思えた。

『まあ、そういうことに、なるな』

「なぜか聞いても？」

『お主らを呼び寄せるためじゃ』

「私たちのことをご存じで？」

『まさか。ここにたどり着けるほどの存在を待っていたということじゃ』

「で、なぜ我々が必要だった？」

『我々ではなく、そこの童じゃな、欲しいのは。その魔力量、十分じゃ』

ドラゴンの黄金の瞳《ひとみ》が私を射貫《いぬ》く。私以外の三人が、一斉に臨戦態勢に入る。

「うちの姫君を……魔力欲しさに食らうつもりか」

『いや、生きていてもらわねばならん。繰り返すが主たちを害するつもりなどない。というか、もう我は寿命が尽きようとしているのじゃ』

そうか……随分とお年寄りなのだ。この体中の傷は、長年に亘《わた》って戦ってきた証なのか。もう……死んじゃうんだ。そう思うと、私はホークの陰から顔だけひょっこりと出した。

「あ、あの、ドラゴン様、私にどのようなご用件ですか？」

「「「クロエ（様）！」」」

『ふふふ、このように大人に守られておる存在ならば、なおのこと良い。……ふう。まあ座れ。ちょっと長い話だ』

そう言われても、誰も警戒を解くことなどできない。そのままでいると、ドラゴンは仕方ないというように、肩をすくめ……たように見えた。

『ドラゴンは寿命が来ると、卵を産む。その卵に己の叡智《えいち》を全て注ぎ込んで死ぬのだ』

私たちは注意深く聞いて、頷《うなず》く。

『その卵は一定期間魔力を注ぎ続けると、孵《かえ》る。産卵と、その役目を担えるヒトを探すため、このダンジョンを開いた』

ドラゴンの金の目が私に注がれる。

『お主はドラゴンの孵化《ふか》に必要な魔力量を持ち……ふむ、清らかとは違うな。確固たる信念があり、その中身は我にとっては善なり。ゆえにふさわしい。どうじゃ、その役目、引き受けてくれぬか？』

「……もし引き受けぬ場合はどうなる」

ホークが静かに問う。

『ただ、我が死に、卵は腐る。そうじゃな、少しはこの土地にも影響があるかもしれん』

「影響？」

『ドラゴンは積極的ではないが、その土地を守護している。存在だけで、害獣等を寄せつけぬし、一定の嵐や耳障りな竜巻などは咆哮《ほうこう》一つで吹き飛ばす』

「つまり、あなた様がいなくなると、この地の守りが一気に薄くなる、と」

『まあ、我はこの地にざっと百年はおったからな。我が子は我の記憶を引き継ぐゆえに、孵化させてもらえれば悪いようにはせんだろう』

四人揃って顔が引きつった。ドラゴンが存在してもなお、魔獣や外敵に襲われてきた我がローゼンバルク。もしドラゴンがいなくなれば——。

「か、仮に、妹が卵に魔力を与えるとして、妹に何か影響はあるのか？」

兄が青ざめた顔をして、ドラゴンに尋ねる。

『妹？　血は繋《つな》がっておらぬようだが？　まあいい。童に影響はない。ちょっと習慣が増えるだけじゃ。影響があるのは我の子じゃ』

「ドラゴンの赤ちゃんに影響？」

私は首を傾《かし》げた。

『お主の魔力で育つのじゃ。お主の気質、適性が反映されたドラゴンに育つ』

私の適性……。この問題は私に直接関わることだ。私は勇気を出して、兄やホークに頭を下げて皆の前に飛び出し、ドラゴンのすぐそばまで寄った。

「ドラゴン様……私は〈草魔法〉なのですが」

『そのようじゃな。おそらく我が子はグリーンドラゴンになるじゃろう』

「もっと……威力のある適性魔法のほうが、好まれるのかなって……」

『おかしなことを言う。威力……強さとは己で磨くもの。魔法の適性は関係あるまい。強くなるか否かは我が子次第。まあしかし、草であれば、穏やかな気性の子に育つかもな……』

そう言うとドラゴンはじぶんの腹の下をそっと撫《な》でた。

そうか……最強と言われる〈火魔法〉を持ちながらも、レベル40にとどまる父と、私と同じく不遇な扱いの〈木魔法〉のおそらくレベルMAXでこの地を治める祖父。どちらが強いかなど、聞くまでもない。そんなことを考えていると、ドラゴンは私にしか届かない声で囁《ささや》く。

『魔力とは命。その命を分け与えてくれた人間をドラゴンは決して裏切らん。お主が前回のように非業の死に見舞われんように、そばに置いておくのも手だぞ？』

驚きで心臓が止まるかと思った。誰にも打ち明けたことのない私の秘密を……この方は知っている！　思わず跪《ひざまず》く。

「わ……わかるのですか？」

『お主の体には時を歪《ゆが》めた魔力の残滓《ざんし》と、物悲しき最期の思念がまとわりついておる。なんとも……憐《あわ》れな』

「な、なぜ私はこのようなことに！」

私はなぜ人生をやり直ししているの？　どうか答えを‼　すがるようにドラゴンを見上げる。

『さあ？　我が今わかることはそれだけ。時の帯にもう一度放り込まれた理由まではわからん』

残念だ。それでも今のお言葉で私の気持ちは固まった。ドキドキしながら兄たちに振り向いた。

「このお話、お受けします」

「クロエ！」

「お館様に一度報告すべきです！」

兄たちが慌てて止める。

「報告して事態が変わるとは思えないし、それに……そんな猶予はないみたい……」

ドラゴンの魔力は、こうしている間にもどんどん少なくなっている。

「おにいちゃま、私がドラゴンの赤ちゃん育てに困ったら、助けてくれる？」

両手を握りしめ、兄にお願いする。決心すれど、大好きな兄に反対されたくはない。

「……もちろんだ。はあ。やむを得ない。領を危険に晒《さら》すわけにはいかない」

兄はそう言って、ホークに視線を流した。

「次期様とクロエ様の決断であれば、従うまで」

ニーチェもコクコクと頷いた。

『どうやら話もまとまったようじゃの』

私は一歩前に出る。

「ドラゴン様。私はクロエです。赤ちゃんのお世話の仕方を教えてください」

ドラゴンが言うには毎日卵が吸収しなくなるまで魔力を注ぐと一カ月から半年余りで孵化する。そして生まれたあとは、勝手に私から魔力を吸収して糧にする。やがて、動けるようになれば自分で狩りをした獲物を喰《く》らうこともある。人語を理解できるようになったら、相談にのってやればいい（そうは言っても先祖の知識を引き継いでいるので、直近の情報を与えるくらいでいいらしい）。

『ではクロエ、こちらに』

私がおずおずとドラゴンに向かって歩むと、私の手をギュッと握った兄もついてくる。ドラゴンが別にそれを止めないから、このままでいいのだろう。

ドラゴンは、しんどそうに体をずらして腹の下を見せた。そこには私の頭ほどの大きさの真っ白な卵があった。

『魔力を』

私はそっと卵の殻に触れる。ゴムのように柔らかい。私はいつも種に込める要領で『グングン育て！』と願いながら魔力を注いでみた。

卵はふわっと金色に光ったあと、じわじわとエメラルドグリーンに染まった。成功か？ と母ドラゴンを見上げると、一気に老けこんで私にだるそうに頷いた。私はそっと卵を受け取り、胸の前で抱いた。殻はなぜかガッチリ硬く変化していた。母の胸から、外の世界に出る準備のように。

『クロエよ、感謝する』

ドラゴンは安心したようにゆっくりと目を閉じかけた。

「待って！　ドラゴン様、お名前を教えてください。真っ先に赤ちゃんに伝えなければ」

『……伝えてくれるのか？　〈魔親《まおや》〉を見送って以来、誰からも呼ばれることのなかった我の名を……ふふ、我が名は、ガイア』

「ガイア様……」

『クロエ、我が子が独り立ちするまで……よろしく……』

ふいにガイア様からヒトとは性質の違う魔力が、私と卵と手を繋いだままの兄に向かって放たれた！　暴力的なほどの力が嵐のように体に満ちて、私は思わず膝《ひざ》をつき、兄は同じ衝撃を受けながらも私に覆いかぶさった。

何事？　と兄の肩越しにガイア様を見上げると——ガイア様は既に目を閉じて、足元からサラサラと砂に変わり、地面に落ちていって……やがて大きな砂山となり……文字通り土に還った。

「ドラゴンがいた……私は……夢を見ていたのでしょうか？」

ニーチェの声を呆然と聞きながら、私は現実である証の卵をギュッと抱きしめた。

四人で砂の山となったガイア様をぼんやり眺めていると、ホークがいち早く我に返った。

「おい、道標が繋がった。かなり短い」

それぞれに確認する。ブツリとちぎれた草の根が再び私と繋がり、しかも出口と距離が近い。

「ドラゴンの〈空間魔法〉に嵌《はま》っていたということでしょうか？」

ニーチェが周囲をキョロキョロと見ながら問いかける。

「……後で考えよう。とりあえず用事は終わったようだ。出よう」

そう言うと、兄は卵を両手に抱えた私を慎重に抱き上げた。

「おにい……ちゃま？」

「クロエは両手が塞《ふさ》がってるから手を繋げないだろう？」

「いやでも、抱っこでダンジョンは……」

「クロエの役目はその卵の守護だ。ジュードの言うとおりにしとけ。悪《あ》しき気配もさっぱり消えたようだし」

本当だ。

ニーチェが先頭でライトをつけて、その後を道標に沿って戻っていった。そしてものの五分で、出発地点に着いた。四人で洞窟《どうくつ》の中を振り返る。

「どういうこっちゃ……」

「もうここはダンジョンではないですね」

「ああ。最奥まであっさり行けるようになった。もう人を呼び寄せるための宝も出ないだろう。ダンジョンは消えた。まあ、納得できないものは好きに潜ればいい。もう危険もない」

「あれ？」

来る時に設置した草のロープがなくなっていた。周りには真っ黒な焦げカスが少し残っている。

「わー、燃やしたんだ」

私の草ロープを燃やせるなんて、なかなかの〈火魔法〉だ、と感心していると、

「俺はココに近寄らせるなって確かに言ったよなあ？」

ホークが真っ黒な怒気を吐き出した。そんなホークを見て、右眉《まゆ》をピクリと上げた兄は、

「クロエ、とりあえずホークだけ先に崖上《がけうえ》に戻して。俺たちはのんびり登ろう」

「はい」

私は種をパチンと爪で弾《はじ》いて飛ばし、根をしっかり張らせると、ニョキニョキと伸びてきた芽をホークに巻きつける。

「うおっ⁉」

「「いってらっしゃ〜い！」」

私と兄とニーチェはにこやかな笑顔で手を振り、ホークを見送った。

「うおおおおおおおい‼」

茎は野太くなりながら、一気に成長し、ホークと一緒にグイグイと空に向かって伸びていく。やがて茎の成長が止まったな、と思ったら、頭上から男たちの悲鳴が聞こえてきた。

私はホークが茎から放り出された感触を得て、茎の先端を崖上の岩盤に潜らせる。そしてその周辺の草を成長させ、その太い茎に間隔をおいて巻き付かせ、足場を作った。

「クロエ様、いいハシゴです！」

ニーチェにまた褒められた！　嬉《うれ》しい。

「よし。クロエ、卵を抱いたまま俺に巻きつけ！」

「はい。おにいちゃま」

再び蔓《つる》を出し、兄と一体化する。

「ジュード様、お先にどうぞ。私は後ろから上ります」

「うん。頼んだ」

私たちが崖上に戻ると、昨日の冒険者たちがのされて縦に積み上がり、代官マルコが正座でホークの説教を受けていた。

私はニーチェの助けを借りて、兄の背中から降りると、すぐに卵ごと兄に抱っこされた。

「おにいちゃま、もう危険はないんでしょ？」

「卵を守らなきゃダメだろ？」

「まあ……はあ」

兄はスタスタと町に戻りはじめた。隣をニーチェもついてくる。

「ホークを置いて帰るの？」

「クロエ様、ホーク様はお一人で大丈夫ですよ」

「俺はおじい様に早急に知らせなければ。クロエは腰を据えて卵に魔力を充てたほうがいい」

なるほど。私たちは後始末をホークに任せ、一足先に宿に戻った。

客室で兄が祖父に手紙を書く。兄もタンポポ手紙をマスターしているのだ。私たちの帰還前に手紙を受け取れば祖父のほうでも対策を考えられる。

その傍らで、私は柔らかくていい匂いのする草を編み、ふわふわの卵専用ベッドを作った。卵をその真ん中に置き正面から両手を当てて、魔力を流す。すると私の内からグイグイ引っ張り出され、やがて、ふっと吸われなくなった。これがお腹いっぱいってことだろうか？

兄が隣に来て、卵を見つめる。

「ますます緑が濃くなったな」

「おにいちゃま、おにいちゃまも魔力を流してみては？　将来このドラゴンと対話して、領を運営するのはおにいちゃまだもの」

「……なるほど」

兄は卵に両手で触れて、切れそうなほどに清廉な、冷たい魔力を注いだ。すると、

「うわっ！」

大声を上げて飛び退《の》いた！

「おにいちゃま!?」

「すごい勢いで吸い尽くされそうになった。死ぬかと思った」

「へ？」

「クロエ……おまえ、これに耐えられるなんて……どんだけ膨大な魔力量なんだ……」

「あ、おにいちゃま、見て！」

殻に、水色の波のような文様が入った。涼やかで、綺麗《きれい》だ。

◇　◇　◇

数日かけて、祖父の待つ自宅に戻った。

体の汚れを落として、祖父の書斎に集合する。ソファーに腰掛ける祖父の正面に私と兄が座り、横にホーク。ニーチェは帰還の報告のあと下がった。しばらく休暇だ。

「ジュードとホークの手紙であらかた理解しているつもりだが……ふむ」

机の上に草のベッドごと鎮座した卵を、祖父は眺める。

「連絡が来てから我々の探し当てた書物のものとは、いささか模様が違いますねえ」

祖父の後ろから覗《のぞ》き込んでいる、執事のベルンが言う。ベルンはローゼンバルクの知能。事前にいろいろと調査し考えてくれていたようだ。ありがたい。

「殻は最初はクリーム色だった。私とおにいちゃまの魔力を充てたらこの色合いになったの」

「ふむ。クロエ、魔力を注いで変わったことは？」

祖父が私の全身を探るように見る。

「今は朝晩二回、魔力をあげてる。色はもうこれ以上変わらないみたい。いつ孵化《ふか》するかは……さっぱりわからない……」

祖父は、はあっとため息をついた。

「違う！」

「は？」

「クロエ様、お館様はクロエ様の体調が気がかりなのですよ？」

ベルンがそっと教えてくれた。家族の優しさに、なかなか慣れることができない。胸が熱くなる。

「私、全くどうもありませ……ないよ。おじい様、ありがとう」

祖父は表情を変えることなく、体を乗り出してポンポンと私の頭を叩《たた》いた。

「具合が悪くなるようなら言え。他の方法を考える。当面クロエは卵係だ」

「はい」

「ジュード、ドラゴンを受け入れる決断に至った経緯を説明せよ」

「はい。…………、…………」

「次、ホーク、トトリの町とマルコについて報告！」

「はっ！」

残念ながら、マルコは代官能力無しと見做《みな》されたようだ。代わりの人選に入っている。

祖父が、顎《あご》を親指でさすりながら、

「……ふむ。まあ早めに手を打ててよかった。どんなドラゴンが孵化するかわからんから不安の残るところではあるが、ジュードの言うとおり受け入れるほか選択肢はなかった。とりあえず、そのガイアという名のドラゴンは我がローゼンバルクを百年護ってくれたらしいから、神殿にて祈りを捧《ささ》げておくぞ。クロエは初めてだな。来い！」

私はさっと祖父に抱かれ、書斎を出た。

ドアの外に控えていたマリアが思わず声をかける。

「お、お館様！　今からですか？　お嬢様は先ほど帰ったばかり……」

「マリア、お館様はクロエ様を疲れさせるような真似はしませんよ。ただ、しばらく離れていたのでクロエ様を補充したいだけです」

ベルンはマリアを優しい口調で宥《なだ》めた。マリアは目を大きく見開いたあと、ゆっくり微笑《ほほえ》んで、廊下の脇によけた。

「まあ……それならば……ふふふ、お嬢様、いってらっしゃい！」

私もまたビックリした！　祖父は……私の不在をちょっとでも寂しく思ってくれたのだろうか？

改めて私は祖父の耳元で、

「た、ただいま。おじい様」

そう言って……急に照れ臭くなり、首元に頭を埋《うず》めた。

「……おかえりクロエ」

祖父は私をしっかりと抱き直して、外に出た。


馬で二十分ほど走ると、森の中の素朴な、ローゼンバルク神殿に着いた。

ニーチェに続きホークも休みを取り、代わりにベルンが付いてきた。神殿の儀礼などはベルンに任せた方が楽らしい。

祖父は私を抱き、兄が卵（私の魔力で満タン）を抱いて、ベルンを従え中に入ると、一般の参拝

客から「お館様こんにちは！」「ジュード様～」と気軽に声がかかり、若い神官が慌ただしくやってきた。

「お館様、ようこそおいでくださいました。本日はどのような御用件で」

「弔いの祈祷《きとう》だ。神官長を呼べ」

「はい」

勝手知ったる場所らしく祖父はどんどん奥に歩き、応接室らしき部屋を自分で開けて、どかっと座った。その両脇に兄とベルン。私は祖父の膝の上の定位置だ。

トントンとノックされ、ドアが開くと、麦わら帽子を被り、痩《や》せた体に生成りのシャツとえんじ色のフレアスカート姿のおばあさんが入ってきた。

「お館様、突然のお出まし、弔いとのこと。何がありましたの？」

「神官長、農作業に精が出るな。ジュード、結界を張れ」

このおばあさんが神官長なのだ。目を見張る。モルガン家や王家のお抱えのツンと澄ました神官とあまりに違いすぎる。

ふっと周りが冷気に包まれた。兄の結界の仕様はどうなっているのだろう？　ここでの会話が漏れることはないようだ。

「ジュード」

祖父が声をかけると、兄は慎重に運んできた卵を静かにテーブルに置いた。

「これが何かわかるか？」

神官長はスッと目を細め、卵を観察する。

「もしや……ドラゴンですか？」

「さすがですね」

ベルンが感心する。

「なぜわかった？」

「魔力を纏《まと》った卵など、なかなかありますまい。若い頃、大神殿の書物で読みました。ドラゴンは代替わりの際ヒトの手を借りる。そしてそのヒトが生涯を終えるまで、その人生に付き従う、と」

「生涯？」

兄が口を挟む。

「ドラゴンは長寿ゆえ、一人の人間の一生などたいした月日ではないのです。若き日のほんの一瞬ヒトに従い、その後は自由に飛び去る……とまあ、こういった話もお伽話《とぎばなし》かと思っておりましたが、いやはや驚きました。それでお館様、どなたが親に選ばれたのですか？」

「クロエだ」

「は、はじめまして、クロエです」

慌てて祖父の膝《ひざ》の上からちょこんとお辞儀した。

神官長は頭の麦わら帽子を取って、真っ白な髪を襟足で結った頭を下げた。

「ああ、エリー様の……はじめまして。ドーマと申します。いつも養育院の子らと遊んでくれてありがとうございます。ふむ……これは人とちょっとばかり違う魔力……親ドラゴンの加護のような

ものをクロエ様は纏っております。随分と気に入られたようですね……」

ガイア様、一度目の私に同情して加護？　をくださったのだろうか。

「親ドラゴンは何色じゃったか？」

「砂色です」

兄が私に代わって答える。

ドーマ様は戸棚から、ひと抱えある楕円《だえん》形の白っぽい石を取り出した。これは……。

「クロエ様、ちょっと手を乗せてごらん？」

鑑定石だ。祖父を振り返ると、頷《うなず》いた。ここにいるのは秘密を守れる人間ということだ。

私は一年半ぶりに手を乗せた。プッと音をたてて、数値が浮かぶ。

適性　：〈草魔法〉レベル104
　　　　〈土魔法〉レベル20
その他：〈火魔法〉レベル7
　　　　〈水魔法〉レベル70
　　　　〈風魔法〉レベル30
　　　　〈空間魔法〉レベル22
　　　　〈紙魔法〉レベル7
　　　　〈木魔法〉レベル15

〈氷魔法〉レベル2

「っ！」

祖父の後ろのベルンが息を呑《の》む。

「これほどの魔法を習得しとったのか……それにしても……適性が……二つだと？」

祖父が眉間《みけん》にシワを寄せた。

「……どうやら、親ドラゴンが己の分身を守らせるために、クロエ様に力を与えたようですね。そんな心配はいらなかったような、習得魔法の羅列ですが」

ドーマ様が苦笑した。

「クロエ、〈土魔法〉はそもそも持っていたのか？」

「はい。でもレベルはここまで高くはなかったと……」

どの魔法も少しずつレベルアップしている。この地で遠慮なく魔法を使っているおかげだろう。

祖父と兄から手ほどきを受けた〈木魔法〉と〈氷魔法〉も載ってきた。

「……ジュード。お前も久しぶりに測るがいい」

私と入れ替わった兄が、石に手を乗せる。数値を見て……全員の動きが止まる。

適性　：〈氷魔法〉レベル77
〈土魔法〉レベル2

その他：〈木魔法〉レベル5
〈水魔法〉レベル33

「俺も土の適性が付いた……」

あっけに取られている兄に、ドーマ様が問いかける。

「ドラゴンとの対面の時、ジュード様はクロエ様とご一緒でしたか？」

「もちろん」

「では、卵を守るクロエ様を守るジュード様にも加護を与えられたのか？　単に、クロエ様のそばにいたために一緒に術に当たったのか？　まあ何にせよ、適性を二つ持つ者が二人など前代未聞。ローゼンバルクは安泰でございますね」

ドーマ様はコロコロと笑うも、祖父は厳しい顔をした。

「ドーマ。このことを中央に報告するというならば、今ここで殺すぞ？」

ドーマ様はゆるゆると首を振った。

「誰にも話しませんよ。女の身でこの地に赴任し、何度となく飢饉《ききん》や敵の侵攻に遭い中央大神殿に助けを求めましたが、一度たりとも手を差し伸べられたことなどなかった。このローゼンバルク神殿の忠誠はお館様にあります。それに……」

チラリと私と兄に視線を送る。

「このようなことがバレれば、我々の未来を担うお二人が実験体にされてしまうでしょう」

ゾクッと悪寒が走り、私は思わず祖父にしがみついた。そんな私を祖父は包み込み、背中をさする。安心しろと言うように。

「わしの目の黒いうちはお前たちに何者からも手出しはさせん。だが、わしはお前らよりも先に死ぬ。二人ともわしが死ぬより前にわし以上の力をつけろ」

「……はい」

兄は短く返事をしたが、私は一瞬で目の前が真っ暗になった。

祖父が死ぬ？　それはやっと見つけた穏やかな日々の終わりを意味する。そんな恐ろしいことを信じたくなくて考えたくなくて、私は祖父の胸に顔を埋めた。ブルブルと震えが止まらない。

「これはこれは……お館様、厳つい顔をしているくせに、よくもこうも懐かれましたな」

ドーマ様がふふふと穏やかに笑った。

「わしも……常々不思議に思っている。では、ドーマ。このローゼンバルクの地に百年あまり逗《とう》留《りゅう》してくれた、ガイアという名のドラゴンへの感謝と、この卵の孵《ふ》化《か》祈願。そして、この子ら含む我がローゼンバルクの子どもたち全ての健やかな成長を祈祷してくれ」

「かしこまりました」

人払いされた神殿で、私たちは跪《ひざまず》き、ドーマ様による祈祷を受けた。両手を合わせて祈りながら、私の健康を祈ってもらえる幸せを噛《か》みしめた。すると、目の前に置いていた卵がキラリと光った。

のちに私たちから姿を聞き取った地元の画家が、ガイア様の絵を描き、この神殿にローゼンバルクの守護神として祀《まつ》られた。

第四章　出会いと別れ

ドラゴンの卵を託《たく》されて、はや二年弱経ってしまった。私は八歳になった。

私はいつも卵と一緒に行動する毎日を送る。朝起きて魔力を注ぎ、昼ごはんを食べて魔力を注ぎ、夜寝る前にも魔力を注ぐ。大きくなったので魔力供給は三回に増やした。

私が目を離した隙に孵化して赤ちゃんドラゴンを戸惑わせてはかわいそうだから、ふわふわのクッションを敷いた草籠《かご》に背負い紐《ひも》をつけて、よいしょっとどこへでも背負っていく。そんな私の移動風景は屋敷の人間にとって見慣れた光景となっている。

ルーティンのように、夕食をとりながら祖父が尋ねる。

「クロエ、今日はどうだ？」

「うーん、いつもと変わりないから今日産まれる感じはしない……」

コンコンッと殻を叩《たた》いてみるけど、今日も応答はない。

「雑だな、クロエ」

兄はそう言うけど、もうこの卵とは二年の付き合いだ。親しみが湧いたぶん、雑にもなる。

「文献よりも時間がかかりますねえ。……生きているのでしょうか？」

ベルンも祖父にワインを注ぎながら、心配そうに尋ねる。

「毎日魔力をグイグイ吸ってるから、生きてる……と思う」

「グイグイ吸われてるなんて……お嬢様が大きくならないはずだわ」

マリアが私のコップになみなみとミルクを注ぎ足した。私は幼児期の栄養失調が原因なのか、同年代に比べて小柄だ。

「俺、今日の力仕事は済んだから、少し魔力注ぐよ」

十三歳になり子どもっぽさが完全に抜け、ますます精悍《せいかん》になった兄が卵に触れると、卵がキンキンに冷えて、殻の周りに水滴がつく。

「うわっ！　今日もドバッと魔力持ってかれた〜〜〜〜！」

兄はガイア様に〈土魔法〉の適性をもらったために、少しでも恩返ししたいようだ。

そういえば、ガイア様との対面の場に一緒にいたホークとニーチェは〈土魔法〉適性をもらっていなかった。兄はあの時、私に触れていたから巻き添えにあったのではないかと思う。

八歳になった私の日課は、午前中は畑仕事だ。ガイア様がせっかくくださった〈土魔法〉適性、ご恩返しを兼ねてマスターまでは伸ばしたい。長い目で見れば〈土魔法〉を伸ばすことは、己とローゼンバルクを守る力をつけるという当初の目的に繋《つな》がると思っている。そういうことで〈草魔法〉ではなく〈土魔法〉を意識して、よりよい野菜づくりに励んでいる。

私が〈土魔法〉強化スケジュールを加えても祖父は何も言わない。子どもなのだから好きなようにすればいいと。子ども扱いしてくれることが堪《たま》らなく心地よい。

畝を作るのはトレーニングにちょうどいい。それと、土壌を改良し、実験し、豊作だった時の土の成分を魔法なしで作れるように研究する。私なしでも今このあたりにある素材を掛け合わせ、領民が再現できるのが理想だ。

午後は少し人里から離れた場所で、大掛かりな魔法を展開する。練度を上げること、新しい課題にチャレンジすることが目的だけど、魔力を空っぽ近くまで消費するのも大事。そうしないと魔力の保有量が増えない。

「魔力は底をつかせないと保有量が増えないって、目から鱗《うろこ》だった。クロエ、誰に聞いたんだ？」

前回、あらゆる魔法を毎日限界まで使っていたから気がついた。家族やドミニク殿下に振り向いてほしくてかなり無茶をしていたのだ。何一つ報われなかったけれど。私は兄に苦笑いを返した。

「俺も最近は驚くほど魔力量が増えてるぞ？　気を抜くと卵に、ぶっ倒れるまで吸われてるからな」

兄も苦笑いした。

「うん、ジュード様はもはや大人二人分の器《うつわ》だね。あーオレもダンジョン行けばよかった〜！」

今日の私たちのお守《も》りのゴーシュが悔しがる。

「ゴーシュ、あの時はお魚とっても美味《おい》しかったよ！　あ〜、また行きたーい！」

「ガーン！　クロエ様、ひどい……」

夜は綿毛で飛んでくるトムじいの〈草魔法〉課題を解く時間。私の一度目の人生の穴だらけの知識を埋めていく課題は、いよいよレベル90オーバーの知識を使うものになり（トムじいも弟子を持

ったことで奮起して、レベルMAXになった）、超難問で、期限内に解答できずイライラしてしまう！

「あ――！　全然、濾過《ろか》がうまくできない！　草網に引っかかりすぎる！」

「ふむ……〈木魔法〉でお役に立つ本をお館様が持っています。ちょっとお借りしてきましょう」

手助けを買って出るベルンは使える魔法がオールマイティで、本来の適性が何か私にはさっぱりわからない。知識欲マニアだと思う。

「お嬢様、睡眠不足は成長の敵です。あと一時間でお休みください」

マリアはちょっと怒って、いつものように私にホットミルクを、ベルンにブラックコーヒーを持ってきてくれた。

「はーい！」

私は慌ただしくも充実した、平和に包まれている。

◇◇◇

だんだんと暑さが厳しくなってきた季節、今日の畑の実験結果をまとめていると、ピシッと何かが弾《はじ》ける音がした。

慌てて籠を覗《のぞ》き込むと、卵がゆらゆら揺れている。この二年あまり、ぴっとりひっついて生きてきた生活で初めての……変化‼

「マリア！　お兄様を呼んで、おじい様にもお伝えして」

「はいっ！」

マリアが小走りで去るのを横目に見つつ、私は卵の前にしゃがみ込んで両手を突き出し、大量の魔力を集中的に注ぐ。

「元気に～産まれろ～元気に～産まれろ～！」

そう念じながら卵が揺れるのを見守る。

「クロエ！」

兄がバタバタとやってきて、常にない勢いで魔力を吸い出されている私の背にまわり、ギュッと支えてくれる。ハラハラした時間が数分流れると、ピシッピシッと卵が殻のテッペンから割れだし、中からパアッとライトグリーンの光がもれ、パリンと小さな穴が開くや否や、パンッと殻全体が弾けた！

そして、若草色のムチムチした、小型犬と同じくらいの小さな生き物が、小さな背中の両翼を懸命に羽ばたかせ、宙に浮いた。アイスブルーのまんまるな瞳《ひとみ》が私とバッチリ合う。

『クロエ、ありがと！　ジュード、ありがと！』

思わず両手を差し伸べると、小さな子ドラゴンは私の腕に収まり、ふわっとあくびをしてクタリと寝てしまった。

衝撃の瞬間が過ぎても、しばらく誰も声を出せなかった。ようやく兄が目を丸くしつつ、背中越しに覗き込む。

「……えっと、寝たのか？」

「……そうみたい。お兄様、この子の声聞こえた？」

「ああ。驚いた。俺たちの名前をわかってるし……ガイア様の記憶なのか？　それとも卵の中で聞いていたのか？」

「……クロエ、体調はどうだ」

祖父も体に似合わない忍び足で、いつの間にか私たちのそばに来ていた。

「変わりない……みたい。おじい様」

「……そうか。よかった」

「本当にドラゴンだったのね……」

マリアが私の腕の中を恐る恐る覗き込み、我知らず口に出す。

その気持ち、よくわかる。直接ガイア様に卵を託された私でさえ、その記憶が遠くなるにつれ、あれは夢で、これはただの綺麗《きれい》な石ではないのかと思い始めていた。

「……めでたいことです。このドラゴンはローゼンバルクの守護者となってくださるでしょう」

冷静沈着を地でいくベルンが、珍しく興奮気味に言った。

「重くないか？　爪や鱗は痛くないか？」

「大丈夫です。卵の重さとほとんど同じだもん。鱗もひんやりつるんとした触り心地です」

「ふむ。ひんやりしてるのは、ジュードの魔力を持つからかもしれんな」

「俺の影響……？」

兄は私の腕から子ドラゴンをスポッと上に引き抜いて抱っこした。

「だ、だめ！　お兄様！」

「クロエばっかりひとりじめはズルイ……え？」

兄は急にふらりと体を揺らし、後ろ向きにバタンと倒れた。

「お兄様！」

「ジュード！」

「ジュード様！」

私は慌てて子ドラゴンを取り上げた。祖父が目を回した兄の心臓に手をやる。

「魔力切れか。ドラゴンは生まれた今も魔力を吸っているのか？」

「はい、グイグイと」

魔力はドラゴンにとってミルクのようなものかもしれない。

ベルンが兄を軽々と横抱きにして退出した。

「おじい様、まだこの赤ちゃん生まれたばかりだから、今日は一緒に寝るね？」

「……うむ。これのことはクロエに任せる。おやすみクロエ」

祖父は私の頭をガシガシと撫《な》でて、その手つきと真逆な、羽のように軽いキスを頬にして、出ていった。周りに身内しかいない時、祖父はそっとキスしてくれる。おじい様に今日も愛されているとわかって嬉《うれ》しくて、私も子ドラゴンにマネっこキスをした。

「はじめましてかな？　お久しぶりかな？　とりあえず、おやすみ」

ドラゴンを抱いたまま、ベッドに潜り込んだ。

可愛い、舌ったらずの声で目を覚ます。宝石のような瞳が目の前にある。

『クロエ！　クロエ！』

「うわあ！　おはよう、子ドラゴンさん。ずーっと待ってたよ！　どこも気持ち悪いとこない？」

『うん。元気！　クロエ、魔力いっぱいありがとう。オレ、この調子だとあっという間に大きくなるよ！』

私の一度目の人生における止《や》むに止まれぬ事情で身についた規格外の魔力量が、一つの命を繋ぐのであれば……報われた。体の奥から喜びがふつふつと湧き上がる。

「ねえ、ドラゴンさん、お名前は？　ガイアでいいの？」

『オレはガイアの記憶を受け継いでいるけど、ガイアじゃない。ガイアは親だ。名前は〈魔親《まおや》〉になったクロエが決めるんだよ』

私は〈魔親〉という立場らしい。私は改めて目の前の不思議な生き物を観察する。

体を守る光沢ある若草色の鱗はまだ柔らかくて、頭の上には白い産毛がいっぱいの小さな耳がピクピク動いている。尻尾《しっぽ》は短いけれど、やがてガイア様のように太く長く伸びるのかしら？　ガイア様の口からのぞく牙《きば》は恐ろしかったけれど、赤ちゃんのそれは、まだ人間の八重歯のようにちょっと尖《とが》っているだけだ。

「うーん、嫌なら言ってね。……その肌の色からエメラルドのエメルでどう？」

『オレの肌を宝石にたとえるなんて随分持ち上げてくれるけど、クロエの瞳と同じ色ってわかってる？』

「そうなの？」

『そうだよ。肌も瞳も適性も〈魔親〉次第だ。でもエメルは気に入った。そう呼んでね』

そしてエメルの瞳はどこまでも澄み輝くアイスブルー。兄のものだ。

「ならば早速お兄様に紹介しなくちゃ！　エメルの瞳が自分と一緒できっとびっくりするよ！　あと、おじい様にも……」

『待って、せっかく二人きりなんだから、ちょっと内緒の話がしたい』

「何？」

私はニコニコとひんやりしたウロコを撫でながら上機嫌で聞いた。

『クロエの巻き戻り前の生について』

久しぶりに自分の特殊な生い立ちを思い出すことになり、固まった。

『オレの頭にはね、ガイアの「クロエの力になってやろう」という思念が残ってる。でもオレはクロエのその、前回の生涯のせいで歪《ゆが》んでいる魂の奥底の部分をすんなりとは受け入れられない。ガイアは年寄りだからそういうの込みでクロエを気に入ってたみたいだけど』

なるほど。私の……一度目の恨みでぐちゃぐちゃな心は、生まれたばかりの清らかなエメルには受け入れがたいのだ。

「何を話せばいいの？」

『全部！』

ドラゴンに嘘をつくなんて太い神経は持っていない。ガイア様に卵を託されてから、私は祖父やベルン、ドーマ様の手を借りて、古今東西のドラゴンが書かれている書物を見つけただけ読み漁《あさ》った。どの本にも共通していることは――ドラゴンは欺いたものに容赦しない、という記述。

私はエメルに思い出せるだけ全て、一度目の自分について、正直に語った。〈火魔法〉でないことゆえの、家庭、学校で受けた不遇。婚約者に蔑《さげす》まれながらも、全身で縋《すが》っていたこと。教授の考えに傾倒し、毒を作ったこと。そのせいで捕まり、教授にもあっさり見捨てられ、婚約者からも家族からも罵倒《ばとう》されて、悲しみの底で獄死したこと。

時折、気持ちが昂《たかぶ》って、動悸《どうき》がしたけれど、なんとか時系列に沿って話し終えた。

『うわ～。なんだろうな、その人間どもの四魔法へのこだわりは。だからクロエはガイアに〈草魔法〉が〈魔親〉になって不快じゃないか、確認したんだね？』

私はコクンと頷《うなず》いた。

『で、クロエはどうしたいの？　前回酷いことをしたやつらに、一人ずつ復讐《ふくしゅう》してまわるの？』

私は即座に首を横に振った。

「ううん。復讐するためにあの人たちに近づくことも嫌なの。前回敵対した人が、一人もいないところで生きていきたい。そして独り立ちできるくらい強く大きくなったら、今世では毒じゃなくて薬を作って、世界中を行商して生きていければ……と、今は思ってる」

ローゼンバルクでのこの二年で、生きることの楽しさがちょっぴりわかってしまった。小さな出

来事に笑いながら、あちこちで薬を売って、それで誰かの命を救って生きていけたら、どれだけ幸せだろう？　一度目の私はあまりに世界が狭かった。

『一人で？』

「うん。前回は自分の人生を他人に依存しすぎた私も不味《まず》かったの。一人で迷惑をかけずに生きていきたい。ああそしてね、今世では、もう今の時点でたくさんの人が私を助けてくれているの。独り立ちできたら、遠くからそっと恩を返していけたらと思ってる。たまにはここに戻ってこさせてもらえればいいなあ。そして稼いだお金をおじい様に渡して、結界を補強してまた旅に戻る……」

私が祖父や兄、トムじいたちに思いを馳《は》せていると、エメルが兄と同じ目で、じっと私の瞳を覗き込んだ。

『復讐はしないと言いつつも、それほどクロエの心は割り切れていないぞ？　マーブル色ってところか。まあでも、ガイアの気持ちが少しはわかった。確かに清いだけの人間なんてつまんないよね。……うん、おもしろい。オレは一応納得の上でクロエの今回の人生に付き添うよ。どう転がるのか楽しみだ』

「人生？　ずっと？」

『ヒトの一生なんてオレたちにとっては一瞬だし。クロエがおばあさんになるまで魔力を貰《もら》って、クロエが死んだらオレもちょうど独り立ちする年頃って感じだ』

私と一緒にいることは、大した手間ではないらしい。そういえば、卵を託された当時ドーマ様もそんなことを言っていたっけ。

「えっと、じゃあ私が死ぬ時、ひょっとして看取《みと》ってくれる？　前回は私、冷たい牢屋《ろうや》でひとりぼっちで死んだの」

『……巻き戻りの話を、誰かに話したことはある？』

「まさか！　これ以上異質なことを話して、嫌われたくなんかないよ」

『……いいよ。オレが盛大なドラゴンの葬式を出してやる』

「やった……」

肩の力が抜けた。ああ、一度目の私は最期寂しかったのだ、と今更ながら実感した。一人で生きていきたいと言いながら、エメルという連れ合いができてホッとする私。矛盾だらけだけど、ふふっと安堵《あんど》の声が漏れた。

「ところで、エメル、私が時間を巻き戻った理由ってわかる？」

『……強烈な魔法の残滓《ざんし》がある。人間が使ったとなればなかなかの奴だぞ？』

牢屋で死を待っていた私に、国の魔法師が罰として禁忌魔法でもかけたのだろうか？　ドミニク殿下の命令で。

「なんの魔法かわかる？」

『時の流れに干渉する魔法か……結構古い記憶も残ってるから、思い出したら教えるよ』

「ありがとう、エメル」

『どういたしまして、クロエ』

エメルはチュッと私の頬にキスをしつつ、私の魔力を吸い込んだ。ガイア様や先祖の記憶を持ち

つつ、今は赤ちゃんのエメル。似た者同士の私たちはいい相棒になれそうだ。

ドラゴンと生涯を共にできるなんて、大好きな猫とドラゴンが冒険する絵本に似ていると思い当たり、わくわくと気分が盛り上がった。あの主人公二人のように助け合って、励まし合って、賑《にぎ》やかに諸国を冒険するのも悪くない。

朝食の席にエメルと共に行く。エメルは私の肩の上で、背中の二つの小さな翼をパタパタさせて浮いている。今日は珍しく、私が起こす前に祖父も兄も着席していた。

「おはよう、おじい様、お兄様」

私が着席すると、エメルも私の肩に止まった。

「クロエ、魔力切れしてない？」

兄が真剣に聞いてくる。

「うん。一晩エメルと一緒に寝て、私の魔力の四分の一持っていかれた感じ」

「クロエはすごいな……ぶっ倒れた自分が情けないよ」

兄がはあ、とため息をつくのを横目に見ながら、祖父が聞く。

「エメル？」

「はい。エメルに名付けるように言われて、エメラルドのような体の色からエメル、と。あ、エメルにとって、私は〈魔親〉という存在なんだって」

『ジュードもな！』

「は？」

兄が目を丸くする。

『ジュードもオレに魔力を注いだだろう？　おかげでオレは〈氷魔法〉も使える。オレの瞳《ひとみ》はジュードの子である証拠だし、俺の体が光ってエメラルドみたいに見えるのは、氷も纏《まと》っているからだ。草だけでは、もっと乾いた色になる。ドラゴンは恩を決して忘れない。クロエとジュードは死ぬまでオレが守護するよ』

エメルがエヘンと胸を張った。

「言葉を理解していらっしゃるのですか？」

ベルンが目を大きく見開いて聞く。そういえばガイア様に言葉を教えるように頼まれたような？

『殻の中で覚えた！』

偉そうにますます胸を張るエメル。確かに想定外に長く卵の中にいたものね……。

「……エメル様とお呼びしても？」

祖父の言葉にエメルが向き合う。

「私はここローゼンバルク領主、リチャードと申します。この度は代替わり、誠におめでとうございます。今後もガイア様同様、この地をお守りいただければ幸いに存じます」

『いいよリチャード。クロエの血縁だろう？　〈魔親〉の願いは聞けるものは聞く。ただし、クロエとジュードの生きている間だけだ。そのあとはオレも自由。好きなところに飛ぶ。それを肝に銘じて領地を整えたほうがいいよ』

「かしこまりました」

『はいはい。じゃあ、ご飯食べたら?』

食前の祈りを捧《ささ》げて、各々食べはじめる。

「そういえば、エメルは何を食べるの?」

『なんでも食べるぞ。この屋敷のものは勝手に食べる』

「えー! 馬とか鶏舎の鳥はダメだよ?」

『わかってるって』

「エメル様……」

『ジュード、エメルでいいぞ』

「あー、わかった。エメルには部屋がいるのか?」

『いや、クロエと一緒にいるから、別にいらない』

「私のベッド、二人で寝ても大きいもんね」

『ねー!』

ベルンが恐る恐るという風に、エメルに意見する。

「エメル様、できれば騒動にならぬよう、この屋敷以外では姿を隠していただきたいのですが」

『そうだな、オレ様が現れたらヒトは腰を抜かすな。わかった。他の者には手持ちの魔法を使って身を隠すし、声も出さない』

「そっか。どこまでエメルの存在を明かすかはよく相談しなくちゃ。エメル、外出する時は声をか

けてね。黙っていなくなると心配しちゃうから」

『オレめちゃめちゃ強いんだけど……クロエは〈魔親〉だけに心配性だな。でもわかった。なんだか人間ってくすぐったい』

私が朝獲《ど》れの葉野菜を食べると、エメルが頬に顔を擦りつけてくるので、ちぎって口に入れる。美味《おい》しそうに食べている。そうか、エメルも私の子だから草タイプだ。多めに摂って損はない。

次々に野菜をエメルの口に放り込みながら、エメルとの生活について家族ですり合わせ、今日も美味しく朝ごはんをいただいた。


午前中は畑仕事をして、午後はエメルにガイア様の〈土魔法〉を習い、私が〈草魔法〉を伝える。エメルにはこれまでのご先祖ドラゴンの魔法や技の知識がたくさん蓄積されているらしいが、〈草魔法〉は初めてとのこと。興味津々であれこれ私に尋ねては試す。

そして私のほうはというと、適性を得た〈土魔法〉がぐんぐんと身に付き、レベルの上昇スピードがこれまでと比べて速すぎる！

「エメル、最終的にはね、どんな攻撃魔法でも壊すことのできない、最強の土壁が作れるようになりたい」

ローゼンバルクを最強の防壁で囲むのだ。

「俺は……逆にどんな固い土にも穴を開けて、トンネルを作ったり、シェルターを作ったりできるようになりたいな」

『おー！　せっかくのガイアの置き土産だ。二人ともせいぜい励め〜！』

兄も時間が合えば、私たちの修業に合流する。

「ガイア様、どうして俺には〈土魔法〉をくれなかったんだろう？　一気に煉瓦《れんが》を作って街道を整備できたのに……」

本日の付き添いのホークが悔しがる。

『あの時ガイアの体力はギリギリだったんだぞ？　オレと共倒れで力尽きて死ぬ直前だった。残り少ない力を譲渡するのにクロエとジュードを選んだのは、大人よりも子どものほうが伸び代があるからだな。年寄りらしい考えだ』

そうだったのか……ありがとう、ガイア様。

◇　◇　◇

今年の夏は酷暑で秋に入っても暑さが続いた。私はひんやりエメルのおかげで切り抜けられたけれど、領地の人々の熱中症が相次いだ。

私は塩と砂糖と水で作る昔ながらの経口補水液に、近所の浅い池で取れる水草から〈草魔法〉で抽出したエキスを適量混ぜ込み、疲労夏バテ解消ポーションを作った。

それを大甕《おおがめ》に入れてローゼンバルク神殿や診療所の日陰に設置し、ひしゃくで掬《すく》って積極的に飲むようにそれぞれの指導者に勧めてもらう。

立ち寄って飲んだ人々が私の目の前で、思い思いに感想を言い合う。この地に来て二年、顔なじみのおじさんおばさんたちは、私を普通の子として扱ってくれる。

「クロエ様、あんまり美味しくないね、これ」

「美味しくないのは、しょうがないだろうよ、薬なんだから」

「え？　美味しいわよ？　このとろみが体中に染み渡るわ～」

「おばちゃんちょっと待って！　美味しく感じるのは体が脱水症状を起こしてるってことだよ？

診療所で診てもらって！　先生ー！」

自覚症状のない熱中症患者発見だ！

「クロエ様、ありがとうね。お代は？」

「秋の一番獲りのお野菜をおじい様と養育院に少し分けてくれれば、それで十分」

今回の材料費は祖父持ちなのだ。

「了解！　お館様によろしくね！」

「お館様もクロエ様みたいな孫がいて、安泰だなあ」

感謝され微笑《ほほえ》みかけられれば、やはり嬉《うれ》しい。

そして秋も深まった今、ようやく涼しくなった。冬前の短い、貴重な自由時間だ。

『クロエ！　今日は木の甘い蜜《みつ》が飲みたいっ！』

「いいよ！　糖蜜《とうみつ》カエデの林に行こう！」

糖蜜カエデの樹液は体力回復ばかりでなく、加工次第でいろんな効果のポーションが作れる。

「お嬢様、帽子をかぶるのです！」

「はーい、行ってきまーす」

「待てクロエ！　俺も行く！」

「ジュードはわしと視察だ」

「………………」

今日のお供はニーチェなので、エメルも姿を現している。とりあえず私がこの二年、卵を抱いてちょこまか動き回っていたのを知っている屋敷や養育院、近隣の領民にはエメルをお披露目済みだ。皆言わずとも秘密を守る。祖父を中心においたローゼンバルクへの忠誠心は半端ではない。

『オレは適当に戦えるから、そんなにバレることに神経質にならなくてもいいぞ？』

「エメルの身も心配だけど、エメルの存在がばれた時に発生しうる面倒事も、すごく嫌なの！」

『人間ってめんどくさいねー』

ニーチェの後ろに乗せてもらい、馬を走らせ、領都からちょっと離れた林に行く。エメルは馬と同じ速さで隣を飛んでくる。私の手のひらくらいの翼なのに、このスピードが出るなんて、なんとも不思議だ。

目的地に着くと、エメルは早速、樹液が垂れ流れている木を見つけ、ガシッと幹にしがみつき、チューッと吸っている。

その傍らで、私は土壁の強化に努める。私が一人前になり、ここローゼンバルクを旅立つ時には、政情不安の隣国、ネドラとの国境だけでも、土壁を作っておきたい。

そんなことを考えながら目の前の土を再構築していると、ふふっとニーチェの笑い声がした。ニーチェは最近、結婚式の日取りが決まってご機嫌だ。なんと式では私にフラワーガールをしてほしいと頼まれた。そんな大役を任されて……ちょっぴり嬉しい。

私はニーチェの奥さんに、世界で一番美しいブーケを作ると心に決めている。

「ニーチェ、どうしたの？」

「いや、顔に泥、付いてますよ。クロエ様、どんどんおてんばになって、いかにもローゼンバルクの子だなあと思いまして」

……最高の褒め言葉だ。私は照れ笑いしつつ、タオルで顔をゴシゴシと拭《ふ》いた。青空に白い雲。紅葉を始めた森の木々。平和だ。

そう思った矢先、体をゾクリと悪寒が突き抜けた。

「きゃっ！」

『クロエ？』

「クロエ様！」

わけがわからず戸惑っていると、私の右手が意図せずに高く上がり、そこから魔力が噴出し、豪雨のように頭から浴びせられ、頭の中にこれまで持っていなかった〈草魔法〉の知識がどんどんと書き加えられていく。解《ほど》けにくい花冠の作り方から、高度な解毒剤の抽出法まで。

そして最後に、私の手首からスゥッと、赤いスズランの模様が静脈の上の一輪を残して、消えた。

「あ……あ……」

左手で右手を握り込み、何度も見慣れた、絡まり合う文様のない手首を確かめる。ない。スズランがない。私のマーガレット一重しかない……。

エメルが私の肩に止まり、同じように覗《のぞ》き込んで、眉間《みけん》にシワを寄せた。

『師が……身罷《みまか》ったか……』

「トム……じい……トムじい‼　いやあああ‼」

『クロエッ！』

「クロエ様っ！」

私は心身共に衝撃を受けて、そのまま意識を失った。


私は二日間高熱で寝込んだ。

本契約した師弟はどちらかが死んだ時、全ての知識と残りの魔力を相手に委ねる。〈契約魔法〉は滞りなく発動した。トムじいの長年蓄積された圧倒的知識量と……精神的ショックに、私の小さな頭と体は耐えられなかったらしい。

暗がりの中目が覚めると、私の頬は涙で濡《ぬ》れていた。

『起きたの？　クロエ？』

エメルが心配そうに覗き込む。

「エメル……心配かけて、ごめんなさい」

『……単純に〈草魔法〉を教えてくれる人じゃなかったんだね？』

エメルがペロリと私の涙を舐《な》めながらそう言った。

「〈草魔法〉の師としても十分に素晴らしかった。でも、トムじいは……私を地獄から救い出して
……私を初めて……温めてくれた人だった……」

ますます涙が溢《あふ》れる。

「まだ、何にも恩を返せていない！　どうして？　一週間前に、タンポポ手紙を受け取ったばっかりだったのにっ！」

私が顔を両手で覆い、声を殺して泣いていると、そっとベッドから抱き上げられ、大きな胸に顔を押し付けられた。木々の清涼な香り……祖父だ。気配を消していたのか気づかなかった。ゴツゴツとした硬い手で、背中をさすられる。

「クロエ……すまん……」

「え？」

「おまえの恩人を守れなかった」

祖父が押し殺した声で、唸《うな》るように言う。

「そんな、おじい様が謝ることなど……おじい様はここにいて、領主としていつも忙しくて、トムじいは王都……え？」

トムじいを守れなかった？　つまり、トムじいは守ることができた？　守り切れたら死なずに済んだ？　つまり、トムじいは病気や、寿命で亡くなったのではないということ？

「おじい……様？」

祖父は一度天井を仰いで、改めて私と向き合った。

「手の加えられた情報を聞くよりも、正しい情報で身を切られるほうが、クロエはマシだろう？」

私はすぐに頷《うなず》いた。嘘は大嫌い。でも体は正直に震え出す。だって、いい情報のはずがない。

「庭師頭トムはおまえに〈草魔法〉を教えることで反抗的な態度を取らせ、家の益を失わせた、という理由で、モルガン侯爵に殺された」

「……ああっ……うう……」

吐き気に襲われる。手で口を塞ぐ。

「クロエ」

祖父が離れようとする私を強く抱き込み、背中をさすり続ける。吐きたくとも、お腹に吐くものなどないから吐きようがなかった。

トムじい、私のせいで、私と関わったせいで、死んだ。

「私が……殺した……」

全身がブルブルと痙攣《けいれん》する。祖父がますます私をキツく抱きしめて、私の頭に頬を乗せる。

「殺したのはクソモルガンで、クロエではない。だが、あの庭師がクロエの大事な人間と知りつつ、定期的に見守ることとしかしてこなかった。実はこの三年、モルガンは何度もわしにケンカを売ってきた。その都度返り討ちにしてきたのだが、とうとう恨みが積もりに積もって、筋違いな報復をしたのだろう」

ああ、トムじいは〈草魔法〉レベルＭＡＸ。本来ならば父の何倍も強いのだ。それなのに貴族に、

雇い主に逆らうことは許されず、自分が反撃すれば一族も巻き込まれることがわかるゆえに……みすみす殺された。

「庭師に八つ当たりするほどあやつらが落ちぶれていると思わなかった。マリアもあのような目に遭ったというのに。わしは学習せぬな……」

私は首を横に振る。祖父のせいではない。祖父は毎日ローゼンバルクのために身を削って働いている。トムじいのことまで手を尽くせる余裕などないのだ。

私がつくづく厄介な存在なのだ。トムじい、ケニーさん、ルル……ごめんなさい……。そうよ！

「お、おじい様！　ケニーさんやルルは？」

「今のところ、二人と母親は無事だ。〈草魔法〉ではないからな」

「そう……」

手首を眺める。私とトムじいの確かな絆《きずな》の証がなくなって、ただの単純なマーガレットの文様と、ポツンと手首の血管の上に残ったスズラン一輪。

「……良い〈草魔法〉の師を、探して来ようか？」

祖父が気遣わしげに聞く。でもそういうことじゃない。

「いいえ……いいえ！　私の師はトムじいだけ」

私は静かに首を振る。

「モルガンに今度こそ報復してやろうか？」

「いいえ、おじい様やめて！　私のせいでおじい様がやっかいごとに巻き込まれるなんて耐えられ

ない！　ああ、もう遅い！　あの日、おじい様にお手紙を出した時点で巻き込んじゃった！　なんて愚かなの？　自分のことばかり考えて！　でもずっと、大事で大好きな人なんていなかったから、こんなことが起こる可能性なんてわからなかった！　おじい様ごめんなさい！　私なんていないほうが……」

「クロエ‼」

おじい様に滅多にない大声で怒鳴られて、体がビクッと縮んだ。

「クロエ。わしはそんなに頼りないか？」

そういう意味ではなかった。

「い……いいえ」

「クロエ、おまえは子どもだ。わしに大人しく守られておればいい。そしておまえはわしの孫。わしを好きなだけ矢面に立たせ、踏み台にしていい存在だ」

「おじい様……」

「自分の命を粗末にするな。間違っても師の後を追おうなど考えるな」

下唇を噛《か》む私に、エメルがかぶせるように言う。

『クロエ、まだオレは成長途中だから、〈魔親〉が死んだらオレも死ぬからね』

「え……」

……そっか……なら、生きないと……ダメか……。

「ダリアとポアロとミサを見送った。クロエまで死んだら、わしもさすがに耐えられんだろうよ」

ダリアは亡き祖母。ポアロは祖父の嫡男で兄の義父。ミサはポアロ伯父様の奥様。兄が今も心から慕う義母だ。

「おじい……様……」

確かに、祖父にこれ以上自分よりも若い者の死に目に会わせてはいけない。でも、

「どうすれば、償えるの……？」

呆然《ぼうぜん》と声もなく涙を流し続ける私を、祖父は再び抱きしめた。


再び目を醒《さ》ますと、夜は明けていた。

エメルがパタパタと飛んでマリアを呼びに行き、マリアに抱きしめられたあと、体を拭かれ、着替えさせられた。私の作りおきしていた……トムじいのレシピの薬草茶を手渡され、また泣いた。

「お、お嬢様！」

「……大丈夫。ちょっと苦いだけ」

少しはマシになったけれど、もっともっと飲みやすく改良しようと……思ってたんだっけ。トムじいのお茶はすべて美味《おい》しかった。トムじいに味や香りづけは、薬を進んで飲ませるために大事なことだと教わっていたのに。

私はギュッとエメルを抱きしめた。エメルは大人しくしていてくれた。

微熱のためベッドを出ないように言い渡されると、兄が私の一番好きな猫とドラゴンの冒険の本を読み聞かせてくれた。いつもは心躍る仲間との出会いの場面も、心ここにあらずでいると、廊下

をパタパタと走る音がして、トトトンと急ぐようにノックされ、こちらの返事を待たずにドアが開いた。

いつも隙などないベルンが髪を乱し、漆黒の執事服にいっぱいホコリをつけて入ってきた。

ホコリ？　……違う！　綿毛だ！

「先ほど……大量のタンポポの綿毛が飛んできまして……ほとんどがカムフラージュで……ようやく、これが……本物かと……」

ベルンが私に一本のタンポポの綿毛を差し出した。

緊張しながら、〈草魔法〉を注ぐ。フワリと紙に変化して、羽のように私の手に下りた。いつもよりもずっと慌てた様子の……トムじいの文字がそこにあった。

『姫さま、どうか、気に病まれませんように。姫さまと出会えたこと、〈草魔法〉を語り合えたこと。全ての知識と技を受け継いでもらえること、わしの手首に健気で愛らしいマーガレットが咲いたこと。わしは人生の最後にとてつもない幸運を引き当てました。ありがとう。我が最愛の弟子クロエに、幸あらんことを』

「う、うわあああああああぁ……」

兄の胸で泣きじゃくった。

第五章　領地防衛～薬師編～

祖父は私たちの名を出さずに、ルルの家にお見舞いを届けた。しかし正体はバレバレだったようで、使者はケニーさんからトムじいの遺品をどっさり持たされ帰ってきた。

「こんな……ルルが使えばいいのに……」

『見たところ、全部〈草魔法〉関連の道具だ。適性無しが持っていても意味がないよ』

私の気持ちは塞いだままだったけれど、トムじいの知識が定着すると、マリアや皆の細やかな看護のおかげで体調は回復した。ケニーさんのご厚意を無駄にせぬように、エメルと共に日々その書物を解読し、実践して、自分のものにする。弟子の使命だ。

季節が冬に突入する頃には〈草魔法〉のレベルは110に上がった。しかしもうこれ以上新しい知識を教えてくれる師はいない。おそらく〈草魔法〉の天井破りの成長はこれで終わりだ。

一度、ルルにタンポポ手紙を出したけれど、返事は来なかった。適性はなくともトムじいに教わっているに違いないのに。レベルが上がろうと、師が褒めてくれず、友が興味を示してくれなければ、虚しいだけ。それもこれも……。

「エメル」

『なに？』

「復讐《ふくしゅう》なんかしないって言ったけど、今世の師の仇討《あだう》ちはしちゃうかもしれないわ」

あの人たちを、許すことなど到底できない。

『……師の遺言を噛みしめてごらんよ。そしてクロエが仇討ちした時に被害が及ぶ人々のことも考えて』

私が仇討ちに向かえば、当然祖父も加勢する。辺境伯と侯爵が正面からぶつかるとなれば、それはもう内戦だ。

そしてトムじいは父の使用人。父が自分の使用人に何をしようが、他家が口を挟める問題ではない。それがどれだけ非道なことであっても。背景を知らぬ者から見れば、越権行為だ。

それに一部の貴族にとって平民の使用人など、使い捨てと同じ認識なのだ。主人が気に食わなければ、すぐにクビにする。代わりはいくらでもいると考えている。

まあそういった何もかもを、祖父ならば力でねじ伏せられるのだろうけど、そんなことはしてほしくない。私のせいで、祖父の、ローゼンバルクの名を汚すなど――。

全てを断ち切り、一人にならなきゃ仇討ちなんて不可能……か。

「弱っちいね。私」

祖父から、兄から、ここの仲間の温もりから、離れる勇気が湧いてこない。

『弱っちいクロエも好きだぞ？　ガイアの記憶の通りだな。人間と生きる最初の百年が一番面白いって』

「エメルのイジワル」

上目遣いでエメルを睨《にら》む。

『クロエがどこに向かおうが、生きてるあいだは付き合うよ』

エメルが私を慰めるように、鼻を私の頬にこすりつける。そんなエメルの頭をゆっくりと撫《な》でる。

ひんやりエメルはいつでも私を落ち着かせる。

「でもいつか……誰の力も借りずに、あいつをボコボコにしようと思う」

私の後ろ向きな目標が一つ、増えた。

『物理か？　じゃあクロエ、今日から筋トレだな。よし、手始めに百回！』

エメルは私の服を咥《くわ》えてグイグイと引っ張り、私に腕立て伏せを促した。

「えー！　筋肉必要？」

『古《いにしえ》の強者《つわもの》たちは皆いい筋肉を持ってたぞ？　モルガンをボコボコにするんだろ？　ほら、一、二』

「ううっ、一、二……」

そんなエメルは私に筋トレと〈土魔法〉を指導しながら、〈草魔法〉をドラゴン流にアレンジして覚えていく。パタパタと上空に飛んで、

『うーんと……ほばく！』

ほばく？　……捕縛!?

言葉の意味に気づいた瞬間、上から草の網が降ってきて、私は捕まえられて網の中。そんな網の上部をエメルは前脚の爪に引っ掛け、私を捕まえたまま上空高くに飛び上がる。

「うぎゃ――――！」

恐怖に支配され、私の悩み事は、当座、どこかへ吹っ飛んだ。

『オレがちっこい間は、こうしてクロエと旅をしよ～！』


「へー、それいいね」

私が目を回しながら、エメルと共に屋敷の庭に着地すると、兄が網の仕様をマジマジと見ながらそう言った。

「ど、どこがいいの！　ううっ……酔った……」

私は網からボロボロの体で這《は》い出した。

「だって俺はもうすぐ王都で入学だろ？　エメルがいれば、安全に素早くローゼンバルクと王都を行き来できる。エメル、いいか？」

『ジュードは〈魔親〉だからもちろんいいけどさー』

「けど？」

『オレ、そばにいたら自然と魔力を吸収しちゃうよ？　遠距離移動となればかなり魔力が必要だし。いいの？』

「……今日から魔力の底上げを頑張るよ」

……ちょっと待って？　兄の言葉にひっかかる。

「お兄様、入学って？」

「ああ、もうすぐな。春から王都のリールド王立高等学校に通わなければいけないんだ」

リールド王立高等学校……前回の私の第二の虐待舞台。そうか、今まで話題にのぼらなかったために すっかり失念していた。

「……絶対に行かねばならないの？」

「絶対だな。俺も嫌だけれど、領主になるためには必須《ひっす》だ」

そんなことは知っているくせに、私は何を聞いているのだ？

リールド王立高等学校に通うのは貴族の義務だ。十四歳から十八歳の四年間で、学習し人脈を作り、卒業することで、一人前の成人貴族とみなされる。

もし行かないとなると、次代への教育責任を怠ったとして親が叱責を受ける。だから一度目、あの父も私を入学させたのだ。入学した先にある地獄を味わわせるためだったのかもしれないけれど。

そっと兄を窺《うかが》う。兄は美しく強い。生まれ持った顔立ちや骨格だけではなく、〈氷魔法〉〈土魔法〉の二属性適性になり、日々の努力も相まってますます身に纏《まと》うオーラが強者のものになった。

兄が前回の私と同じ目に遭う心配はない。弱点といえば、王都の社交に顔を出さないことと、養子であることだろうか？　まあこの兄ならば、全く意に介すことは無いと思う。

「どうしたクロエ？」

私は目の前に意識を戻すと苦笑いして、小さな声で返事をした。

「王都は……嫌いなの」

兄は私の頭をくしゃくしゃっと撫でた。

「俺も嫌いだ。お上品なフリをして過ごすなんて全く苦痛でしかない。週末は授業が終わった瞬間、ここに戻ってくる」

『なるほど。じゃあ、オレの移動方法に慣れなくちゃあ』

「が、頑張るぜ……」

兄はじわじわとエメルに魔力を吸われている。そんな兄を見て、ふと別の心配事が浮かぶ。

リールド王立高等学校に貴族が行く意味は、学ぶこと、人脈を作ること、それ以外にもう一つある。それは生涯の伴侶《はんりょ》を探すこと。

前回の私は、第二王子という婚約者がいたために必要がなかった。しかし、入学した時点で決まった相手がいない人は、そこで少しでも優秀な婚約者候補を探すのだ。

お金があり、そこそこの地位があり、見目が良く、そして恋心をくすぐる人。

この辺境の地に来ることを厭《いと》わなければ、兄はかなりの優良物件だ。思わず兄の隣に美しい花嫁が並ぶのを想像して、なぜか胸がギュッと痛む。

おかしい。ニーチェの結婚話はただただ嬉《うれ》しくてワクワクしたのに。この痛み……第三者が屋敷に入ることで自分の今の幸せが壊れることを恐れ、兄の幸せを祈ることができないってこと？　なんて自分本位なの……。

でも、もしそうなったら、ここにいることはできない。醜い私を兄や祖父に見られたくない。

やはりしのごの言ってないで独り立ちしなければ。早く体を作って、薬師《くすし》として一人前になって。

「ぷはっ……」

兄が両手を地面につけ、ゼイゼイと大きく息をついている。ごっそり魔力をエメルに持っていかれたようだ。

「お兄様、そのくらいにしたら」

兄が大きな深呼吸をしながらも、心配そうに私を下から窺う。

「クロエ、なんて顔してるんだ？　……俺が王都に行くのが嫌なのか？」

「そりゃ……寂しいです」

兄との離別を考えたら、うまく笑えなくなった。

「だから、毎週戻ってくる。それに、クロエが通う時のために地ならししておいてやるからな」

「……私が通う……そうですね」

私は行かない。あの空間に入っただけで、恐怖で凍り付くに違いないから。


リールド王立高等学校に行けば、同級生であるドミニク第二王子、〈火魔法〉の伯爵令嬢ガブリエラ、その二人の多くの取り巻きなど、一度目の人生で直接私に手を下した人も、ニヤニヤと笑って見ていていじめを助長させた人も全ている。やがて弟アーシェルもドミニク殿下の妹王女も入学してそれに加わり……教授もいる。

入学前、つまり十三歳までに一人前になり、学校に行かないでもいいと祖父に認めさせなければ！　この地を離れるのは身を切るほどにつらいけれど、行商の薬師として独り立ちしてもいい。

とにかく私の、新たなる今後五年間の目標が決まった。

ローゼンバルク領の物理防衛を国境全域に張り巡らせる。そして職業としての薬師になるべく研《けん》鑽《さん》を積む、だ。全ては恩あるこの地に憂いを残さず、薬師として独り立ちするために！

そのために午前中の〈土魔法〉修練のための野菜作りを薬草作りに移行した。

そこで栽培した薬草で一般的な病やケガに必要と思われる薬を精製し、さらに世代や病状によって丁寧に味付けを調整する。抵抗なく口にできて喉《のど》ごしが良いように。高齢者には嚥《えん》下《か》しやすいようとろみをつけて……トムじいの教えに忠実に作製した。

それを今日からローゼンバルク神殿の軒先を借りて、参拝客や領民相手に臨床実験させてもらう。データを揃えないとお金を取ることはできないから。

『クロエが神殿で無料薬局を開いている』いう噂を聞きつけ、ぽつぽつと患者がやってくる。

「クロエ様のお薬は、よく効くけどまずいんだよな……」

と、夏に経口補水液を飲ませたおじさんたちが話しているのが聞こえてきて耳が痛い。

順番に病人の症状を見てカルテを作成し、その後の経過をまたここに来て伝えることを約束させて、その場で服薬させる。

次の患者は父親の腕の中で毛布にくるまれた小さな女の子。真っ赤な顔をして息が荒い。

「クロエ様、なにとぞお情けを……この二日、熱が下がらんのです」

「ちょっとすみません。口を開けられる？　お医者さんは行った？」

「先生はまだ隣町から戻ってこられんのです」

我が領には医者はたった二人で、広い領地を手分けして巡回していてタイミングが悪いと捕まら

ない。私は彼女をそっと視診触診する。喉の風邪だ。喉の腫《は》れには生薬のほうが即効性があるので、その場で三種類の薬草をゴリゴリとすり合わせ、乳鉢の上から右手を掲げた。

「撹拌《かくはん》……魔力注入……」

〈草魔法〉で薬草から最適な効能を引き出すと、薬の表面が二度青く光った。スプーンですくって味見をして、出来具合を確かめる。

「何歳でしたっけ?」

「四歳です」

「じゃあ、もう一回重ねておくか……」

私は再び右手から魔力を出して、あと一度だけ光らせる。子どもには繊細な調整が必要だ。そして大人よりも多めに糖蜜《とうみつ》カエデのシロップを入れて、臭みを消して……。

「はい、できあがり。生薬だから今飲ませてください」

「は、はい」

父親に鉢とスプーンを渡し、口にねじ込んでもらう。女の子は始めはむずかったが、思ったよりも甘かったのか、二口目からはすんなり口を開けて飲み干した。

「これは熱さましです。夜、辛そうだったら飲ませてください。この子が眠ったら、ご家族もきちんと休息をとってくださいね。では急いでおうちに帰って寝かせて」

「あ、ありがとう、ございます!」

父親は頭を何度も下げながら、粉薬を胸ポケットに突っ込み、子どもを大事に抱えて走り去った。

やじうまのおじさんたちが、『薬、まずくなかったのか？』『何はともあれ飲んでくれてよかった』などと好き放題言っているので苦笑した。

「クロエ様、人が好《よ》すぎるぜ。山間部でしか取れないリゴウ草の熱さましをタダで配るなんて」

本日のクロエ係、ゴーシュが面白くなさそうに言う。

リゴウ草は、領地で一番高い山にエメルの捕縛で連れていってもらい、数株持ち帰った。土魔法でその山間部の土を自分の畑で再現したら、繁殖に成功したのだ。〈草魔法〉と〈土魔法〉の適性持ちゆえに成しえたことだろう。だからどれだけ試験してもいいのだ。それに、医者に行けずこの列に並ぶ人に、残念ながら買える値段ではない。

「いいの。半分の人が戻ってきて、飲んだ時の体の調子を教えてくれれば。とにかくデータが欲しいのよ。発熱は後遺症も起こしやすいし子どもは特にバカにできない。それに皆さんがおじい様に感謝してくれれば、おじい様がこの地を治めやすくなる。先行投資ね」

「おやおや、クロエ様、精が出ますねえ。何やら急に顔つきも変わられて」

夕刻の祈祷《きとう》の帰りなのか、ドーマ様が様子を見に立ち寄られた。私はにっこり笑って挨拶《あいさつ》し、

「急に寒くなってきたから、ドーマ様からもお年寄りに体に気を付けるように伝えてください」

とお願いした。あまり、私のやる気の原因は追及されたくない。

二週間ほどこの活動を繰り返すと、徐々に協力してくれる人が増えて、続々とデータが集まった。薬師クロエの売薬の顔ぶれが固まりそうだ。

患者の列が消えたので店じまいをする。今後はこの臨床と並行してベルンから商売について手ほどきを受けなければ……などと考えながら神殿に入り、祭壇でトムじいの冥福《めいふく》を祈った。

「クロエ様のお師匠様？　では私も一緒に祈ろうかのう」

ドーマ様がそっと隣に跪《ひざまず》く。神官長の祈りがあれば、トムじいは迷わず天国に行けるだろう。

そのまま借りている神殿の小部屋で、明日《あした》の分を予《あらかじ》め調合する。冬本番を迎え、空気は乾燥し、今後も患者は増えるはずだ。ゴーシュは夕方にまた迎えに来てくれる。

小部屋には、騒ぎにならぬよう姿を消して見守ってくれていたエメルが現れて、今日の製薬についてあれこれ意見したあと、一つあくびをして目を閉じた。こういう姿を見ると、まだ赤ちゃんだなと思って笑った。

「……クロエ様、ちょっといいかの？」

「あれ？」

ドーマ様はこの調合室までついてきていたようだ。

「ここのところ随分と真剣に腕を磨いてらっしゃる。データも集まり客観的に情報を整理されているご様子。クロエ様は、本気で薬師になられるおつもりなのかな？」

「もちろんよ」

「領主の娘で、いらっしゃるのに？」

私が気まぐれに薬師の真似事をしていると思ったようだ。

「えっと……もし、うちの領地で他の薬師と競合することを恐れているのであれば、他の土地に行

くから安心してちょうだい」

　敢えて論点をずらした答えをする。

「いえ、薬師が飽和状態になることはありません。クロエ様のような優秀な腕を持つ者を領の外に出すなど、お孫様でなくともお館様が許さないでしょう。ただ、どうしてこのように幼くして、慌てて独り立ちの準備をしているのかと」

　ドーマ様はさすがに鋭い。

「……必ず、一人で生きていかねばならない時が来るよね。その時自分に力があれば、自由を選択できるの」

「お館様がクロエ様を一人にするとお思いか？」

「……いつかは別れはくるでしょう？　昔、おじい様もそう言ってたじゃない」

　ドーマ様はさらに言い募る。

「ではジュード様は？　ジュード様もクロエ様を一人にすると？」

「……お兄様にも、いずれ家族ができるよ。そしたら小姑《こじゅうとめ》は邪魔でしょう？」

　私は敢えてふざけた調子で言ったのに、ドーマ様は厳しいお顔をしたままだ。

「幼子にこのような選択をさせるとは……王都での暮らしの傷が、いかに深かったか……」

「小さいお声でわかんないよ。何を言っているの？」

「いえ。では女同士、腹を割って、薬師クロエ様とお話ししてもよろしいか？」

「どういうこと？」

私はコテンと首を傾《かし》げた。

「薬の依頼じゃ」

「……私に作れるものであれば、いいよ？」

ドーマ様はすうっと息を吸い、真剣な顔で私を見つめる。

「これは決して外に漏らしてはいかん。二人の秘密にしてほしい」

……それは、無理だ。ドーマ様のお人柄から怪しい薬では無いと思うけれど。

「私はおじい様に、決して嘘はつかない。秘密を持たないと誓っているの。ごめんなさい」

それに目の前のソファーで丸くなって寝ているエメルも絶対に聞いている。

「……賢明だねえ。だがこちらももう切羽詰まっている。お館様と三人の秘密ではどうじゃ？」

「私はそれでいいけれど、おじい様の説得はドーマ様がしてよ？」

「わかった。……クロエ様に作ってほしい薬は……避妊薬じゃ。わかるか？」

私は絶句した。思いもよらなかった。今まで……一度目でも作ったことがない薬。驚いていると、
エメルがふわりと私の肩に乗った。やはり起きていた。

ドーマ様は深々とエメルに頭を下げた。二人は当然正式に対面済みだ。

「クロエ様は本当に賢い。その歳で薬の意味がわかるようじゃの？」

「……〈草魔法〉マスターだから……知ってる」

本当は一度目の知識で知っているのだけれど。それにしても、神殿は「子は授かりもの、子は宝」が教義のはずでは？

「神官長の立場で……いいの？」

「立場など、言ってられぬほど困り果てているのです。クロエ様が可愛がってくださる、我々の養育院の子どもたちは、なぜいつもいっぱいだと思いますか？」

「親を病や戦争で失って……とか？」

「それもありますが、意に沿わない妊娠をしてしまうことが一番の問題です。特に所得の低い世帯ほど……結果、家族全員悲惨な運命を辿《たど》ります」

ドーマ様が、子どもの私相手ゆえに、必死に言葉を選んで話してくれているのがわかる。しかし私はそれ以外にももっと悲惨な妊娠を思いついてしまう。一度目の人生では孤立していたけれど、そういう下世話な噂話は、なぜか壁際に佇《たたず》む私の下まで流れてくるものなのだ。

私は慎重に言葉を選ぶ。

「結論を言えば……作れます。ただし、材料が珍しいので量産は難しい」

頭の中で、貰《もら》ったばかりのトムじいの知識の記憶をペラペラとめくる。レベル82に避妊薬がある。材料のメインは黄昆布《きこんぶ》という寒冷地の海藻だ。どうやって海に行って潜ろうか……。

「不幸の連鎖をなくすためには安価で販売すべきなんだろうけど、手に入りづらい高価な材料も必要なのでなかなか……」

少量だが、金も必要だ。

「材料や、販売方法は私がなんとか考えます。ひとまずクロエ様は作ってくだされば」

「ドーマ様は教義的に、いいの？」

「ああ、クロエ様は避妊薬を作ることが神罰を受ける行為ではないかと恐れているのですね」

「それは、ないわ」

即答する。一度目の私は、神などいないと痛感して死んだ。今世ではいいこともあったけど、神を信じるほどに相殺していない。

「私にとって、最も敬愛する対象はおじい様です。大好きなドーマ様の神官長としての立場と、おじい様の立場が中央大神殿から告発されないか、不安です」

「……そうじゃね。クロエ様の言う通りじゃ。やはりお館様にご相談しよう」


善は急げということで、私の帰宅にドーマ様も付いてきて、書斎にいる祖父と三人で話し合った。

「ドーマ……すまんな。はあ、妻が生きておれば、そういうところまで目が配れただろうに」

祖父は背もたれに頭を乗せて、天井を見上げた。

「だがしかし、中央大神殿と事を構えるのは面倒だ。あの不心得者の神官どもとやり合う時間と気力は無駄でしかない」

この国の宗教は一つ、単一神ジーノを祀《まつ》る神殿が各地にあり、人々はそこで祈りを捧《ささ》げる。百はあるその大小の神殿を統括するのが王都の中央大神殿だ。

国民の日常に深く入り込んでいる神殿は強大な権力を持ち、中央大神殿にそれは集中する。その力は王家といえど無視できない。

そして大神殿にはその権力を自分のものだと勘違いしている神官がうじゃうじゃいるのだ。自分

たちの利益ばかり考え、不利益になることは、神の名において排除する。その神官たちは、大抵貴族の出で、王都を出たこともないくせに生家の力で高位神官になっており、厄介そのものだ。

そんな輩《やから》が大きな顔をしている大神殿を中心に置いたジーノ神の教えは、『子は授かりもの、子は宝』。まさしくその通りではあるが、世の中どうしようもない場合もある。女性の体が弱かったり、夫婦共に高齢であったり、事情があって夫婦の仲ではなかったり。子どもを持てる状況かどうかは人それぞれ違う。

そして、前回、噂として聞いたことがある。育てられない子どもを授かった時、多額の寄進を神殿にすることによって神に赦《ゆる》され、子どもを天に還す方法もある……とか。恐怖しかない。

そんな大神殿と避妊薬は真っ向から対立するのだ。ローゼンバルクだけでこっそり使用などしたら領ごと破門されるに違いない。

大神殿の運営にはいろいろと思うところがあるものの、ジーノ神の教え自体は悪いものではない。我らの領民も、ジーノ神を、ローゼンバルク神殿での祈りを心の支えに生きている者も多いのだ。

どうしたって一度、大神殿に話を通す必要がある。

「文句を言わせぬ権威が欲しいな。ドーマはこの件で、中央に恨まれようが構わんのだな？」

「とっくに嫌われておりますよ。今更です」

ドーマ様はサバサバと言ってのけた。

「避妊薬を売るとなると……金のある貴族の奴らが買い占めて好き放題するかもしれん」

「それでは本当に必要な貧困層に使えなくなります」

二人して難しい顔をして考え込む。私は綺麗《きれい》事すぎるかな？　と思いつつ、提案する。

「お金持ちからは代金をたくさん貰って、そのお金を苦しい生活をしている方の代金に充当してはどうでしょう？」

「そんなことを容認する奇特な人間ならば、避妊薬を必要とはしないだろうねえ」

ドーマ様が苦笑しながら私の頭を撫《な》でた。

「うむ。金持ちほど、人より多く金を出すことに不満を感じるものだ」

大人の世界は難しい。

王に命令してもらうことが、一番かもしれない。でも、王は避妊薬が必要な下々の事情など知りもしないし、同情もしないだろう。逆に避妊薬を作れる私を、権力の駒になると考えて差し出せと言いかねない。

私の存在を伏せて、金額や流通方法に文句を言わせないで済む、王のような権力――。

『クロエ～！　ジュードの魔力じゃ全然足りなーい』

帰宅後、兄のところに行っていたエメルがトントンと窓を叩《たた》く。慌てて窓を開けるとふわふわと私の肩に止まり、私の魔力が一気に抜けていく。思わず背もたれに寄り掛かった。

……そういえば？

「ねえドーマ様、うちのエメルって、神話に載ってるんだよね」

「ええ、神殿の教本に、神がドラゴンと共に悪《あ》しきものと戦う章があるのです」

エメルに向き直る。

「エメル、姿を現したり、消したりできるよね？」

『いつも、オレのことを知らない人間の前では消してるでしょ～』

「その応用で、数分間、ガイア様くらいの大きさになれる？」

『なれるよ。でも魔力をたくさん消費するから、あんまりしたくない』

魔力は私が補充すればいい。

「エメルの命令にしちゃったら？」

「『うん？』」

「神聖なドラゴンであるエメルが、ドーマ神官長に神言を託したことにするの。『現状に心を痛めているので、避妊薬を配るように。そして高所得の者からは、十万ゴールドを対価として受け取るように』との命令を下されたと。そして、『避妊薬の製法はその資格のある薬師に伝える。薬師がなんらかの不利益を被ったら、王都を破壊する』……とか？」

「『いいねえ‼』」

老人二人と、子ドラゴンの声がバチッと揃《そろ》った。

『つまりオレが、ドーマのばーちゃんの後ろでデカくなって、偉そうに周りを睨《にら》みつけていればいいんだな！』

「そんなエメル様の威を借りて、私は神託を受けた古《いにしえ》の聖女の如く、あの権力を好き勝手使うことしか能のない大神殿のやつらに、堂々と命令すると！」

「ふむ。ローゼンバルクにドラゴンが出たとなれば、王都のこざかしいやつらも、簡単に我が領に

近寄れまい。時折神託を携え現れる……とするのがミソじゃな。当面静かな生活になるか？　一石二鳥だな！」

　思った以上に三人？　はノリノリになってしまった。

「えっと、エメル、嘘をつくことになるけど、清いドラゴン的にはＯＫなの？」

『結果、不幸な子どもがこれ以上増えなくなるんだろう？　ならばいいことだ。ドーマのばーちゃんもいいやつだしな』

「エメル様……」

　ドーマ様が、不意にはらりと涙をこぼした。立場のある人だからこそ、褒められる機会がなかったのかもしれない。一生懸命頑張っても誰も認めてくれない悲しさは、一度目で身に染みている。

「ドーマ様。私を含めローゼンバルクのみんなは、ドーマ様のこと、だーい好きだからね！」

　私とエメルがドーマ様を両脇から抱きしめると、彼女もまた両手を広げて私たちを抱き返した。

　その後、涙の止まったドーマ様含む三人と一ドラゴンで細部まで打ち合わせをした。ドーマ様の晴れ舞台？　ができるだけドラマチックになるように演出やセリフを考える。

　決行は私が薬を生産してからすぐにということになり、いつでも出発できるように各自準備をしておくことになった。

　そして、エメルの存在を現時点で知っている皆には、今回の計画を伝えることにした。いずれも祖父に忠誠を誓った者ばかりなので、問題ない。

　私の薬師への一人前計画は、いきなりお休みになったなあと思ったけれど、避妊薬を作り、必要

な人に届けるのも薬師の使命。そして独り立ちするには、あらゆることが社会勉強だ。この行動は遠回りにはならないはずだ。

◇◇◇

私は〈水魔法〉適性のニーチェらと共に、前回ガイア様を見送った、港町トトリにキャンプしながらやってきた。避妊薬の主原料である黄昆布を取るためだ。

私が潜って取ってくるつもりだったのだが、祖父に止められた。泳ぐのなら浅い湖で慣らしてからでなければダメだと。そういえば、水に膝《ひざ》まで浸かったことはあれど泳いだことはない。一度目ではいろんな人に、深い池や沼に突き落とされたっけ。〈水魔法〉マスターだったから、死ぬことはないとわかっていたけれど、心は冷たく凍りついた。

季節は真冬だけれど、〈水魔法〉使いのニーチェならば、自分のまわりの水温を上げられるので問題ない。

海岸にて準備体操をするニーチェに私は黄昆布の絵を描いて見せる。ニーチェが戸惑った顔で、

「えっと、クロエ様、これバナナですか？」

「…………」

「ぶわっはっはっは！　クロエ様にも苦手なものがあるんだなー！」

「ゴーシュ！」

もう一人の、今度こそ海の幸が食べたい！　という思いでついてきたゴーシュが私のバナナ？に腹を抱えて笑っている。

「もうっ！　ゴーシュなんか嫌いっ！」

「ごめん！　ごめんって！　さあ今度はオレが描く。クロエ様、特徴を教えて？」

ゴーシュは強面《こわもて》に反して、なかなかの筆遣いだった。ヒラヒラと水に舞う姿を見事に描いた。

「こんなもんでいいの？　クロエ様？」

「……まあまあね」

私の百倍は出来の良い黄昆布の絵がそこにあった。くそう……。

私たちがそんなやりとりをしている間に、ニーチェがパンツ一枚になった。絵を覗《のぞ》き込む。

「ニーチェ、あのね。水深五メートルくらいの棚に生えているはずなの。見つけたら根っこから上五センチくらいをナイフで切って、持ってきて」

「了解です！　では行ってきます」

ニーチェはジャバジャバと海に入っていった。そして、勢いよく潜った。水面は何事もなかったように凪《な》いでいる。

ずっと、ニーチェが消えたあたりを見つめていると、ゴーシュが私の肩にそっと手を置いた。

「クロエ様、ニーチェは〈水魔法〉マスターだ。安心していい」

「……うん」

海鳥の鳴く声を聞きながら待つこと五分。ざばっと波しぶきをあげてニーチェが海から飛び出し

て、大股《おおまた》で砂浜に上がってきた。

「クロエさま～これですか～！」

私からもニーチェに駆け寄って右手に掴《つか》んでいるモノを見る。裏のイボイボ！　間違いない！

「ニーチェ！　これだよ。どういう具合に生えてた？」

「これは大きな株でしたよ。これくらいの葉が二十枚ほど広がっていましたね。それが点々と、四箇所くらいですか」

思ったよりも収穫できそうだ。

「じゃあ、今の株から五枚ほど残して切ってきて」

「はい！」

ニーチェはまた走って海に戻った。すると突然、ゴーシュもシャツを脱いで、半裸になった。

「え？　なんで？」

「いや、もう仕事は終わったも同然だろ？　オレも泳いでくるぜ！　クロエ様、周囲に結界張っとけよ！　よーし、魚たち！　待ってろよ～！」

ゴーシュも海に向かって走り、「冷てえ！」と大声を出して、あっという間に沖に向かって泳ぎだした。

「そっか……楽しく泳ぐのに、適性なんて関係ないね」

でも真冬なのだけれど⁉

ゴーシュの水をいっぱい跳ね上げる豪快な泳ぎに、ハハハと笑った。適性を持たないゴーシュに

は相当冷たいはずなのに。

『クロエも泳いだら？　結界はオレが見とくから』

頭上からクスクス笑うエメルの声にうーんと考え……るのをやめた。私も〈水魔法〉マスター。荒波でも泳げる。水抜きできる。ゆっくり慣らせば祖父に心配をかけることはない。

「うん！　行ってくる！」

私もサササッと着ている服を脱ぎ捨て、下着姿になり、てててっと海に走った。

足をつけると冷たい。でも思い切って、ひと足ひと足海に浸かっていく。誰に突き落とされたのでもない。自分の意思で。

冷たいっ！　と思ったけれど、すぐに心地良さに変わる。思い切って頭から潜る。水の中は存外温かかったけれど、念のため、周りの水温を人肌程度に上げた。

浅いながらも、魚がいて、サンゴがあって……しょっぱい。目にツーンとくる。中指の切り傷に塩分が沁《し》みる。ああ、これが海なんだ！

ぷかぷかとうつ伏せに浮かんで、水中を飽きずに眺めた。海の中は人の汚れた思いも争いもない。ひたすら平和だ……〈水魔法〉バンザイ！

ふと海底に前回食べた貝を発見する。迷わず潜って、六個回収し、肌着の中に巻き込んで海面に上がった。

「「く、クロエさま～！」」

ニーチェとゴーシュが血相を変えて、じゃぶじゃぶと走り寄ってくる。そしてそれより早く、

「クロエ‼」

兄が恐ろしい顔をして、服を濡《ぬ》らして海に入り私を抱きしめた。ポカンとする。

「あれ？　お兄様？　どうしてここにいるの？」

「次期領主として、追いかけてきたんだよ！　なんて格好してるんだ！」

「え？　下着で泳いじゃだめなの？」

「違う！」

「でも普通の服を着ていると溺《おぼ》れます」

「ああっ！　もう！　ちゃんと水の中用の服があるんだよ！」

知らなかった！　私は大人しく兄に抱かれつつも、貝を両手から離さなかった。

「クロエさま〜！　小一時間消えてたんですよ！　もう！」

そんなに時間が経っていたとは！

「え……ごめんなさい」

『オレは、クロエは生きてるぞって、ちゃんと伝えてたんだけどさ』

エメルはパタパタと飛んで、私の肩に乗り、その翼の風で私と兄を服ごと乾かした。

「心配しましたが、無事に戻られたなら良しとしましょう。ますますおてんばになってびっくりだ。お！　クロエ様も戦利品があるんですね！　オレも大きな魚三匹を捕まえました。早速焼いて食べましょう！」

ゴーシュが年の功で、この場をまとめてくれた。

浜辺で網を火にかけて、獲った海の幸をこんがり焼く。貝が焼けても兄は機嫌が悪いまま、私を後ろから抱っこして、もぐもぐと食べている。

「あの、お兄様……ごめんなさい。まだ怒ってる？」

「……クロエは自分の価値がわかっていない。クロエが海に消えたと聞いて、背筋が凍った。おまえは俺たちの宝なの。マスターだろうと関係ない。大人に確認することなく勝手なことをするな！」

私のこと……宝って……。私はいたたまれなくなって体をねじり、兄の胸に顔を埋めた。

「お！　クロエ様ってば恥ずかしがってる！　そうしてると八歳の年相応だなあ！」

ゴーシュが豪快に笑いながらそう言うと、兄の緊張がふっと緩み、私の背を優しく撫《な》でた。冷やかされてますます顔を上げられなくなった。

◇◇◇

再び数日かけて屋敷に戻り、早速製薬作業を開始する。

部屋を密閉洗浄し、黄昆布の裏のブツブツに入っている粘液を全部取り出したあと、葉の部分をドライ、粉砕する。それと少量の金やアルコール、諸々の材料を慎重に〈草魔法〉で撹拌《かくはん》、圧縮抽出する。これにブツブツの粘液を戻し、もう一度魔力を流せば完成だ。

「……できた！」

黄昆布一枚から約十回分作れた。今回は五枚だったので、五十の大人の指ほどの大きさの薬瓶が

できた。トムじいの知識があれば問題ないと思っていたけれど、無事に出来上がり一安心だ。

でも他の材料費を考えると……原価で一回分五万ゴールドはかかっている。売価十万ゴールドは、非常に良心的な値段だ。〈水魔法〉マスターの人件費も入れれば三十万ゴールドでもおかしくない。

味は、正直なところどうにでもなったけれど、ドーマ様の希望で最悪の不味《まず》さにした。安易に手を出せないように、とのことだ。そういう考え方もあるのか、と心に留める。

『クロエは避妊薬を作ることに抵抗はないのか？』

エメルが私の手元を覗き込みながら聞く。

「……私は一度目の人生、毒を作ってた人間なんだよ？」

思い出して、愚かだった自分を笑う。

『そんなこと、言ってたね』

「それに……無理やり堕胎させられた話を聞いたこともあるし、逆に、女性が男性を嵌《は》めて、それをたてに結婚を無理やり迫った……なんて話も」

『……人間、ちょっと恐ろしい』

「悪い人に男女の別はないの。大事なのは合意であること。ともかくこの薬はあくまで事前に飲む、予防のための避妊薬よ。これによって心や体が傷つくものではないし、正しい知識を教育して、女性が、もしくは夫婦が、産むタイミングを選択しても、ちっとも悪くないと思う」

『そうだね』

薬の完成を受けて、前回のメンバーと兄と、ベルンが集まった。私は自分の仕事は済んだので、気楽な気持ちでお茶を飲む。兄が薬を前に、興味深そうに代表して質問する。

「クロエ、この薬の日持ちは？」

「一カ月です。お兄様の氷魔法ボックスに入れれば三カ月ですね」

「使用法は？　難しいのか？」

「いえ、ただ女性が飲むだけです。飲んで約一時間で効果が出て、丸一日持続します。女性のお腹の中での出会いを確実に妨げます」

「……臨床するわけにもいかんし……クロエ、この薬、間違いないな」

祖父がその手で薬瓶を振りながら尋ねた。

「大丈夫です。副作用もありません。私が保証します……と言っても、私に保証されても何の証明にもならないか……」

効果がなかった！　と難癖つけてくる者もいるかもしれない。病気や怪我《けが》の治療目的ではない薬は、効き目が判断つきにくく、悪意に捻じ曲げられやすい。

「不安なら買うなと言おうぞ？　そして、もし嘘をつけば、ドラゴンが火を吐くと！」

『ドーマばーちゃん、オレ、火は吐けないぞ？』

うん、エメルは〈氷魔法〉で凍らせるだけだ。

「そうか……ではさっさと済ませるか。ドーマ、早速手紙を出して、一週間後に中央大神殿に我らが訪問することを連絡せよ。そして、我らは明日《あした》の午後、出発する。ベルン、誰を推す？」

「そうですね。やはり貴族であるホークがよろしいかと」

「では、わしとホークと護衛二人とクロエを連れて、明日、神殿に拾いにいく。ドーマ、馬はまだ乗れるな？」

「もちろんです。あ、私も付き人を一人連れて行きます」

「うむ、一緒に王都の屋敷に滞在するがよい。それでは……」

「『ちょっと待って‼』」

私と兄が同時に立ち上がる。

「どうした二人して？」

「どうして私が行くの？」

「どうして俺が行けないんだ？」

ふわふわと飛んでいたエメルが私の膝《ひざ》に舞い降りる。

『クロエがそばにいないと無理。オレ、大きくなれないじゃん？』

「用が済んだら飛んで帰ってきて、ガッツリ魔力を吸えばいいじゃない」

『だから無理。膨大な魔力を使ったあと、ここまで帰ってくる自信はない。それに大神殿のお偉いさんにハッタリかますのに、失敗したらどうすんの？』

私も王都に行くことになるなんて、思ってもいなかった。血の気が引いていく。

「おじい様！　クロエにトラウマのある王都はかわいそうだ。俺が行く。エメル、俺の魔力を干からびるまで吸え！」

『うーん、ジュードじゃ全然足りないよ』

「ジュード、おまえは次期領主だ。わしとおまえが今後行動を共にすることは、ほぼないと思え。わしがいない間はおまえがローゼンバルクを守るんだ」

「そ、そう……ですか……」

祖父が私を正面から見つめる。

「そしてクロエ。おまえも一度王都の空気を吸っておけ。敵を知らねば克服できん。王都を避けて長き人生、生きてゆくことはできん。わしが守る。いっそ元気に愉快に生きていることを、やられっぱなしじゃないことを、モルガンに知らしめてやれ」

不安が押し寄せる。私が呆然《ぼうぜん》としている間に、会議は終了した。


マリアがせかせかと動き回って、明日の出立準備をしてくれる。

私は作った薬をマジックルームに放り込んだだけで、ソファーに沈み込む。

「これで良し！　お嬢様、着替えやおやつ、多めに一週間分入れましたからね」

「ああ……ありがとう……」

マリアがふぅ、と一息ついて、私の隣に座った。

「お嬢様、しっかりなさいませ！　あの五歳の適性検査から三年半……お嬢様はすっかり変わりました。強くなりました！」

マリアは私の両肩にパンッと音を立てて両手を下ろす。

「もしも侯爵様たちに会ってしまったら、堂々とするのです。そして、大勢の皆様の前で失言の一つでも引き出してやればよろしい。それを大事にして、最強のバックである辺境伯様と一緒に滅ぼしてしまいなさい！」

「ほ、滅ぼす？」

優しいマリアがあまりに物騒なことを言うので、キョトンとしてしまった。

「いいですか？　お嬢様がモルガン家を捨てるのです。こっそり現状を確認し、もう一度幻滅し、綺麗《きれい》さっぱり心から消し去ってしまうのです！」

つまり……モルガン家とのしがらみを、現場でスッパリ断ち切ってこいと、はっぱをかけられているようだ。

「私はあの生活に戻る気はありません！　このローゼンバルクのお屋敷にしがみついて、おばあさんになって、一番の古株になって、お嬢様やジュード様の子どもを抱っこしてみせますよ！　お嬢様は私たちの英雄である辺境伯様の孫！　カッコいいところを王都中に見せつけてくるのです！」

……そうだ。私には最強の味方ができたのだ。あの頃とは違う。グッと拳《こぶし》を握り締める。

「わかった。私はリチャード・ローゼンバルク辺境伯の娘で、嫡男ジュードお兄様の妹。絶対に、みっともない姿など見せない。もし父や母に会っても眉《まゆ》一つ動かさないと、マリアに約束する」

「その意気です！　でもあの人たちは、お嬢様の優しい心を切りつけてきます。ガードを万全に。ここにありのままのお嬢様を愛する人間がたくさんいることを忘れないで。そうだ、おといい貰《もら》ったお守りを持っていくといいですわ」

先日、風邪薬を飲ませた女の子が、元気になって家族総出でお礼にやってきてくれた。お礼だと渡された小さな布袋の中には、私の似顔絵の下に『クロエちゃん、ありがとう』と書かれた紙が小さく折りたたまれて入っていた。このお守りは私の新しい宝物だ。

私はマリアに抱きついて、宣言した。

「マリア……私、頑張ってくる！」

「美味《おい》しいケーキを準備して、元気に戻られるのを待っていますね」

マリアがいつものように目尻《めじり》を下げて私の頬を撫でてくれた。

翌日の午後、心配する兄に見送られて出発する。

「クロエ、絶対に一人になるなよ」

「はい。お兄様も領主代行頑張って！」

兄にギュッと覆いかぶさられるように抱きしめられたのち、祖父の馬の前に乗せられた。八歳の私は前を向き、背中の祖父と蔓《つる》で結ぶ。

「おじい様、お気をつけて」

「うむ。三週間といったところか？　ジュード、留守を頼んだ」

「はいっ！」

兄たちが見送る中、ホークを先頭に走り出した。

第六章　再び王都へ

ドーマ様が一緒なのでゆっくりの移動予定だったのだが、ドーマ様の乗馬はとても巧みで、休憩を挟む必要なしと言い、前回私が王都を出た時と同じペースで旅は進んだ。

エメルはマリアの作ってくれた抱《だ》っこ紐《ひも》を使い、私の胸の前に収まり、人気《ひとけ》がない荒野では外に出て、楽しそうに飛んでいた。

そして、約二年半ぶりの王都に着いた。

王都のローゼンバルク邸はなんの装飾もなく、四角い実用的な三階建ての建物だった。

「おまえの祖母が死んでから、屋敷まわりに気を配る者がいなくなってな……客も呼ばんし……」

祖父が殺風景であることを、歯切れ悪く弁解する。

「おじい様がいるお家なら、どこでもいいです！」

そっと祖父と手を繋《つな》いだ。祖父はほんの少し目尻を下げ、握り返してくれた。

「……まあ、これからクロエが飾り付けるといい」

この家を次に切り盛りするのは兄の妻だろう、と思ったけれど、にっこり笑ってやり過ごした。

すぐさま大神殿に遣いをやり、明日午前、神託を携えて訪問する旨を連絡する。皆で夕食をとっている最中に、「お待ちしている」という返事が来た。

祖父とドーマ様はニヤリと悪い笑みを浮かべ、明日の最終打ち合わせをした。私とエメル、その他の皆も、ふんふんとしっかり聞いて、自分の役割を確認する。

「おそらく王家の手下もこっそり覗《のぞ》きにくるだろうよ」

祖父が琥珀色《こはくいろ》のお酒の入ったグラスを手の中で回しながら、冷めた口調で言った。

「え？　王家と神殿って仲が良いのですか？」

大きな権力同士は対立するものだ。一度目の人生では私は神殿からもザコ扱いだったので、関わることはなかったけれど。

「得体の知れない相手がやってきたら、とりあえず巻き込みたくなるものだ」

「これもリスクの分散ってわけです」

祖父とホークが教えてくれる。

「それに、クロエ様ご出身のモルガン家はかつて神官を買収したと聞きました。つまり神殿と浅からぬ繋がりがあるのです。侯爵も覗き部屋から見ているかもしれませんね」

ドーマ様が心配そうに私に教えてくれる。

「覗き部屋なんてあるの？」

「救いを求めてやってくる信者への、神官のたまに当たるアドバイスは、単純に覗き見覗き聞きした結果の産物なんですよ」

「ええ……？」

ホークの裏情報を聞いて、ちょっとがっかりだ。神秘性ゼロじゃないの……。

「私のことは心配しないで。もし顔を合わせることがあったとしても、もはや父の知るクロエではないことを見せつけるから！　それよりも、見た目以上に聴衆がいるのなら、ドーマ様もエメルもそれを計算に入れて演技しなくちゃ！　責任重大だね！」

『ふふふ〜！　今代の大神官、どんなやつだろうな？　二百年前の奴よりもふざけたやつだったら凍らせよう』

「エメル様、大神殿にいる神官、ぜーんぶ腐ってますので凍らせていいですわよ！」

『りょーかーい』

一つの社会のトップと明日対決するというのに、この緊張感のなさ。私の大好きな大人たちは、本物の強者《つわもの》揃《ぞろ》いなのだ。

……トムじいも、その一人だった。私は一重模様となった、寂しい手首をそっとさすった。


翌日、大神殿に向かった。さすがに今日は馬車だ。

祖父は私と初対面の時のカーキ色の軍服を着ている。ピンと伸びた背筋に衰えを知らない引き締まった体つきだから、とても粋だ。

ホークにはちょっと驚いた。今日は紺のスーツをビシッと着て、金髪に綺麗に櫛《くし》を通して後ろに流し、額を出している。

「ホークって、本当に貴族なんだね」

「ははは っ、クロエ様、惚《ほ》れちゃいましたか？　まあ貴族って言っても伯爵家の三男坊です。親父

の爵位を一つ貰ってはいますが、追い出された先の軍でお館様に出会って以来、ずーっとローゼンバルクの一兵隊ですよ」

「すっごく素敵！」

前回の私は、高位貴族かつ第二王子の婚約者としてあらゆる社交の場に行き……壁の花だった。ゆえに目は肥えているつもりだ。ホークの正装はとても体に馴染《なじ》んでいて、風格がありカッコいい。

さらに驚いたのは、ドーマ神官長。ドーマ様のいでたちはすっかり黄ばんだ……元は真っ白だったと思われるボロボロの神官服だった。

「長いこと神官服も新調させてくれなかったことに対する……まあはっきり言えば当て付けですわ」

ドーマ様と中央大神殿にはどうやら根深い確執があるようだ。

私の格好は、子どもサイズの白い神官服に頭をすっぽり覆う神官帽。髪の毛を全部その中に詰め込んで、少年を装っている。神官長の小間使いの体《てい》だ。この姿で透明になっているエメルと共に、ドーマ様の後ろに控える。いつでもエメルに魔力を渡せるように。

「エメル様、もしなんらかの危険が迫った時は、クロエを連れて逃げてくださいますか？」

祖父がエメルに尋ねる。

「おじい様、大神殿とは神託を授かった神官に害をなすほどなんでもありなの？　もしそうならば、一番狙われるのはエメルでは？　エメルを奪おうとするかも。エメル、そうなったら、一人でとっとと逃げるんだよ？」

『オレを従わせることができるとでも？　そんなそぶりを見せたら、大神殿ごと破壊してやる』

「「「どうぞどうぞ！」」」

……大人たちは、揃《そろ》いも揃って大神殿にいい印象がないらしい。

「エメル……まあ、そんなこともあり得るって、思っておいて？」

『わかってら〜』

私とエメルはコツンと頭をくっつけた。冷たいっ！


半時ほど走ると馬車はゆっくりと止まった。私は帽子を深くかぶりなおし、エメルは姿を消して私の肩に止まる。

御者が扉を開けると、ホーク、祖父、ドーマ様、私の順で降りる。

大神殿は、冬空の下、大理石で白々と光り、高い場所から威厳を醸し出していた。見た瞬間、一度目にドミニク殿下とここで祈った時の不愉快な思い出がよみがえり、はぁとため息をつく。

「ふふふ、この神殿を見て呑《の》まれないなんて、さすがクロエ様」

ドーマ様が小声でそう言って笑った。

ホークがさりげなく私の後ろに下がって守ってくれながら、皆で幅広の階段を上りきった。

しかし到着した玄関脇の受付の若い神官は私たちをバカにするように見下す視線を送ってくる。

祖父の連絡は行き渡っていないのだろうか？　それとも敢えてのこの軽んじた出迎え？

ドーマ様が一歩前に出て、名乗る。

「はじめまして、お若いかた。ローゼンバルクから参りました。大神官様にお取り次ぎを」

「これはこれは、あのような僻地《へきち》からお出ましとは。一体どのような御用件でしょう?」

「それは、大神官様にしか、お伝えできませんわ」

「困りましたねえ。大神官様はあなたごときのお相手をする暇などないのです」

そう来るの? まさか、門前払いとは。

『なんだこの茶番?』

エメルがピリッと痛い覇気を出す。

「試しているつもりなんですよ」

ホークが私とエメルにだけ届く声で教えてくれる。

「なるほど、では大神官に伝えておけ。ローゼンバルクは筋を通すためにわざわざ先触れを出して貴様の言う僻地からやってきたが、そちらは会う時間がないと言う。……つまり会うほどでもない、時間は大事に使え、わしに任せるという、寛大な計らいであると解釈した。大神殿から承認を得たと、国王にはわしから話を通しておく。ではな」

おー! おじい様ってば案外強引だ。でも仕掛けてきたのはあちらだし……と思っていたら、祖父がヒラリとマントを翻し、馬車に向けて戻る。ドーマ様もそれに続いたので私も慌てて階段を降りる。ホークも私の歩調に合わせて横を歩く。

『リチャードは相手にしないのか。まあ無難だな』

「お、お待ちください!」

慌てて別の神官がやってきた。

「ローゼンバルク辺境伯！　大神官様の準備が整いました。どうぞ、中へ」

「……話が違うのでは？」

しんがりに位置していたホークが、底冷えするような眼差しで言い放つ。

「……ホーク子爵？　あなたまで同行を？　ちょっと行き違いがあったようです。ささ、中へ」

ホークは——子爵だった。

「まさかと思うが、建国以来三百年、厳しい西の領土を守ってきたローゼンバルク辺境伯を、試したのではあるまいな？」

ホークが地を這《は》うような低い声で問う。私に一度も聞かせたことのない、よそ行きの声。

ホークに睨《にら》まれた神官たちがざわめく。

「私はローゼンバルク辺境伯ほど寛大ではない。リチャード様、帰りましょう。お館様の時間は安くない。幸い、話のわかる大神官から許可は貰えたも同然ですし、こやつらの言う僻地を長く空けるわけにはまいりません」

ホークが、右手を胸に当て、祖父に進言する。

「ですから、お、お待ちください！」

力の抜けた戸惑い声を背にして、私たちはあっという間に馬車に戻った。御者がドアを開け、祖父はドーマ様を美しいエスコートで先に乗せようとした、その時、

「辺境伯殿！」

祖父を呼び止める、先ほどより落ち着いた張りのある声に一同がゆっくり振り向くと、大柄の、金の意匠が他より多い神官服を着た年配の男が階段の上に立っていた。

「お館様……おそらくここの副神官長ですわ」

ドーマ様が囁《ささや》く。服の模様でわかるようだ。

「手違いで大変なご無礼を致しました。お詫《わ》び申し上げます。私は副神官長カダールと申します。是非我々にこのたびのお話をお聞かせくださいませ」

「……お館様、大変苛立《いらだ》っているとは察しますが、どうか、副神官長の顔を立ててくださいませ」

ドーマ様が、困ったように笑う。祖父は大きなため息をついた。

「我らの神官長がそう言うのならば、仕方ない」

ドーマ様が副神官長と祖父の間を取り持ち、すかさず相手に貸しを作った。

「大人って怖いね」

『時は金なり。二十分のロスだ』

エメルがどんどん不機嫌になる。

私たちは、改めてスタートラインに戻り、神殿に招き入れられた。

我々はカダール副神官長の後ろをついて歩く。私はできるだけ俯《うつむ》いて、正体がバレないように気をつける。あちこちから、姿はないものの視線を感じるのだ。

「監視されてる？」

『クロエほど力のあるやつはいない。ほっとけ』

私とエメルはぴったりひっついているから、口パクだけで、だいたい通じる。

国の催事が行われる一般の大祭壇を通り過ぎ、前回は入ったことのない二階の広間に通される。

俯く私の目に入るのは、とても織りが複雑な深紅の絨毯《じゅうたん》。一度目の人生で出向いた王宮のものと変わらない高級なものだ。特別な相手との謁見場所のようだ。

祖父の歩みが止まる。カタンと音がして、相手が立ち上がったのがわかった。

「久しぶりですね、辺境伯。何やら手違いがあったようで申し訳ないことです」

柔らかい、説得力のある声。つい好奇心で少し顔を上げる。腰まで伸ばされた長い真《ま》っ直《す》ぐな白髪に、白地に金の意匠をこれでもかと刺繍《ししゅう》された服を纏《まと》った年配の男性だ。

「なかなか味わえない余興だったぞ、大神官殿？　いつの間に我らはここまで忘れられていたのだろうなあ。命懸けで国を守っているというのに、報われないことよ」

「……ああ、ドーマ、久しぶりだね。なるほど……ふむ。君の事情を押しても、ここに出向いたわけを教えてくれるか？　なんでも、神託を授かったと？」

祖父の発言を肯定も否定もせずに受け流す。大人の戦いはスタートした。

大神官の付き人に促され、祖父とドーマ様はソファーに腰掛ける。私（とエメル）とホークはその脇に立って控える。副神官長も大神官の右後ろに控えた。

「大神官様におかれましては、ご機嫌麗しく。このような粗末ななりで御前に参り、申し訳ございません。もうずいぶんと前から中央の支援が途絶えておりますので……おそらく辺境ゆえ忘れられ

ているのでしょうねえ」

「そうか、それは申し訳ないね。改善しなくては」

大神官はドーマ様のイヤミを、紫紺の瞳《ひとみ》に笑みを浮かべて受け流す。

「……そんな王都の皆様に顧みられることもない僻地にて慎ましく祈りの日々を送っておりましたら、つい一カ月前、美しくも身もすくむ恐ろしさの……ドラゴン様が現れたのです」

周囲がざわめく。私も思わず瞳だけ動かしてエメルを見ると、エメルがニヤリと笑った。

「ドラゴン……ローゼンバルクに？　ほう」

大神官は内心どうかわからないが、ドラゴンという言葉に思ったほど動揺を見せなかった。経典に載っているからだろうか？

「そのドラゴン様はローゼンバルクの守護神であるとおっしゃり、私に神託を授けられました」

大神官は両目を細める。

「……なんと？」

「避妊薬を作り、貧困層の望まぬ妊娠を回避せよ、と」

どよめきが沸き起こる。それと同時に、

「子どもは神より授かりしもの！　望まぬ妊娠などあるわけなかろう‼」

若い神官が声を荒らげる。

「私の言ではありません。あしからず」

ドーマ様が大神官から視線を外さないまま言い放つ。

「……ドーマ、『望まぬ妊娠』をおまえは知っているのか」

大神官が静かな声で尋ねる。

「私は女です。女性の信徒も私になら話しやすいのか、泣きながら心情を吐露します」

「そのような、教義に違反したものは破門だ！」

外野が口々に声を上げる。

「……弱者に情けをかけるのも教義ではないでしょうか？」

ドーマ様が淡々と言い返す。

「それは、ローゼンバルク特有の問題なのでは？」

大神官が顎《あご》をさすりながらそう言うと、祖父が咳払《せきばら》いした。

「そうなのかもしれんなあ。わしが至らんのじゃろう。他は関係ないのであれば、実に結構なこと。では、僻地の野蛮な我がローゼンバルクのみ、神託が下ったゆえに、薬を生産するとしよう。お綺《き》麗《れい》な世界にお住みの皆様には、関係のないことに時間を取らせてすまんかったなあ。わしは神殿に許可を取るために来たわけじゃない。一応神殿のメンツを立てるために出向いてやったまで。ドラゴン様の神託に卑小なわしらが背けるわけがない。ではな」

祖父の帰るそぶりに慌てて大神官が声をかけた。

「待たれよ！　……避妊薬は……既にあるのですか？」

「当然です。ドラゴン様が薬のあてもなく、神託を授けるわけがありません」

ドーマ様が静かに答える。

「ドーマ、見せてほしい」

「……いいですよ」

ドーマ様はあっさり懐からひと瓶取り出し、机に置いた。

大神官はそっと手に取ると、付き人に渡す。彼が何か呪文を唱えた。真贋《しんがん》を確かめている？

その男は目を見開いて、薬を大神官に差し出しながら、ヒソヒソと囁いた。

「素晴らしいもののようですね。製法は？」

「製法も素材も教えられない。ドラゴン様の言いつけだ。当たり前だろう？」

祖父が呆《あき》れたように言う。

「ふふ……そうですね」

大神官は数分思案したのち、切り出した。

「辺境伯殿、ドーマ、神殿にもこの薬を少し分けてもらえぬだろうか。子は神の宝。しかし、止《や》むに止まれぬ事情があることも……また事実。私のところにもドーマ同様、その相談が来ることがあるのです。例えば子どもが増えると相続が揉《も》めるに違いない仲の良い夫婦など……ね。そのような信徒らに予防の方法を示すことに、神は目くじらを立てますまい」

祖父がピクリと右眉《まゆ》を上げる。

「ほお？　……まあいい。そのような場合は、貧しき者には無償で。富める者には十万ゴールドで売れと、ドラゴン様に言いつけられている」

「おまえ！　無礼な！」

大神殿の若い神官は、随分と血気盛んだ。

「国の重鎮同士の会話に割り込むとか、とんでもない神経してるね」

『危ういほどに、自分の信仰に心酔してるなあ』

エメルとヒソヒソと囁き合う。

大神官が眉間《みけん》にシワをよせ、後ろを振り向き静かな声で注意した。

「控えよ。……つまり、この薬の原価は？」

「五万、といったところだ」

大神官はうんうんと頷《うなず》いた。ひょっとしたら先程の鑑定？　で、原価も出ていたのかもしれない。

「製法を聞いたところで、我々には作れないものだ。わかりました。とりあえず十万用意してくれ」

「だ、大神官様！」

辺境伯の言い値で買ったことに、周囲が驚愕《きょうがく》した。

「ふん、見本として今回は特別に差し上げよう。しかし、次回からは使用する本人にしか渡せない。ドラゴン様の取り決めだ」

トムじいの亡き今、この薬を作れる者など私以外この国にいないはずだ。

「そ、そんなもの、許されるかー！」

突如、後ろから飛び出した神官の男——さっき私たちを門前払いしようとした男だ——が、大神官の前に出て、目の前の机に置かれた小さな薬瓶を、手で払った。

パリン！　と瓶は割れて、濁った緑の液体がジワジワと机から絨毯に染みていく。

「ひっ！」

演技ではなく、ドーマ様が悲鳴をあげた。この薬の価値を知り切望し、ニーチェが冬の海に潜り、私が夜なべして作ったことを知っているから。ドーマ様がワナワナと震え出した。

「ああっ！　ど、どうしましょう……ドラゴン様から、くれぐれも不幸な子どもを出さぬために頼むと託された薬が……」

ドーマ様は薬の広がった床にくずおれる。険しい顔をしてちらりと私たちに視線を向けた。

「今みたい」

『だね。クロエ、魔力一気に貰《もら》うよ』

肩から私の魔力を三分の一ほど抜かれ、気怠《けだる》くなったと同時に、姿を消していたエメルが前に飛び出す。そして、体を一気に膨らませ、姿を徐々に現した！

その場にいるもの全てが想像もしたことのない崇高な光景に動きを止める。

私は不意に思い立って、エメルの周囲に〈水魔法〉で厚いミストを張る。かすみの向こうにドラゴンがいるように……幻想的に見えるはずだ。〈水魔法〉使いには無論バレるけれど、それすらエメルの仕業としか思わないだろう。

「グワワワワオ――ン‼」

エメルがそれっぽく鳴いて、その場にあったものをメリメリと踏《ふ》み潰《つぶ》しながら、敢えてドシンと音を立てて着地した。堂々とした大きさの、神々しく輝くグリーンドラゴンの姿に胸が震える。

「ド、ドラゴン様！　貴重なお薬を！　本当に本当に申し訳ございません！」

ドーマ様が巨大化したエメルの足元でブルブル震えながら蹲《うずくま》る。

ギャラリーは、予測もつかない出来事に、声を上げることもできず見守っている。

『……もう良いわ。昔から中央神殿は保身しか考えておらん。ドーマ、リチャード、帰るぞ。我は自分の好きなようにさせてもらう』

エメルの声がいつもよりも低い。役者だ。

「はい……承知しました」

「ドラゴン様のよろしきように」

祖父も椅子から立ち上がり、エメルに膝《ひざ》をついた。

『我は先に我が巣であるローゼンバルクに戻る。ここは空気が悪い』

エメルはバサリと翼を広げる。大きくなったそれの動きは部屋につむじ風を巻き起こした。

「お、お待ちください！」

目を大きく見開いた大神官がかすれた声を出し、エメルに向かって手を差し伸ばす。

『……おまえに指図される筋合いなどない』

「大神官様のお話をお聞きください！」

他の神官たちがエメルを取り囲むと、エメルは鬱陶《うっとう》しそうに睨《にら》みつけ、口を大きく開けて、冷気を吐き出した。神官たちは凍りつき、動きを止める。もちろん死んではいない。

再び翼を広げ、その場で二度羽ばたいたのち、エメルはバルコニーから飛び去った。

数分後、我に返った人々がぎゃあぎゃあと喚《わめ》きだす。なぜか天井からホコリが落ちてくる。上にも覗《のぞ》き見していた人間がいたようだ。大神殿に隠してもらえるほどの大物ということは——王族？　高位貴族？

小さく透明になったエメルがのんきにパタパタと翼をはためかせ、私の肩に戻ってきた。再びグインと魔力が吸い取られ、ちょっとふらつく。この量はすごい！　確かにローゼンバルク領まで飛んで帰るのは無理だったかもしれない。

ざわめきの中、祖父が床で小さくなり涙を流す我らの神官長をそっと抱き起こし、大きく目を見開いたままの大神官に視線を流す。

「……大神官、我らは筋を通したぞ？　全てお主らの若い衆へのしつけが問題だ。神殿に干渉する気はさらさらないが、今回はちいっとばかり……呆れたのお？　経典にもある通りドラゴンは正義。我らはドラゴンに従う。ドラゴンを敬愛しておるし、ドラゴンに逆らっては、お前らの言う野蛮な僻地《へきち》では生きていけぬからな、さらばだ」

「辺境伯よ！　お待ちください。なにとぞ、ドラゴンにもう一度お目通りを……」

大神官の声を無視し、ドーマ様に寄り添い踵《きびす》を返した祖父。見入っていた私の、エメルのいない方の肩をホークがトンと叩《たた》いた。慌てて私も、祖父たちの後を追い、退出した。

王都のローゼンバルク邸に戻り、全員で祖父の書斎に入る。大人たちはソファーに座ると、ちょっと興奮気味に話し始めた。

「ドーマ、上々の出来だったのではないか？」

「はい！　薬の許可も取り、我が神殿の不遇を知らしめ、大神殿の鼻を明かしてやれました」

「大神殿に貸しも作りましたしね」

「ええ、ホーク。お館様、お力をお貸しくださりありがとうございました！」

「うむ。最後の大神官のショックを受けた顔はなかなかの見ものじゃった……クロエ、どうした？」

隣で肩のエメルに魔力を奪われ続け、ぼんやり脱力していた私を、祖父が抱き上げる。エメルの吸引の勢いは常にないほどで、終わる気配もなく返事もできない。

「……あの偉大なお姿を維持するには、かなりの魔力が必要だったのですねえ」

ドーマ様がすばやく薬湯を淹《い》れて私に渡す。私を右脇にすっぽり収めている祖父が、左手でそれを受け取り、私の口に差し出してくれる。一口飲むと生き返る心地がした。

『もうちょっと成長すれば、簡単にでっかくなれるんだけどね～』

エメルは私の首筋を甘噛《あまが》みし、ますます魔力を本格的に補給しだした。

「クロエ様が魔力欠乏する姿を見ることがあろうとは」

ホークも心配そうな声を出す。

「クロエ、大事ないか？」

「ん……多分大丈夫。おじい様」

一度目の人生では、魔力が完全に枯渇して昏睡《こんすい》状態に陥ったこともあった。それに比べればまだ随分前段階だし、倒れたとしてもこうして抱きしめて介抱してくれる人がいる……今世では。

「多分これで魔力量がちょっと増えるかな」

祖父がまた薬湯のカップを口に当ててくれる。飲めるだけ飲んで、もういらないと首を振ると、そっと顔を硬い胸に押しつけられた。祖父の鼓動を聞き、安心と温もりと疲労でうとうとする。

「神官ではない者の気配が数人おりました。王家の者や、抜け目のない貴族、情報屋といったところでしょう。そこから大神殿が聖なる存在であるドラゴンの薬を台無しにしたこと、ドラゴンを怒らせたことが静かに広まります」

ホークが現状を整理する。

「目撃者が多くて何よりだ。触れまわる手間が省けた。これでローゼンバルクが薬を作ることにあれこれ口を出すことはできまいよ」

「私は早速ローゼンバルクに戻り、教育ののち、薬を普及したく存じます」

「道中気をつけてな。わしは、クロエとエメル様が本調子に戻ってから出立する。まあ、数日後になるだろうがな……はあ……」

大人たちの話し声を子守唄《うた》に、私はエメルと抱き合って、どこよりも安全な腕の中で眠った。


翌朝、王都の屋敷の自室のベッドで目を覚ました時には、普段通りの体調に戻っていた。

「エメル、おはよう」

『おはよ〜クロエ』

エメルの魔力吸引量も元に戻り、ほっとする。

身支度をして、ダイニングに行くと、祖父とホークは朝食をとっていた。

「おはよう、おじい様、ホーク。あれ？　ドーマ様は？」

「ドーマはもう帰った。歳の割にせっかちなやつだ。わしらはおまえの体調が良くなったら、王都観光でもして帰ろうと思っておるのだが……」

そこに使用人がバタバタと走ってやってきた。ホークが立ち上がり焦った様子の彼から用件を聞き取り、手紙を受け取る。

「お館様、午後一番に王宮にお呼び出しです」

「……ふう。まあそうなるか」

祖父が行儀悪く、ナイフとフォークを音を立てて皿に投げ出した。

「昨日の様子は当然王家に漏れていて、事情聴取ってわけです」

首を傾《かし》げている私に、ホークが説明してくれる。

「おじい様が王宮……」

「クロエ、一緒に王宮へ行くか？」

「い、嫌です！　絶対に嫌！」

王宮なんて……恐ろしい。

「そうか……ではホークと留守番しておれ」

「お、おじい様！　ちゃんと、帰って来てくれる？」

王宮は悪魔のいる場所だ。私は祖父の下に駆け寄り、両手を揉み絞った。

「……もちろん。わしの居場所はクロエとジュードのいるところだ」

祖父は私の前髪を上げて、そっと、額にキスをした。


祖父は嫌なことはさっさと終わらせると言って、昼前に王宮へ向かった。

「時間、合わせなくていいのかな?」

「さあ? この時間しか空いていない、とでもおっしゃるんじゃないでしょうかね? 今回のお呼び出しはあくまで『お誘い』ですので。こっちが悪事を働いたわけではありませんし」

そういうものなの? とりあえず大神殿からは薬の許可を貰えたことになっているので、王家かの聴取も何事もなく終わると信じたい。

「クロエ様、約二年半ぶりの王都です。私が細心の注意を払ってお守りいたしますので、外出しませんか? ジュード様にお土産でも買っては?」

兄にお土産……ちょっと素敵なアイデアだ。ホークは二年半前、モルガン家を出てくる時もそこにいた。私が何を怖がっているのかわかっている。

「ホーク、行きたいところが、一つだけ……」

◇◇◇

雪の降りだしそうな曇り空の中、黒い服を着て、ホークに調べてもらってやってきたところは王

都外れのさびれた墓地。周りを警戒する必要もないほどに、うらぶれて、薄気味悪く、誰も寄り付きそうにないところ。

たくさんの墓標を通り過ぎて、ただ、地面に掘られた大穴の前に到着する。

「トムじいは……墓標を立てることも許されなかったの？」

穴からは異臭がたち、白い剥《む》き出しの骨が見える。喉《のど》がショックで張り付き、かすれた声しか出ない。そこは、身寄りがなかったり、墓を建てることが許されなかった者の骨を捨てる穴だった。

「クロエ様のお師匠様は、侯爵家に罪人とされてしまいましたので」

ホークが、申し訳なさそうに私に頭を下げる。ホークには全く関係ないのに。私はホークの胸を押して頭を上げさせて、肩の上に浮かぶエメルに声をかける。

「……エメル、私の師がここに眠っているの。手伝ってくれる？」

『クロエの師ならオレの師だ。それに、ここの骨に悪の残滓《ざんし》はほとんどない。皆不運ゆえここに埋められたものばかり。せめて、穏やかな空気を纏《まと》わせてやろう』

私は、マジックルームから種をじゃらりと取り出し、穴に放った。

「『発芽！　……開花‼』」

私とエメルの魔力に呼応し、瞬時に芽吹き、成長し、あっという間に花を咲かせる。バラ、百合《ゆり》、菊、あやめ、チューリップ、ラベンダー、レンゲ草、カミツレ、マーガレット、そして……スズラン。季節も土壌も関係ない私とエメルの力技だ。悲しい何もかもを色の洪水が覆い尽くし、花の豊かな香りだけがあたりを包む。

ここを私が天国にする。

しゃがみ、直接地面に手のひらをあてて、私の魔力を注ぎ込む。これで二年はこの状態が続くだろう。何も言わないのに、エメルも土に魔力を込めてくれた。これで悪《あ》しき者は近づけない。

「トムじい……」

私を初めに抱きしめて、温めてくれた人。

「安らかに……」

右手首のマーガレット、そして一輪残ったスズランをギュッと握りしめる。

「クロエ様……」

ホークが膝をついて、いつのまにか流れていた私の涙を拭《ふ》き、抱きしめてくれた。

『ホーク、このありえない花畑は、ここに偉大な草魔法師が眠るからだと。そして全ての病を治すほど薬に通じていたのに冤罪《えんざい》で殺されたらしい、ヒトにとって大きな損失だと、流すんだ』

エメルが常にない低い声で、私の肩から命令する。

「エメル様のおっしゃるとおりに」

私はホークとエメルに見守られながらしばらく祈って、〈水魔法〉で虹《にじ》をかけ、トムじいに別れを告げた。

そのあと兄やマリア、ベルン、領地のお留守番たちにあれこれお土産を買い求めた。ホークのおかげでモルガン家の関係者とは誰にも会わず、ほっとした。

そして、夕食前にようやく祖父が帰ってきた。

「おじい様！　おかえりなさい！」

あの魔の巣窟《そうくつ》から帰ってきてくれたことに安堵《あんど》して、祖父の腰にぎゅうぎゅうとしがみつく。

私を即座に抱き上げてくれた祖父は、なぜか顔を曇らせている。

「おじい様？」

「クロエ……おまえはモルガンのせいで高位貴族が嫌いだろう？　王族はどうだ？」

祖父は何を言い出すのだろう。答えは一つだ。

「王族も同じくらい嫌い……」

あの、私にほんの少しの愛情もなかったくせに、利用して、ゴミのように捨てたドミニク第二王子。王族とは皆同じはずだ。その非情さが国の安定のためだとしても、もはや今の私には受け入れられない。

「そうか……実はクロエに縁談だ。相手は第一王子殿下。明日《あした》顔を合わせることになっている」

王子と……縁談？　聞くや否や体がブルブルと震え、歯がカチカチと鳴る。また鬱憤《うっぷん》ばらしのおもちゃになれと？　そして、使いつぶされて、死ねと？

『クロエ？　どうした？』

「逃げなきゃ……私は二度と、あいつらのいいようになどならない……」

私は祖父の腕の中でもがき暴れた。

「おじい様放して！　エメル！　私をこの国の外へ連れて行って！　今すぐよっ！」

「クロエ！」

耳元で祖父が大声を上げ、私の思考が一旦《いったん》止まった。

「おまえが暴れるほど嫌がることを、わしが強制するわけがないだろう？」

「でも……王家の命令は絶対でしょう？」

「命令などさせぬわ」

祖父は私をキツく抱きしめたまま書斎に入りソファーに座った。エメルとホークもついてくる。

「クロエ、ひとまずわしの話を聞け」

「…………」

「今回の大神殿での件で、ローゼンバルクに優秀な〈草魔法〉使いがいることが知られた。ドラゴンが神託で製法を教えたとしても、それをいざ製造するとなるとかなりのレベルが必要とされることは明白だからな。〈草魔法〉使いは数が少ない。ローゼンバルクの〈草魔法〉使いといえばクロエ……と、まっすぐ王家は結びつけた」

「……どうして？」

「おまえと第二王子との婚約を白紙に戻す時に、モルガンはわしが言い放ったとおり『〈火魔法〉は誤診で、〈草魔法〉だったために、お受けすることはできない。クロエはその〈草魔法〉が発揮できるよう、ローゼンバルクに養子に出す』という理由を使ったのだ。芸のないやつよ」

「…………」

「今回の避妊薬、宮廷魔法師が文献を調べたところ、〈草魔法〉レベル80以上なければ製造できん

とあったらしい。マスターレベルを超えていて、あらゆる秘薬を作れて、王子と同世代。取り込もうという結論に達したようだ」

相変わらず、ロクでもない。

「王家側の事情などどうでもいい。どんな事情でもやることは変わらないもの。ほどほどに機嫌を取って、使えるだけ使って、利用価値がなくなったらボロ雑巾《ぞうきん》のように捨てて、皆の祝福の中本命の四大魔法の娘と結婚するのよ。二度とドミニク殿下のいいようになど……使われない……」

祖父が眉間《みけん》にシワを寄せた。

「ドミニク殿下はクロエと同い年のはず。随分と幼い頃に何か嫌な目に遭わされたのか？　それとクロエ、おまえの縁談相手はドミニク殿下ではない。前回婚約しかけて白紙になったものをまた結ぶわけにはいかんからな。今回の相手は第一王子アベル殿下だ」

「え？　第一王子……殿下？」

思いがけない事態に頭の中が一瞬ストップする。アベル殿下、ドミニク第二王子の……私たちの三つ上だったかしら？　何一つ問題などなく、王になる未来が１００％約束された人。

アベル殿下が王になると決まっているから、第二王子の妃は〈草魔法〉の私でも問題ないとみなされたはずだ。

「そうよ……未来の王妃が〈草魔法〉適性なんて、ありえないよ。またしても私を利用したあと、使い捨てるに決まってる……」

「確かに普通に考えれば四魔法至上主義の貴族を慮《おもんぱか》って、おまえは候補にもあがらんだろう。し

かし、今回はどうあってもローゼンバルクを逃したくないのだ。神に最も近いレベルの薬師のおまえと、エメル様と縁を繋《つな》ぎ、神殿を、他国を出し抜くために」

「エメルと私の絆《きずな》は、ばれていないでしょう？」

「もちろんだ。しかしエメル様がローゼンバルク領に住まい、守護していることは明らかにしたからな」

『……こざかしい』

私の首に巻きついているエメルから冷気が漂う。

前回、アベル殿下とお会いしたことはほとんどない。私が王宮に上がる頃には既に実務でお忙しくされていた。結婚はされていなかったけれど、確か友好国の姫君とご婚約されていたはず。

「王家の思惑はそうでしょうが、モルガンの父のような、取り巻き貴族が黙っていないわ。彼らの陰湿なイジメに耐えしのび、報われぬ王妃教育を受けようという被虐心など持ち合わせてない。そもそも第一王子ともなれば、既に婚約してるでしょう？」

「現在の婚約者とは関係解消に向けて動いておられる。そしてその婚約者であった女性はドミニク第二王子と改めて婚約を結ばれる予定だ」

「そんなバカにしたようなこと、相手方が許さないよ！」

相変わらず婚約者を軽視した王家の思考に腹が立ち、つい大きな声を出してしまった。

「その辺に王家の問題だ。あれこれ別の優遇や詫《わ》びを入れるのだろう。とりあえず辺境伯令嬢であるクロエは現段階で婚約者はいないために、明日の顔合わせは避けられん。それで問題がなければ

婚約が整う。嫌であれば、蹴るがいい」

「いきなり明日？　それになぜ私が王都にいることがバレているの？　変装してたのに……」

「腐っても王家ですよ。そのくらいは探れるのです。クロエ様」

ホークが静かに口を挟んだ。

王家の立場と顔合わせは最低避けられない自分の立場を理解した。私は虚《うつ》ろな気持ちで宣言した。

「……おじい様。私は王家に嫁ぐくらいならば出奔する」

「そうか」

「でもそれで、おじい様とローゼンバルクが窮地に陥るのであれば、婚約した後に事故死するから……」

いよいよあの毒を作っておくのが賢明か……。私に効く唯一の毒。ただの突然死にしか見えない、一瞬で心臓を止める、〈草魔法〉レベル99以上でなければ製薬できない、一度目の私の最悪傑作。

「それほど嫌か」

私はただ、空を眺めて頷《うなず》いた。

「ならば相手に呆《あき》れられるほどに、嫌われることだ」

私は驚いて祖父を見上げた。

「……構わないの？」

「全く。とっくにローゼンバルクは総嫌われじゃ！」

祖父は右の口角だけ器用に上げて、笑った。

第七章　過去との対決と未来への一歩

翌日のお茶の時間、私は祖父とホークと共に王宮に向かった。

車窓に入ってきた一度目以来の王宮は、相変わらずの絢爛《けんらん》さで吐き気を催した。そして遠くに窓のない灰色の尖塔《せんとう》を見つけて、思わず涙ぐんだ。私が閉じ込められて、ひとりぼっちで死んだ場所。あの苦しみの日々が昨日のことのように蘇《よみがえ》る。怒りが胸に渦巻き、頭に血が昇る。

でも、これでいい。この思いを胸に滾《たぎ》らせていれば、簡単に相手に呑《の》まれ、言いなりになどならないだろう。私は既に一度あそこで死んだのだ。失うものなど何もない。

「クロエ、随分と、憎しみを募らせているのお……いずれ訳を教えてほしいものだ」

「おじい様……」

愛する祖父に秘密を持つ自分が情けない。でも一度目の人生の記憶がある……なんて話を告げる勇気はない。

「それにしても、ちょっと意表をつかれたぞ？　婚約者にならぬため、野暮ったい格好でもして嫌われるのかと思えば……」

祖父がニヤリと笑った。

私が身につけているものは、全て今王都で手に入る最高級品だ。昨日私はもう一度ホークと外出

し、一式自分の目で選んで購入した。祖父のお金を使いたくないなどと言っていられなかった。私の未来がかかっているのだから。

甘く可愛い子ども服ではなく、エメラルド色の光沢のある最高級シルクでシンプルかつ優美なデザインのドレスを選び、徹夜で私の体ピッタリに補整してもらった。共布を張った靴に共布のリボン。髪も朝からプロの髪結いに来てもらい、どこから見ても隙のないようにした。

「下手に出ると、相手を調子づかせてしまうもの」

一度目の人生、〈草魔法〉ごときと蔑《さげす》まれた私は、地味で控えめな装いに徹し、息を潜めて生きていた。その結果、親が、学校の生徒たちが、ドミニク王子が、ますます私をバカにした。もう同じ轍《てつ》は踏まない。

「ふふん、さすがわしのクロエだ。弱者のフリなど悪手も悪手。格の違いを見せつけてやればよい」

祖父は愉快そうに笑って、私の首に、二連の真珠のネックレスをかけた。

「これは？」

「お前の祖母の形見だ。我が最愛のダリアに誓って無様な姿を見せるなよ？」

おかしなプレッシャーをかけられた！

「おじい様……頑張る。骨は拾ってね」

「くくっ！　まかせろ」

車寄せで馬車から降り立つと、祖父が私に腕を差し出した。うんと高い位置にある肘《ひじ》に手をかける。こんな素敵なエスコート、初めてだ。嬉《うれ》しくて思わず微笑《ほほえ》む。祖父も目尻《めじり》を下げる。

私たちは誰にも妨げられることなく王宮に入ると、案内役がやってきて先導される。後ろにはスーツ姿のホークがついてくれる。

祖父も大神殿とは違い、軍服ではなく、シンプルで上品な濃紺のスーツだ。軍人ならではの美しい姿勢とブレない視線が、威厳を際立たせる。

エメルはお留守番。私がエメルの〈魔親〉だと、万が一にも感づかれてはまずい。王家には私たちの知り得ない情報、書物が山とあるに違いないから。

謁見の間に行くのかと思ったら、別方向に曲がり、外に出た。中庭……パティオか？

「クロエ様の〈草魔法〉を確認するため……とか？」

ホークが囁《ささや》く。

「クロエを見世物にする気か？　笑えん」

祖父の纏《まと》う空気が怒気を帯びる。初めから喧嘩腰《けんかごし》はまずい。私は慌ててふざけてみせる。

「おじい様、私が王家の皆様には二度と笑えなくしてさしあげますから」

「……うむ。よく言った！」

通常冬ではありえない花が咲き乱れた庭を見て、王宮庭師の力量に感心しながら歩くと、中程に屋外に置くにはもったいないソファーやテーブルが設置され、キラキラした集団が座っていた。

「おお！　リチャード！　待ち兼ねたぞ！」

金髪に金の髭《ひげ》、碧眼《へきがん》の男性が祖父に向けて手を振っている……国王だ！　一度目に数度拝謁したことがある。明らかに私に興味のない様子で、声もかけられなかったけれど。

国王の横には金髪の若々しく美しい女性、おそらく王妃。王妃とも直接会話したことはない。

女性の王族といえば、王妃がとても可愛がっているという噂の、ドミニク殿下の二つ年下である王女殿下は今日はいないようだ。一度目では、学校であの人にも随分嫌がらせを受けたものだ。

そして王妃を挟むように、豪華な刺繍《ししゅう》の施されたお揃《そろ》いの白いスーツ姿の二人の少年が座っている。背の高い碧眼で栗色の髪のほうがアベル第一王子だろう。そしてもう一人が金髪碧眼のまだあどけない……ドミニク第二王子だ。

ドロドロとした気持ちが胸を渦巻く。トムじい直伝の鎮静薬を飲んできたほうがよかったかもしれない。

目を逸《そ》らしたいけれど……それでは負けだ。堂々としなくちゃ！　絶対に弱みなど見せない。

祖父が膝《ひざ》をついたので、私とホークもそれにならう。

「おいおいリチャードやめてくれ！　ここは非公式の場だ。さあ、座って！」

「……非公式ねえ。クロエ様、このパティオを囲むように国の重鎮が勢揃《せいぞろ》いしておりますので、お気をつけて」

ホークの小声に小さく頷く。ならばきっと、父もいる。

闘志に……火がついた。

祖父と手を繋ぎ立ち上がる。そして、示された王族の向かいのソファーに二人で座った。ホーク

は数歩後ろに立っている。

私は背筋を伸ばして浅く座り、給仕された自分のティーカップを見つめる。

「リチャード、クロエと言ったか？　なんとも……もう子どもを脱した落ち着きのある娘だな」

「恐れ入ります」

祖父が頭を下げる。

「クロエ、こんにちは。お菓子を召し上がれ？」

王妃がにっこりと微笑んでそう言った。

私は祖父をチラッと窺《うかが》う。

「王妃様、王族の皆様が口をつけぬ限り、クロエは口にできません」

「あら、ごめんなさい。ふふふ」

田舎娘なので試されていたようだ。王妃が口に紅茶を含み、王妃に促され、王子たちがクッキーを齧《かじ》る。おまえの順番だとばかり私に微笑む。

しかし……一目見て、そしてわずかに漂う匂いで確信した。このお茶は植物系の毒入りだ。強くはないけれど、解毒しにくく、内臓に蓄積するタイプ。

少し考える。祖父ならば、確実に私の意図を読み取ってくれる。

「おじい様、私とお茶を交換してください」

「なぜ？」

「私、長生きしたいのです」

祖父は片眉《まゆ》をピクリと上げて、

「いいだろう。わしは十分生きたからな」

祖父は両手で手早く、私たちのカップを取り替えて、元は私のものだった紅茶を口に運んだ。

「待て。悪かった」

王が声をかけるとさっと使用人がやってきて、私と祖父のお茶を一式取りかえてしまった。

祖父が低い、冷めた声を発する。

「不愉快ですな。ローゼンバルクのこれまでの忠心を逆撫《さかな》でする行為。クロエ、帰るぞ」

「まあ待て。クロエが只者《ただもの》でないことを、そこらの者に納得させる必要があったのだ。クロエこそが王太子妃に、王妃になるにふさわしいと。いや、この肝の据わりっぷりと、毒の探知能力には恐れ入った。あの毒は王家の極秘の調合だったのだぞ？」

王がニコニコと褒めて、自らの正当性を語る。

祖父はぐるりと周りを見渡し、睨《にら》みつけた。

「ああそうだ。クロエはわしの自慢の孫。ゆえにローゼンバルクの外に嫁がせるつもりはない。王妃の枠を埋めるつもりはないから皆の衆、安心するがいい」

あたりがざわめく。

「リチャード！　全く困ったな……」

王が人差し指で頬をポリポリと掻《か》いてみせた。

「ねえ、クロエ、あなたは王子と結婚してお姫様になりたくないの？」

場を繋《つな》ぐように王妃が私に軽やかな声をかけてきた。隙を与えぬよう間髪を容《い》れず答える。

「おそれながら、私は既にローゼンバルクのお姫様ですので」

「まま、まあ、辺境伯が孫にそんなに甘いなんて意外ですわ」

「クロエ様」

アベル殿下が初めて声を上げる。初対面の彼の視線を真っ直《ます》ぐ受け止める。ドミニク殿下よりも父王に似た面立ちで、一見生真面目で利発そうだ。

「私は君の薬の知識の力を借りて、この国をより良くしたいと思っている。一緒に働いてくれないだろうか？」

——私の愛情を人質にせずに、国のための縁組とはっきり言ったことは、ドミニク殿下よりも好感が持てる。

「私はローゼンバルクにて、国のために貢献いたします」

暗に断りの文句を述べる。結婚しなくてもいくらでも国の役に立つ方法はある。

すると、とうとうにこやかな仮面を外した王妃が、扇子で口元を隠したものの眉間《みけん》にシワをよせ、私を睨みつけた。声色は気味が悪いほど優しい。

「私の王子の何が……不満なのかしら？」

事前に祖父からは何を話してもフォローするとは言われているが、私が再び祖父を見上げ、目で確認を取ろうとした。すると、国王が、

「正直に話してよい。さすがに八歳の子どもの言うことなすことにいちいち目くじらを立てない」

国王陛下のお墨付きが取れた。ならばと、一番嫌われるだろうこと、王族から二度と顔を合わせたくないと思われる言葉を考え、口にした。

「私よりも弱いところです」

周囲が息を呑む。王妃が扇子をギリギリと握り込んだ。

「……ほほほ、アベル王子がお前よりも弱いと言うの？」

「はい」

「〈草魔法〉のお前よりも弱いと？」

「〈草魔法〉の私ごときよりも弱いお方など、正直眼中にございません」

「無礼者めっ！」

王妃が声を荒らげた途端、衛兵がわらわらと現れる。

この展開は容易に読めたので、私はテーブルの下でつま先をタンとタップし、パティオに所狭しと咲き誇るバラに魔力を送った。私が目の前のカップを手に取る間に、バラの蔓《つる》は勢いよく伸びて、集まった衛兵にガチガチに巻きついた。さらに蔓は絡み合いながら伸び続け、四方にいるギャラリーの前にトゲを前面に押し出した壁を作り出す！　誰もそばに近寄れない。自由がきくのは、私たちと、王家の四人だけ。

恰幅《かっぷく》のいい衛兵が身じろいでいるので、私はカップから口を離し注意する。

「ああ、動かないほうがいいです。そのトゲ、刺さったら外科手術しないと抜けません」

ガサゴソという音がピタリと止んだ。

「……素晴らしいな。本当に八歳か？」

王が、思わずといったふうに立ち上がり、周囲を見渡した。

「この壁でもって、辺境を……国境を守ってくれております。もはやクロエは一人前です」

祖父も優雅に足を組んで、お茶を飲む。

「ご存じの通り、クロエは〈草魔法〉ゆえに親に捨てられましたので、〈草魔法〉でも存分に戦えるように辺境で鍛えました」

祖父は左後ろをジロリと睨んだ。その先を見ると……懐かしい父がいた。草壁に生えるトゲを前に真っ青な顔をしていたが、祖父と王が自分を見ていることに気がついて、

「こ、こんな草なんぞの壁など、燃やしてくれるわ！」

目の前の壁に向かってお得意の火球を放った。

しかし、草壁は燃えることも色を変えることもなく、青々と茂ったまま。表面を〈水魔法〉でコーティングしているのだ。私の〈水魔法〉マスターは伊達《だて》ではない。

そして今回の草壁は反撃効果を付与している。衝撃を受けた壁からシュルシュルと蔓が伸び、衛兵と同様に父の全身に巻き付いた。体は締め付けられ圧迫され、大きなトゲが、草壁のあちこちから父に向けて狙いを定める。

「うわあ！」

父は涙や鼻水を流しながら悲鳴を上げた。

——これしきの〈草魔法〉で、なんて情けない声を出しているの？　あなたがさんざんバカにし

た〈草魔法〉で身動きの取れない気分はどう？　私への仕打ちだけならば、今後私の人生に関わってこないならば、あなたは、事もあろうに私の師を、私への当てつけのために殺した。

今、あなたの命は私が握っているとわかっているだろうか？　私が魔力を込めて、毒を含むあのトゲを体に突き刺せば……。私は無意識に右手に力を込めようとした。

「クロエ！」

祖父の声に我に返る。

「子どものおまえが自分の手を汚すことはない。あとはわしがする」

祖父が顎を上げて父を睨みつけた。すると、父に巻き付いた蔓がミシミシと軋み、そのトゲが父の目前に瞬時に迫り……呆気なく、父はクタリと気を失った。

「ふん」

祖父は視線を正面に戻した。

「おじい様……いつの間にか〈草魔法〉を覚えてくれていたのだ……私のためだ。

「おじい様、私、取り乱して……陛下の御前でこんな真似を……お恥ずかしいです」胸が熱くなる。

「クロエ、ここには王族のお方々とわしらしかおらんのだ。ここにいるはずのない人間のことを考える必要はない」

祖父はそう言うと、クッキーを一つ摘み、口に入れた。

「甘すぎる。何もかも」

「〈火魔法〉のモルガン侯爵が〈草魔法〉に手も足も出ないだと⁉」

「〈草魔法〉に攻撃ができるなんて……」

「さすが辺境伯……孫をここまで鍛えるとは……恐ろしい……」

「〈草魔法〉とは墓に花を咲かせるだけではないのか……」

……昨日のトムじいへの弔い、見られていたみたいだ。顔が強ばる。

ざわめく場を、王が己の発言によって、落ち着かせる。

「そうか。確かに女の子にとって、自分より弱い男なんて魅力はないかな？　ちなみにクロエより強い、クロエの好きな男は誰なんだい？」

迷うことなく答える。

「はい、おじい様です」

「だよねえ……」

王は苦笑した。

「今日は良いものが見られて楽しかった。試すような真似をして悪かったね。国防の要であるローゼンバルクに実力ある後継者がいるとわかって、頼もしいよ。婚約の件は今日のところはなかったことにしよう」

祖父が私に頷《うなず》いた。私は心の中で『成長』と唱え、全ての余計な蔓や草を枯らし、〈風魔法〉で飛ばした。拘束されていた衛兵たちが、力なく膝から落ちる。父もどさりと前に倒れた。

「そして今後、素晴らしい薬を作り、民に配る時には、見本を余にも分けてほしい」

これは明らかに命令だ。婚約話が消えた分、ここは譲歩だろう。案の定祖父が頷いた。見本を渡しても、真似して作れるわけがない。そこから先の問題はその時に考えよう。

祖父が私を抱き上げ立ち上がった。

「では遠い辺境への帰り支度がありますので、これにて。陛下と王家の皆様方のご健勝を彼方《かなた》の地よりお祈りしております」

勝手にこっちのタイミングで帰るんだ！　本当におじい様は自由だ……。

「ああ。リチャード、クロエ、そして……ホーク、また会おう」

王はそう言うとにこやかに軽く手を上げた。その横で王妃は扇子を握り締め顔を引きつらせている。アベル殿下は私と祖父とを交互に見つめ、ドミニク殿下はお菓子にしか興味がない様子だった。

私は安堵《あんど》と共に、甘やかす祖父の腕に縦抱きされて、退出した。

その夜、翌日の帰郷に向け、早めにエメルとベッドに入った。

「あれ？」

『どうしたの？　クロエ？』

私はモルガン家と王家の婚約者という呪縛から解放されたということに、唐突に気がついた。

「エメル……私、もう、あの地獄に戻らないでいいんだわ……よかった……よかった……」

『……頑張ったな。偉いぞクロエ！』

エメルの頭の白い産毛に顔を埋《うず》めて、ほんの少し泣いた。

◇　◇　◇

翌朝、私の身に起こった出来事が現実なのか夢なのか？　まだ今ひとつ信じられない気持ちで庭に出る。とりあえず出立前に、この王都のローゼンバルク邸の庭を、元気いっぱいにしておこう。

早めの昼食のあと大好きな領地に向けて出発予定で、祖父たちは最後の買い物に出かけている。私の仕度は兄やマリアへのお土産をマジックルームに放り込んだから終わり。祖父たちの荷物も、準備ができ次第放り込む。私が居れば皆、手ブラ移動だ。

「エメル、ここの庭の草花どう思う？」

冬の今、花が咲いているのは寒椿と水仙くらいだ。二人で春夏の庭を思い浮かべる。

『そうだなー、オレ的には青系の花が足りないなあ』

「じゃあ今度来る時は準備しようね」

私は早くも兄のお古であるパンツにブーツ、マント姿とすっかり旅の装いになって、エメルと元気のない草にエネルギー注入したり、間引きながら庭中をウロウロする。

『クロエ、肩の力が抜けたね。結果的に王都に来て良かったな』

嘘などつかない、豊富な知識と知恵を持つエメルからそう言ってもらえて、私はふふふと笑った。

白い野菊を一輪摘んで、『着色』と心で唱え、かつてのように青くする。庭にかざして他との調和を考えていると、草の結界に侵入者がひっかかった。エメルが慌てず姿を消すと同時に、ここ数

日私の世話をしてくれている中年の侍女が走ってきた。

「クロエ様！　お客様です！　急ぎお戻りになってお着替えください！」

客の予定などない。エメルと視線を合わせる。

「私におじい様の代わりが務まるわけないよ。後ほど連絡すると言ってお引き取りいただいて」

「そ、それが、クロエ様にお会いしたいと」

眉間にシワが寄る。私に会いたいなんて、ますます怪しい。

「会えるわけないよ？」

主人が留守とわかっても令嬢に会いたいと言う人間。ロクなやつじゃない。

「第一王子殿下なのですっ！」

侍女が半泣きで叫んだ。思わず目を見開く。

「……本物かな？」

こそこそとエメルと相談する。

『見ればわかるだろ？』

「応接室よりも……武器の多い、庭がいいよね」

『今日はオレもそばにいる』

エメルはそう言うと、警戒するように魔力を引き上げた。

「出立前だから着替える暇などないの。このままでいいわ。ここにお通ししてください。四阿《あずまや》にお茶の用意をお願いします」

侍女はおそらくベテランだろうに泣きそうに顔をしかめて、パタパタと戻っていった。しばらくして、アベル第一王子殿下が護衛を二人引き連れてやってきた。会うなり不思議そうな顔をする。

「え、パンツ姿？　何をしていたの？」

「庭のお手入れです」

「今日は……子どもそのものだね。その……格好も、振る舞いも」

正真正銘子どもだけど？

「王宮にお招きでしたもの。昨日は最高に飾り立ててもらいました」

「そうか」

アベル殿下も、無地の紺のマント姿とずいぶんと大人しめの格好だ。お忍び姿というところ？

「正直なところ、祖父の留守中に押し掛けられても困ります。御用件を手短にお教えください」

「君の強さを……知りたい」

物理的な強さならば、昨日十分見せつけたはずだ。

「と、言いますと？」

「〈草魔法〉でありながら、君はその……堂々としている。その自信の源はなんなのだ？　なぜ〈草魔法〉で強いと言い切れる？」

何？　また私の大事な〈草魔法〉がバカにされているの？　思わず殿下をジロッと睨《にら》むと、殿下は思った以上に……ソワソワしていて、おや？　と思った。

「殿下はひょっとして……いわゆる四大魔法適性ではないのですか？」

「王族の適性を探るなど！　無礼者め！」

護衛が声を荒らげる。これは確定だ。

そうか……かつての私と同じ劣等感に苛《さいな》まれているのか……そして立場は第一王子。私なんて比じゃないほどのプレッシャーや攻撃を受けて苦労しているかもしれない。私は空を見上げて息を吐き、少しだけ話に付き合うことにした。

「私がモルガン侯爵家に生まれて、〈火魔法〉でなかったことに幻滅されて、虐待されていたことはお聞きおよびですか？」

「ああ」

「……私は〈草魔法〉であっても役に立つくらい強くなれば両親は振り向いてくれるかもしれないと、必死にレベルを上げました。しかし、私の存在自体が悪のようで捨てられました」

「……そうか」

「でも、師が〈草魔法〉の素晴らしさを教えてくれました。そして祖父が私に活躍の場をくれました。私は嬉《うれ》しくてどんどん鍛錬を重ね、やがて辺境にて盗賊団の侵入を防ぎ、山イノシシを一撃で仕留められるようになり、積み重なった実績は自信となりました。そしてそれは〈火魔法〉であっても簡単にできることではないとわかって……暗闇から抜けました」

「………………」

「私は四大魔法のレベル60までの相手であれば、五分で勝つ自信があります」

殿下の護衛が息を呑《の》み、叫ぶ。

「嘘だ！」

「やりますか？」

私は彼らの足元の草を成長させサワサワと絡みつかせ、動きを封じてみせる。この人たちは昨日、いなかったのだろうか？　王族の護衛は固定のはずだけれど。

『学習しないやつばっかだな』

エメルが頭上でぼやいている。

「……辺境の生活は常に危険と隣り合わせ。そこの猛者《もさ》たちはもちろんマスターばかりです。そんな彼らに鍛えられ、真面目に励めば強くなります」

「そうか……四大魔法以外でも、胸を張って生きているのだな……」

草から抜けられずジタバタしている自らの護衛を見ながら、殿下は小さな声でそう言った。

「辺境では直接的な強さが全てです。祖父をはじめとして、皆、自分に備わった適性を磨いて工夫して、マスター以上の強さを身につけて国を守っております。王家の皆様がそれを覚えておいてくださると、働きがいがあります」

「そうか……最強と言われる辺境伯も……」

「祖父は〈木魔法〉です。どの魔法もそうであるように、慈悲深くもあり、恐ろしくもあります」

「例えば君の〈草魔法〉は、敵をどう攻撃できるんだ？」

「血生臭いことを申せば、音もなく敵の足元に近づき、一気に成長させ、縛り上げて圧死させられます。あとは毒ですね」

二人の護衛の動きが止まった。

「どんな適性であっても……工夫次第ということだね。あとはそれを具現できるだけの精神力と実行力……」

「実のところ私が実際に敵に前衛で攻撃する機会などないと思っています。ローゼンバルクの皆は私に過保護なのです。でも、自分の身は自分で守れると思うと……ホッとします」

アベル殿下が、何か決意した表情で、私の瞳《ひとみ》を真っ直ぐ見た。

「クロエ……私の適性は〈光魔法〉なんだ」

「殿下っ！」

突然の暴露に、動けぬ護衛二人が慌てる。

「それは……素晴らしいですね」

『光とはまた……』

よそ見していたエメルの関心が殿下に戻った。殿下を値踏みするように見つめている。

〈光魔法〉は希有《けう》な魔法だ。数代前のお姫様が持っていたという昔話がある。病気や怪我《けが》を眩《まばゆ》い光であっという間に癒したという伝承——実際に存在したんだ……と、ちょっと興奮した。

「ふふ、そうだね。だがね、どうやら聖者として崇めやすいが、実力はないと思われているようだ」

「〈光魔法〉独自の癒しの力は大変偉大だと思いますが？」

純粋な気持ちだ。

「〈光魔法〉は寿命を延ばしたり、死者を蘇《よみがえ》らせることはできない。私の魔力が持続している間にほんの数人治癒したところで、人の目から見たら大したことではないらしい」

再び眉間《みけん》に皺《しわ》が寄る。もし治してもらった本人であれば、一生殿下に尽くすだろうに。

「……皆、自ら痛みを経験しないと他人事《ひとごと》なんでしょうか？　そういう人に限って、骨折でもしたら、殿下にすがりつきそうです」

「ふふふ。そうだと面白いね」

軽く笑ったあと、はあ、と肩を落とす殿下。

「王家にはこれまでの〈光魔法〉について書かれた書物などはないのですか？」

「あるにはあるが、これまでの〈光魔法〉の先祖は皆女性でね。純粋に『癒しの光』しか使ってない。もちろんその魔法はもう使える。でも次に繋《つな》がるものが何もないのだ」

教えを乞《こ》える人、理解のある人がいない中で、稀《まれ》な適性魔法を伸ばそうとする苦労は私にもわかる。暗闇を手探りで歩き続けるようなもの。私はエメルを探った。フワリと肩に重みが乗る。

「〈光魔法〉について、教えて」

小声で言うと、

『オレもあまり知らんけど……』

と、遠い先祖の記憶を手繰《たぐ》り寄せてくれた。

「殿下、ここだけの話、子どもの戯言《ざれごと》として聞いてくださるならば、私が知る〈光魔法〉のことをお話しします」

「教えてくれ！　決して誰にも言わないと誓う！　頼む！　ワラにもすがる気持ちなんだ！」

アベル殿下はそう言って、私に深々と頭を下げた。臣下、それもこんな生意気な小娘を相手に……よほど切羽詰まっているのだろう。

ドミニク殿下とは、大違い……王族と言っても一括りにはできないのね……と思いながら、頭を上げてもらった。

エメルがコソコソと耳打ちしてくれたことを、口にする。

「必ず秘密はお守りくださいね。〈光魔法〉の最大の力を発揮する能力はもちろん治癒系です。我が家の書物の〈光魔法〉の人の鍛錬の様子では、ひたすら病院などで治癒を行っています。病人や怪我人の症状は様々。それを的確に察知して、患者の負担にならないように短時間で次々と治癒していく……それが〈光魔法〉のレベル上げになります。できれば魔力は枯渇するギリギリまで使った方がいいです。容量が増えます。そして、使える治癒系の魔法に幅ができます」

「殿下が病気の蔓延《まんえん》する場所に出向くだと⁉　そんな危険な真似、できっこないだろう！」

護衛が、私の蔓《つる》に足が絡まったまま喚《わめ》く。

「ご自分を〈光魔法〉の膜で包めば問題ないでしょう。まあ、周りの制止を説得することもできなかったり、心が病への恐怖に負けて、その場に行けないのでしたら無理ですが。話を戻すと、死病と言われる赤蟲病《せきちゅうびょう》の治癒を一週間で終えられるようになったら、だいたいレベル50のマスターです」

「赤蟲病……」

赤蟲病はこの世界の死因ワースト10に入る、治療が難しい病だ。赤蟲細胞が血液の流れに乗ってすぐ体中に転移する。〈草魔法〉の薬で治療するにしても、レベル80以上で半年はかかるだろう。

「そこから、いろいろと治癒以外の光魔法が使えるようになります。例を挙げると、私の『草壁』のような物理結界を光で拵《こしら》えたり、光を交錯させて幻を見せたり、輝く光の槍《やり》でもって、敵を刺し抜いたり……」

「そ、そのようなことができるのか？」

「できるらしいです」

エメルによれば。

殿下が数歩踏み出し目の前に迫り、必死の形相で私の手を握りしめる。やはり、臣下にわかりやすく、歯向かえないと理解させられる攻撃系の魔法の手持ちがないと、不安なのだろう。周りの者は何かしらそんな魔法を持っているから、尚更に。

「頼む！　その先達の書物を私にくれ」

「……殿下、家宝を簡単に手放す人間などおりません」

甘ったれか？　王族ならばなんでも臣下は差し出すと思っているの？

「対価ならば、なんでも払う！」

『おっと、いい言葉を引き出したな、クロエ』

エメルがニヤリと笑う。

引き出したつもりはなかったけれど……最大限活用させてもらおう。

「そのお言葉、お忘れになりませんように。それでは殿下がマスターに到達した暁には、その書物の写しを差し上げます」

「なぜ写しなのだ?」

「〈光魔法〉以外の当家の秘密も書いてありますので」

本当は私がエメルに聞いて書きとるだけなのだけど。

『簡単に教えてやっていいのか』

「マスターになればね。その努力に敬意を払うよ」

『まあ確かに……今は中級治癒魔法メインのレベル30手前だな。こっからは実践で数をこなさねば伸び悩むだろう。オレももうちょっと記憶を探してみるよ』

エメルと小声でやりとりする。そもそもマスターになれば、私たちのヒントがなくとも、あれこれ自分で思いつき、自作できるだろう。

「簡単におっしゃいますが……あなたはマスターなのですか?」

護衛の一人があざけるように言う。

「もちろん。辺境の警備に就く者は皆マスターですし、適性以外のものも鍛えて複数魔法のマスターもおります。次代のローゼンバルク辺境伯である兄は、底無しに強いですよ」

「「「!」」」

女の私が強いのは受け入れづらいけれど、兄が強いのは納得できるようだ。

「つまり、私は私よりも強く、さらに兄よりも強い人としか婚約などしませんので悪《あ》しからず」

私はこれで昨日の拒絶のだめ押しになっただろうとばかり、ニッコリ微笑《ほほえ》んだ。

「なるほど。私と同世代の兄がそのような猛者ならば、私やドミニクなど目にも留まらんわけだ……見たところ王族になって贅沢《ぜいたく》したいなどという野心もなさそうだし」

今世の私は、その気になれば〈草魔法〉の知識でいくらでも稼げる。欲しいものは自分で買える。

「私は二度と……私を一人の人間として尊重してくれない世界に住む気はないのです」

「それは……王家では確かに難しいね」

「……おわかりいただけましたかな」

大好きな深みのある声が上から降ってきた。いつの間にか祖父が現れて、私を見えないエメルごと背中から引き寄せた。

「おじい様！」

「殿下、主人不在の家に押しかけるなど、権力を振りかざしているのと同じですぞ。今後、クロエに会うことはかないませんので、悪しからず」

「っ！」

「もう十分に、クロエからヒントを受け取られたようだ。皆、殿下がお帰りだ。クロエ」

「はい。成長！」

蔓を枯らし、護衛の縛りを解いた。

「邪魔をした。クロエ……ありがとう」

アベル殿下は深々と頭を下げて、護衛を引き連れて帰っていった。

「……随分と親切だったな、クロエ。アベル殿下が気に入ったのか？」

祖父が右眉《まゆ》をピクリと上げた。私は目を大きく見開いて答えた。

「まさか！　ありえないわ。王家は使えるものも、使えないものも、全て利用することしか考えてないもの」

使えないものは、前の私。使えるものは、今の私。

「そうか。よくわかった。今後王家が何かお前に打診してきても、理由をつけて断ろう」

「ありがとう、おじい様」

そうは言いつつも、アベル殿下は一度目のドミニク殿下よりもずっと話のわかる人だった。四魔法でなかったから、傲慢《ごうまん》な人格に形成されなかったのかもしれない。

「どうした？」

「アベル殿下、王宮で生きていくのは前途多難だろうなって。適性が四魔法ではなく〈光魔法〉だそうです。ちょっと同情しました」

多分盗み聞きしていただろうけれど、祖父にかいつまんで話す。祖父に一度目の記憶以外で秘密を持とうとは思わない。祖父は私たち子どもには率直さを求めている。

「……立場がどうであれ、己をどれだけ追い込み鍛えられるかだ」

私が神妙な顔で頷《うなず》くと、祖父はサッと私を抱き上げた。

「よし、帰るぞ！　ローゼンバルクへ」

「『はーい！』」

〈火魔法〉を仕掛けてきた父をあれだけ蔑《さげす》んでいた〈草魔法〉で反撃し、完膚なきまでに叩《たた》きのめした。王家にも一度目のようにバカにされることなく言いたいことを言って、婚約話を白紙にした。

暗く悲しい牢獄《ろうごく》のなかにあった私の心は、ようやく解き放たれたのだ。

もう、王都に用はない。二度とモルガンの両親と王族に会うことはないだろう。

祖父にぎゅっとしがみつくと、祖父は目じりを下げて私の頬にキスをした。祖父はそのままひらりと馬に乗り、私をまた、揺るがぬ力強さで王都から愛するローゼンバルクに連れ出してくれた。

◇　◇　◇

数日かけた旅を終えてローゼンバルク領に入ると、松明《たいまつ》を掲げた数人が待ち構えていた。

『お？』

エメルがスピードをあげて、そちらに突撃した。ということは――。

「お兄様!?」

「クロエ！」

祖父が素早い手綱捌《たづなさば》きで、兄の馬に向かって駆ける。私は祖父と自分をくっつけている蔓を枯らして、エメルに続き兄に向かってジャンプした！

「お兄様っ！　迎えに来てくれたの？」

兄は手綱から両手を離し、私を危なげなく抱きとめて、

「クロエ……よかった、帰ってきてくれて……」

兄の声は少しかすれていた。

「ジュード、心配をかけたな。概ね用事は片付けてきたぞ」

「おじい様！　大神殿での様子や、クロエが王宮に呼ばれたと聞いて、俺はもうクロエが王家に捕まったかと……」

ちょうど兄の胸の位置にある耳が、バクバクという鼓動を拾う。

「お兄様、私はローゼンバルクのクロエだもん。どこに行っても、絶対お兄様の下に帰ってくるよ！　……いいでしょう？」

ずっと心に秘めていたことをポロリと尋ねてしまった。将来私が王家や他の者に追われる、厄介者になっても、ここに帰って来ていいですか？　祈る気持ちで返事を待つ。

「バカクロエ！　当たり前だ！　お前の居場所はここだ！」

兄は私の頭を軽く叩いた。そして額を私の額に押し付けた。

「クロエ、約束してくれるか？　俺がクロエを守るから、ずっとそばにいてくれると」

兄が私を受け入れてくれることがわかって、安堵《あんど》で泣きそうだ。でも、いつもそばにいるとは……約束できない。

「……大きくなったら、学校とかに行って、いつも一緒にはいられないでしょう？　でも、心はいつでもお兄様と一緒にいる！　お兄様が呼んだらすぐエメルと飛んでくるよ。大事なお兄様は私が

絶対に全力で守るから！　約束！」

私の体がどこにあろうと、心はいつもローゼンバルクに、大好きな兄の下にある。

「クロエ……」

兄が切なげに微笑《ほほえ》んだ。

「クロエ、わしのところには戻ってこないのか？」

孫二人を見守っていた祖父が、頭上からつまらなそうに声をかけてきた。

「おじい様と、お兄様は私の全てです！　もちろんおじい様が困ってる時も駆けつける！　おじい様とも約束！」

私は祖父に向かってドンと自分の胸を叩いて約束した。

「お館様～！　よかったですね～！　仲間外れにされなくて！　お館様が二日酔いの時は、どんなに遠くにいてもクロエ様を呼びつけますからね～！」

ゴーシュの声は相変わらず大きい。

「えー！　それはヤダ！」

『リチャード！　大人なんだから自分でなんとかしろ！』

私と、兄の頭にへばりついたエメルが揃《そろ》って顔をしかめると、場がドッと笑いに包まれた。

「やれやれ、では皆、戻るぞ！　一気に屋敷まで行く！」

「「「はっ！」」」

祖父の一声で、一斉に馬が駆け出した。

「クロエ……決して離れぬように、繋《つな》いでろ」

「うん！」

私は兄と私とを蔓《つる》でグルグルと巻く。すると、兄がその上からマントをかけた。

「疲れただろ？　寝てていいぞ」

「うん、でもね、王都のことお話ししたい。あのね、お兄様にとっても素敵なお土産を買ってきたの。何かわかる？」

「うーん、なんだろうな。どこで買った？」

「グルニー横丁！」

「じゃあ本だな」

「ぶぶー！　ハズレ～！」

「だとすれば……」

たくさん話題はあったのに、領地に入って安心したのか、兄の腕の中が暖かすぎるのか、まだ日が落ちたばかりなのに寝てしまった。

終章

『クロエー、すっごく寒いから起きて、暖炉に火を入れて〜！　なんか空から白い氷みたいなのも降ってきたぞー！』

　エメルに頭のてっぺんから魔力をちゅーっと吸われて目が覚めた。久々のローゼンバルクの朝は冷え込んでいて、ベッドから出たくない。

『クロエ！　ずっと留守してたから今日は畑を見に行かなきゃ！　オレはジュードの〈土魔法〉の成長をチェックする約束もしてるのっ！　ほら起きて！』

「はーい」

　ごそごそとベッドから足を下ろし、エメルにおはようのキスをする。エメルの視線を追って窓の外を見ると――、

「うわあ、雪が舞ってる！　どうりで寒いわけだ」

『これが雪か！　なーるほど』

「大変。こんなに一気に寒くなると思わなかったから、まだ暖炉のお掃除してないよ」

『えー！　じゃあジュードの部屋に早く行こう。ジュードの部屋は留守にしてなかったんだからちゃんと準備してるだろ』

「そうだね」

私とエメルはぎゅっと抱きしめ合って、隣の兄の部屋に突撃した。兄の部屋はきちんと火が入っていてぬくぬくだった。兄はいつも結んでいる朝日に煌《きら》めく銀の髪をシーツに広げ、熟睡していた。

そんな兄に覆いかぶさり、いつものように起こす。

「お兄様おはよう！　エメルが魔法の上達具合をチェックするって張り切ってるよ！　起きて」

『ジュードばっかりあったかい部屋、ずるいぞ！　起きろ』

「ん……ああ、そうだ、二人とも帰ってきたんだった……ここのところ心配で眠れなかったから
……クロエもエメルも長旅だったんだから、もう少し寝ようよ……」

『だから、クロエの部屋は寒くて眠れないのっ！』

「……あ、そうか。ごめん。薪を入れるのを失念してた。じゃあ、ここで寝ればいいだろ」

そう言うや否や、兄はぐいっと私とエメルを抱き込んで、ベッドの中に引き入れた。

「きゃっ！」

『うわっ！　あれ、でもジュードなのにあったかいな？　気持ちいい』

兄はいつも〈氷魔法〉でひんやり冷たいのだ。

「冬なのに氷を纏《まと》ってるわけないだろ？　クロエ、寒くないか？」

「うん。ぽかぽか」

「よし、三人で二度寝だ！　おやすみ……」

『えー！　ま、たまにはいっか。揃った〈魔親〉に抱かれて寝るのは何物にも代えがたい……安ら

ぎだ』

日頃は一度起きるとせわしなく屋敷中を飛び回るエメルが、珍しく静かに目を閉じる。兄はエメルと私をまとめてあごの下に抱き込んで、澄んだアイスブルーの瞳《ひとみ》を閉じて再びスウスウと寝息を立てだした。

そんな二人の寝顔を見て、私も兄と祖父を起こすという自分の仕事を、潔く放棄した。

兄の腕の中に、私とエメルの居場所がある。その兄ごと、朴訥《ぼくとつ》で優しい祖父そのものであるこの屋敷が守ってくれている。

ローゼンバルクの今年の冬は、例年よりも厳しいものになりそうだ。

でも、ここは世界で一番温かい。

あとがき

読者の皆様はじめまして！　そして『転生令嬢は冒険者を志す』以来の皆様お久しぶりです。

この度は『草魔法師クロエの二度目の人生　自由になって子ドラゴンとレベルＭＡＸ薬師ライフ』を購入していただきありがとうございます。

この『草魔法師～』は、当時執筆中の別の小説があまりにも激甘だったために、作者の精神衛生上？　ガス抜きが必要になり、反動のように健気な少女が山や谷を乗り越えて頑張る話を書きたくなりスタートしました。タイプの違う話を交互に書くと、筆がスルスルと動く気がします（どっちも煮詰まることもままありますが）。

そうして生まれたクロエですが、ありがたいことにこのたび書籍化の声をかけていただき、こうして一冊の本になりました。クロエはまだ子どもで、恋愛のレの字もありませんが、生来の最悪な境遇から自力で脱出し（辛い描写もありますが、是非信じて読みすすめて！）、新しい家族に甘えられるようになる様子を親戚《しんせき》のお兄さんお姉さん目線で見守っていただければと思います。

本作の作者の一押しはおじい様です。実戦で、喜びも悲しみも全てを経験済みゆえに達観した猛者《もさ》が、突然現れた自分を頼りにし一心に慕ってくれる孫に戸惑いながら、おっかなびっくり距離を縮めていくさまに悶《もだ》えていただきたいです。そんなおじい様のキャララフを初めて見た時、「強いっ！　渋い！　かっこいい！」と尊死《とうとし》しそうになったことを、ご報告しておきます。

この話はクロエが厳しくも温かな家族を得る話でありつつ、実のところ、いろんな過去を背負ったおじい様や義兄ジュードもようやく居場所を得て、新しい、互いを思いやる無敵の家族になる話……になっていくはずです。今後ともどうぞよろしくお願いします。

それでは改めまして謝辞を。

Ｗｅｂにて一足先に不遇な時代のクロエを応援して、一緒に乗り越えてくれた皆様、おかげさまでのびのびと辺境で生活するクロエにたどり着くことができました。

「クロエ、不憫《ふびん》なだけじゃない！　かわいいよ！」と常に作者の気持ちを上げてくれた担当編集Ｙ様と、出版に携わってくださった全ての関係者の皆様、そして前述のおじい様はもとより、全てのキャラを魅力的に、特にクロエを可愛いだけではなく芯《しん》の強い女の子に描いてくれたパルプピロシ先生に、厚く御礼申し上げます。

そして「草魔法？　何それ？」ときっと思いながらも手に取ってくれた全ての皆様に感謝を。クロエとエメルが草魔法レベルＭＡＸで薬に武力に無双する姿を、お楽しみいただけますように。

最後になりましたが、これからの皆様のご多幸を心よりお祈りしております。

またお会いできますように。

小田ヒロ

お便りはこちらまで

〒102－8177
カドカワBOOKS編集部　気付
小田ヒロ（様）宛
パルプピロシ（様）宛

カドカワBOOKS

草《くさ》魔《ま》法《ほう》師《し》クロエの二《に》度《ど》目《め》の人《じん》生《せい》
自《じ》由《ゆう》になって子《こ》ドラゴンとレベルMAX薬《くす》師《し》ライフ

2021年10月10日　初版発行

著者／小田《おだ》ヒロ

発行者／青柳昌行

発行／株式会社KADOKAWA

〒102-8177
東京都千代田区富士見2-13-3
電話／0570-002-301（ナビダイヤル）

編集／ビーズログ文庫編集部

印刷所／大日本印刷

製本所／大日本印刷

Printed in Japan
ISBN 978-4-04-736786-9 C0093

著者・小田ヒロが紡ぐ、もう一つの『MAX』の物語!
弱気MAX令嬢なのに、
辣腕《らつわん》婚約者様の賭けに乗ってしまった
ビーズログ文庫にて①~②巻、好評発売中!
最新③巻は、2021年11月15日発売♪
小田《おだ》ヒロ
イラスト/Tsubasa.v
試し読みはここをチェック★
乙女ゲームの悪役令嬢に転生したピア。自分の運命を知って弱気になり早々に婚約解消を願い出るが、逆に婚約者のルーファスから「私が裏切るような男だと思っているんだ?」と婚約続行の賭けを持ち出され!?
ビーズログ文庫